드래곤
라자

6

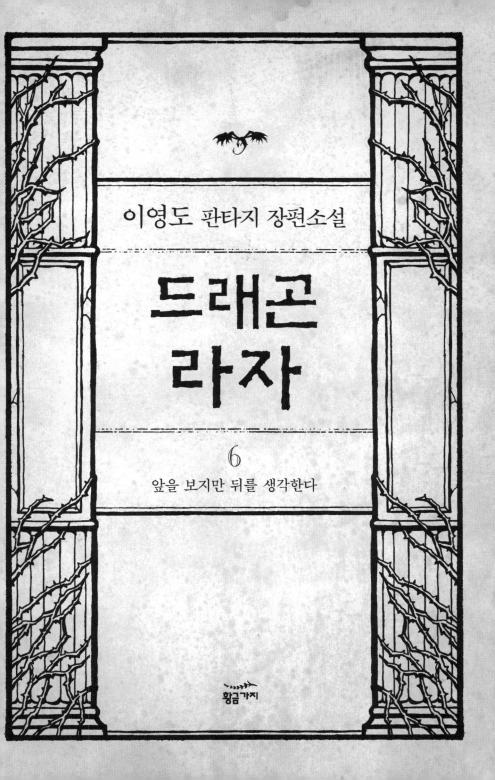

이영도 판타지 장편소설

드래곤 라자

6

앞을 보지만 뒤를 생각한다

황금가지

차 례

일러두기

드래곤 라자 신판에서는 구판에서 활용된 단어 중 일부 단어를 저작권 문제로 인하여 수정하게 되었습니다.
독자분들의 양해 부탁드립니다. 감사합니다.

제11부

앞을 보지만 뒤를 생각한다

……저 용맹 무비하며 동시에 비할 데 없는 지혜로움을 동시에 갖춘 전사이자 현자인 샌슨 퍼시발마저도 때로는 그의 어린 종자 후치 네드발의 도움을 받았다는 믿을 만한 기록들이 있다. 하지만 사람들은 대부분 이를 신빙성 없는 자료로 생각하곤 하는데, 한낱 평범한 소년에 불과했던 후치 네드발이 세상에 그 이름이라도 전하게 된 것은 오로지 위대한 샌슨 퍼시발이 그를 가엾게 여겨 종자로서 데리고 다녔다는 사실 때문이라는 의견이 지배적이기 때문이다. 하지만 나는 여기서 수많은 옛노래와 가인들의 하프에서 울려퍼졌던 진리를 다시 한번 밝힌다. 가장 현명한 자도 때로는 가장 어리석은 자에게 배울 수 있는 법이다. 그리고 그것은 그 현명함을 더욱 빛나게 할지언정 그 광휘를 줄어들게 하지는 않는 법이다……

「품위 있고 고상한 켄턴 시장 말레스 추발렉의

도움으로 출간된, 믿을 수 있는 바이서스의 시민으로서 켄턴 사집관으로 봉사한 현명한 돌로메네 압실링거가 바이서스의 국민들에게 고하는 신비롭고도 가치 있는 이야기」, 돌로메네 지음, 770년. 제12권 15쪽.

Ⅰ

　고개를 돌려 뒤를 바라보자 맹렬히 일어나는 먼지 구름의 모습이 보였다.

　이 광막한 황야에서 먼지 구름은 천 큐빗 거리까지 계속되고 있었다. 저 뒤쪽의 먼지 구름은 하늘로 솟구쳐 오르면서 희미해지고 있었지만 우리 바로 뒤에서 일어나는 짙은 먼지 구름은 요란하게 꿈틀거렸다. 흡사 먼지 구름이 우리를 추적하는 것처럼 보였다.

　"이랴! 하, 하! 하! 하! 하아아!"

　"달려라! 이스트 그레이드를 단숨에 돌파하라!"

　장관이 아닐 수 없다.

　선두에서는 다부진 황소가 일행을 선도하고 있었다. 그렇다. 황소다. 그리고 그 위에는 건장한 전사가 앉아서 목청껏 고함을 질러대며 기세를 북돋우고 있었다. 길시언과 선더라이더다. 선더라이더는 쭉쭉 뻗어나가는 발로 대지를 힘차게 당기고 있었다.

　그리고 그 뒤쪽으로는 날씬한 여도적, 그리고 여행 초보자의 모든 특징을 다 보여주고 있는 소녀가 거대한 흑마에 탄 채 달려가고 있었다. 네리아와 레니, 그리고 에보니 나이트호크다. 기다란 트라이던트를 안장 옆으로 느긋하게 비껴들고 등 뒤에 소녀를 태운 채 붉은 머리를 나풀거리며 달려가는 네리아의 모습은 이야기 속의 주인공 같았다.

그녀의 옆으로는 무서울 정도로 다부진 전사와, 그에 비해 볼 때 가냘파 보이는 프리스트를 태운 거대한 말이 다리가 보이지 않도록 달려가고 있었다. 샌슨과 제레인트, 그리고 슈팅스타. 샌슨은 고래고래 고함을 질러대고 있었고 그 고함소리를 듣는 말들은 마왕의 소환을 받은 악마들처럼 질풍같이 달려가고 있었다.

그리고 그 뒤로 하얀 로브를 걸치고 약간 피로해 보이지만 그것이 원숙미를 더해 주는 얼굴의 마법사가, 원숙함이 넘치는 얼굴이지만 파랗게 질려 있어서 그 원숙미를 대폭 삭감시키고 있는 드워프를 등 뒤에 태운 채 쭉쭉 달려나가고 있었다. 아프나이델과 엑셀핸드, 그리고 세레니얼⋯⋯이란다. 아프나이델이 수도에서 타고 온 말인데, 거 참. 이름이 왜 항상 저렇지?

그들의 오른쪽으로는 꿰뚫을 듯이 날카로운 눈의 전사가 입을 꾹 다물어 강직한 성격을 마구 노출시키면서 고삐를 놀리고 있었다. 운차이와 앰뷸런트 제일이다. 그리고 왼쪽으로는 꿰뚫릴 듯이 부드러운 눈의 독서가가 입을 꾹 다물어 먼지를 마시지 않기 위해 애쓰면서 달리고 있었다. 칼과 트레일이다.

그리고 일행의 후미를 지키는 남자. '지골레이드의 앞발을 막아낸 자.'라고 할까? 어쨌든 풍문의 느린 속도 때문에 아직 그 위명이 대륙에 퍼지지 않았을 뿐 영웅의 모든 자질을 갖춘 불세출의 전사가, 그 사자와도 같이 들끓는 피를 굴복시켜 양처럼 순하게 만들어버린 고귀한 레이디의 이름을 딴 용맹한 말에 탄 채 달려가고 있었다!

아! 젠장! 요 따위로 말해 봐도 기분이 별로 좋진 않아! 제일 뒤쪽에서 달리니까 일행들이 만들어내는 먼지는 모조리 내 입으

로 들어온단 말이다! 일행의 말들이 갈겨대는 똥도 모조리 내 앞
으로 떨어지고!

시야가 닿는 모든 곳이 지평선이다. 오전까지만 해도 우리 뒤
쪽으로 아스라하게 보이던 붉은 산맥도 이제 사라져버리고, 우리
는 한없이 넓은 이스트 그레이드의 평원을 끝없이 달리고 있었
다. 우리들이 만들어내는 먼지 구름은 하나의 산만큼이나 거대했
지만 이 넓은 평원에 비해 보면 한 줌 티끌처럼 보인다.

"하아, 하아, 하앗!"

"에, 에, 에하! 타!"

머리 위로 부드러운 구름들이 유유히 흘러가고 있었다. 하늘도
한없이 넓어 구름은 길을 잃고 배회하는 것처럼 보인다. 그리고
바람과 우리 외엔 모든 것들이 정지해 있는 듯한 평원은 알 수
없는 압박감으로 우리를 짓누르고 있었다. 하지만 우리들은 선두
의 길잡이가 외치는 쾌활하고도 힘찬 응원에 고무되어 지칠 줄
모르고 달려갔다.

기수들은 물론이거니와 말들도 분명히 지치지 못할 것이다. 자
존심 문제니까. 샌슨의 등 뒤에서 제레인트는 이렇게 외치고 있
었다.

"황소의 뒤를 따라가지도 못한다면, 그게 말이냐아!"

"이힝! 힝힝힝히!"

아프나이델은 킥킥거리고 있었다. 그는 주의 깊게 주위를 둘러
보면서 말들이 지치는 기색이 있는지 살폈다. 그리고 그럴 때마
다 로브 자락 속으로 손을 집어넣어 뭔가 이상하게 생긴 고약 같
은 것을 허공으로 던지며 캐스트를 하곤 했다. 그리고 그때마다
말들은 새로운 힘을 얻어 고고성을 터뜨리듯 포효했다. 그러고는

바람마저 따돌려 버릴 속도로 달려 나가곤 했다. 아, 물론 그렇게 말들이 급가속할 때마다 엑셀핸드는 구슬픈 비명을 질러대었다.

"오우, 카리스 누멘! 신실한 드워프를 돌보소서!"

풀썩. 말발굽이 땅을 밟을 때마다 먼지가 일어난다.

거친 황야 가운데 서 있는 도시의 모습이 보였다. 막막한 대지 위에 한 점 얼룩처럼 자리잡은 도시였다. 주위는 온통 황야였고 그 황야에서 불어오는 바람은 엄청난 양의 흙먼지를 아낌없이 도시에 퍼부어대고 있었다. 가까이 다가갈 때까지도 그 회색의 성벽은 희미하게 보였고

게다가 저녁 무렵이라 햇빛의 양도 부족했다. 춤추는 먼지들과 붉은 햇빛 때문에 성벽 전체는 살아 있는 생명체처럼 꿈틀거리고 있었다.

"먼지가 쌓여 만들어진 성 같아. 콜록!"

네리아의 잔뜩 쉰 목소리. 난 고개를 끄덕였다. 그러자 땀에 절어붙은 먼지가 턱 아래를 근질거리게 만들었다. 힘없이 손을 들어 머리를 긁어보았지만 손가락에는 머리카락보다는 모래가 더 많이 걸렸다.

대장장이의 모루만큼이나 질기고 강인한 의지로, 그리고 음유 시인들의 하프 현보다 더 곧은 직진을 계속하여, 우리는 그날 해를 추적하며 열두 시간 동안 장장 24펜큐빗의 거리를 주파했다. 그리고 지금 석양 무렵, 우리는 해를 따라 달려와 석양이 마지막으로 스치는 도시에 이른 것이다.

"쿨럭쿨럭, 뭐하는 도시지?"

칼 역시 잔뜩 쉰 목소리였다. 샌슨은 배낭을 꺼내더니 먼저 그

위에 쌓인 먼지를 거칠게 털어내었다. 자욱한 먼지 구름이 일자 그 옆에 있던 길시언은 짜증을 부리며 말했다.

"날 묻어버릴 작정이오? 지도를 꺼낼 필요는 없습니다."

"아, 그래요? 여기가 어딥니까?"

"칸 아디움입니다. 이스트 그레이드의 중앙 도시."

"흐음. 이런 곳에 도시가 어떻게 존재하는지 모르겠군요."

"교역 도시지요. 이스트 그레이드의 여행자들이 들르면서 만들어진 도시."

"아아. 물이라도 나오나 보지요?"

"그렇습니다."

우리는 모두 회색의 여행자들이 되어 칸 아디움으로 들어섰다.

성문에 접근하자 성문 옆에 놓여 있는 긴 의자에 앉아서 지나가던 통행인을 감시하는 병사들의 모습이 보였다. 병사들은 모두 포차드를 들고 커다란 망토를 뒤집어쓰고 있었다. 아마도 햇빛과 먼지를 막기 위한 것인가 보다. 그들은 우리들을 보고는 크게 놀란 표정을 지었다. 그중 한 병사가 일어나더니 말했다.

"칸 아디움의 이름으로 환영합니다. 여행자이십니까?"

"그렇습니다."

그는 당황한 눈으로 우리들을 다시 관찰했다. 여행자치고는 구성이 정말 희한하기 짝이 없으니까. 짐수레나 짐말 같은 것이 없으니 상인은 아니고, 모두들 무장을 하고 있는데다가 지위 고하를 구분할 수 없도록 모두 말에 타고 있었고, 그중 한 명은 황소에 타고 있는데다가, 드워프도 끼여 있었고 마법사와 성직자의 모습도 보였다. 그 병사는 최선을 다해 고민하는 표정을 지어보이더니 다음과 같은 결론을 제시했다.

"모험가 분들인가 보군요."

길시언은 빙긋 웃더니 말했다.

"모험가는 들어가면 안 됩니까?"

길시언의 밝은 표정에도 불구하고 병사는 쓴 표정을 짓더니 말했다.

"이렇게 많은 무장 인원이 도시에 들어오게 하는 것은 허락할 수 없습니다."

그러자 일행 모두가 동시에 떠들기 시작했다. 허헛. 참. 모두들 쓰러져 죽을 듯한 얼굴이더니 잘도 떠드네. 네리아가 얼굴이 시뻘개져서 뭐라고 떠들긴 했는데 엑셀핸드의 고함소리에 묻혀 하나도 들리지 않았다. 아프나이델은 세상의 종말 신호를 들은 사람의 표정이 되었다. 칼은 잠시 고민하다가 제레인트를 바라보았다. 그러자 제레인트는 거의 떨어지는 것과 유사한 동작으로 말에서 내렸다.

말에서 내려서 발이 땅에 닿은 순간 제레인트는 그대로 굳어 버렸다. 그의 얼굴을 살펴보니 극심한 고통으로 일그러진 얼굴이었다. 그는 그렇게 가만히 선 채 몸의 고통을 다스리더니 잠시 후에야 간신히 입을 열었다.

"죽겠군……."

제레인트는 한 손으로 허리를 짚고 다른 손으로는 로드를 지팡이처럼 짚고는 휘청거리는 걸음걸이로 병사에게 다가갔다. 얼굴을 보지 않는다면 한 70살 먹은 노인이라고 오해되기에 적당한 걸음걸이였다. 그 동안 병사는 참으로 안쓰럽다는 얼굴로 제레인트를 바라보았다.

제레인트는 처절한 표정으로 병사를 바라보더니 떨리는 음성으로 말했다.

"신의 미력한 지팡이에게…… 제발 하룻밤 쉴 자리와 목을 축일 한 모금의 물을 빼앗지 말아주십시오."

병사는 이미 고개를 끄덕일 준비를 하고 있었다. 아마 제레인트가 말하지 않았어도 병사는 눈물을 줄줄 흘리며 통과 허락을 내주었을 것이다.

"죽었어요?"

"죽는다는 것이 불멸의 영혼만이 움직일 뿐 그 육신에 대해서는 손가락 하나도 움직일 수 없는 상태를 말하는 거라면, 난 현재 죽어 있어."

제레인트의 대답에 난 고개를 끄덕이고는 여관 주인장에게 장의사에 연락하라고 말했다. 제레인트는 드러누운 채 무서운 신음 소리를 뱉어내었다.

지금 제레인트는 여행자들의 흙 묻은 발이 수없이 밟고 지나갔을 홀 바닥에 드러누워 있다. 완전히 끝장난 술주정뱅이라도 이렇게 볼품 없는 태도를 취하고 있지는 않았을 것이다. 하물며 성스러운 프리스트의 옷을 입고 있는 제레인트가 그러고 있음에야. 하지만 제레인트는 땀 때문에 그 머릿결이 밧줄만큼이나 굵게 엉겨 있는데다가 몸을 좀 움직이기만 하면 곧 자욱한 먼지 구름을 만들어내고 있었고, 그래서 여관 주인장도 프리스트의 허물을 탓하지는 않았다.

게다가 여관 주인장은 융통성까지 제법 갖추고 있었다. 그는 바닥에 쓰러져 누워 있는 제레인트의 몸을 보자 가볍게 건너 뛰기까지 했으니까. 그러면서도 그는 손에 든 맥주잔에서 한 방울의 맥주도 흘리지 않는 묘기를 선보였다. 그는 우리들에게 맥주잔을 돌리면서 말했다.

"꽤나 먼 거리를 달려오신 모양이군요."

테이블에 코를 박은 채 쓰러져 있던 아프나이델은 여관 주인장의 말에 힘들게 손을 들어올리더니 손가락 두 개를 펼쳤다가 다시 네 개를 펼쳤다. 여관 주인장은 큼직하고도 붉은 자신의 코를 만지작거리면서 말했다.

"2펜큐빗 4000큐빗?"

아프나이델은 여전히 테이블에 코를 박은 채 위로 들어올린 손가락만 좌우로 까딱거렸다.

"설마 24펜큐빗?"

그러자 아프나이델의 손가락이 위아래로 까딱거렸고 그러자 주인장은 감탄한 표정을 지었다. 길시언은 웃으면서 말했다.

"그런 굉장한 일을 한 말들이니, 잘 좀 부탁합니다."

"염려 마시오. 말들은 임펠리아에 있는 것보다 편할 테니까."

그 말에 우리 일행 모두가 미소를 지었다. 여관 주인장은 설마 길시언이 왕자라고는 생각하지 못하겠지. 여관 주인장은 우리의 미소를 제멋대로 해석하고는 빙긋 웃었다.

"엑셀핸드, 일어나요. 맥주 왔어요."

엑셀핸드는 급조된 침대 위에 드러누워 죽은 드워프의 모습을 보여주고 있었다. 그래도 노커라서 그런지 테페리의 프리스트처럼 바닥에 마구 드러눕지는 않을 정도의 분별이 있는 엑셀핸드는 의자 두 개를 딱 붙여서 자신의 키에 들어맞는 침대를 만들어 누워 있었던 것이다.

엑셀핸드는 참으로 드워프답지 않은 대답을 했다.

"필요없어."

여관 주인장은 자신의 홀에 누워 있는 드워프가 혹시 드워프처럼 생긴 인간이 아닌가 의심스러워하는 눈으로 바라보기 시작했다. 하긴, 드워프가 맥주를 거절하다니.

문가에 서서 몸을 털고 있던 샌슨은 여관의 정문에 먼지 구름을 만들어놓고 돌아왔다. 우리들 모두 이스트 그레이드의 먼지란 먼지는 모조리 몸에 덮어쓰다시피 한 상태였다.

샌슨에게 잔을 건네고 나서 난 맥주잔을 입으로 가져왔다.

"허어억!"

하아! 카! 하루 종일 달려서 말라붙다시피 한 목구멍으로 맥주가 넘어가니 목이 찢어지는 느낌마저 들었다. 술기운이 순식간에 퍼지면서 머리가 빙빙 돌았다. 테이블 위에 놓여 있는 호롱불이 세 개로 보일 정도였다.

칼은 의자에 기대어 앉은 채 졸면서 맥주를 마시느라 옷에 상당량의 맥주를 흘려버렸다. 운차이는 그 모습을 보며 피식 웃더니 맥주잔을 든 채 엑셀핸드의 곁으로 걸어갔다.

"이봐, 드워프. 담배 좀 내봐."

엑셀핸드는 떠지지 않는 눈을 힘들게 뜨면서 운차이를 노려보았다.

"이놈이! 말버릇 한번 고약타!"

그러나 운차이는 묵묵히 내려다보며 싸늘하게 말했을 뿐이다.

"주면 귀찮게 하지 않겠어."

그러자 엑셀핸드는 신음을 흘리고는 누운 채로 품 속에서 담배쌈지를 꺼내어 운차이에게 건네었다. 운차이는 그것을 받아들더니 고맙다는 말 대신 이렇게 말했다.

"파이프는?"

"크아아아악!"

엑셀핸드는 파이프를 꺼내어 운차이의 얼굴을 향해 던졌으나 운차이는 그것을 입으로 척 받아내었다. 여관 주인장이 박수를 치는 가운데 운차이는 태연하게 의자에 앉아 테이블 위로 발을 올리고는 파이프에 담배를 채우기 시작했다. 테이블에 놓여 있던 호롱불로 불을 붙이고 나서 운차이는 팔을 들어 머리를 받치며 느긋하게 연기를 뿜어올리기 시작했다.

길시언은 침착하게 운차이에게 말했다.

"담배에 대한 보답으로 엑셀핸드 씨를 침실로 좀 안내하시지?"

운차이는 물끄러미 길시언을 쏘아보더니 곧 가벼운 동작으로 벌떡 일어섰다. 그는 의자 위에 있던 엑셀핸드를 마치 짐짝 다루듯이 들어올려 어깨에 들어메었고 반항할 기운이 없는 엑셀핸드는 욕설만 줄기차게 해댈 뿐 잠자코 운차이에게 들려갔다. 둘이 침실 쪽으로 사라지고 나서 잠시 후 뭘 집어던지는 둔한 소리가 나더니 엑셀핸드의 비명소리도 좀 들려왔다.

그리고 운차이는 손을 털면서 돌아왔다. 그는 다시 테이블 위에 다리를 올리고 파이프를 빨아대기 시작했다. 다른 사람들이 얼빠진 얼굴로 바라보자 운차이는 심드렁하게 말했다.

"걱정 마시오. 침대에 갖다놨으니."

"……수고했소."

칼은 그렇게 말하고는 운차이의 옆에 나란히 엎어져버렸다. 그는 테이블 위에 엎드려 누운 채 웅얼거렸다.

"나를 침실로 안내해 줄 필요는 없소. ……조금 있다가 내 발로…… 걸어갈 테니……. 그르렁!"

길시언은 애처로운 얼굴로 칼을 내려다보더니 맥주잔을 들어올리며 말했다.

"후우. 피곤한 하루였소. 그래도 잘들 달렸습니다. 이제 수도는 하루 반 정도의 거리입니다."

샌슨은 입을 닦으며 말했다.

"오늘 달린 것과 똑같이 달렸을 때 말입니까?"

"그렇습니다."

맙소사. 내일도 오늘처럼 달린다니! 난 가물거리던 눈이 번쩍 뜨여지는 느낌이 들었지만 샌슨은 빙긋 웃으며 말했을 뿐이다.

"내일도 굉장하겠군요."

굉장? 굉장이라고 했나? 난 당장 밖으로 달려나가 말들의 편자를 모두 뽑아놓고 싶은 생각이 뭉게뭉게 피어오르는 것을 참느라 애써야 했다. 잠깐, 편자라구? 그렇지!

"어, 우리야 괜찮지만 말들의 편자가 괜찮을까요?"

그러자 샌슨은 기특하다는 듯이 날 바라보았다.

"흠. 걱정하지 않아도 돼, 후치. 내가 다 살펴보고 왔어. 괜찮더군."

아아아! 망할! 말들이 모두 감기라도 걸려서 쓰러져버리면 좋겠다! 난 샌슨에게 힘없이 웃어준 다음 맥주잔을 들어올렸다. 그때 홀 한켠의 문이 벌컥 열리면서 네리아의 목소리가 들려왔다.

"후치! 후치야. 나 좀 도와줘!"

"어? 왜 그래요?"

돌아보니 머리에 수건을 둘둘 말고 있는 네리아의 모습이 보였다. 그녀와 레니는 여관에 도착하자마자 목욕탕으로 직행해 버린 참이었다. 그런데 왜 날 부르는 거야?

"레니가 뻗어버렸어. 그런데 나도 힘이 없어서 못 일으키겠다구."

"자, 잠깐! 그럼 지금 알몸이란 말이에요? 거절!"

"아냐. 옷 다 입고 나서 기절했어. 걱정 말고 들어와."

난 넌더리를 내면서 일어났다. 내가 먼저 다리가 풀려버릴 지경인데 누구를 부축하라는 거야.

네리아를 따라 욕탕으로 들어가니 거대한 나무통 몇 개와 아궁이, 그리고 아궁이 위에 놓인 커다란 가마솥 등이 보였고 바닥은 물바다였다. 음. 틀림없이 물장난을 쳤으렷다. 다른 쪽의 긴의자에는 목욕을 끝낸 다음이라 그런지 젖은 머리에 바알간 볼을 한 레니가 누워 있는 것이 보였다. 아마도 앉았다가 그대로 옆으로 쓰러진 것으로 짐작되는, 꽤나 귀여운 모습으로 잠들어 있었다. 하루 종일 뒤집어쓴 먼지들을 말끔히 씻어낸 다음이라 그런지 레니의 모습은 싱그럽고 촉촉하게 보였으며 게다가 목욕통에서 방금 나와서 따뜻하기까지 했지만, 나에겐 끔찍스러울 정도로 묵직한 짐일 뿐이었다. 으으으! 레니를 업고 그녀들의 침실에 데려다주는 길이 왜그리도 멀게만 느껴지는지.

내가 레니를 눕혀놓고 돌아오자 샌슨이 아프나이델을, 그리고 길시언이 제레인트를 부축하여 침실로 옮겼다. 결국 침대로 옮겨진 그들은 잊혀진 존재가 되었다. 칼의 경우에는 그의 의견을 존중하여 테이블 위에 쓰러져 있도록 내버려두고, 우리들은 욕탕으로 들어섰다.

욕탕에서 나와보니 저녁 준비가 되어 있었다. 저녁 테이블에 남은 것은 길시언, 샌슨, 운차이, 그리고 나와 테이블에 여전히 엎드려 있는 칼뿐이었다. 제레인트의 말에 따르면 칼은 죽은 셈이고, 따라서 저녁 식사는 상당히 칼잡이적인 분위기에서 진행되어야 마땅하겠지만 기이하게도 그렇게 되지는 않았다. 그러니까 다음과 같이 전개되었다.

"바이서스와 자이펀의 전쟁에서 지골레이드의 해방이 의미하는 바는 몹시 중대하오. 거기 소금 좀 줘."

"여기 있어요. 음. 자이펀이 이미 선보인 무기, 그러니까 디바인 마크를 이용한 세이크럴라이즈의 위협이 현재하는 가운데 바이서스의 야전 전력이 약화된다는 것은 전쟁의 승패를 좌우할 수 있는 중대 국면이라 할 것 같은데요. 샌슨! 식탁에서 제발 다리 흔들지 마!"

"옳은 말이야, 후치. 쩝쩝. 따라서 지골레이드는 절대로 해방되어서는 안 된단 말이야. 꿀꺽. 그런데 이미 해방된 채로 돌아다니고 있어. 전선 지휘관들이 돌지 않은 다음에야 그걸 허락할 리가 없지. 이상하군. 야, 괴물 눈알! 네 생각은 어때?"

"……질문하는 것은 상관없지만 질문하면서 포크를 휘두르지는 마라. 이 인간 같잖은 녀석아."

여관 주인장은 대경실색해서는 우리들의 식사 장면을 바라보고 있었다. 아니, 차마 바라볼 엄두는 내지 못하고 괜히 닦은 테이블을 또 닦으면서 우리들을 훔쳐보고 있었다. 길시언은 침울한 얼굴이었지만 그래도 빵을 위엄 있게 쪼개면서 말했다.

"칼 씨가 제시한 해안 봉쇄 전략이 성공할 수만 있었어도 전선의 걱정을 할 필요는 없었는데. 만일 그 계획이 현실로 이루어졌다면, 전선에서 적당 기간 소강 상태를 유지하는 것은 간단하면서도 유익한 일이 될 수 있었을 거요."

"예. 무익한 희생을 상당히 줄일 수 있는 작전이었습니다. 그런데 그 의견의 발안자는 펠레일이라는 젊은 마법사였습니다."

"흠. 그 마법사를 만나봤으면 좋겠군요. 이 상황에 대해 해석을 해줄 수도 있을 것 같은데."

"그거라면 내가 해줄 수도 있지."

길시언은 쪼개던 빵을 점잖게 내려놓았지만 샌슨은 물어뜯던 빵을 좀 튀겼다. 난 놀란 눈으로 운차이를 바라보았다.

"운차이? 설명할 수 있다고요?"

운차이는 절도 있는 동작으로 스푼과 포크, 그리고 접시를 평행이 되게 놓았다. 그 동작은 완만하면서도 완성을 지향하는 엄숙함이 스며 있었지만 샌슨은 그 동작을 바라보면서 얼굴이 점점 붉으락푸르락해졌다. 운차이는 그 동작을 완료한 다음에도 다시 느긋한 동작으로 물컵을 들어올렸고 그러자 샌슨은 기어코 포크를 어깨 위로 들어올려 투창 자세를 취했다.

"말하지 않으면 던진다!"

"그럼 맨손으로 먹겠군."

운차이의 대답에 샌슨은 입을 딱 벌렸다. 운차이는 그제야 천천히 말을 시작했다.

"초점을 옮겨보지."

길시언은 고개를 갸웃했다.

"초점을 옮기다니?"

"지금 지골레이드에 초점이 맞춰져 있는 것 같군. 돌맨에게 초점을 맞추면 어떨까."

"돌맨 할슈타일 말인가? 그가 왜?"

"그 역시 현존하는 드래곤 라자다. 확실한 드래곤 라자이지. 더구나 지골레이드를 놓아줌으로서 현재는 드래곤이 없는 드래곤 라자가 된 셈이고."

길시언과 샌슨은 동시에 어안이 벙벙한 얼굴이 되어 서로를 쳐다보았다. 운차이는 경멸스러운 눈으로 두 사람을 바라보았고 그래서 내가 그들을 구원하기로 마음먹었다.

"잠깐만요. 그렇다면 운차이의 생각은…… 돌맨 할슈타일이 크라드메서의 드래곤 라자가 된다는 말입니까?"

"바보 왕자와 인간 같잖은 전사보다는 좀 낫다."

길시언은 이 냉혹한 평가에도 불구하고 화를 낼 생각을 못하고 있었다. 그리고 샌슨은 다급한 어조로 말했다.

"이봐, 이봐. 그게 도대체 무슨 말이야?"

운차이는 의자 등받이에 느긋하게 기대더니 낮은 목소리로 말했다.

"간단한 것이다. 할슈타일 가문에서는 붉은 머리 소녀, 즉 크라드메서의 드래곤 라자를 찾고 있었다. 너희들이 찾아낸 그 레니 말이야. 그런데 현재 레니는 너희들의 수중에 있다. 그렇다면, 할슈타일 가문에서 기필코 크라드메서를 획득하고 싶다면, 게다가 크라드메서의 드래곤 라자를 뺏긴 상황에서라면 어떻게 하면 될까."

길시언은 빵이 목에 걸린다는 표정을 지으면서 말했다.

"지골레이드를 포기하고 대신 크라드메서를?"

운차이는 대답하지 않고 대신 파이프를 꺼내어 담배를 채우기 시작했다. 길시언은 턱을 받친 채 생각에 잠겼고 샌슨은 진지한 얼굴을 하고서는 구운 감자를 대상으로 검술을 연습하기 시작했다. 나이프로 감자를 이리저리 찔러보기 시작했다는 말이다. 그러다가 샌슨은 나이프를 놓으면서 말했다.

"야, 그게 말이 되냐?"

"말이 안 되는 이유를 말해 봐."

"어, 그러니까, 에, 이거 봐. 확실한 자기 여자 팽개치고 자기를 좋아하지도 않는 여자에게 달려가는 남자는 바보 아냐?"

……무슨 비유가 저래. 운차이는 더욱 심각한 경멸을 담아 샌슨을 바라보았고 샌슨 스스로도 자신의 말에 당혹하는 표정을 지었다. 샌슨은 뒤통수를 긁으며 말했다.

"에, 그게 아니라. 음. 잡은 토끼 팽개치고 다른 토끼를 쫓아가는 사냥꾼은 바보다, 이런 말이야."

길시언은 고개를 끄덕였다.

"그렇군. 샌슨의 말이 맞아. 지골레이드는 할슈타일 가문의 드래곤이지만 크라드메서는 그렇지 않아. 왜 확실한 자기 소유의 드래곤을 포기하고 대신 불확실한 드래곤을 노린단 말이지? 만일 크라드메서가 돌맨을 받아들이지 않는다면 어떻게 되지? 그 계약은 쌍방의 동의에 의해 이루어지고 쌍방의 동의에 의해 결렬되는 거잖아."

운차이는 냉랭한 얼굴로 두 사람을 바라보다가 말했다.

"위험을 무릅쓰기 싫어하는 자는 얻는 것이 없지."

"허어……, 참. 그거. 지골레이드는 블루 드래곤이고 크라드메서는 이그누스 드래곤이니까? 지골레이드보다는 크라드메서가 더 좋다, 이 말인가? 그거 왠지 어린애의 논리 같잖아."

운차이는 대답하지 않았다. 그때 테이블에 엎드려 있던 칼이 신음을 흘리며 몸을 일으켰다.

"머리가 휘둘리는 느낌이군. 퍼시발 군. 나 거기 맥주 좀 주게."

샌슨은 테이블 한켠에 놓여 있던 맥주잔을 칼에게 건네었다. 칼은 천천히 목을 축이고 나서 말했다.

"커험! 다시 태어나는 기분이군. 큼. 에, 엎드려서 나누는 말씀 다 들었습니다. 여러분. 내 생각을 말해 보지요."

칼은 되도록 편한 자세를 취하면서 말했다.

"운차이 씨의 말에도 일리는 있어요. 할슈타일 가문에서는 최선을 다해 레니 양을 찾아왔지요. 하지만 현재로선 크라드메서의 웨이크닝이 며칠 남지도 않은 상황이오. 그러니 최후 수단으로 돌맨 할슈타일로 하여금 크라드메서의 드래곤 라자가 되게 하는 임시 방편도 생각해 볼 수 있겠지요."

"임시 방편이라구요?"

"지골레이드는 온전한 상태지만 크라드메서는 정신이 이상할 가능성이 높지 않습니까."

"아, 그렇군요!"

길시언은 손을 딱 부딪쳤다. 샌슨은 아직 이해를 못한 표정이 되었고 그러자 칼은 웃으면서 설명했다.

"할슈타일 가문에서도 대륙의 위기를 막아보려 한다는 거지. 그래서 지골레이드를 포기하고 돌맨을 자유롭게 만든 다음, 그를 크라드메서에게 연결시켜 크라드메서를 안정시킨다는 말일세."

"아……!"

음. 그렇긴 하네. 우리가 크라드메서의 드래곤 라자를 찾으려 애쓴 이유도 크라드메서가 돌아버렸을지 모르기 때문이지. 크라드메서는 드래곤 라자를 잃고 발광해 버린 전력이 있고 여전히 발광한 상태라면 대륙이 위험하니까……, 그래서 우리는 대륙의 동쪽 끝 일스까지 달려가서 레니를 데려온 거지.

그렇다면 할슈타일 가문에서도 대륙을 구하기 위해 지골레이드를 포기하고 돌맨을 내세울 수도 있는 문제로군. 흐음. 말이 되는 거 같다. 나는 테이블 위의 호롱불을 향해 고개를 끄덕여 주었다.

그러나 칼은 고개를 저었다.

"하지만 이 가설은 그 토대가 좀 불안합니다. 그랜드스톰의 하이 프리스트의 말씀에 의하면 돌맨 할슈타일은 역대 최악의 드래곤 라자라고 하지요. 과연 그 최악의 드래곤 라자가 이그누스 드래곤 크라드메서의 드래곤 라자로 받아들여질 수 있을지 문제입니다."

으. 그게 문제인가? 길시언은 턱을 쓸면서 말했다.

"확률이 약한 판에 걸고 도박입니까? 하지만 확실히 얻는 것보다 잃는 것이 많을 것 같은 도박입니다."

칼은 관자놀이를 문질러 졸음을 쫓으려 애썼다. 그는 세차게 고개를 휘젓고 나서 다시 침착하게 말했다.

"그렇지요. 만일 크라드메서가 돌맨 할슈타일을 받아들이지 않을 경우라면 크라드메서도 획득하지 못한데다가 지골레이드도 잃고, 두 마리 토끼를 다 놓치는 경우의 전형적인 예가 될 가능성이 높습니다. 아하함. 설령 크라드메서가 돌맨 할슈타일을 받아들인다 하더라도 그는 지골레이드의 대역은 될 수 없을 겁니다."

"예?"

"음……, 크라드메서는 균형을 지키는 이그누스 드래곤입니다. 그가 인간의 싸움, 지골레이드의 말처럼 인간들의 쓸모 없는 싸움박질을 도와줄 거라고는…… 생각되지 않습니다."

"그렇군요. 그럼 바이서스로서는 크라드메서의 안정은 얻게 되지만 전선의 전력은 크게 약화되겠군요."

"그렇지요. 그래서 그 가설이 불확실하다는 겁니다."

그때 운차이가 말했다.

"바이서스로서는 그렇다는 말씀이시겠지."

운차이의 말은, 마치 따뜻한 방 안에서 갑자기 창문을 열어젖힌 것과 비슷한 효과를 내었다. 길시언은 운차이를 쏘아보면서 말했다.

"무슨 의미지?"

"초점을 다시 바꿔보자는 말이지. 왠지 오늘 저녁에 내가 하는 일은 그것밖에 없는 것 같군."

"초점을…… 어떻게?"

"바이서스가 아니라 할슈타일 가문만을 놓고 생각해 보자는 것이다. 만일 크라드메서가 돌맨 할슈타일을 받아들인다면 할슈타일 가문으로서는 지골레이드라는 투정 심한 드래곤 대신 미드 그레이드를 박살낸 전력을 가진 크라드메서를 얻게 된다는 말이다."

창문을 열어젖힌 듯한 운차이의 말 때문인지 테이블 위의 호롱불이 흔들리는 것처럼 느껴졌다. 길시언은 어두운 얼굴로 운차이를 바라보았다.

"그건 그렇다. 그리고 그 말 뒤에 숨겨진 의도는 상당히 기분 나쁜데."

"당신 기분을 맞춰줘야 할 의무는 없어."

"……할슈타일 가문은 바이서스의 안보에는 관심이 없다는 말이냐? 오로지 더 강한 드래곤을 가지기만을 원한다는?"

"그렇게 볼 수도 있다는 말이지."

"바이서스가 없다면 할슈타일 가문이 어떻게 성립되는가!"

길시언은 뜨거운 목소리로 말했다. 그 목소리를 듣는 귀가 타버릴 정도로 뜨거웠다. 하지만 운차이의 차가운 얼굴은 한 점의 변화도 없었다.

"웃기는군. 바이서스가 할슈타일의 존속에 무슨 상관이란 말이지? 할슈타일 가문이 공신의 후손이기라도 하단 말인가?"

운차이는 구태여 차갑게 말하려고 애쓸 필요도 없었다. 그의 말은 진실이었고 진실은 차갑다. 길시언은 자신의 입을 악기로 삼아 귀에 거슬리는 음향을 만들어내고 있었다. 운차이는 계속해서 말했다.

"할슈타일 가문은 원래 바이서스에 대해서는 반란자의 입장이었던 것으로 알고 있는데. 그 가문이 후작의 이름을 가지게 되고 누대에 걸쳐 상당한 권력을 유지할 수 있었던 것이 그 가문 출신들의 비할 데 없는 충성심 때문이었나? 그렇게 말하고 싶은가, 멍청이 왕자?"

"그렇지는 않다."

길시언은 여전히 똑바른 자세였지만 그 목소리는……, 심리적으로 복부 아래를 가격당한 기분임을 잘 나타내고 있었다. 왕자님. 항상 속마음을 감추는 데는 능숙하지 못하시군요. 당신은 너무 솔직해요.

어쩔 수 없군. 길시언이 지금부터 해야 될 말은 왕족으로서는 인정하기 어려운 말이겠지. 난 맥주잔을 옆으로 조금 밀면서 테이블에 팔을 올려 턱을 괴었다.

"운차이. 결국 힘이 있으면 만사 그만이다는 식의 간단한 처세술을 설명하려는 건가요?"

운차이는 딱딱한 얼굴로 날 바라보았다.

"할슈타일 가문은 강력한 드래곤과 그 드래곤을 조절할 수 있는 라자를 계속해서 배출할 수 있는 한, 결국 권력을 계속 유지할 수 있는 한 자신들이 어느 깃발 아래에 무릎을 꿇는가에 대해서는 상관하지 않을 거라는 말씀인가요?"

길시언으로서는 이런 말을 할 수 없었을 것이다. 기사도를 진창에 팽개치는 말이니까. 길시언 씨. 다음에 언제 나한테 한번 그럴듯하게 대접해야 돼. 운차이는 미소 비슷한 어떤 표정을 지으며 말했다.

"똑똑하군. 그들이 계속 강력한 드래곤을 유지할 수 있는 한 그들은 자이펀의 지배를 받아도, 헤게모니아의 지배를 받아도 상관없어. 그 나라들도 바이서스의 경우를 좋은 예로 따르겠지. 바이서스 왕가는 시조의 원수였던 그들에 대한 원한을 고작 4대 만에 잊어버리지 않았는가?"

운차이는 지금 제4대 국왕 에리네드 전하의 북방 정벌을 이야기하고 있다. 에리네드 전하는 드래곤 로드의 잔존 세력을 완전히 토벌하고 북방을 안정시켰지만 할슈타일 가문만은 어떻게 할 수 없었다. 그 가문은 드래곤 라자를 배출하는 가문인 것이다. 그래서 에리네드 전하는 할슈타일 가문에 대해 높은 지위를 보장하며 바이서스의 귀족으로 귀속시켰다. 실리 앞에서는 명분이 사라진다는 좋은 예인 것이다.

길시언은 운차이를 쏘아보며 말했다.

"입을 조심하시지……. 그 지하실의 약속을 후회하게 될지도 모르겠어."

세상의 모든 전사들 중에, 아니, 세상의 모든 전사들을 만나보지는 못했으니까 함부로 단언할 수는 없지만, 최소한 지금 이 여관의 홀 안에서 저런 식의 협박에 흔들리지 않을 수 있는 사람은 딱 한 사람뿐인 것 같다. 운차이는 냉엄한 눈으로 길시언을 바라보았다.

"나도 그런 식으로 말할 수 있지. 지금 난 자유롭고, 무기도 가지고 있다. 약속을 잊을 수 있는 것이 당신만의 특권은 아니지. 당신을 베고 도주해 버림으로써 나의 인생을 쾌적하게 만드는 것을 고려해 볼 수도 있다."

길시언은 일어날 뻔했다. 그는 거의 일어나며 테이블을 걷어차면서 프림 블레이드를 뽑아들 뻔했다. 칼이 그때 말하지 않았다면 그는 그렇게 했을 것이다. 장담해도 좋아!

"그만들 하시오."

길시언은 휙 고개를 돌려 칼을 노려보았다. 칼은 깊은 눈으로 길시언의 눈빛을 빨아들였다. 길시언의 호흡소리가 하도 거창해서 여관 주인이 불안한 눈으로 우리들을 쳐다볼 정도였다. 칼은 피곤함이 가득한 얼굴로 혼잣말처럼 기운 없이 말했다.

"상황과 행동의 관계는 크게 세 가지가 있고, 그 관계에 따라 그 사람을 파악할 수 있다고들 하지요."

어, 어, 저게 누구의 말이더라? 길시언이 얼굴을 찌푸리며 말했다.

"……차넬의 대답이군요."

아, 그래. 저 이야기는 차넬의 말이로군. 제로딘이 차넬에게 유능한 전략가는 어떤 사람이냐고 농담 삼아 물어보았을 때 차넬이 대답한 말이다.

상황과 행동의 관계는 첫째, 그 상황에 어울리는 행동. 이런 행동을 하는 자는 민첩하고 영리한 사람이다. 상황에 어울리려면 당연히 그 상황을 폭넓게 이해하는 영리한 머리와 적절한 행동의 타이밍을 맞출 수 있는 민첩성이 있어야 되기 때문이다. 둘째, 그 상황을 악화시키는 행동. 이런 행동을 하는 자는 민첩하기는 하지만 영리하지는 못하다. 악화시키는 것도 타이밍이 잘 맞아떨어져야 가능한 일이기 때문이기 때문에 민첩하다는 평가는 가능하겠지만, 영리하지는 못하기 때문에 호전시키지는 못한다. 그리고 셋째, 그 상황과 아무런 상관이 없는 행동. 이런 행동을 하는 자는 민첩하지도 영리하지도 못하다. 그리고 이 경우는 셋 중에서 가장 나쁘다. 상황을 악화시키는 것은 최소한 현재 상황에서의 변화를 의미하지만, 아무 상관이 없는 행동일 경우 행동에 투입된 시간과 물자, 모든 힘의 낭비만 있을 뿐 현 상황은 그대로 유지되기 때문이다. 흐음. 이 정도면 나도 쓸 만한 기억력이야. 하하하.

칼은 고개를 끄덕이며 한숨처럼 말했다.

"어떻게 생각할지는 모르겠지만, 지금 여러분들은 5분 전까지만 해도 상황과 행동의 관계 중 첫 번째 관계를 구축하고 있는 것처럼 보였소. 그런데 지금은 세 번째 관계를 구축하고 있는 것처럼 보이는군요."

운차이는 천장을 노려보았고 길시언은 얼굴을 붉히며 칼에게 말했다.

"죄송합니다."

언젠가 내가 책을 쓰게 된다면 이 구절을 써먹어야겠군. 누군가 왕족으로서 미안하다는 말을 할 수 있는 사람이 있다면 길시언 바이서스는 거기에 속한다. 그러나 누군가 왕족에게 미안하다는 말을 들어도 이상하게 보이지 않을 사람이 있다면 칼 헬턴트는 거기에 속한다. 오오! 나의 재능은 너무나 광범위한 분야에 걸쳐 발달해 있단 말이야.

그렇지 않아도 이상하게 전개되고 있던 토론은 칼의 일갈로 완전히 끝나버렸다. 길시언은 바람이나 쐬고 싶다는 형편없는 변명을, 그것도 우물거리듯이 말하고는 홀 밖으로 나갔으며 운차이는 홀 구석의 긴의자에 반쯤 드러눕듯이 앉아서 말없이 엑셀핸드의 담배 쌈지를 축내기 시작했다. 샌슨은 의아한 눈으로 운차이를 바라보며 말했다.

"완전히 굴뚝이네. 그렇게 계속 피우면 머리나 목 안 아프냐?"

"걱정해 주나?"

"아니. 네가 어디가 아프다고 말하면 왠지 잠이 잘 올 것 같아서."

"……이건 드워프제야. 질이 좋은 거지."

운차이가 그런 식으로 버티고 있자 곧 여관 주인은 우울한 얼굴이 되었다. 그는 괜히 의자들을 밀었다 당겼다 하기도 하고 천장에 걸린 램프를 건드려보기도 하다가 곧 한심스럽다는 어조로 말했다.

"이봐요, 손님. 난 이만 들어가 자야겠는데."

음. 여기는 외진 곳의 외진 여관이라 그런지 여관 주인도 일찌감치 잠자리에 드는군. 지금까지 들러본 여관 중에서 이렇게 이른 시각에 잠자리에 드는 여관 주인은 본 적이 없는데. 운차이는 능글맞은 무표정으로 여관 주인을 바라보며 말했다.

"그러시오."

"손님이 여기 계시면 내가 잠자리에 들 수 없지 않습니까?"

"당신 여기서 자오?"

운차이의 이 쌀쌀맞은 대답에 주인장은 더욱 난처한 얼굴이 되었다. 그에게는 당연히도 이런 무례한 대답에 대해 화를 벌컥 낼 권리, 심지어 이런 식으로 행동하려거든 내 집에서 나가라! 고 외칠 권리도 있었지만 여러 가지 사정이 그로 하여금 자신의 권리를 잊어먹게 만드는 모양이다.

사실 여관 주인장은 흘긋 봐도 간단히 알아차릴 수 있을 만큼 우리들을 두려워하고 있었다. 전쟁과 국가, 그리고 국왕과 귀족의 이름이 함부로 거론되는 우리들의 대화라든지 믿을 수 없을 만큼 긴 여정, 그리고 검을 든 전사가 네 명이나 되는데다가 희귀한 마법사도 섞여 있고 거기에 성직자까지 한 자리 차지하고 있는데다가 드워프와 날렵해 보이는 처녀에 소녀 등 신비로운 구성원들로 이루어진 우리들을 보면서 그의 상상력이 어떤 방향으로 전개될지는…… 참으로 흥미로운 문제다.

그래서 그는 뭐라 말을 해야 될지 모르겠다는 얼굴로 운차이를 바라보았다. 다행스럽게도 샌슨이 여관 주인의 편을 들었다.

"일어나라, 자식아. 내일도 오늘만큼 달려야 돼. 올라가서 침대에 쓰러지자구. 이봐, 후치! 너도 밖에 나가서 길시언을 찾아서 데리고 들어와."

"알았어."

샌슨에 의해 거칠게 일으켜지면서 화를 바락바락 내는 운차이의 모습을 뒤로 하고서, 나는 여관 바깥으로 나왔다.

문을 열자 곧 모래가 섞인 맹렬한 밤바람이 불어왔다. 나는 팔을 이마까지 들어올리며 투덜거렸다.

"이런, 제기랄. 샌슨! 이런 바람을 쐬고 싶다고 말한 사람이 있다는 것을 믿을 수 있어?"

난 홀 안으로 먼지와 모래가 들어가면 주인장이 싫어할 것을 생각해서 재빨리 밖으로 나와서 문을 닫았다. 하지만 나의 친절함은 여관 주인에게 다 써버리게 되었다. 난 더 이상 앞으로 걸어가서 길시언을 찾고 싶은 마음이 없었다. 그래서 난 문을 등지고 선 채 고함을 질렀다.

"이봐요! 길시언! 길시언!"

대답이 없었고 그러자 난 앞으로 더 걸어나가는 대신 제자리에서 더 크게 외쳤다.

"이런 바람을 쐬고 있다면 당신은 이상한 호칭으로 불릴지도 몰라요! 아, 그렇지! 사람들이 이런 바람을 쐬고 있는 당신을 보면 틀림없이 무슨 고행을 해야 될 극악 범죄를 저지른 전사로 생각할 거라구요!"

잠시 후 시커먼 어둠과 시끄러운 바람 사이로 길시언이 걸어오는 것이 보였다. 그는 옷깃을 세우고는 두 팔로 머리를 감싸안다시피 한 자세로 걸어왔다. 그는 아무런 말도 하지 않은 채 손짓으로만 빨리 들어가자고 했고 우리 두 사람 모두 홀 안으로 들어서자 길시언은 몸을 털면서 말했다.

"그래, 휴. 상쾌한 밤바람은 아니군."

정말 상쾌한 밤바람은 아니었다.

황야 한 가운데 잘못 돋아난 뿔처럼 자리한 칸 아디움은 사방에서 불어오는 모래와 먼지들에 대하여 가장 완벽한 저항, 즉 무저항을 채택하고 있었다. 들어오면서 보았던 도시의 외곽 성벽은 꽤 훌륭한 것이었다. 하지만 성벽은 대책 없는 모래와 바람까지 막아내지는 못하고 있다. 어쨌든 교역 도시 칸 아디움에 우리들의 대인원을 모두 수용할 여관이 남아 있다는 것만 해도 감지덕지할 일이라는 점에 대해서는 우리들 모두 찬성했으며, 따라서 그 여관에 방이 두 개밖에 없다는 사실에 대해서는 화를 낼 수가 없는 것은 지극히 당연하다.

그리고 네리아와 레니가 차지하고 나서 남게 된 하나의 방에는 모두 네 개의 침대가 있었다. 네 개의 침대 위로 아프나이델, 칼, 제레인트, 엑셀핸드를 집어던지고 나자 칼잡이들에게는 침대를 고를 권한이 남지 않게 되었다.

그래서 길시언과 샌슨, 운차이, 그리고 나는 홀을 점령하기로 결심했다. 침실의 바닥에서 자는 것도 고려해 보았지만 아무래도 벽난로가 있는 홀 쪽에 더 점수를 주게 되었다. 주인장은 당황한 얼굴로 말했다.

"홀에서 자겠다고요?"

"어쩔 수가 없군요. 설마 마구간으로 쫓아내시지는 않으시겠지요?"

주인은 우리를 마구간으로 쫓아내지는 않았고, 그래서 운차이는 심술궂게 웃을 수 있게 되었다. 어쨌든 우리들은 짐 속에서 모포를 꺼내와서 홀 바닥에 깔고 드러누웠다.

운차이는 치사스럽게도 눈빛을 번쩍거리더니 홀 구석에 있는 긴의자를 차지했다. 그곳은 홀 옆벽에 있는 벽난로 쪽으로 발, 또는 머리를 두고 드러누울 수 있어서 참으로 고려해 볼 만한 자리였지만 운차이는 우리들이 그런 고려를 하느라 시간을 잡아먹게 되는 것이 안타까웠던 모양이다. 윽.

길시언은 벽난로 바로 앞에 모포를 깔고는 드러누웠다. 물론 그는 운차이와는 달리 품위를 아는지라 충분한 공간을 남겨두었다. 그러자 그 공간에는 샌슨이 냉큼 끼어들었다. 곤란해, 곤란해. 난 약간 궁리한 다음 홀에 있던 테이블 두 개를 바싹 붙여서 그 위에 모포를 깔고 드러누웠다. 아무래도 바닥에서 잤다가는 땅에서 올라오는 차가운 기운 때문에 내일 아침 제대로 걷지도 못하게 될 것 같단 말이야.

그러나 잠시 후 나는 테이블에서 황급히 내려올 수밖에 없었다. 몸을 조금만 뒤척여도 테이블이 아우성을 질렀기 때문이며, 테이블이 그렇게 아우성을 칠 때마다 나머지 세 남자들도 불안감에 떨며 아우성을 쳤다. 나는 샌슨을 옆으로 밀어붙인 다음 그 옆에 드러누워 조금이라도 더 벽난로 쪽에 가까워지려 애썼다. 잠시 소란과 투덜거리는 소리가 났지만 결국 모두들 자리를 잡고 눕게 되었다. 바닥에 나란히 세 명, 그리고 그 바로 옆으로 벤치 위에 한 명. 네 남자는 그렇게 누워 불 꺼진 캄캄한 홀, 하지만 벽난로에서 나오는 불그스름한 빛으로 물든 홀의 천장을 바라보았다.

탁. 탁.

벽난로 속의 장작개비는 이글거리며 잘도 타올랐다. 그리고 바깥의 모래바람 역시 쉼없이 불었다.

위이이잉. 위이이잉.

머리카락이 타버릴 정도로 벽난로에 바싹 붙어 있던 샌슨이 말했다.

"이거 참. 내일 아침엔 삽이 필요해질지도 모르겠는걸."

"삽?"

"모래를 퍼내야 걸어갈 거 아냐."

"그것보다는 낙타를 수입하는 것이 낫겠군. 아, 그렇지. 운차이?"

운차이는 뒤척거리지도 않았다. 그는 가만히 천장을, 벽난로 불빛에 발갛게 물들어 있는데다가 바람이 불 때마다 삐걱거리는 천장을 바라보며 말했다.

"왜?"

"낙타는 사막을 달리는데 왜 발이 빠지지 않아요? 말보다 덩치가 작아요?"

난 질문을 던지다가 웃음이 터질 뻔했다. 옆에 누워 있던 샌슨과 길시언이 동시에 운차이 쪽으로 몸을 돌리는 것이 느껴졌기 때문이다. 운차이는 내 질문에 대한 대답을 천장으로 날려보냈다.

"낙타가? 훗. 낙타의 어깨 높이는 약 4큐빗 정도 된다."

"4큐빗? 우와? 말보다 훨씬 크네. 그런데 발이 빠지지 않아요?"

"낙타는 말과는 달리 발가락이 두 개다. 그리고 그 사이가 크게 벌어져 있지. 모래밭에서도 잘 빠지지 않는 발이다."

"그래요? 흠. 그런데 생각했던 것보다 정말 크네. 그렇게 높은데 어떻게 탈 수 있지요? 탈 때마다 무슨 받침대 같은 것을 가져다 놓나요?"

"아니. 낙타는 무릎을 꿇어 그 기수를 태운다. 기수에 대한 완벽한 충종을 표시할 줄 아는 선한 생물이지."

"무릎을 꿇어요?"

"낙타는 튼튼하면서도 유연한 다리를 가지고 있지. 그는 무릎을 꿇고 차분히 기다린다. 그리하여 기수, 혹은 짐이 완전히 실

리고 나면 그는 일어서 타오르는 사막의 아지랑이를 향해 걸어가
지."

"허어. 낙타는 어떻게 생겼어요?"

"어떻게 생겼냐고?"

"예. 말은, 음, 어, 날카롭게 생겼잖아요. 바람을 앞지르는 종
족답게."

"낙타는 바람과는 별 상관이 없지. 그는 사막의 동물들에 대해
서도 근심하지 않고 뜯을 풀이 있느냐에 대해서도 걱정하지 않
아. 낙타는 시간에 대해서도 근심하지 않아. 말은 시간에 대해
너무도 근심해서 바람과 같이 빠른 다리를 선사받았지. 그렇지만
낙타는 시간에 대해 아무런 근심을 하지 않기 때문에 그 혹을 선
사받았지."

"혹?"

운차이는 갑자기 일어나 앉았다. 그는 우아한 동작으로 다리를
들어 벤치 아래에 내려놓고는 테이블 위에 던져두었던 엑셀핸드
의 파이프와 담배 쌈지를 들어올렸다. 가느다란 나뭇가지를 이용
하여 파이프에 불을 붙인 운차이는 어두운 홀 안으로 파르스름한
담배연기를 흘려보냈다. 위이잉…… 윙. 바람소리는 지칠 줄 모
르고 계속되었다.

"낙타에겐 혹이 달려 있다. 그 기박한 운명에 어울리는 선물을
받은 모든 생물들 중 낙타만큼 경이로운 선물을 받은 생물도 드
물지."

"혹이 선물이에요? 불편한 것 아닌가요?"

운차이의 입에서 뿜어져 나오는 담배 연기 때문에 시야가 흐릿

해진다. 천장이 춤을 추는 것처럼 보여서 난 눈을 감았다. 그러자 난로의 탁탁거리는 소리와 바깥의 바람소리가 더욱 선명하게 들려왔다.

"어느 유목민 소년의 이야기가 생각나는군."

"예?"

"넓은 사막 어느 오아시스에 어떤 소년이 살고 있었다. 그는 항상 시무룩한 상태였지. 그래서 사람들은 그 소년을 가리켜 'Dsifaruum-Iethena.', 그러니까 항상 불만스러운 소년이라고 불렀지."

"왜 시무룩했나요?"

"그 소년의 눈에는 사물의 불합리함과 만물의 약점이 극명하게 들어왔기 때문이지. 그래서 그 소년은 자신이 실수투성이 세상에 태어났다고 여겨서 그렇게 불만족스러운 상태였다. 그 소년은 모든 것이 불만스러웠지."

"하하, 그래요?"

"그래. 그래서 소년의 Arra-bi-fanumosa, 그러니까 너희 말로는 추장 정도 될까? 아버지라는 성격이 강하지만……, 어쨌든 추장은 소년이 항상 시무룩한 것을 보다 못해 어느 날 소년을 사막으로 보내었지."

"사막으로요?"

"그렇지. 대사막. 사막은 넓고, 볼품 없고, 황량하지만, 묻는 자에게 대답을 해주거든. 그리고 현명한 추장은 그것을 알고 있었지. 소년은 추장의 조언에도 명백한 모순을 발견했지만 잠자코 그 조언에 따랐다. 그래서 소년은 낙타젖이 든 주머니 하나를 든 채 사막으로 나아갔지."

잠시 바람소리만이 들렸다. 눈을 떠보니 운차이는 파이프를 빨고 있었다. 다시 담배 연기로 홀의 모습을 어지럽혀 놓은 다음 운차이는 말했다.

"소년은 해가 뜰 때 출발했지. 그리고 해가 가장 뜨거운 시간 동안 계속해서 사막을 향해 똑바로 걸어갔어. 그것은 완전히 미친 짓이야. 가장 뜨거울 때의 사막은 어떤 생물도 견디지 못하거든. 게다가 길을 잃을 가능성도 엄청나고. 햇빛이 뜨겁게 내려쪼일 때의 사막은 움직이지."

"움직인다고요?"

"꿈틀댄다……, 춤을 춘다. 음. 너희들의 말에는 사막의 춤을 설명할 말이 없군. 어쨌든 그런 상태야. 사막은 실제로 살아 움직이거든. 거기엔 모래밖에 없지만."

춤을 춘다라. 모래들이? 난 잠시 상념에 잠겨 바람에 따라 꿈틀거리고 움직이는 모래벌판의 모습을 그려보았다. 모래 위로 이글거리는 공기의 움직임, 그리고 바람이 불 때마다 떠올랐다가 가라앉는 모래들. 그리고 그때마다 살짝 나타났다가 사라지는 선인장 부스러기, 전갈, 검은 곤충들과 붉은 뱀의 모습을 그려보았다. 그런 상념들 사이로 운차이의 말소리가 멀리서 들려오듯 들려왔다.

"그러나 소년은 걸어갔어. 한참을 걸어갔지. 점점 뜨거워지는 햇살에 빗발 같은 땀을 흘리다가 소년은 낙타젖을 꺼내어 마시기 시작했지. 그러다가 소년은 Katzhita, 에, 너희 말로는 전갈이지? 전갈을 만났지. 소년은 더위를 탄데다가 지쳤지만 전갈의 모습을 보고는 참을 수가 없었어. 자신의 걱정거리도 잊은 채 소년은 말했지.

'이봐, 저걸 좀 보란 말이야. 우습지도 않잖아. 전갈의 무기는 그 무서운 독침이지. 그런데 왜 그게 뒤에 달려 있느냐 말이야. 전갈이 뒤로 걷는 생물이기라도 한가? 전갈도 앞으로 걸어. 그러니까 당연히 그 무기인 독침은 앞에 달려 있어야지. 뒤에 달려 있다 보니까 꼬리를 꺾다 못해 허리까지 꺾으면서 공격해야 되잖아.'

소년은 불만스러운 어조로 그렇게 말했지."

길시언이 몸을 일으키는 소리가 들린다. 돌아보니 그는 상체를 반쯤 일으켜 왼팔로 몸을 기댄 채 운차이의 이야기를 듣고 있었다.

"그러자 전갈은 싸늘하게 웃으며 말했지.

'멍청한 소년아. 독침은 나의 가장 소중한 것이다. 그것이 떨어져버리면 난 무력해진다. 그런데 그 독침을 마치 선물 보따리라도 되는 양 앞에 내밀고 다녀야 된단 말인가? 누구든지 뜯어갈 수 있도록?'

그러자 불만스러운 소년은 말했어.

'그건 궤변이다. 독침은 쓰기 위해 달려 있지, 보호하라고 달려 있지 않단 말이야.'

'글쎄. 만일 독침을 써야 할 지경에 빠진다면, 그게 앞에 달려 있는가 뒤에 달려 있는가 하는 문제는 크게 중요하지 않아. 난 그런 지경에 빠지지 않기를 바라겠어.'

소년은 전갈의 말이 마음에 들지 않았지만 전갈은 그냥 걸어가버렸고 소년도 자신의 일로 바쁘기 때문에 둘은 그냥 헤어졌지."

"말 되는 거 같은데. 어. 하긴 언제든 안전하기 위해 검을 뽑아들고 다닐 수야 없지. 손이 비어 있어야 식사라도 할 테니까."

샌슨이 맞장구를 치자 운차이는 빙긋 웃었다. 위이이잉……
윙윙.

"소년은 뜨거운 태양빛을 온몸에 받으며 걸어갔지. 잠시 후 소년은 멈춰 서서 목을 축이기 위해 주머니를 들어올렸지. 소년은 낙타젖을 마시다가 Pinnack-voe, 그러니까…… 방울뱀을 만나게 되었어. 그런데 방울뱀은 꼬리를 촤르르 흔들면서 두 마리의 쥐를 노려보고 있었다. 그러니까 쥐들의 등 뒤에서 노려보고 있었던 것이지. 쥐들은 뭔가를 먹느라 정신이 없었고."

"꼬리를 흔들어?"

"방울뱀은 꼬리를 흔들어 소리를 낼 수 있지. 우리는 그것을 죽음의 음악이라고 부른다. 어쨌든 쥐는 등 뒤에서 들려오는 방울뱀의 소리를 들으며 서 있었지. 그 광경을 본 소년은 또 참을 수가 없게 되었어. 소년은 혼잣말로 말했어.

'이건 정말 지독한 고문이야! 방울뱀은 고기를 먹고 산단 말이야. 그래서 사냥을 해야 돼. 그런데 그런 방울뱀에게 소리 나는 꼬리를 달아주다니! 저건 평생을 따라다니는 족쇄나 다름없어!'

소년이 그렇게 말했을 때였어. 갑자기 방울뱀이 휙! 날았지. 그리고 쥐들 중 작은 놈 하나를 덥석 물었어. 작은 놈이 잡힌 덕분에 큰 놈은 달아날 수 있었지. 소년은 어이가 없었어."

"어이가 없다라……."

"달아난 큰 쥐는 멀리서 애처로운 눈으로 방울뱀이 식사하는 모습을 바라보았지. 소년은 기가 차서 말했어.

'이봐, 방울 소리를 듣지 못했어?'

'물론 들었지! 여기 달려 있는 귀가 보이지 않아?'

그러자 소년은 벌컥 화를 내면서 말했어.

'그런데 왜 달아나지 않았던 거야? 바로 등 뒤에서 방울 소리가 들려왔잖아?'

그러자 쥐는 슬픈 가운데서도 어리석은 소년을 타이르듯이 점잖게 말했지.

'방울 소리가 어쨌다는 거야? 방울 소리가 우리를 잡아먹기라도 하나? 우리의 문제는 방울뱀의 이빨에 있지 그 꼬리에 있지 않아.'."

샌슨은 배를 잡고 킬킬거리기 시작했다. 운차이는 점잖고도 냉랭하게 저 멍청한 말을 했고 그런 식으로 하는 이야기를 듣는 것은 정말 웃겼다. 운차이는 계속해서 근엄하게 말했다.

"소년은 어처구니가 없어서 뭐라고 대답하려고 했지만 그때 방울뱀은 식사를 끝내었지. 그러자 소년과 이야기하던 쥐는 바삐 달아났어. 그 모습을 보면서 소년은 투덜거렸지.

'우습지도 않아. 멍청한 쥐 같으니. 방울 소리가 들리는 곳에 방울뱀이 있다는 것은 누구나 잘 아는 일이잖아. 도대체 꼬리와 몸이 따로 다니기라도 한다는 말이야?'

소년은 대충 그렇게 중얼거리며 걸어갔지."

2

북부의 황량한 모래 바람 속에서 모래 바람 소리와 함께 사막 전사의 옛이야기를 듣는 것은 신비로운 기분에 젖어들게 만들었다. 홀 안은 여전히 캄캄하고, 운차이의 얼굴은 오른쪽 반만 보였다. 오른쪽 볼은 붉게 물들어 있고 왼쪽 볼은 새카맣다. 그리고 그 왼쪽 볼 위로 운차이의 왼쪽 눈이 빛났다.

"그리고 잠시 후, 소년은 지칠 대로 지쳐 목을 축이다가 낙타를 보게 되었지. 소년은 목을 축였는데도 불구하고 걷잡을 수 없이 화가 나서는 목이 꽉 막히는 기분이 들었어. 소년은 거의 발작하듯이 외쳤지.

'저걸 좀 보라구! 저, 저것! 난 도저히 못 참겠어. 낙타는 말보다 훨씬 빠르단 말이야! 다리도 더 길고 힘도 더 강해! 그런데 등에 저 커다란 혹이 달려 있어서 빨리 달리지 못한단 말이야!'."

샌슨은 고개를 갸웃거렸다.

"낙타가 말보다 빠르다고?"

"더 빨라. 네가 만일 자이펀에 가게 된다면 낙타 경주를 구경하도록. 말은 비교도 되지 않을 만큼 질풍처럼 달리는 낙타를 보게 될 테니."

"그렇게 빨라?"

"빨라. 하지만 말처럼 그 속도를 지속적으로 유지하지는 못한다는 것이 낙타의 단점이다."

"음. 그래?"

"어쨌든 소년은 목이 꽉 막힐 듯이 화가 나서 그렇게 외쳤지. 그러자 낙타는 소년을 바라보며 말했지.

'소년. 난 빠르게 달릴 일이 없는걸.'

'그럴 일이 있어도 빨리 달리지는 못할 거잖아?'

'일어나지 않은 일을 걱정할 필요는 없지. 안 그래?'

'지금 빨리 뛸 필요가 없다고 해서 앞으로도 영원히 빨리 뛸 일이 없을 거라고 생각해?'

'영원히 그럴 필요가 없을 수도 있지.'

소년은 벌컥 화를 내고 싶어졌다. 하지만 낙타는 자신의 일을 찾아 걸어가 버렸지. 무려 세 번에 걸쳐 바보 취급을 당한 소년은 몹시 화가 나게 되었다. 하지만 추장의 명령은 무시할 수 없었고, 그래서 항상 불만스러운 소년은 계속해서 나아갔지. 그리고 얼마나 지났을까. 소년은 지금까지 본 것 중에 가장 황량한 모래 벌판에 섰지. 사막 중에서도 완벽하게 모래만 있는 사막 말이야. 그리고 소년은 모래 언덕 위에 서서 모래 때문에 깔깔해진 목을 축이고는 말했지.

'이봐. 뭐, 여기까지 왔으니 말은 해야겠어. 온 세상에 대한 모든 것을 질문하다간 나도 당신만큼이나 나이를 먹게 되겠지. 난 합리적인 사람이니까, 지쳐 쓰러질 때까지 질문하진 않겠어. 너에 대한 한 가지 질문을 하지. 도저히 눈 뜨고 봐줄 수 없는 이 모래! 도대체 이 많은 모래가 왜 있는 거야? 모래 위에선 곡식도 자라지 않아. 그 위에선 어떤 생물도 살 수 없어. 전갈들도

사실 이런 날씨엔 돌아다니지 못한다구. 선인장도 이런 모래사막
에선 살 수 없잖아. 도대체 누구에게도 좋은 일이 되지 못하는
이런 모래가 왜 이리도 많이, 그것도 넓게 쌓여 있는 거지? 하는
일이라곤 태양의 열을 흡수하여 지글지글 타오르는 일밖엔 없잖
은가.'

소년은 대충 이런 식으로 질문했지."

그리고 내가 대답하기도 전에 샌슨이 먼저 말했다.

"야, 그거 그렇다. 음. 그래서 어떻게 되었지? 사막이 뭐라고
대답했어?"

"너 바보냐? 사막이 대답을 해?"

운차이는 몇 마디 평범한 말로도 상대로 하여금 평생 동안 들
어왔던 그 어떤 욕설보다도 더 심한 욕설을 들었다고 여기게 만
들 수 있는, 참으로 독특하고도 싸가지 없는 재주를 가지고 있다
는 점이 명확해졌다. 샌슨은 벌컥 화를 내며 말했다.

"야! 전갈도 말하고 쥐도 말하고 낙타도 말하는데 사막은 왜
말 안하냐!"

그러자 운차이는 정말 저렇게 불쌍한 작자는 처음 본다는 식으
로 샌슨을 바라보았다. 그리고 점잖게 말했다.

"사막엔 입이 없다."

샌슨은 목구멍에서 괴이한 소리를 내었고 나와 길시언은 킥킥
거리기 시작했지만 운차이는 그 모두를 무시하면서 계속해서 말
했다.

"사막이 무슨 대답을 하나. 모래만 가득가득 쌓여 있는데. 소
년 역시 대답을 기대하진 않았지. 소년은 불만에 가득 차 있었지
만 최소한 북부의 머저리처럼 사막이 대답하지 않는다고 해서 불

만스러워하진 않았지." 샌슨의 목이 졸린 듯한 신음소리. "소년
은 잠시 증오스러운 눈으로 고요한 사막을 쏘아본 다음 그대로
몸을 돌려 지금껏 걸어왔던 길을 되짚어 걸어가기 시작했다."

샌슨은 시비를 걸듯이 말했다.

"그래서 어떻게 되었지?"

탁탁, 위이이잉. 바람이 불 때마다 창문이 움직이는 달그락
소리.

"사막이 움직여버렸지."

"움직였다고?"

"그렇다. 움직였지. 소년은 길을 잃었어. 돌아오는 길을 도저
히 알 수가 없게 된 거야."

"태양이나, 어, 그림자 같은 것을 보면 되잖아?"

"북부 머저리 같으니……. 태양이나 그림자를 본다는 것은 어
느 정도 길이 있을 때의 이야기이지. 사막엔 길이 없다. 조금만
빗나가도 터무니없이 엉뚱한 방향으로 걷게 되는 것이 사막이
야."

"그래?"

"그렇다. Kahnat도 없고, 아, 우물도 없고 바위도 없는 완전한
모래 사막에선 누구도 길을 찾을 수 없다. 대상들도 그런 곳으로
는 다니지 않는다. 소년은 화를 버럭버럭 내면서 걸어갔지. 눈에
익은 선인장이나 바위 등이 나타나기를 기대하면서. 하지만 그런
것은 나타나지 않았다. 소년은 마침내 참지 못하고 하늘을 향해
고함을 질렀지. 주로 되지도 않는 욕설들이었어."

샌슨은 운차이의 말에 벙긋거렸다. 모래밭 한가운데서 하늘을
향해 고래고래 고함을 지르며 걸어가는 소년의 모습이라. 흠.

"그렇게 미친 듯이 걸어가다가, 소년은 아까 만났던 낙타와 마주치게 되었지. 낙타는 지치고 초라한 몰골을 한 소년을 바라보다가 이렇게 말했다.

'소년. 그 주머니를 버리는 것이 어때?'

'뭐라구?'

낙타의 말에 소년은 손에 들고 있던 젖 주머니를 바라보았지. 낙타는 바로 그 주머니를 가리킨 거야.

'그걸 버리면 몸이 가벼워질 테니 더 빨리 걸을 수 있을 것이다. 그렇지 않은가?'

'말도 안 돼. 더 빨리 걸으려다가 목이 말라 죽을지도 몰라. 이 주머니는 길을 찾을 수 있는 더 많은 시간을 약속한다구.'

'그런가?'

소년은 대답하지 않았지. 소년은 낙타를 쏘아본 다음 계속해서 걸어가기 시작했어. 최소한 아까 마주쳤던 낙타를 만난 이상 방향은 똑바로 잡은 셈이거든. 그래서 소년은 다시 기운을 차려 걸어가게 되었지. 그러다가 소년은 어느 모래 언덕을 돌아가다가 방울소리를 듣게 되었지. 소년은 당황했어. 방울 소리가 들린다는 것은 방울뱀이 있다는 뜻이지. 하지만 소년은 다시 생각해 보았지. 아까의 그 방울뱀은 쥐를 포식했지. 방울뱀은 보통 식사를 하고 나면 소화하기 위해 한참 동안 움직이지 않거든. 그래서 소년은 그냥 걸어갔지. 그때 모래 언덕 위에서 쥐가 나타나서 말했지.

'이봐. 방울 소리가 들리지 않아?'

'물론 들려!'

'아, 그래?'

소년은 이번에도 대답하지 않았지. 소년은 기분 나쁜 얼굴로 쥐를 쏘아본 다음 계속 걸어갔어. 역시 방울뱀은 공격하지 않았지만 소년은 몹시 기분이 상했지. 게다가 지쳤기 때문에 손에 든 주머니는 엄청나게 무겁게 느껴졌지. 소년은 그것을 버리고 싶어졌지만 차마 그럴 수는 없었어. 애초에 버릴 수 없는 것이면 고민도 없었을 테지만. 그렇게 기진맥진하여 나아가던 소년은 뜨거운 모래밭에서 걸어가고 있는 전갈을 만나게 되었지. 전갈은 소년을 뚫어지게 바라보다가 음울한 목소리로 말했지.

'이것 봐. 왜 그것을 들고 다니는 거지?'

'뭐야? 목이 말라 죽어버리라는 말이야?'

'어차피 그것은 모두 네 입 속으로 들어갈 것이잖아. 그러니다 마셔버리고 걸어가면 되는 거 아냐? 왜 힘들게 그것을 들고 다니는 거지?'

'지금은 목 마르지 않아!'

'그래? 목 마를 때를 대비해서 가지고 다니는 거로군. 그렇다면 좀더 조심하는 것이 좋겠군.'

'무슨 뜻이지?'

'그 주머니는 새고 있어.'

소년은 놀라서 주머니를 바라보았지. 과연 아래쪽에서 낙타젖이 뚝뚝 떨어지고 있었어. 얼마 남지도 않은 낙타젖을 그렇게 낭비해 버린 데 대해서 소년은 크게 낙심했지. 소년은 일단 주머니를 거꾸로 들었지. 거꾸로 들면 잡기가 어려워지는 것이 주머니야. 그래서 소년은 그것을 가슴에 안다시피 한 채 기진맥진해서 걸어야 했지. 사막의 모래들이 붉게 변할 때 소년은 마침내 자신의 천막으로 돌아올 수 있게 되었지. 소년은 쓰러질 것 같았지만 힘들게 다리를 움직여 추장의 천막으로 걸어갔어. 담배를 피우면서 기다리던 추장은 소년을 바라보다가 말했지.

'무엇을 보고 뭘 깨달았느냐?'

'사막엔 아무것도 없었습니다. 가도 가도 모래, 모래뿐이었어요. 아무것도 깨닫지 못했어요.'

그러자 추장은 소년을 물끄러미 바라보다가 말했지.

'그런가? 이상하군. 낙타와 쥐와 전갈이 나에게 이야기를 해주었는데.'

'예? 아, 그 어리석은 동물들 말인가요?'

그러자 지혜로운 추장은 말했지.

'그 동물들의 이야기는 좀 다르던데. 그 동물들은 네가 마치 낙타가 매달고 다니는 혹처럼 무거운 주머니를, 전갈이 꼬리를 돌보듯이 소중히 끌어안은 채, 방울뱀 소리의 한가운데를 걸어가고 있다고 전해 주었다.'

'……그래요. 하지만 사막 자체에는 아무것도 없었어요! 사막은 아무런 대답을 하지 않았어요.'

'글쎄. 내 생각에 사막은 낙타와 전갈과 쥐를 보여준 것 같은데.'

그러자 소년은 아무런 말도 못하게 되었지."

운차이는 이야기를 마치고 나서 다시 침착하게 파이프 물부리를 물었다. 샌슨은 어느새 일어나 앉아서는 생각에 잠긴 표정이 되어 있었고 길시언은 팔베개를 한 채 드러누워 있었다. 난 여관 건물의 벽을 두드리는 모래바람 소리를 들었다. 탁, 타다다닥, 휘이이잉.

샌슨이 툭 튀어나오듯이 질문했다.

"그 이야기가 전하려는 바가 뭐야?"

운차이는 구슬픈 표정으로 샌슨을 바라보며 말했다.

"날 미친 녀석으로 만들고 싶은가? 전하고 싶은 주제가 있다면 그냥 그 주제를 말해 버리지 왜 기다란 이야기를 하느냔 말이야."

"어, 그런가?"

운차이는 다시 한번 홀의 시커먼 공간을 파르스름한 담배 연기로 물들인 다음 말했다.

"낙타 이야기를 들으니 그 이야기가 생각났을 뿐이야."

"흐음."

재미있는 이야기로군. 칼이 있었다면 저 이야기를 들으며 많은 생각을 할 수 있을 것 같은데. 제레인트가 들으면 뭐라고 할까? 전갈이라……. 낙타? 흐음. 방울뱀. 갑자기 몸이 부웅 떠올라 저 열사의 사막으로 날아가 버리는 기분이 드는군, 그래.

휘이이잉!

길시언은 바람 소리의 끝자락에 붙여서 말했다.

"이만 자둡시다. 험한 내일이 기다리고 있으니."

그러자 샌슨은 난로에 장작 하나를 던져넣은 다음 다시 드러누웠다. 나 역시 모포를 머리 위까지 끌어올렸다. 흐음. 한 두어 달쯤 전에 누군가 헬턴트 영지의 초장이 후보인 나 후치 네드발이 북부의 어느 여관 홀 바닥에서 포근한 표정으로 잠들게 될 거라고 말했다면 난 상대의 정신 상태를 의심했겠지. 핫하! 우스운 거야, 인생이란. 모두들 운차이가 말하는 낙타처럼 혹 하나씩을 매달고 그저 걸어가는 것인가?

내 혹은 뭘까?

쾅쾅쾅!

이건, 음. 그렇지. 델하파의 항구다. 거기서도 누군가가 아침부터 문짝이 부서져라 두드려대었지. 하지만 여긴 델하파가 아니잖아.

쾅쾅쾅!

"젠장! 어느 녀석인지 모르지만 내 아침잠을 깨울 정도로 급하지 않다면 그 짓 그만둬!"

샌슨의 졸음에 겨운 목소리. 그 목소리를 들으며 나는 간신히 현실 감각을 되찾고는 누군가 우리가 누워 있는 여관의 문을 두드리고 있다는 것을 깨닫게 되었다. 그리고 그럴 경우 양식 있는 사람이라면 당연히 일어나 문을 열고 내다보아야 될 것이다.

난 양식이 없어. 제발 그만두자구.

쾅! 콰과광쾅! 쾅쾅! 쾅! 쾅!

아주 리듬감 있는 노크 소리로군. 눈을 떠보니 내 오른손 둘째 손가락이 노크 소리에 맞춰 땅바닥을 두드리는 모습이 보인다. 탁, 타다닥탁, 탁탁, 탁, 탁. 제기랄. 아무래도 일어나야 되겠는걸.

난 떠지지도 않는 눈을 비비며 일어나 앉았다. 여관 정문까지 걸어가는 길이 참으로 멀게 느껴지는군. "으아아!" 무슨 소리지? 괜찮아. 설마 누군가를 밟지는 않았겠지. "내 다리!" 음. 샌슨. 잠꼬대를 이상하게 하는군. 꼭 내가 샌슨의 다리를 밟은 것 같잖아.

"밖에 누구요! 그런데 나에게 이 질문을 할 권리가 있냐고 묻지는 말아요."

왜냐하면 난 이 건물의 주인은 아니니까. 문을 열자 곧 맹렬한 바람이 불어닥쳐서 나는 머리를 홱 젖혔다. 잠시 후 힘들게 다시 앞을 바라보니 검푸른 새벽 하늘을 배경으로 서 있는 시커먼 그림자가 보였다. 자세히 보자 그 그림자는 커다란 망토 같은 것을 뒤집어쓴 남자의 모습이라는 것을 알 수 있었다. 손에는 기다란 막대기…… 창인가? 어쨌든 그런 것을 들고 있었는데, 남자는 뭐라고 마구 외치기 시작했다. 그리고 그의 등 뒤로도 몇 명의 다른 남자들의 모습이 보였는데 그 사람들 역시 뭐라고 떠들고 있었다. 난 머리를 휘젓고 나서 말했다.

"잠깐, 잠깐만. 나 잠에 취해서 그러는데, 좀 천천히 침착하게 말해 주겠어요?"

남자는 내 의견을 받아들여 간단명료하게 말했다.

"오크요!"

"아, 그러세요? 전 인간이에요."

남자는 한 대 맞은 표정으로 날 바라보았고 등 뒤에서는 운차이의 것으로 짐작되는 킥킥거리는 소리가 들려오기 시작했다. 그러나 잠시 후 밖의 남자는 자기 얼굴에 떠올랐던 표정을 나 또한 떠올리게 만들었다.

"여기 괴물 초장이와 괴물 눈알이라는 사람 있소?"

등 뒤에선 목이 걸린 듯한 켁켁거리는 소리가 들려오기 시작했다. 저것도 아마 운차이인 것 같다.

칸 아디움의 외성은 여덟 개의 거대한 성탑과 그것들을 잇는 성벽으로 구성되어 있었으며 따라서 도시의 모양은 전체적으로 기다란 팔각형의 모습이었다. 기단부는 조금 돋아올라 있었지만 그렇게 큰 규모는 아니었고 성벽 위의 갤러리와 지상은 성탑 내

부에 있는 나선 계단으로 이어져 있었다. 황량한 북부의 외진 곳에 있는 성 치고는 상당히 튼튼한 규모였다. 어쨌든 성탑 내의 나선 계단을 따라서 성벽 위의 갤러리에 올라가자마자 한 남자의 목소리가 들려왔다.

"제기랄. 마치 전선으로 돌아온 것 같군."

그러자 길시언은 목소리가 들려온 쪽으로 고개를 돌렸다. 으스름한 새벽 공기, 그 축축한 대기 사이로 병사들의 그림자들이 성벽 위에 돋아난 혹처럼 보였다. 그리고 그 병사들 중에서 특히 큼직한 덩치를 가진 사내의 그림자가 보인다. 사내는 흉벽에 몸을 기댄 채 바깥을 바라보고 있었는데 그 그림자가 독특했다. 길시언은 곧장 그에게 물었다.

"제대 군인이오?"

사내는 이쪽으로 고개를 돌렸다. 그는 우리들을 쓰윽 훑어보더니 고개를 끄덕였다.

"당신들이 그 사람들인 모양이군. 나는 아넨드 라이스터 중위. 12연대 강행 정찰 부대 소속. 상이 군인. 1년 전 퇴역했지. 자이편 장교를 두 명 잡았거든. 그리고 이건 그때의 추억이고."

아넨드 씨는 오른팔 상완 부분에서 묶여 있는 소매를 흔들어보였다. 그래서 그림자가 이상하게 보였던 모양이군. 길시언은 미소를 지으며 말했다.

"훌륭한 군인이셨군요, 라이스터 중위. 난 길시언이오. 그 팔에 대해서는 유감이오."

"아, 괜찮소. 덕분에 1계급 특진에 퇴역. 나쁘진 않았다고 생각하오. 그리고 아넨드라고 부르시오."

아넨드 씨는 씨익 웃고는 다시 황야를 바라보았다. 그러면서 그는 도끼를 들어 홍벽의 요철 돌을 탁탁 두들겼다. 만일 오른팔이 남아 있었다면 오른손에 대고 탁탁 두드렸을 것 같은 모습이었다.

나는 성벽의 싸늘한 돌에 손을 짚고 아래를 내려다보았다.

높다란 성벽에서 내려다보자 황야보다는 먼저 하늘이 눈에 들어왔다. 푸르스름하면서 동시에 누르스름한, 그리고 보라색이며 불그스름한 가로줄들. 다채로운 새벽 하늘이었다.

황야에는 밤새 솟아나기라도 한 듯이 모닥불이 잔뜩 피어 있었다. 얼핏 봐도 모닥불의 숫자는 삼사십 개가 넘어보인다. 그리고 그 옆에서 춤을 추는 것인지 뭘 하는 것인지 모르겠지만 괴성을 지르며 위로 들어올린 무기를 흔들어대는 작은 그림자가 보였다.

네리아는 눈곱을 떼어내면서 졸리는 목소리로 웅얼거렸다.

"오크야."

뒤따라 올라온 제레인트는 아래쪽을 바라보더니 빙긋 웃었다. 그는 미소를 지은 채 네리아의 말을 정정해 주었다.

"아니, 아주 많은 오크군요."

"네. 그러네요. 굉장히, 엄청나게, 끔찍하게 많은 오크네요."

네리아는 톡 쏘듯이 그렇게 말했지만 제레인트는 여전히 웃으며 밖을 쳐다볼 뿐이다. 하긴 오크 대부대에 의해 포위된 도시에 갇힌다는 것은 진귀한 경험에 속하는 것이긴 하며 그래서 제레인트는 신기해하고 있는 모양이다. 하지만 옆에 있는 경비 대원들이 모두 입을 꽉 다문 채 험한 표정을 짓고 있는 성벽 위에서는 저렇게 미소짓지 않아줬으면 하는데. 어쨌든 지금 이 성벽 위에서 기분 좋아하고 있는 사람이 제레인트 혼자는 아니라서 다행이다. 아넨드라는 저 한쪽 날개의 전투 천사 역시 짜릿한 긴장감을 즐기고 있는 것처럼 보이니까.

뒤따라 올라온 아프나이델은 새벽의 추위에 벌벌 떨다가 말했다.

"저, 아넨드 씨. 전 아프나이델이라고 합니다. 그러니까 저놈들이 우리를 부르고 있다는 말입니까?"

아넨드는 고개를 끄덕이더니 뒤를 바라보며 외쳤다.

"이봐, 대장!"

그러자 잠시 후 그런 대로 투구와 갑옷을 제대로 차려입은 데다가 오른손엔 롱소드도 들고 있는 남자 하나가 걸어왔다. 남자는 얼굴을 찌푸린 채 걸어오더니 아넨드를 향해 말했다.

"이봐, 아넨드. 자네 고함소리는 이스트 그레이드 전역에 울리겠군. 그 도끼 발등에 떨어뜨리기 전에 어서 내려가게."

"뭐야? 이 목수 녀석이! 난 네녀석이 여기서 대팻밥이나 날리고 있을 때 전선에서 자이편 놈들을 수도 없이 베어넘겼어. 네가 그까짓 돌려가면서 해먹는 경비 대장 된 것에 대해서는 뭐라고 하지 않겠지만 나에게 잘난 척하는 것은 못 봐줘."

그 그럴듯한 복장에도 불구하고 단숨에 품위가 격하되어 버린 남자는 진저리를 쳤다. 그러자 레니는 고개를 돌리고 킥킥 웃었다. 그 남자는 레니를 바라보고 헛기침을 하고 나서 말했다.

"그래, 당신들이 그 여행자들이오? 나는 칸 아디움의 경비 대장 라스 크레블린이오."

칼은 어제의 피로도 가시지 않은데다가 새벽에 높은 성벽을 달음박질쳐 올라오느라 숨을 몰아쉬고 있었다. 그는 땀을 닦아내며 라스 대장에게 말했다.

"나는 칼 헬턴트라는 여행자입니다. 크레블린 대장. 사태를 좀 설명해 주시겠습니까?"

"사태? 간단하오."

크레블린 대장은 롱소드를 들어 바깥의 모닥불을 가리키며 말했다.

"오늘 아침 경비 대원들이 성벽 위로 올라왔을 때는 이미 저 지경이었소. 아, 우리는 외딴 곳에 위치한 도시라 밤새도록 경비를 세우지는 않소. 성문은 잠가두지만. 어쨌든 급하게 성문의 폐쇄를 강화하고 예비 경비 대원까지 모조리 소집시켜 성벽 위에 배치시킬 때쯤이었던가, 갑자기 저편에서 화살이 날아왔지."

"화살이라구요?"

샌슨의 질문에 크레블린 대장은 품 속을 뒤지더니 구겨진 종이 하나를 꺼내었다. 종이라. 오크들이 어디서 종이를 구했을까? 음. 하긴 무기도 만들고 갑옷도 만드니 종이도 어떻게 만들 수는 있겠지. 여행자들에게 훔쳤을 수도 있고. 난 그 짧은 시간 동안에도 이런 생각에 빠져들었다.

칼은 라스 크레블린 대장에게 종이를 받아들고는 눈을 찌푸렸다. 그러자 아프나이델은 중얼거리더니 허공에 조그마한 빛덩어리를 하나 만들어내었다. 크레블린 대장은 놀란 눈으로 아프나이델을 바라보았고 활을 뽑아든 채 갤러리에 도열해 있던 다른 병사들도 마찬가지였다. 저 자이편 전선에서 피 흘리며 싸웠던 용맹한 상이 군인 아넨드 씨는 별로 놀라지 않았지만.

"아, 고맙소. 아프나이델."

칼은 아프나이델에게 감사하고는 그 종이를 읽어내려가기 시작했다. 다리가 짧아서 가장 늦게 올라온 엑셀핸드가 이마를 닦으며 말했다.

"원, 제기랄! 그놈의 계단 높기도 하다. 이봐. 거, 뭐라고 적혀 있나?"

"글씨가 너무 지저분해서 읽기도 힘들군요. 에……, '우리는 오크다.' 허 참. 척 보면 오크인 줄 모를까 봐. 음. 어쨌든 읽겠습니다. '우리는 휴다인 계곡에서 인간들을 따른다왔다.' 따른다왔다? 따라왔다는 말인가 보군요. '우리는 복수를 한다. 너희들은 괴물 초장이와 괴물 눈알을 내놓는다. 내놓지 않는다면 이 도시를 막살내겠다?' 아. 박살내겠다는 말인가 보군요."

제레인트는 칼이 읽는 동안 계속해서 낄낄거리더니 말했다.

"하하하! 그, 그래도 그건 아마도 오크 중에서 가장 문학적 소양이 우수한 녀석이 썼을 겁니다. 하하하!"

별로 우습지도 않은 말이었지만 제레인트의 밝은 태도 때문에 다른 사람들도 미소를 지었다. 우리에게 화를 낼 권한이 있는 크레블린 대장마저도 쓴 미소를 지으며 말했다.

"그래. 당신들 중에 괴물 초장이와 괴물 눈알이 있단 말이오? 아, 먼저 근래 우리 마을에 들어온 외부인들은 당신들뿐이라는 사실을 말씀드리겠소."

난 칼을 한 번 쳐다본 다음 앞으로 나섰다.

"시치미 떼진 않겠어요. 제가 괴물 초장이입니다."

크레블린 대장은 눈썹을 찌푸리며 날 바라보더니 말했다.

"괴물 같은 초를 만드는 사람? 아니면 초를 만드는 괴물 같은 사람?"

"후자지요. 크레블린 대장님. 물론 가끔 실수해서 괴물같이 생긴 초를 만들기도 하지만."

"원 참. 이런 꼬마를 노리다니. 그럼 누가 괴물 눈알이오? 당신들 중에 눈빛이 날카로운 자는 보이지만 눈이 괴물 같은 자는 안 보이는데?"

운차이는 냉랭하게 말했다.

"놈들은 날 그렇게 부르오."

크레블린 대장은 운차이를 바라보았지만 운차이는 저 아래쪽 황야를 바라보고 있었다. 새벽 하늘이 점점 밝아지는 데 따라서 황야의 색깔도 조금씩 바뀌어가고 있었다. 검은색 흙탕물처럼 막막하고 깊이감이 없던 황야가 천천히 음영을 드러내면서 그 윤곽의 황폐함을 우리들에게 선사하고 있었다.

오크들이 피워놓은 모닥불은 작았다. 그것이 오크들의 거친 살결을 따스하게 할 수 있는지 의심스러울 정도였다. 하지만 침침한 적의와 자신감을 표현하는 데는 부족함이 없었다. 발갛게 된 볼을 맹렬히 문지르고 있던 레니는 그 광경을 보며 부르르 떨고 나서는 불안한 눈으로 칼을 바라보았다.

크레블린 대장은 우리 둘을 번갈아 쳐다보더니 한숨을 쉬며 말했다.

"그래, 뭐요? 왜 오크들에게 쫓겨다니는 거요? 저 녀석들의 지저분한 동굴을 털었다는 것은 웃기는 말이 될 테고. 모습들을 보아하니 황야에서 오크 몇 마리쯤 베어넘긴 모양인데. 맞소?"

칼은 고개를 끄덕여 간단히 긍정을 표시했다. 그러자 크레블린 대장은 턱에 꺼끌꺼끌하게 나 있는 수염을 긁었다. 아마 면도도 하지 못한 채 뛰쳐나온 모양이다. 크레블린 대장은 말했다.

"그래. 어쩌실 생각이오?"

"그렇지 않아도 우리는 오늘 떠날 작정입니다. 저 포위진은 도시의 반대편에도 있는 것 같지는 않은데, 우리가 반대쪽으로 달아나버리면 되겠습니까?"

그러자 크레블린 대장은 당장 눈살을 찌푸리며 말했다.

"이거 보시오. 편지를 읽었잖소? 당신들이 나가지 않으면 저놈들이 이 도시를 친다고 하지 않았소. 이 상황에서 당신들만 살자고 달아나버린다는 것은 너무하지 않소?"

그러자 칼의 안색도 좋지 않아졌다.

"아니, 말을 그렇게 하실 일이 아니지요. 저 친구들은 우리를 쫓는 것이니 우리가 떠나면 우리 등 뒤를 따라오지 않겠소? 우리는 저 친구들을 끌고 사라져주겠다는 겁니다."

"보시오! 당신들은 모두 말을 가졌지 않소! 그러니 당신들은 그렇게 가볍게 말할 수 있겠지. 하지만 우리에겐 그런 가벼운 문제가 아니란 말이오. 저 녀석들이 저런 대부대를 유지하려면 보급은 중요한 문제일 거라는 것은 당연하지 않소?"

"보급이오?"

"그렇소! 저 녀석들이 당신들을 뒤쫓는 것은 유감이지만, 그것 때문에 엉뚱한 우리들이 피해를 입어서는 말도 안 되지 않소? 당신들이 달아나면 저 녀석들은 이곳에서 분탕질을 친 다음에야 당신들을 추적할 거란 말이오!"

난 화가 나서 뭐라고 말하려 했다. 그때 칸 아디움의 새벽 공기보다 더 차가운 목소리가 들려왔다.

"북부 인간들의 멋진 우정이군."

서리가 묻어나는 운차이의 말이었다. 우리들이 무슨 의미인지 궁금해서 그를 바라보자 그는 가볍게 뒷말을 이었다.

"오크에게 쫓기는 인간을 다른 인간들이 쫓아내려고 애쓴다라. 맞아. 원래 인간들은 그런 식으로 서로 돕고 사는 거지."

크레블린 대장은 움찔하더니 곧 불타는 눈으로 운차이를 바라보았다. 그의 입에서 쏟아지는 물줄기처럼 말들이 튀어나왔다.

"보시오! 난 모험가 떨거지들을 좋아하지 않소. 이 도시에서 저 도시로, 저 계곡에서 이 미궁으로! 그렇게 제멋대로 날아다니다가 지칠 때쯤 되면 시체에 몰려드는 파리처럼 도시에 찾아들어서는 먹을 것과 침대를 요구하고, 난동을 부리고! 우리의 발랄한 십대들을 헛된 몽상에 빠지게 만드는 것 정도는 이해할 수 있소. 누구나 그 나이에는 그러는 법이니까. 하지만 꽁무니에 재앙과 질병을 달고 다녀서 땀흘리며 일하는 견실한 사람들을 위협하고 그 터전을 위협하는 것은……! 그런 작자들에게 내가 왜 호의를 베풀어야 된다는 거요?"

우리는 멍한 눈으로 크레블린 대장을 바라보았고 크레블린 대장은 옆에서 아넨드 씨의 심드렁한 목소리가 들려올 때까지 얼굴을 붉힌 채 우리들을 쏘아보았다.

"웅변술은 언제 그렇게 익혔지? 라스."

아넨드 씨의 말에 크레블린 대장은 고개를 홱 돌리며 말했다.

"이 성벽 위에서는 크레블린 대장이라고 불러! 그러기 싫다면 당장 내려가서 아직 온기가 식지 않은 침대 속에 그 병신 같은 몸을 처박든지……, 미안하네."

참 보기 싫은 광경임에는 틀림없었지만, 크레블린 대장의 목소리가 들리는 범위 내에 있던 모든 사람들의 시선이 아넨드 씨에게로 몰렸다. 아넨드 씨의 얼굴은 창백해져 있었지만 그는 이를 악물며 웃음을 지었다.

"틀린 말은 아니야."

"이봐. 아넨드. 실수였네. 그저 홧김에 나온 말이야. 본심이 아니라네."

"괜찮습니다. 크레블린 대장님. 신경 쓰지 마십시오."

아넨드는 그렇게 말하고는 도끼를 어깨에 둘러메더니 성벽 저쪽으로 걸어가 버렸다. 크레블린 대장은 그를 붙잡을 듯하다가 관두고는 입술을 좀 깨물었다. 잠시 후 그는 시무룩한 목소리로 말했다.

"저 친구는 당신들에게 고마워해야 할 거요. 당신들이 내 부아를 돋운 덕분에. 이 일이 잘 끝나면 저 친구에게 술 한 잔 멋지게 대접해야 될 것 같으니."

그러자 네리아가 당장 앞으로 나서며 말했다.

"그게 왜 우리 책임이지요? 이건 당신이……."

"네리아 양."

"칼 아저씨. 이건 말도 안 되는……."

"조용히 해요. 네리아 양."

네리아는 볼이 부어서는 팔짱을 낀 채 뒤로 물러났다. 칼은 피로한 음성이지만 또박또박 말했다.

"우리에게 원하는 바가 뭐요?"

크레블린 대장은 마치 칼을 흉내내듯이 피로한 음성으로 말했다.

"체면 차리기도 싫고, 그래 봐야 속보이는 짓이니, 단도직입적으로 말하겠소. 저 오크들이 우리 도시에 대해서 아무런 행동도 취하지 않도록 해줄 방법이 있겠소?"

"흐음. 당신들은 어떻게 도와주겠소?"

크레블린 대장은 매몰차게 대답했다.

"우리가? 우리가 왜. 꽁무니에 오크들을 달고 온 것은 당신들이오. 난 이 도시의 경비 대장이지 뜨내기들의 경비 대장이 아니오."

그러자 느닷없이 풍부하게 울리는 음성, 그것도 화가 난 기색이 분명한 약간 높은 목소리가 들려왔다.

"저도 한 영지의 안보를 책임지는 경비 대장이지만, 지금 말씀은 받아들일 수 없군요."

보라! 헬턴트 영지의 경비 대장 샌슨 퍼시발이 앞으로 나섰다. 크레블린 대장은 험한 눈초리로 샌슨을 바라보다가 보통 사람들의 얼굴이 있어야 할 위치에서 가슴을 발견하고는 조금 당황한 표정을 지었다. 그는 새벽 공기 속에서 더욱 위압적으로 거대해 보이는 샌슨을 올려다보며 말했다.

"뭐요? 경비 대장이라구?"

"샌슨 퍼시발. 헬턴트 영지의 경비 대장입니다."

"어? 모험가들이 아니란 말이오?"

"천만에요. 우리는 헬턴트 영지의 공무로 출발한 일행입니다. 중간에 몇 가지 사건이 생기긴 했지만 이 모든 사태는 결국 헬턴트 영지의 공무의 연장입니다. 어르신께서도 경비 대장이라면 공무 사절의 여행에서 다른 영지가 당연히 베풀어야 할 조력의 의무에 대해 무지하다고는 말씀하시지 못할 테지요."

"어, 나, 난 그런 거 모르겠소. 당신들이 정녕 그렇다면 왜 우리 칸 아디움의 시장을 접견하여 조력을 요청하지 않았단 말입니까?"

어스름한 새벽 공기. 그리고 황야에서 불어오는 차가운 바람 속에 샌슨은 다부진 모습으로 서 있었다. 그의 장대한 어깨는 성벽보다 굳건해 보였고 단단한 두 다리는 첨탑과도 같았다.

"이 도시에는 용무가 없으니까요. 우리가 원하는 것은 식사와 잠자리뿐이며 그런 사소한 문제 때문에 다른 영지 책임자의 관심을 끌어볼 생각은 없습니다. 하지만 우리가 곤경에 빠진 것이 분명한 이 시점에서, 칸 아디움의 시장은 헬턴트 영지의 전권 대리인이신 여기 칼 헬턴트 공에게 모든 종류의 협조를 아끼지 말아야 할 것입니다."

"공이라구?"

이 질문은 두 사람에게서 동시에 나왔다. 크레블린 대장과 칼에게서. 칼은 어처구니없는 얼굴로 샌슨을 바라보았다.

"이보게, 퍼시발 군. 내가 언제부터 공이라고 불릴 수 있게 되었지?"

"그야 국왕 전하께서 칼 헬턴트 공에게 현명함의 기사라는 칭호를 내리신……."

"으랏찻차! 여보게, 퍼시발 군! 그 우습지도 않은 칭호를 꼭 거론해야 되겠나!"

샌슨은 아무런 대답없이 그저 칭찬을 기다리는 소년처럼 빙긋이 웃었을 뿐이다. 네리아까지 나서서 자신은 '밤바람의 레이디'임을 밝히고 나자 레니는 그만 크게 웃어버렸다. 어쨌든 칼은 마땅찮은 얼굴로 헬턴트 영지 전권 대리인의 증명서와 국왕 전하께서 하사하신 훈장까지 내보여야 했고, 그러자 크레블린 대장의 무릎은 그 나이가 무색하리만큼 활발하게 떨리기 시작했다.

"이, 이, 외딴 곳에서 귀하신, 귀하신 손님들을 맞이하게 되, 되어…… 저, 저의 무례를 용서해 주시길……."

길시언이 자신이 왕자임을 밝히지 않은 것은 크레블린 대장의 심장 상태가 의심스러웠기 때문일 것이다. 그건 그렇고 별로 보기에 유쾌한 광경은 아니군. 우리는 모두 일치 단결하여 싸늘한 시선으로 크레블린 대장을 바라보았고 크레블린 대장은 황급히 말했다.

"어, 어서 시청으로 가시지요. 즉시 시장님께서 여러분들께 격에 맞는 대접을⋯⋯."

"아니오. 나는 여기서 오크들을 보며 생각 좀 해봐야겠소."

"아니, 당치도 않습니다! 귀하신 분들을 이런 성벽 위에 모셔 두다니요. 어서 내려가셔서 초라하나마 아침 식사부터 하시고⋯⋯."

"아, 우리 꽁무니를 따라온 재앙의 무리를 두고는 밥맛이 나지 않을 것 같군요. 게다가 우리들만 살자고 떠나버릴 수는 없으니 대책도 강구해야 되겠고. 그러자면 저 친구들을 노려보고 있어야 되지 않겠소?"

칼의 차분한 말에 크레블린 대장의 얼굴은 창백해졌고 제레인트와 네리아는 킬킬거리기 시작했다. 크레블린 대장은 눈에 띄게 허둥대며 말했다.

"아, 그렇군요. 이봐! 누가 가서, 아, 아냐. 내가 직접 가겠다. 잠시만 기다리십시오, 헬턴트 공. 즉각 시장님을 모셔오겠습니다. 이봐! 그룬!"

"예! 대장님."

"성벽의 지휘를 맡아라! 난 시장님을 모셔오겠다."

"알겠습니다!"

크레블린 대장은 칼의 대답을 기다리지도 않았다. 그는 성벽에서 굴러 떨어져 목뼈를 부러뜨릴 정도의 걸음걸이로 성탑을 향해 달려갔다. 엑셀핸드는 그 모습을 보면서 혀를 찼다.

"어, 우습게 들릴진 모르겠지만, 막장에서 뼈가 굵은 드워프의 머리로는 말이야, 어떤 사람에 대한 존경심이라는 것은 많은 세월 동안 그 사람을 겪어오면서 자연히 우러나오는 것이라 생각되는데."

칼은 미소를 짓더니 손에 든 훈장을 장난스러운 동작으로 흔들면서 말했다.

"이까짓 번쩍이는 쇳조각 하나에 저렇게 태도가 바뀌는 모습은 보기 언짢으시겠지요."

"정확하네."

"사실 저도 그렇습니다."

칼은 그렇게 대답하고는 훈장을 주머니 속에 아무렇게나 쑤셔 박았다. 잠깐, 내 훈장은 어디 놔뒀더라? 잘 기억이 안 나네.

어쨌든 칼은 다시 성벽 바깥을 바라보며 근심스러운 표정을 지었다. 그리고 그 지혜로워 보이고 근엄해 보이는 중년 독서가 옆에서는 작지만 다부진 드워프의 노커가 허연 수염을 흩날리며 도끼를 짚은 채 서 있었다. 그리고 총명해 보이는 이마를 가진 젊은 프리스트와 젊은 얼굴에 어울리지 않은 깊은 그림자를 가진 마법사가 그 옆으로 벌려서서 묵묵히 아래를 노려보고 있었으며 그 옆으로는 건장한 두 명의 전사 샌슨과 길시언이 도열해 있었다. 꽤나 멋진 장면이었다. 이스트 그레이드의 새벽, 높은 성벽 위에 지금 전설적인 장면이 만들어지고 있는 것 같군 그래. 괴물 초장이가 끼어들 만한 자리를 찾아보다가 나는 주위를 둘러보았다. 주위의 병사들은 그들의 대장이 놀라서 목뼈를 부러뜨릴 정도로 고귀한 인물들과 같은 성벽 위에 있다는 것이 몹시 부담된다는 얼굴이었다.

그리고 운차이는 그 모든 사람들과 조금씩 떨어져서는 흙벽 위에 걸터앉은 채 아래를 바라보았다. 적어도 여기서 가장 긴장을 하지 않고 있는 사람을 찾아보라면 운차이가 바로 그 사람일 것이다. 병사들은 모두 흙벽 뒤에 웅크리고 있었고 다른 일행들은 굳은 얼굴로 아래를 내려다보고 있었지만 운차이는 태평하게 앉아서는 잔치 구경이라도 하듯이 아래를 바라보고 있었으니까.

그때 레니가 조그맣게 기침을 했다. 엣취. 그러자 운차이는 눈살을 찌푸리더니 내게 말했다.

"네리아와 레니에게 여관에 돌아가서 기다리라고 전해 줘."

"라는군요."

그러자 네리아는 방긋 웃고서는 언제나 그러하듯 운차이를 똑바로 바라보며 말했다.

"흐음. 네가 나 걱정해 주니?"

그러자 운차이는 여전히 흙벽 위의 조각이라도 된 것처럼 딱딱하게 앉아서 바깥을 바라보며 말했다.

"네리아가 아니라 레니를 걱정하는 거라고 전해 줘, 후치."

"라는군요."

네리아는 의외로 별 대답을 하지 않고 대신 생긋 웃으며 레니를 이끌었다.

"가자. 레니. 피가 튀고 비명이 울려퍼지고 하는 일은 남자들 몫이라고 생각들 하라지, 뭐."

레니는 살짝 웃으며 말했다.

"그건 남자들 일 맞는 거 같은데요."

"그런가? 흐음. 그러고 보니 나도 좀 조신하게 행동해야 되겠네. 이 여행이 끝나면 곧 멋진 남편과 아들이 생길 테니까……."

샌슨은 의아한 눈으로 날 바라보았다.

"아까는 왜 굴러 떨어질 뻔한 거냐?"

"몰라도 돼!"

난 그렇게 고함질러 주고 나서는 다시 아래를 내려다보았다. 칼은 관자놀이를 짚은 채 말했다.

"골치 아프군. 아까의 그 편지는 결국 이런 말이잖아. 우리가 더 달아나면 대신 이 도시를 공격하겠다. 규모가 좀 큰 인질극이군."

칼은 그렇게 머리 아픈 표정을 짓더니 샌슨에게 고개를 돌렸다.

"퍼시발 군. 저들의 인원이 얼마쯤 되지?"

"예. 어두워서 정확히 판단하긴 어렵습니다만 적어도 250에서 270마리 정도인 것 같습니다."

"그 정도면 썩 정확하네. 퍼시발 군. 고맙네. 휴우……, 300여 마리의 오크라. 록크로스 해변에서 루트에리노 대왕과 대적했던 오크와 같은 숫자로군."

칼은 그런 식으로 샌슨의 계산을 간단히 확대해 버렸다. 샌슨은 어깨를 으쓱이며 말했다.

"이 도시의 경비대와 협조하여 모두 물리치면 어떨까요?"

"보게, 퍼시발 군. 우린 지금 전쟁놀이를 할 시간이 없네. 그리고 아까의 경비 대장의 모습이라든지 저 경비 대원들의 모습을 봐선……. 이 도시 전체를 샅샅이 둘러봐도 저기 아넨드 씨보다 더 우수한 전력은 기대하기 어려울 듯하이. 이 친구들이 우리 영지의 경비 대원들의 반만큼만 활약할 수 있다면 아무 걱정이 없겠네만."

하긴 그렇다. 내 눈으로 보기에도 지금 성벽 위에 몰려 있는 병사들은 활을 들고 있는 허수아비에 비해 딱 한 가지 점에서만 나아보였다. 그들은 허수아비와는 달리 웅성거릴 수 있는 재주가 있었다. 그것도 불안스럽게. 길시언은 성벽을 주욱 둘러보고는 말했다.

"이 도시는 황량한 이스트 그레이드에 위치하니까요. 전쟁이나 재난에서 떨어져 있는 도시입니다. 따라서 경비 대원들의 허리가 굵다고 해서 그 바지가 흘러내리지……, 미안합니다. 임마! 에, 하지만 성 자체는 그런 대로 견고해 보입니다."

"예. 그리고 저 오크들이 공성 작전을 제대로 수행할 능력이 있을 것 같지도 않고. 하지만 오래가지는 못할 겁니다. 시민들의 불안도 문제고 경비 대원들의 수준도……. 튼튼한 성을 만드는 것은 성벽의 두꺼움이 아니라 그 성벽을 지키는 자들의 굳건한 마음이라던가요."

"예. 허즐릿의 말이군요. 물론 그 굳건한 마음보다 더 중요한 요소가 있었지요."

"꽉꽉 들어찬 식량 창고와 병기고라지요."

길시언과 그렇게 농담 비슷한 말을 주고받은 다음, 칼은 아프나이델을 바라보았다.

"뭔가 해볼 만한 것이 있겠습니까?"

"예?"

"대단한 것을 원하지는 않습니다. 저 이빨이 멋진 친구들의 주의를 좀 끌어보고 싶습니다. 효과는 없어도 좋습니다."

"주의를…… 끌면 됩니까?"

"예. 회담을 좀 가지고 싶습니다."

아프나이델은 잠시 생각에 잠기더니 말했다.

"알겠습니다. 그런데 성벽 위의 병사들에게 미리 놀라지 말라고 주의를 주고 싶은데요."

그러자 길시언이 곧장 고개를 돌려 외쳤다.

"보시오. 그룬 씨라고 했소?"

그러자 라스 대장에게 지휘권을 인계받은 그 병사가 경례를 붙이며 말했다.

"그룬 크라이첵 상병입니다."

"난 길시언입니다. 지금부터 여기 마법사께서 마법을 쓰실 테니 병사들로 하여금 당황하지 말도록 지시해 주시겠습니까?"

"마법이오? 아, 예! 알겠습니다!"

그리고 그룬 크라이첵은 즉시 명령을 옆으로 전달하기 시작했다. '모두들 무슨 일이 일어나도 꼼짝도 하지 말고 엉덩이를 단단히 고정시켜랏!' 그 명령이 빠르게 옆으로 전달되고 나자 아프나이델은 고개를 숙이고 캐스팅을 시작했다. 우리 가까이에 있던 병사들 중 일부는 활을 내려놓을 만큼 놀라서 아프나이델을 바라보았다. 음. 내가 언제부터 마법을 별 경이감 없이 바라보게 되었지? 아프나이델은 갑자기 두 손을 하늘로 들어올리며 외쳤다.

"메이저 이미지!"

잠시 동안 우리는 하늘을 바라보았다. 그러나 새벽 하늘은 여전히 푸르스름한 공허로서 존재하였고 쥐죽은 듯 조용한 성벽 위의 침묵도 여전했다. 우리는 고개를 갸웃거리며 다시 아프나이델을 바라보았다. 그런데 아프나이델은 얼굴이 벌겋게 된 채 땀을 뻘뻘 흘리고 있었다. 도대체 뭐지? 그때였다.

"크롸라라라라!"

거의 뽑을 뻔했다. 거의 바스타드를 뽑아들 뻔했단 말이다. 새벽 하늘 그 어두컴컴한 구름 저 위에서 하늘을 울리게 하는 포효 소리가 울려왔다. 병사 하나가 겁에 질린 비명을 질렀다.

"으아아아!"

"입 닥쳐! 존!"

그룬 상병은 이를 악물고 외쳤지만 그 역시 다리가 덜덜 떨리고 있었다. 그리고 잠시 후, 높은 성벽 위에서 바라보느라 훨씬 가깝게 느껴지는 구름들 사이로 기다랗고 거대한 입(?) 하나가 천천히 내려오기 시작했다. 그리고 그 뒤로 길게 이어지는 콧등과, 마침내 눈, 그리고 그 위의 뿔……. 그리고 탄탄하면서도 우아하게 휘어진 목이 서서히 내려오기 시작했다.

"드, 드, 드……!"

병사들은 거의 혼란상태에 빠졌고 그래서 그룬 상병은 목이 터져라 고함을 지르며 병사들을 진정시켜야 되었다. 성벽 이곳저곳만이 아니라 우리 등 뒤의 도시에서도 비명소리들이 터져나오기 시작했다.

"으아아아!"

"꺄아아!"

하늘로부터 내려온 그것은 마치 신의 머리가 내려와 지상의 버러지들을 굽어보는 듯한 모습이었다. 그 목은 계속 내려오기 시작했고 그 주위의 구름들은 갈가리 찢겨 흩어졌다. 천천히 갈라지던 구름들은 마침내 무서운 속도로 빙글빙글 돌기 시작했다. 맹렬한 구름의 소용돌이. 그리고 황야에서는 거친 바람소리. 구름의 소용돌이 가운데에서 그 목은 계속해서 내려왔고 마침내 그 목 뒤로 강인한 어깨, 거대한 날개 등이 내려오기 시작했다. 날

개가 나올 때 구름들은 폭발하듯이 파악 찢겨 흩어졌고 소용돌이 자체가 하늘의 모든 공간으로 흩어져버렸다. 구름들이 하늘의 모든 방향을 향해 날아가 버리자 그 거대한 몸이 전부 드러나게 되었다. 멀리 떨어져 있었지만 그 위용은 조금도 줄지 않았다.

"크롸라라라라!"

그것은 마침내 구름 아래로 내려온 블루 드래곤의 모습이었다. 운차이는 피식 웃었다.

"기억력이 좋군. 지골레이드잖아."

자신도 모르게 뒤로 몇 발자국 물러나 롱소드의 칼자루를 꽉 쥐고 있던 샌슨은 그제야 이마를 닦았다. 그래. 저것은 지골레이드의 모습이었다. 다만 아프나이델의 상상력이 보태어져서 터무니없이, 거의 산덩어리만큼이나 과장되게 표현된 블루 드래곤이었다. 제레인트는 좀더 잘 보기 위해 성벽 위로 몸을 불쑥 내밀다가 중심을 잃을 뻔했고 그룬 상병이 그를 붙잡았다.

"아. 고맙습니다. 상병님."

"처, 천만에요. 프리스트 님. 그, 그런데 저것은 환상, 환상 맞습니까?"

"물론입니다."

"오, 테페리여……."

그러자 제레인트는 반색했다.

"테페리를 믿으십니까?"

그룬 상병은 이 시점에서 자신의 신앙이 그렇게도 중요한 문제인가 하는 눈으로 제레인트를 바라보았다. 나는 앞으로 좀 나아가서 황야를 바라보았다.

황야에서는 난리가 일어나고 있었다. 오크들은 미친 듯이 비명을 지르며 흩어지거나 무기를 집어던지고 땅바닥에 머리를 처박았다. 하늘을 향해 고래고래 고함을 질러대는 용감한 오크들도 몇 마리 보였지만 대개의 경우 달아날 엄두도 내지 못한 채 주저앉는 놈들이 대부분이었다. 가슴 저 깊은 곳에서 참을 수 없는 함성이 쏟아지는 광경이었다.

"최고예요! 나의 톱메이지!"

아프나이델은 겸연쩍게 웃으며 손을 내렸다. 그는 칼을 바라보았다.

"주의를 끈 것 같습니다만. 어떻게 할까요?"

칼도 저 굉장한 광경에 매혹되어 있었던 모양이다. 그는 잠시 멍한 눈으로 아프나이델을 바라보더니 곧 고개를 가로저었다.

"굉장하군요. 아프나이델."

"천만에요. 그런데 어떻게 할까요? 아, 물론 저것은 환상이므로 브레스를 뿜어 오크들을 태우거나 할 수는 없습니다. 물론 그런 환상을 만들 수는 있지만 그랬다가는 들킬 확률이 높습니다."

칼과 아프나이델이 침착하게 이야기를 주고받는 가운데에도 그룬 상병은 미친 듯이 뛰어다니며 병사들을 안정시켜야 했다. '이 자식아! 정신 차려! 저건 환상이야! 어서 일어나지 못해? 헤이! 너희들 사귀냐? 남자들끼리 껴안고 뭐하는 거야? 어……, 자넨 돌아가서 갈아입고 오는 것이 좋겠군. 괜찮아! 소문내진 않겠네. 이봐! 명령이다! 성벽 경비 대원 지크가 바지를 적셨다는 이야기는 지금부터 말 머리에 뿔이 날 때까지 군 기밀이야! 괜찮아! 환상이라구. 저기 마법사님께서 만든 환상이야. 오! 정말 저게 환상일까? 누가 나에게 저건 환상이라고 말해 줘!' 길시언과 샌슨도 성벽을 따라 달리며 그를 도와 병사들을 진정시켰다.

칼은 그 모습을 바라보더니 입술을 적시고는 말했다.

"음. 내가 말하는 대로 말하게 할 수 있습니까?"

"예. 그의 목소리는 잊혀지지 않는 것이니까요. 얼마든지 그 목소리를 만들 수 있습니다."

"그렇다면……."

잠시 후 황야를 온통 뒤덮은 그 지골레이드의 환상은 폭풍 같은 목소리로 외치게 되었다.

"이 쓰레기 같은 조그만 놈들!"

"으아아아!"

비명소리가 엉뚱한 곳에서 들려왔다. 고개를 돌려보니 성탑에서 갤러리로 나오는 계단에서 무릎을 꿇거나 혹은 엎드려 있는 사람들 몇 명이 보였다. 그중에는 시장님을 모시러 간다고 달려간 라스 대장의 모습도 보였는데 라스 대장은 자신의 검을 성벽 아래로 팽개치고는 두 손으로 머리를 감싸쥐고 엎드려 있었다. 우리가 놀란 눈으로 그들을 바라보자 그들은 고개를 들더니 황급히 손짓을 하기 시작했다.

"뭐, 뭣들 하는 겁니까! 어서 숨어요!"

음. 황당스럽군. 제레인트는 키들거리기 시작하더니 자신의 눈앞에 손가락을 세워서는 익살스럽게 좌우로 흔들었다. 그러자 계단에 넘어져 있던 사람들은 놀란 눈으로 제레인트를 보았다.

"마법입니다. 걱정 마시고 올라오세요."

그러자 계단에 있던 사람들은 의혹에 싸인 눈으로 올려다보았다. 그때 다시 한번 천공의 지골레이드가 벽력 같은 고함을 질렀다.

"기특한 녀석들! 크핫하하! 불까지 준비했구나! 그 질긴 고기를 씹기 좋게 구워야겠군!"

아이고, 맙소사. 난 못마땅한 눈으로 칼을 바라보았다. 칼은
어깨를 으쓱이면서 날 바라보았다.

"이봐, 네드발 군. 너무 세련된 협박을 사용하면 저 친구들이
못 알아들을까 봐 그런 거야."

"그래도 너무 조야해요."

"그럼 어떻게 할까?"

옆에선 아프나이델이 웃으며 날 쳐다보았다. 잠시 후 지골레이
드는 이렇게 외치게 되었다.

"그 냄새 나는 몸이 귀하다고 생각되면 즉시 땅에 쓰러져라,
버러지들아아!"

3

"그것도 별로 세련되진 않아."

길시언은 이렇게 평했지만 어쨌든 오크들 대부분은 그 몸을 땅으로 날리기 시작했다. 놈들이 모두 쓰러져 누운 모습은 마치 거대한 전쟁터를 방불케 했다. 쓰러진 오크들이 모두 아무런 상처도 없다는 점이 전쟁터와는 달랐지만. 그 동안에 계단에 쓰러져 있던 사람들은 쭈뼛거리며 올라왔다. 그들 중 허연 턱수염과 허연 백발이 허연 구레나룻으로 멋지게 연결되어 마치 늑대의 갈기처럼 보이는 할아버지 하나가 앞으로 나서서 지골레이드를 가리키며 말했다.

"저, 저거 진짜 가짜입니까?"

진짜 가짜? 가짜 가짜도 있나? 칼은 너그럽게 웃으며 고개를 끄덕였다.

"예. 진짜 가짜입니다. 그리고 저는 칼 헬턴트입니다."

"아, 보, 본인은 칸 아디움의 시장 카를로스 안티고어입니다."

"반갑습니다. 시장님."

시장님은 우리들 모두가 평온한 얼굴인 것을 보고는 안심하면서 칼과 악수를 나누었다. 칼은 안티고어 시장의 손을 흔들며 말했다.

"시장님과 이야기를 나누고 싶습니다만 지금은 저 오크들부터 먼저 처리해야 되겠군요."

"아, 예, 부디."

그러자 칼은 다시 아프나이델에게 몸을 돌려서 조용히 속삭였다. 칼의 속삭임은 지골레이드의 우렁찬 목소리로 증폭되어 황야 곳곳에 울려퍼졌다.

"지금 당장 이 도시에서 떠나라! 그리고 다시는 오지 마라! 이 도시는 내가 차지할 것이다! 드래곤의 침소에 접근하는 녀석은 두 발 달린 녀석이든 네 발 달린 녀석이든 가리지 않고 죽이리라!"

그때 나는 루트에리노 대왕의 전설은 인간에게만 있는 것이 아니라는 것을 깨닫게 되었다. 오크들 가운데서도 완전히 미친 오크가 한둘은 나오는 법이다. 그리고 그런 오크는 많은 세월이 지나면 영웅의 이름으로 불리게 될지 모르는 것이고.

어쨌든 그것은 먼 훗날의 일이고 지금 당장의 현실은 웬 정신 나간 오크 하나가 육중한 글레이브를 들어올리며 고함을 지르는 모습으로 나타났다. 그 오크는 다른 오크들보다 월등히 커다란 덩치를 가지고 있어 거의 사람만한 녀석이었고 머리엔 새까만 투구를 쓰고 있었다. 그 오크는 온 들판이 울리도록 고함을 질렀다.

"취이이익! 새빨간 거짓말! 넌 드래곤이 아니야앗! 취이이익!"

농담이 아니다. 비록 가느다랗긴 했지만 성벽 위에 있는 우리들에게까지 충분히 들려왔다. 저 오크가 서 있는 장소와 성벽까지는 직선 거리로 일이백 큐빗 정도 되는 것 같으며, 따라서 저 오크 녀석은 의심할 여지 없이 괴물이다. 곧이어 그 정신 나간 오크의 어깨는 부풀어 터져버릴 듯이 팽창했다.

"맙소사!"

엑셀핸드의 탄성이 들렸다. 그리고 그 오크는 온 힘을 모아서 공중의 지골레이드를 향해 글레이브를 투척했다. 그 어떤 영웅이라도, 설령 루트에리노 대왕의 여덟 별 중의 라인버그가 내 OPG를 끼고 던지더라도 저 높이의 드래곤에게 던질 수 있을지는 의문이다. 높이는 둘째 치고 눈앞을 완전히 가로막아 버리는 저 위용에 짓눌려서라도 그렇게는 못할 것이다. 하지만 저 검은 투구의 오크는 그렇게 했다! 글레이브의 쇠날이 검은 들판을 배경으로 번뜩였다.

쐐애애애애액!

섬광처럼 날아간 글레이브는 그대로 지골레이드의 몸을 뚫고 지나갔다. 물론 지골레이드는 아무렇지도 않았다. 글레이브는 허공을 날아서는 요란한 소리를 내며 땅에 떨어졌다. 쟁그렁!

잠시 후 공중에 떠 있는 지골레이드의 모습은 아무런 흔적 없이 사라져버렸다. 아무도 믿지 않는 환상은 사라지는 법. 땅에 쓰러져 있던 오크들은 천천히, 하지만 맹렬한 동작으로 일어났다. 황야에서 지진이 일어난 것이 아닌가 싶을 정도로 거센 환성이 들려왔다. 거리가 너무 떨어져서 무슨 말인지는 도통 알아들을 수 없었지만 모두들 대단히 즐거워하고 있는 것은 확실했다. 그리고 그중에서도 "취이이익! 취익, 취이익!" 하는 소리는 확실히 구분할 수 있었다. 칼은 씁쓸한 얼굴이 되어 아래를 내려다보았고 아프나이델 역시 마땅찮은 얼굴이었다. 그 소란스러운 환성이 소용돌이 가운데서 검은 투구의 오크는 하늘을 향해 포효했다.

"크우우우우! 크아아아아!"

"녀석들, 기분 좋겠군."

제레인트는 아주 단순한 즐거움으로 그렇게 말했다. 마치 오크가 기분 좋으니 자신도 기분 좋다는 식으로. 그래서 샌슨은 제레 인트를 바라보며 입매를 씰룩거렸다. 그런데 그 검은 투구의 오 크가 다시 고함을 지른 순간 샌슨의 입술은 쩍 벌어지고 말았다. 그리고 우리들 역시 아프나이델의 마법이 깨진 것을 까맣게 잊어 버렸다.

"취잇취이이익! 화렌차와! 오크의 친구인 성자 핸드레이크가 나를 돌보신다! 취익! 지저분한 속임수 따위, 치워랏! 취이이익! 내려와서 칼과 칼로써, 피와 피로써 싸우자앗! 취이이익!"

"샌슨."

"응?"

"내가 들은 말을 샌슨도 들었다는 식으로 말하지 마. 정신이 이상한 사람은 나 하나로 족해."

"……미안해. 나도 들었어."

"그럼 우리 둘 다 정신이 이상한 거로군?"

"그런 것 같아. 사실 늘 그런 생각을 하고 있긴 했지만."

샌슨과 내가 이런 넋빠진 소리를 하고 있는 가운데 칼은 성벽 바깥으로 투신 자살이라도 하려는 사람처럼 맹렬히 앞으로 달려 갔다. 칼은 성벽 위로 상반신을 거의 다 내밀고는 오크를 바라보 았다. 그러다가 그는 앞으로 달려갔던 것과 거의 같은 속도로 뒤 로 물러나며 말했다.

"아프나이델! 내 목소리가 저기까지 울리게 만들어줄 수 있습 니까?"

"아니오. 지금 그런 마법은 없습니다."

"이런! 어디 보자. 저 친구를 여기로 불러들이려면……."

그때 운차이가 앞으로 나섰다. 그는 조용한 목소리로 칼에게 말했다.

"할말이 있습니까?"

"예? 아, 예. 저 오크 친구가 지금 핸드레이크의 이름을 거론……."

운차이는 칼의 이야기를 무시하면서 말했다.

"그럼 내가 전해 주지요. 뭐라고 물어볼까요."

"예? 아, 그래주시겠습니까? 그럼, 저 친구가 말한 오크의 친구, 성자 핸드레이크가 무슨 뜻인지 좀 물어봐 주십시오."

"알겠습니다."

그리고 운차이는 가볍게 날아오르더니 곧 흉벽 위에 섰다. 운차이는 크게 숨을 들이키면서 두 팔을 머리 옆으로 들어올려 공격 의사가 없음을 밝히는 자세를 취했다. 안티고어 시장은 불편한 얼굴이 되어 칼에게 말했다.

"보십시오. 헬턴트 공. 이곳의 책임자는 나인 줄 알았는데."

흐음. 조금 전 지골레이드가 있을 때만 해도 칼에게 모든 책임을 넘긴다는 식으로 행동하시더니. 난 불쾌한 시선으로 시장을 바라보았지만 칼은 점잖게 말했다.

"아, 죄송합니다. 안티고어 시장님. 이 질문만 좀 하도록 허락해 주십시오. 부탁입니다. 전 다른 병사들이나 이 도시의 지휘 체계에 대해 간섭하려는 것이 아닙니다. 저 전사는 제 동료이고 제 부탁에 의해 오크들에게 질문하는 것이니……"

"하지만 당신은 우리 도시의 손님이고 주인의 지시에 따르는 것은 당연하지 않소! 더욱이 전시 상황인 도시 내에서라면 말이오."

안티고어 시장은 굳은 얼굴로 그렇게 말했다. 하지만 운차이는 안티고어 시장의 이야기에는 신경도 쓰지 않는 모양이었다. 그는 심호흡을 하더니 고함을 지르기 시작했다.

"이봐아! 오크들아아아!"

머리가 울리는 기분이었다. 안티고어 시장은 뭐라고 말하려던 입을 그대로 벌리며 신음을 흘렸다.

"허, 허어어……억."

"아이고, 내 귀!"

엑셀핸드는 비명을 지르며 귀를 막고서 물러났다. 엑셀핸드는 귀가 퍽 민감한 모양이다. 그리고 다른 사람들도 모두 고통스러운 표정을 지으며 물러났다. 시장과 다른 수행원들, 그리고 라스 대장 역시 얼굴을 찡그리며 좌우로 물러났다. 성벽 위라서 뒤로는 물러날 수 없었으니까. 두 손으로 귀를 막으며 물러나면서도 미소를 떠올리는 칼의 얼굴이 보였다.

운차이가 그렇게 성벽이 울릴 정도로 고함을 지르자 저 아래에서 오크들의 소란이 조금씩 줄어들기 시작했다. 그리고 그 검은 투구의 오크는 이쪽을 올려다보았다. 놈이 고함을 질렀다.

"취이엑! 노린내 나는 인간! 무슨 말을 하고 싶은 거냐아앗!"

미약하지만 정확한 목소리. 샌슨은 기막힌 얼굴로 말했다.

"웃기는 일이군. 1200큐빗 거리에서 대화를 나눌 생각을 하다니. 게다가 더 웃기는 것은, 그것이 실제로 이루어진다는 것이야."

샌슨은 투덜거렸지만 난 이것이 좋은 노래 소재가 될 것이라고 생각했다. 짙푸른 새벽 하늘, 광막한 이스트 그레이드의 황야. 그리고 운차이는 푸른 새벽 하늘을 머리에 이고 홍벽 위에 당당히 서서 고함을 지르고 있는 것이다. 안티고어 시장은 고개를 휘휘 젓더니 다시 뭐라고 말하려 했지만 그때 운차이가 다시 외쳤다.

"오크의 친구, 성자 핸드레이크가 무슨 뜻이냐아아!"

"네 이놈! 취이이익! 그분의 이름을 함부로 거론하는 것이냐아 앗!"

"내 입에서 나오는 말은 내 마음대로다! 대답햇! 네가 말하는……."

그때였다. 안티고어 시장은 자꾸 자신의 말이 가로막히는 것에 대해 짜증이 난 것처럼 운차이의 허리를 붙잡아 아래로 잡아당겼다. 운차이는 비틀거리다가 간신히 안전하게 뛰어내렸지만 노한 얼굴이 되어 거칠게 시장의 팔을 뿌리쳤다. 그러자 시장 역시 몸을 긴장시키며 방어 자세를 취했고 그의 수행원들이 재빨리 시장의 주위를 둘러쌌다. 운차이는 손을 칼자루로 가져갈 듯했지만 다시 손을 내리며 험악하게 말했다.

"무슨 짓이오?"

시장은 잠시 숨이 막히는 표정을 지었다. 아이고, 시장님. 운차이의 눈을 똑바로 들여다보았군요? 시장은 자신도 모르게 뒷걸음질을 치다가 얼굴을 떨구었다. 그는 헛기침을 하더니 칼에게 말했다.

"이보시오. 헬턴트 공."

"예. 시장님?"

"당신도 지각이 있다면 이런 이야기를 계속해야 된다고는 생각하지 않을 것이오. 저 목청 좋은 작자가 이 도시의 모든 사람들이 들을 수 있도록 저런 이야기를 해대는 것 말이오!"

"예? 아니, 무슨 이야기 말씀입니까?"

"이런, 제기랄! 루트에리노 대왕과 핸드레이크의 이야기는 우리나라의 가장 소중한 뿌리이자 긍지요! 그의 이야기에 오크 따위가 끼어들어서는 곤란하다는 말이오. 아시겠소? 지금까지 오간 이야기만 해도 도대체 무슨 소문이 퍼질지 모르겠구먼 그래."

칼은 잠시 얼떨떨한 표정이 되어 안티고어 시장을 바라보았다. 마치 아주 희귀한 종류의 인간을 본다는 듯한 얼굴이었다. 하지만 그는 곧 딱딱한 얼굴이 되어 말했다.

"그 두 분의 이야기는 모든 종류의 의혹과 불쾌한 시선으로부터 보호받아야 된다, 이 말씀입니까?"

"당연하지 않소! 이 나라는 지금 전시요. 온 국민이 단결해야 되는 시점이고 루트에리노 대왕과 핸드레이크의 전설은 그러한 단결의 근간이오. 도대체 우리나라 사람으로서 루트에리노 대왕과 핸드레이크를 존경하고 사랑하지 않는 사람이 어디 있단 말이오? 그런데 저 오크 따위가 오크의 친구 핸드레이크니 어쩌니 하는 소리를 했다는 말이 퍼져보시오. 어처구니없는 말이지만 어쩌면 핸드레이크가 오크들과 뒷거래를 했다는 식의 이야기가 나올지도 모르겠구먼 그래."

"그게 사실이라면 어쩌시겠습니까?"

"뭐요? 웃기지 마시오!"

"웃기는지 아닌지 묻는 것이 아닙니다. 만일 정말 핸드레이크가 오크의 친구였다면 어쩌시겠습니까? 시장님도 아시겠지만 핸드레이크에 대한 믿을 만한 기록은 드물지요. 그리고 감히 말씀드립니다만 전 여기 있는 누구보다도 핸드레이크에 대한 이야기를 많이 들어 알고 있습니다. 저희들의 여행에서는 그에 대한 이야기가 계속 나왔습니다. 그런 저도 저 이야기는 믿을 수 없습니다. 하지만! 하지만 그게 사실이면 어찌시겠습니까?"

"그런 사실은 필요없소!"

"예?"

"사실에는 두 가지 종류가 있소. 알아야 할 사실과 알 필요가 없는 사실, 아는 것이 오히려 해가 되는 사실 말이오! 어린 아이에게 독극물의 지식을 가르치면 안 된다는 것쯤은 당신도 알 것 아니오?"

주위의 사람들은 모두 입을 다물고 두 사람을 바라보았고 그러자 저 멀리 오크들이 내는 소음이 희미하게 들려왔다. 다른 사람들은 지금 칼과 안티고어 시장을 보며 무슨 생각을 하고 있을까? 내 눈에는 그것은 두 가지 종류의 서로 다른 인간형의 대립처럼 보였다. 한쪽은 국가나 역사 따위에 연연하지 않고 진실에만 관심이 있는 인간. 칼은 수많은 인간들이 살아가는 바이서스라는 나라에는 관심이 없고 오로지 자신을 만족시킬 차가운 진실에만 관심이 있을 뿐이다. 나머지 하나는 과거의 모든 것을, 설령 거짓과 가식을 동원해서라도 소중히 지키려는 사람. 안티고어 시장은 수많은 인간들이 살아가는 바이서스에 커다란 애정이 있을지는 모르겠지만 그 애정을 위해서라면 진실을 부정하고 무시해도 상관없다고 할지 모르겠다.

누가 올바른 거지?

그러나 칼은 곧 침착하게 말했다.

"무슨 말씀인지 잘 알겠습니다. 제가 지나쳤습니다. 안티고어 시장님. 사죄하겠습니다."

그러자 안티고어 시장은 고개를 끄덕였다. 그는 설전을 주고받느라 상당히 긴장했던 모양인지 어깨를 주무르기까지 했다. 그는 헛기침을 좀 하고 나서 말했다.

"여러분들이 이 도시에 들러주신 이상 나는 이곳의 주인으로서 여러분들의 안전에 대해 모든 책임을 다하겠소. 여러분들이 위험한 이곳에 계실 필요는 없으니 시청으로 가시지요."

"저 오크들은 저희들의 뒤를 쫓아온 것입니다. 저희들도 책임을 져야겠지요."

"걱정 마시오. 칸 아디움의 성벽을 믿으시고 그 경비대의 힘을 믿으십시오. 우리들이 친구이자 동포로서 여러분들의 어려움을 돕도록 해주시오."

"……알겠습니다. 감사합니다. 시장님."

칼이 그렇게 말하자 다른 사람들도 별 의견이 없었다. 제레인트는 이곳에서 오크들을 더 구경하고 싶다고 말했기 때문에 성벽에 남게 되었고 나는 다른 사람들과 함께 안티고어 시장의 뒤를 따라 성벽을 내려갔다. 흐음. 시청에서의 아침 식사와 식후의 차 한잔이 기대되는군.

국왕 전하를 친견하고 거기에 덧붙여 직접 훈장을 수여받았다는 사실이 이렇게 대단한 것인 줄은 몰랐어. 음. 그게 그렇게 대단한 건가? 엑셀핸드의 말마따나 후치 네드발이란 인물에 대한 존경심은 날 오랫동안 사귀어보고 난 다음에 표현해 주면 좋을 텐데.

어쨌든 지금 우리들은 따스한 아침 식사를 대접받고 거기에 덧붙여 시청의 시장님 사무실에 모여앉아 차를 홀짝이고 있었다. 사무실은 대단한 특징은 없이 그저 공무원의 사무실이라는 분위기를 풍겼다. 그리고 테이블 상석에 앉은 안티고어 시장께서는 자못 감개 무량한 표정으로 우리들을 바라보고 있었다. 그는 나에게 참 곤혹스러운 질문을 던졌다.

"그래, 네드발 군. 전하를 친견했을 때의 기분이 어땠나?"

뭐라고 대답하지? 훈장 수여식의 기억이라고는 장엄의 홀인지 뭔지, 가운데 걸어가는 사람 무진장 애먹이는 그런 장소, 지독하게 졸리는 문서 봉독자의 화려 취미의 미사 여구…… 훈장을 받게 되었을 때는 정말 기뻤지. 이제야 끝나는구나! 하면서.

"어, 서툰 표현으로 그 감동을 함부로 표현하고 싶지 않군요."

이 정도면 내 혀에 대한 칭찬도 아깝지 않지. 핫하하! 엑셀핸드는 너 그때 반쯤 졸고 있지 않았느냐는 시선으로 날 바라보았지만 난 뻔뻔스럽게 무시했다. 길시언은 그런 나를 보며 빙긋이 웃었다.

칼은 커피(그렇다. 커피! 그것이 이 도시에도 있었던 것이다. 안티고어 시장의 기호품인 모양인데 그는 칼이 커피를 마신다고 하자 퍽 좋아했다. 음. 나라도 내가 저런 괴상한 음식을 좋아한다면 같은 음식을 좋아하는 사람을 만났을 때 기쁠 거야.)를 한 모금 삼킨 다음 찻잔을 내려놓고서 말했다.

"시장님. 어떻게 생각하실진 모르겠습니다만, 일단 커피 맛은 퍽 좋군요. 하지만 전운이 감도는 도시에서 마시는 커피라 그런지 그 향취에 깊이 빠져들 수가 없군요."

성밖에선 충만한 살의를 불태우는 오크들이 도사리고 있는데 한가하게 커피나 마시고 있어서야 시장이라고 할 수 있느냐? 이런 속뜻이 담겨 있지요, 칼? 그러나 안티고어 시장은 칼과의 언외언 문답에 능숙하지 못했다. 그는 푸근한 목소리로 다음과 같이 말했던 것이다.

"아, 불안을 떨치십시오, 헬턴트 공. (칼은 어깨를 조금 늘어뜨렸다.) 여러분들이 저 흉악한 오크들에게 쫓기면서 심신이 많이 피로해지셨을 줄은 익히 짐작합니다. 이제 나의 도시에서 그 피로를 잊으시고 심신의 활력을 되찾으시오. 그리하여 여러분들이 보다 충만한 여행이 되도록 대비할 수 있도록 모든 지원을 아끼지 않겠소."

"더없이 감사한 말씀입니다. 시장님."

높은 의자 위에서 체면 떨어지게시리 다리를 흔들고 있던 엑셀핸드가 말했다.

"그런데, 이보시오. 시장. 여기 계속 있어도 되겠소?"

엑셀핸드의 보다 직접적인 말에 안티고어 시장은 당황했다. 그러자 아프나이델이 재빨리 말했다.

"아, 엑셀핸드 님께서는 시장님께서 저희들 때문에 귀중한 시간을 낭비하지 않으실까 걱정하시는 것입니다. 밖에선 병사들이 시장님의 지휘를 기다리고 있지 않겠습니까?"

그러자 안티고어 시장은 다시 미소를 지었다. 그는 하얀 턱수염을 쓸어내리면서 말했다.

"염려 마시오. 오크들이 하늘을 날지 못하는 바에야 저 단단한 성벽을 어떻게 하겠소?"

길시언은 팔짱을 긴 채 생각에 잠긴 얼굴이었다. 그는 그렇게 눈을 감은 채 말했다.

"루트에리노 대왕과 록크로스 해변의 이야기가 생각나는군요."

"뭐라구?"

안티고어 시장은 다시 당황해서 길시언을 바라보았다. 길시언은 팔짱을 끼고 있느라 프림 블레이드의 방해를 받지 않은 상태에서 여유 있게 말했다. 눈은 계속 감은 채로.

"록크로스 해변에서 300여 마리의 오크들을 대적했던 루트에리노 대왕의 이야기 말입니다. 그곳은 황량한 해변이지요. 성벽 같은 것은 눈을 씻고 찾아보아도 찾을 수 없는. 그때 루트에리노 대왕이 의지했던 것은 굳건한 성벽이 아니라 핸드레이크라는 인간, 그리고 그 인간과 자신의 굳건한 우정이었습니다."

안티고어 시장은 경계하는 표정으로 말했다.

"아, 물론 그렇지. 길시언 군. 그리고 우리는 거기에 덧붙여 굳건한 성벽까지 갖추고 있지 않은가."

길시언은 김빠진 웃음을 지어보였다. 나는 문득 길시언이 바로 길시언 바이서스, 국왕 전하의 형이라는 사실을 밝히면 어떨까 하는 생각을 떠올렸다. 그런데 길시언은 왜 그 사실을 밝히지 않는 거지? 길시언이 자신의 입으로 그 사실을 밝히지 않았기 때문에 다른 일행들도 모두 암묵적으로 입을 다물고 있었다. 하긴 우리가 국왕 전하께 칭호를 받은 명예의 기사라는 이야기만 듣고도 라스 대장은 심장 마비를 일으킬 정도로 놀랐었다. 만일 길시언이 왕자라는 사실까지 밝힌다면? 음. 귀찮은 일이 되겠군.

결국 샌슨이 더 참지 못하고 말했다.

"저, 시장님. 그럼 우리들은 이 도시에 대해선 아무 걱정을 하지 않아도 되는 겁니까?"

"어? 어. 그렇소, 퍼시발 공."

난 웃음을 터뜨릴 뻔했다. 왕자인 길시언 바이서스는 길시언 군이고 우리 고향의 경비 대장, 성밖 물레방앗간의 처녀에게 코를 꿰인 샌슨 퍼시발은 퍼시발 공인가? 길시언을 훔쳐보자 그는 신비한 미소를 짓고 있었다. 샌슨 역시 우스꽝스러운 얼굴이 되었지만 꾹 참고서 말했다.

"그럼 친절한 대접에 감사를 표한 다음 이만 떠나고 싶군요. 저희들의 여정이 몹시 바빠서요."

샌슨은 그렇게 막무가내로 말해 버렸다. 칼이 눈살을 찌푸렸지만 이미 늦었다. 안티고어 시장은 선선히 고개를 끄덕인 것이다.

"아, 그런가? 이런. 여러분들의 급한 여정이 나 때문에 방해받아서는 안 되겠지. 헬턴트 공. 혹시 여정에 필요한 물자나 기타 등등이 있으면 말씀해 보시오. 내 손 닿는 것이면 모두 다 준비해 드리리다."

칼은 한숨을 쉬고 나서 말했다.

"아니오. 그런 것은 없습니다. 그리고 저희의 여정이 그렇게 급하지는 않습니다. 퍼시발 군. 우리 때문에 곤경에 처한 도시를 뒤로 하고 우리가 어떻게 달려갈 수 있단 말인가."

"시장님이 말씀하시지 않으셨습니까? 이 도시에 대해선 아무런 걱정을 하지 않아도……"

"퍼시발 군."

샌슨은 입을 다물었지만 여전히 불평스러운 얼굴이었다. 그러자 안티고어 시장은 다시 푸근한 미소를 지었다.

"이런, 이런. 퍼시발 공의 말씀이 옳소, 헬턴트 공. 칸 아디움에 대해서는 전혀 걱정하실 필요가 없소. 아니, 여러분들의 여정에 방해가 될지도 모르는 저 오크들은 우리가 처리해 드리지요."

아이고 맙소사. 그거 정말 감사한 말씀이군요. 더 이상 우리들을 쫓지 못하게 해주신다고? 저 녀석들이 얼마나 질긴지 몰라서 하시는 말씀이에요, 시장 나으리. 헷!

"고마운 말씀입니다만 도의상 그렇게 할 수는 없습니다. 저 오크들에 대해서는 저희들이 책임을 져야지요."

"오, 천만에요. 저희들에게 맡겨주시고 아무런 걱정을 하지 마십시오. 하하하."

안티고어 시장은 그렇게 웃었고 칼은 난처한 미소를 지었다. 참 이상한 시장님이군. 밖에 300마리쯤 되는 오크들이 진을 치고 있는 상황이라면 고양이 손이라도 빌리고 싶은 것이 당연할 텐데 도리어 도와주겠다는 사람을 거절하다니. 호탕하게 보이고 싶은가 보지? 샌슨은 입맛을 다시고는 말했다.

"시장님이 저렇게까지 말씀하시니 저 호의를 받아들이시지요, 칼?"

칼은 샌슨을 노려보았지만 샌슨은 그 눈길을 회피하며 유유히 천장을 쳐다보았다. 칼이 다시 안티고어 시장에게 뭐라고 말하려 했을 때였다. 사무실 문을 노크하는 소리가 들려왔다.

"뭔가?"

잠시 후 병사 하나가 달려 들어와서는 시장에게 경례를 붙이고 잠시 우리들을 바라보았다. 그러자 안티고어 시장은 고개를 끄덕이고는 우리들에게 실례한다고 말한 다음 밖으로 나갔다.

안티고어 시장이 밖으로 나가자 칼은 곧장 샌슨을 노려보기 시작했다. 샌슨은 그 눈길을 회피하려다가 그냥 어깨를 으쓱거리고는 말했다.

"시장은 자신이 있는 모양이더군요. 아마 루트에리노 대왕의 이야기를 재현해 보고 싶은 모양인데요. 칸 아디움 성에서 안티고어 시장과 삼백 오크의 혈전."

"그래서? 그냥 이 도시에 맡겨두고 달아나버리자는 말인가?"

"시장은 그러라고 권하지 않습니까?"

"난 안티고어 시장에겐 관심 없네. 이 도시의 시민들에게 관심이 있을 뿐이야. 저 밖의 오크들은 바로 우리들을 쫓아온 것인데 그 때문에 이 도시의 시민들이 불행한 사건을 겪게 만들 수는 없어."

"무슨 말인지는 알겠습니다. 하지만 설령 우리가 손 들고 나간다고 해서 오크들이 물러날 리는 없습니다."

칼은 샌슨을 물끄러미 바라보았고 샌슨은 담담하게 자신의 의견을 설명해 나갔다.

"저놈들이 저만큼 조직된 바에야 뭔가를 얻기 전에는 흩어지지 않을 거란 말입니다. 우리 이야기는 어차피 구실일 겁니다. 아마도 노리는 것은 겨울 식량일 가능성이 더 높겠지요. 정말 우리를 노리는 거라면 이런 성을 포위하는 것은 오히려 귀찮은 일입니다. 우리를 앞질러 간 다음 적당한 곳에서 매복했다가 기습하는 것이 낫지요."

샌슨의 날카로운 통찰력은 우리들을 놀라게 만들었다. 칼은 고개를 끄덕였다.

"음. 옳은 말일세, 퍼시발 군. 아마도 우리를 쫓던 오크들이 이 근방의 오크들을 규합한 거겠지. 그렇지 않아도 겨울 식량을 위해 노략질을 준비하던 오크들이 있었을 테니까."

"그렇습니다. 따라서 우리가 나가든 말든 오크들은 여기를 공격할 거란 말입니다. 우리를 불러내는 것은……, 어쩌면 우리가 이 성에 있으면 귀찮다고 생각한 때문이 아닐까요?"

"귀찮다고?"

샌슨은 나와 운차이를 힐끗 쳐다보며 장난스럽게 말했다.

"괴물 초장이와 괴물 눈알의 위명은 오크들에게 잘 알려져 있으니까요."

이거 자랑스러워해야 되나? 칼은 쓰게 웃으며 말했다.

"난 오크들에게로 나가겠다고 말한 적 없네. 저 녀석들의 편지를 그대로 믿고 밖으로 나가면서 '우리가 나왔으니 이 도시는 공격하지 않으시겠지요?'라고 물어볼 정도로 순진하지는 않네. 저 친구들의 계획이 자네가 말한 대로일 거라고 확신할 순 없지만, 최소한 저만큼이나 모였으니 한번 휩쓸어 보지도 않고 해산시키는 것은 어느 부대의 지휘자라도 아쉬울 거라는 것은 짐작할 수 있네."

"됐네요! 그럼 우리는 책임감을 그렇게 느낄 필요가 없습니다. 이 도시의 문제입니다. 그런데 시장은 우리들의 도움을 거절하지 않습니까? 칼이 몇 번이나 그렇게 말했는데도 말입니다."

"도움을 줄 필요가 있다면 상대가 뭐라고 하든 도와야지! 어린애들을 돕기 위해서라면 어린애가 싫어하는 약을 억지로 먹이듯이."

샌슨은 입을 다물고 다시 불평 불만이 가득한 헬턴트 남자의 표정을 지었다. 헬턴트 남자들은 스스로를 던져 스스로의 도시를 지키는 법이지. 아무래도 나 역시 불평 섞인 표정을 짓는 것이 좋을 것 같군. 하지만 칼은 아깝다는 표정을 지으며 말했다.

"지골레이드의 환상이 들키지 않았으면 좋았을 텐데."

그러자 아프나이델은 기어들어가는 목소리로 말했다.

"죄송합니다. 제가 워낙 재주가 없다보니."

"아니, 아프나이델 씨가 사과할 일이 아니지요. 그 검은 투구의 오크는 완전히 괴물이었습니다. 그런 용맹한 오크가 있을 줄 누가 알았겠습니까."

그때 사무실 문이 열리더니 제레인트와 네리아, 그리고 레니가 나타났다. 제레인트는 얼굴이 발갛게 되어서는 흥분해 있었다. 그는 들어오자마자 이야기를 시작했다.

"야, 굉장하더군요."

"예?"

"녀석들이 공성추를 만들 생각인가 봅니다."

"고, 공성추요?"

제레인트는 소파에 털썩 앉더니 곧 마구 손짓을 하며 말했다.

"예. 황야 저편에서 오크들이 거대한 나무를 운반해 오고 있습니다. 이 근처 어디에도 나무 같은 것은 없는데 말입니다. 아무래도 녀석들은 세피아파인 고개에서 무리를 두 개로 나누었던 모양입니다. 그래서 선두 무리는 이 도시로 진격하고 후방 부대는 나무를 해서 끌고온 모양입니다. 지름이 사오 큐빗은 될 것 같은 아름드리 나무인데 녀석들이 거기에 십자형으로 나무 두 개를 묶어서 바퀴축까지 만들었더군요. 아, 바퀴는 둥근 방패 여러 장을 겹친 다음 가운데 구멍을 뚫어 만들었습니다. 오싹하고 멋지더군요."

제레인트는 참으로 신기하고도 경이로운 일이 아니냐는 듯이 신나게 설명했고 그러자 칼은 이마를 딱 짚으며 신음을 흘렸다.

"오, 맙소사. 퍼시발 군. 자네에게 경의를 표해야 되겠군. 자네 말이 맞았네. 아무래도 놈들은 제대로 결심하고 온 모양이군."

"예? 무슨 말입니까?"

제레인트는 그렇게 물었고 그러자 칼은 저놈들이 우리 이야기를 하는 것은 구실일 뿐이고, 실제 목적은 이 도시에 대한 노략질일 것이라는 점을 이야기해 주었다. 그러자 제레인트는 고개를 끄덕였다.

"예. 아무래도 그런 것 같습니다. 크레블린 대장이나 아넨드 씨도 그렇게 이야기하더군요."

"그래요?"

"예. 후방 부대는 수레나 짐꾸러미 같은 것에다 기치 같은 것도 몇 개 들고 왔더군요. 크레블린 대장이 낙담한 어투로 설명해 주길, 선두를 맡은 부대는 빠른 이동을 위해 무기만 들고 돌격해 온 것이며 후방 부대가 식량이나 기타 지원 물품을 가지고 이제 도착한 거랍니다. 녀석들은 틀림없이 장기적인 계획을 가지고 온 것이며 그렇다면 놈들의 목적은 우리 일행이기는 어려울 거라고 말해 주더군요."

"그래요. 음. 후방 부대의 수는 어느 정도 되겠습니까?"

"예에. 전 숫자를 세는 데는 자신 없습니다만 아무래도 선두부대와 거의 같은 숫자인 것 같습니다."

칼은 얼굴이 노랗게 바뀌었다. 샌슨은 침울한 표정으로 말했다.

"조금 전 시장님께 찾아온 병사가 무슨 소식을 전했는지 짐작하겠군요."

칼은 자신의 심정을 간단하게 표현했다.

"망할……."

칸 아디움의 시내는 벌집을 쑤셔놓은 듯했다. 날은 이미 밝았지만 짙은 구름 때문에 태양은 따스함이란 전혀 없는 동그란 구

슬이 되어 있었다. 살갗에 닿는 바람은 흉흉한 느낌을 준다. 도
대체 무엇 때문에 우는지 모르면서 목이 터져라 우는 꼬마, 이리
저리 부산하게 달려가는 병사와 사내들, 왜 모두들 고함을 지르
며 달리는 것일까. 그리고 집안으로 뛰어들어가는 아낙네들과 그
아낙네들에게 귀를 붙잡힌 채 끌려가는 머리가 좀 굵은 사내아이
들. 사내아이들은 고래고래 고함을 지르며 '엄마는 항상 재미있
는 것은 못하게 해!' 하는 식의 말을 외치고 있었다. 어쨌든 그
런 잔치판이 따로 없었다. 하지만 즐거워하는 사람은 하나뿐인
것 같다. 제레인트는 코를 쓱 닦으며 말했다.

"흐음. 시민들이 불안해하는 것 같군요."

"당신은 불안하지 않소? 이방인이라서?"

길시언의 질문에 제레인트는 어깨를 으쓱였다.

"모든 것이 테페리의 뜻대로. 전 여기 있을 겁니다. 아무래도
떠날 필요를 느끼기 힘들군요."

"예?"

우리 일행은 바쁜 걸음을 잠시 멈추고 제레인트를 바라보았다.
샌슨은 크게 놀란 얼굴로 제레인트를 바라보았다.

"아니, 여기 남겠다는 말입니까?"

"예. 떠나야 할 여러 가지 이유를 생각해 보았습니다. 레니 양
의 호송은 시급한 일이다. 그리고 이 도시의 성벽은 안전하다.
그리고 내가 있어 봐야 오크들과의 전쟁에서 무슨 도움이 되겠느
냐. 성벽 위에 서서 이런 이유들을 차분히 생각해 보았습니다만
아무래도 떠나고 싶지 않군요. 그리고 저는 이런 마음이 언제 드
는지 잘 알고 있습니다. 하하하하."

"테페리의 뜻이군요."

"예! 그리고 테페리의 뜻을 따르는 것이므로, 전 불안하지 않 군요."

나도 테페리의 신자가 되어볼까? 어느때라도 불안감은 없을 것 같은데. 칼은 고개를 끄덕였다.

"제가 한마디만 하지요."

우리는 칼을 바라보았다. 칼은 잠시 숨을 고르면서 말했다.

"어떻게 생각하실지 모르겠습니다만 우리는 자유로운 여행자 들이며 서로가 서로를 간섭하지 않았습니다. 세레니얼 양이 자의 로 떠난 것은 잘 기억하실 겁니다. 그렇듯이 우리는 서로를 강제 할 아무런 권한도 없는 집단이지요. 물론 그랜드스톰의 의뢰를 받아들였다는 점에서 몇몇 사람들은 그 책임에 따라 행동할 필요 가 있긴 합니다만, 전 지금 그 책임을 잠시 잊고 싶습니다. 아무 래도 이번 여행에서 전 다른 사람이 저에게 부여한 임무를 제대 로 이행하지 못하는 경우가 많군요."

길시언은 팔짱을 낀 채 턱을 만지작거리며 말했다.

"임무를 이행하지 못한다고요? 일스 공국의 사절건 말씀입니 까?"

"예. 그리고 이 도시에서도 마찬가지입니다. 전 지금 갈색 산 맥을 향해 달려가야 될 책임이 있습니다만, 그렇다고 해서 이 도 시의 위험을 수수방관하고 싶지는 않습니다."

"칼 아저씨는 멋져요! 이대로 달아나도 아무도 뭐라고 하지 않 을 텐데. 이 도시의 시장님도 우리들보고 가라고 하는데 말이에 요. 미혼이시죠? 어떻게 아직 미혼이세요?"

네리아의 이상한 질문에 우리들은 폭소를 터뜨렸다. 칼은 머쓱 한 표정으로 말했다.

"여성분들의 안목이 정확한 때문이겠지요. 아, 그리고 지금은 다른 이야기를 좀 하지요. 우리 책임도 분명히 중요한 일입니다. 크라드메서의 웨이크닝은 시시각각 다가오고 있으니까요. 어떻게 생각하실진 모르겠습니다만, 갈색 산맥으로 갈 인원은 그렇게 많지 않아도 될 것입니다."

"무리를 나누자는 말씀입니까?"

길시언의 질문에 칼은 고개를 끄덕였다.

"그렇습니다. 물론 먼저 여러분들의 찬성이 있어야겠지만, 여러분들이 찬성한다면 저로선 우리 무리를 둘로 나누어 한 무리는 이 도시를 돕고 다른 무리는 레니 양을 갈색 산맥으로 데리고 가면 좋겠다고 생각됩니다."

"나쁜 의견처럼 들리지는 않군요."

그러자 엑셀핸드는 손바닥에 침을 퉤 뱉더니 도끼자루를 힘 있게 쥐어보였다.

"난 이곳에 남지! 오크놈들의 머리가 600개야. 골라가면서 벨 수 있겠군."

칼은 미소를 지었다. 그런데 잠시 후 그 미소는 난처한 표정으로 바뀌었다. 엑셀핸드를 필두로 해서 모든 사람들이 이곳에 남겠다고 말해 버린 것이다. 그 각자의 이유를 들어보자.

"이미 말했죠? 테페리의 뜻대로. 제가 신의 뜻을 거부해야 될 만한 이유가 있으면 말해 보십시오."

"아, 그런 이유야 없지요."

"미력한 마법이지만 엑셀핸드 님을 돕고 싶습니다. 아, 저, 물론 전 풋내기 마법사이고 풋내기 마법사가 감히 전쟁에 어떤 도움을 줄 것이라고는……."

"아닙니다. 누가 아프나이델 씨가 풋내기 마법사라고 그러겠습니까. 아까 지골레이드의 모습은 정말 공포스러웠지요."

"프림 블레이드는 무기가 아니라 일종의 예술품…… 칵! 무기입니다. 뭐야! 네가 무기가 아니고 그럼 뭐냔 말이다! ……죄송합니다. 어, 흠! 어쨌든 무기가 있을 곳은 적이 있는 곳입니다."

"예. 당연한 말씀입니다."

"헬턴트 전권 대리인을 보호하는 것이 저의 임무입니다. 칼 곁에 있겠습니다."

"퍼시발 군. 그건……."

"어? 샌슨. 내 임무와 같네?"

"……네드발 군."

"장래의 아들을 돌봐야 돼요."

"예?"

난 까무러치는 표정을 지었고 칼은 어이가 없는 얼굴로 네리아와 날 번갈아 쳐다보았다. 그리고 그는 절망적인 얼굴이 되어 아직까지 대답을 하지 않은 운차이를 돌아보았지만 곧 시선을 되돌렸다. 운차이는 조용히 검을 뽑아들고서 햇빛에 비춰보고 있었던 것이다. 칼은 시무룩한 얼굴로 레니를 바라보았고 그러자 레니는 토끼 같은 눈이 되어서는 말했다.

"저 혼자 가요? 길도 몰라요!"

"그렇게 말한 적 없습니다. 레니 양."

칼은 두 팔을 축 늘어뜨렸고 우리들은 모두 웃었다. 길시언은 미소 띤 얼굴로 고개를 끄덕이며 말했다.

"우리는 모두 자유로운 여행자이며 서로가 서로를 간섭할 수 없습니다. 어쩌시겠습니까, 칼?"

칼은 체념한 얼굴로 말했다.

"600마리의 오크들을 처리하는 가장 빠른 방법에 대해 논의해 봅시다."

작전명은 그랬다. '오크 600마리 최단 시간 격파 작전.' 독창성이나 참신함은 별로 찾아볼 수 없었지만 어쨌든 작전명은 그렇게 정해졌고 그 누구에 의해서도 불려지지 않은 채 사장되어버렸다.

그 작전의 수행 인원을 보자면, 먼저 자칭 독서가, 타칭 독서가를 빙자한 독설가 칼 헬턴트가 작전을 지휘하게 되었다.

"내가 왜 독설가인가, 네드발 군?"

"진짜 독설가는 독설을 내뱉을 때도 전혀 독설이 아닌 것처럼 위장하는 법이라고 전에 가르쳐줬지요?"

"별로 할말 없네."

그리고 작전 인원을 보자면, 많은 부분에서 인간과 착각될 수 있는 오거, 마법검에 시달리면서도 그 성능 때문에 버리지 못하는 전사, 신의 뜻에 따라 교수대에 목이 매달리면서도 웃어버릴 성직자, 실제로 교수대에 걸릴 뻔했지만 다행히 풀려난 자이편 간첩, 면도를 해도 무방할 정도로 예리한 도끼를 시도 때도 없이 휘둘러대는 드워프에, 아들 딸린 홀아비를 노리고 있는 시집가고 싶어하는 처녀가 하나요, 그리고……

"후치. 톱메이지가 어쩌니 하는 말은 제발 하지 말아줘."

"스스로가 거부하는 칭호를 받게 될 불운한 마법사."

"……젠장."

"난 뭐니, 후치야?"

"그 모든 인원들이 애정과 헌신으로 보호하는 항구의 소녀."

"호호호."

"이렇게 화려한 인원이라구요, 칼. 도대체 어떻게 할 생각이지요? 지금 어느 때보다 냉철한 판단이 필요할 것 같아서 말씀드리는 건데요. 이 화려한 인명록은 듣기엔 좋을지 몰라도 600마리의 오크를 처리할 수 있는 가능성을 보여주지는 못한단 말입니다."

"자네 어투가 갈수록 화려 취미에 물드는 것 같군."

"지금 내 어투가 중요한 문제는 아니잖아요."

"그럼 중요한 문제를 풀어보세나. 그리고 그 문제의 해결을 위해선 먼저 작전 지휘소를 찾아야 되겠군. 그런데 이 도시의 작전 지휘소는 도대체 어디 있는 거야?"

"아직 설치되지 않은 것 같습니다. 아, 저기 크레블린 대장이 있군요."

샌슨이 가리키는 방향을 보니 갤러리 저편에서 병사들에게 뭔가를 말하는 크레블린 대장의 모습이 보였다. 그는 우리들의 모습을 발견하고는 놀란 표정을 짓더니 황급히 다가왔다.

"칸 아디움의 성벽 위에 몰려 있는 이 화려한 인원에게로, 지금 칸 아디움의 안보와 번영할 내일을 담보하는 막중한 책무에 시달리는 전사 라스 크레블린이 황급한 걸음을 옮기고 있었다……."

"그만해!"

나는 샌슨에게 쥐어박힌 정수리를 문지르면서 크레블린 대장을 맞이하게 되었다. 크레블린 대장은 고개를 갸웃거리며 말했다.

"여기엔 웬일이십니까? 헬턴트 공?"

"칼이라고 불러요. 전황은 어떻습니까?"

크레블린 대장은 얼굴을 찌푸리며 성 바깥을 가리켰다.

"보시는 바와 같습니다. 녀석들의 1차 돌격은 사수들의 공격으로 격퇴시켰지만 놈들의 인원은 별로 줄어든 것 같지 않습니다."

난 아래의 황야를 내려다보았다. 옆에선 레니가 가쁜 숨을 쉬고 있었다.

"어머나……."

황야에는 곳곳에 오크들의 시체가 널려 있었다. 그렇게 엄청난 숫자는 아니었지만 아무것도 없는 황야에 점점이 흩어져 있는 시체라서 보기에 끔찍했다. 그리고 나머지 오크들은 화살 거리 바깥에 장방형 진을 친 채 앉아서 대기하고 있었다. 제레인트의 말대로 오크들의 숫자는 두 배로 불어나 있었으며 그 중간중간에 바람을 받아 펄럭거리는 깃발의 모습도 보였다. 깃발에 무슨 그림이 있는지는 잘 보이지 않았지만 기분 나쁜 붉은색은 눈에 들어왔다. 그리고 그 뒤로 제레인트가 말하던 공성추의 모습도 보였다. 그것은 똑바로 성문을 향한 채 놓여 있었는데 굵은 통나무를 통째로 잘라 만든 것이었으며 오크들이 끌고 다닌다고는 믿기 어려울 정도로 거대한 것이었다. 샌슨은 그 광경을 바라보더니 고개를 끄덕이며 말했다.

"공성추는 오지 않았던 모양이군요. 수레바퀴 자국은 보이지 않는데요."

"그렇소. 조금 전의 돌격은 그저 인사에 불과한 것 같습니다. 대부분 방패를 머리에 이고 돌격했는데, 아무래도 우리들의 신경을 자극시켜 지치게 만들고 싶은 모양입니다."

길시언은 고개를 끄덕이며 말했다.

"아니면 화살을 낭비시키고 싶은 것이겠군요."

"그래요."

"돌이나 끓는 기름 등은 준비되어 있습니까?"

크레블린 대장은 얼빠진 얼굴로 길시언을 바라보다가 이마를 닦으며 말했다.

"아니, 그런 것은 없습니다."

"예? 하지만 저기엔……."

길시언이 가리킨 것은 흉벽 아래쪽과 갤러리가 만나는 지점에 설치된 투석구였다. 음. 그러고 보니 정말 도시의 외벽 치고는 굉장한 규모로군. 갤러리에 투석구까지 준비되어 있다니. 크레블린 대장은 길시언의 손을 따라서 그것을 바라보다가 고개를 갸웃거렸다.

"예? 저것이 어쨌단 말입니까?"

"저기엔 투석구가 있지 않습니까? 그런데 돌은 준비되어 있지 않다고요?"

그러자 크레블린 대장은 얼굴을 붉혔다.

"저게 투석구입니까? 난 빗물 빠지는 구멍인 줄 알았습니다."

오, 맙소사. 빗물 빠지는 구멍이라구? 저렇게 커다란 구멍이? 길시언은 기막힌 얼굴이 되었고 그러자 크레블린 대장은 겸연쩍은 얼굴로 말했다.

"여보시오. 이곳은 전쟁과는 아무런 상관이 없는 도시란 말입니다. 솔직히 말해서 난 지금 내 지위에 대해 평소에 가졌던 생각을 완전히 잊고 있단 말이오. 우리 경비 대원들은 그저 술주정뱅이들의 싸움이나 시장에서 상인들의 자리 싸움, 아니면 가장 위험한 싸움인 부부싸움을 말리는 존재였지 도시를 향해 쳐들어오는 오크 부대를 막아내는 사람들이 아니었소."

길시언은 동정이 담긴 미소를 지으며 말했다.

"그렇습니까? 그래도 퍽 정연한 모습이군요. 사수들의 배치도 훌륭하고."

"그래요? 아넨드가 들으면 굉장히 잘난 체를 하겠군. 지금 아넨드 놈의 경험이 큰 도움이 되고 있지요. 놈은 그래도 우리들 중 전쟁을 겪었던 녀석이고 아마도 유일한 전쟁 전문가일 거요."

그러자 칼은 고개를 끄덕이며 말했다.

"다행한 일이군요. 저, 우리들도 여러분을 돕고 싶습니다만. 우리들은 전쟁 전문가라고는 할 수 없습니다만 여행을 하면서 많은 일을 겪은 사람들이지요. 더군다나 저 오크들은 우리들을 쫓아온 것이니 우리들로서는 당연히 책임감을 느낍니다."

그러자 크레블린 대장은 환한 얼굴이 되었다.

"아, 정말 도와주시겠습니까?"

"새벽에는 그것을 요구하시지 않으셨습니까."

"아, 그때의 무례함은 다시 한 번 사과를……."

"아니오. 괜찮습니다. 지나간 이야기는 그만두고, 오크들을 물리칠 방도나 연구하지요. 어떤 계획이 있으십니까? 돌이 준비되어 있지 않다고 하셨으니 화살 보유량도 얼마 되지 않을 것 같습니다만."

그러자 크레블린 대장은 당장 처량한 얼굴이 되었다.

한 마디로 제대로 된 것이 없다. 일원화된 지휘 체계, 부대간 유기적 연결로, 하다 못해 보급 계획도 제대로 서 있지 않다. 사수들은 자신들이 언제 교대할 수 있는지 모르고 활이 없는 경비대원들은 어디에 집결해서 뭘 준비해야 되는지 모르고 있는 것이다. 그리고 그 모든 경비 대원들이 밥을 먹기 위해 자신의 집으로 돌아가야 될 정도인 것이다. 칼은 한숨을 쉬었다. 아넨드 씨는 멋진 배치를 이루어 오크들의 급습을 대비할 정도까진 했지만 그것으로 끝이었던 것이다.

"이건 너무 심하군. 시장님은 도대체 어디에 가 있답니까?"

"나도 그것을 좀 알았으면 좋겠습니다."

"⋯⋯알겠습니다. 이렇게 하지요. 크레블린 대장님. 절 당신의 임시 고문으로 좀 삼아주시겠습니까?"

"얼마든지."

칼은 곧 부리나케 명령을 내리기 시작했다. 명령이 너무 빨라서 내가 그의 임시 사서가 되어서 종이에 목록을 적은 다음 줄을 긋게 되었다. 칼의 명령에 따라 정신없이 오가던 활 없는 경비 대원들은 경비대 건물에서 솥과 식량 부대, 취사 도구들을 옮겨 왔다. 그것들은 성문에 가장 가까운 건물 하나를 징발하여 설치되었으며 라스 크레블린 대장은 성안의 아낙네들에게 전갈을 보내었다. 잠시 후 칸 아디움에서 가장 용감한 아주머니들이 몰려와서 구수한 냄새를 피우기 시작했다. 칼은 그 냄새를 맡으며 기분 좋은 웃음을 지었다.

"전략적 거점은 결국 성벽 주위가 된다. 이 도시 바깥의 지형은 극히 평탄하고 경비 대원들의 무장은 빈약하므로 성 밖에서의 전투는 절대 불가능하다. 따라서 성 안쪽에 바리케이드를 설치한다."

칼의 지시에 따라 경비 대원들은 성문 안쪽에 옹성(甕城), 혹은 방책이라 불릴 만한 것을 설치했다. 음. 우리 헬턴트 성에도 저런 것이 있다. 헬턴트 성의 옹성은 성문 바깥에 있고 돌과 목책으로 된 훌륭한 건조물이었지만 칸 아디움의 옹성은 건초 수레와 물통, 가구 등으로 만들어진 볼품 없는 것이었다. 하지만 오크들에 의해 성문이 돌파당할 경우, 성 안쪽으로 진입하게 되는 오크들은 옹성 너머에서 공격하는 경비 대원들의 창에 적지 않게 당하게 될 것이다. 칼은 활을 쏠 줄 모르는 경비 대원들로 하여금 창을 들고 옹성 뒤쪽에 포진하게 했다. 그 옹성을 구축하는 동안 나는 수레를 밀어붙이고 물통들을 걷어차고 가구를 집어던져 쌓아올렸으며, 칸 아디움의 경비 대원들은 서부에서 온 괴물 후치 네드발에 대한 소문을 만들어내었다. 으으. 어쩌면 수십 년쯤 지나고 나면 '우리들의 도시가 바람 앞의 양초처럼 위급한 시기에 빠졌을 때, 이 도시를 구하기 위해 서풍을 타고 날아온 괴물 초장이 후치 네드발…….' 어쩌고 하는 이야기가 만들어질지도 모르겠군.

그리고 칼은 가장 우수한 사수 몇 명을 골라서 성탑 위쪽의 원총안에 배치시켰다. 라스 크레블린 대장이 원총 안을 가리켜 쓸데없이 좁은 창문이라고 불렀다는 이야기는 하지 말도록 하자.

"여러분들은 절대로 당황하지 않는 것이 중요합니다. 오크들이 달려온다고 해서 화살을 쏘아댈 필요는 전혀 없습니다. 노릴 대상은 이렇습니다. 첫째, 가장 크게 고함을 지르는 녀석들. 둘째, 깃발을 든 녀석들. 그 녀석들이 중요합니다. 가장 무서워 보이는 녀석을 고를 필요는 없습니다. 따라서 그 외에 다른 녀석들은 달려오든 말든 내버려두십시오."

사수들 중에 하나가 질문했다.

"왜 그 녀석들인지 물어봐도 되겠습니까?"

"그 녀석들이 전체의 사기를 좌우하니까요."

"알겠습니다."

"당신들은 지시를 기다리지 말고 그런 녀석들이 사격권 안에 들어오면 자의에 따라 사격하시오."

정선된 사수들은 성탑으로 올라갔다. 사수의 총수는 50여 명. 그리고 100명쯤 되는 경비 대원들이 성 안쪽의 방책에 몸을 숨긴 채 대기하게 되었다.

모든 배치가 끝나자 우리 일행과 라스 크레블린 대장, 그리고 아넨드 씨는 성문 위의 성루에 모였다. 칼은 성루 너머로 오크들을 바라보며 말했다.

"150대 600이라. 공성전의 이상적인 비율이군."

"이상적인 비율이라구요?"

"성은 세 사람 몫을 한다고 하지. 허즐릿이 말한 이상적인 성의 요건을 기억하는가?"

"어…… 수직적으로 높을 것, 수평적으로 좁을 것, 그리고 자급 자족이지요?"

"그래. 이 성은 수직적으로 50큐빗쯤 되겠군. 충분한 높이야. 그리고 바깥의 길이 대책 없이 좁아."

"잠깐만요! 저렇게 넓은 황야인데 좁다니요?"

"녀석들은 사다리가 없어. 설사 사다리가 있다고 해도 오크들이 사다리를 타고 올라오는 것은 상당히 힘든 일이지. 따라서 몰려올 곳은 성문뿐이야."

"아, 예."

"그리고 자급 자족은 되었으니, 따라서 이 성은 세 사람의 몫은 하고 있지 않은가. 거기다가 병사들이 150명. 계산이 나오는가?"

"나오네요. 오크와 이 도시는 현재 막상막하라는 말씀이군요?"

"그래서 이상적이라는 거야. 하지만 칸 아디움 쪽에 더 승산이 있지. 사람들이나 오크들은 지칠 수 있지만 성벽은 지치지 않으니까."

"하지만 화살은 어떻게 하지요? 지금부터 열심히 만들까요?"

"그건 곤란하지. 지금부터 내가 하는 말을 받아쓰게. 아, 알아보기 쉽게 써야 되네."

성루 위에는 테이블과 의자도 준비되어 있었다. 내가 의자에 앉아서 글을 쓸 준비를 갖추자 칼은 줄줄 말하기 시작했다.

"'그 썩어빠진 이빨과 냄새 나는 콧구멍에 경의를 표하며. 사랑과 우정으로 조언하는데, 너희들이 이 성을 공격한다면 너희들 중 단 한 놈도 너희들의 지저분한 동굴로 돌아가지 못한다.' 안 쓰고 뭐하는가?"

나는 간신히 웃음을 멈추고 말했다.

"정말 그렇게 쓰라구요? 킥, 킬킬킬."

"물론이지. '그러나 우리들은 불행하게도 오크 가죽이나 오크 고기의 유익한 이용법을 알지 못하므로 파리들이나 즐거워할 오크 시체 더미를 만들고 싶은 생각은 없다. 살아 있을 적에도 냄새를 풍기는 너희들이 죽고 나면 얼마나 지독한 냄새를 풍길지 잘 안다. 따라서 괜히 이곳에 돌격하여 죽어넘어지지 마라. 불쾌하다. 이 편지를 받는 즉시 달아나라. 그대의 벗이.'"

"오크들의 눈이 뒤집히게 만들고 싶으신 거예요?"

"난 평소에도 저 작은 눈이 뒤집힐 수 있는지 궁금했다네."

난 칼이 불러준 말을 적당히 각색해서 더 심한 말로 만들어냈다. 길시언은 내가 쓴 글을 읽어보더니 폭소를 터뜨렸고 엑셀핸드의 경우엔 똑같은 글을 몇 장 더 쓰라고 간청했다. 자신의 집 거실 벽에 걸어두고 싶은 명문이라는 것이었다. 라스 크레블린 대장은 어이없는 얼굴로 칼을 바라보았다.

"보시오, 칼. 오크들을 도발해서 어쩌시려는 생각이오?"

"저 녀석들이 우리의 화살을 소모시키기 전에 먼저 우리가 저 녀석들의 인원을 소모시킬 생각입니다."

"놈들이 이 편지를 보고서 머리 끝까지 화가 나서 무턱대고 돌격해 오기를 바란단 말이오? 그거 너무 순진하지 않습니까?"

"전 대장님보다는 오크들에 대해 잘 안다고 생각합니다. 맡겨주시겠습니까?"

크레블린 대장은 칼을 묵묵히 바라보았지만 칼은 자신감 있는 눈으로 그 눈길을 되받았다. 마침내 크레블린 대장의 고개가 움직였다.

"음……, 좋소."

편지를 다 쓰고 나자 칼은 그것을 화살에 묶었다. 그러곤 성루의 난간에 발을 올리곤 태양을 쏘아버릴 듯이 활을 높이 들어올렸다. 피유웅!

하늘을 향해 날아간 화살은 곧 보이지 않게 되었다. 엑셀핸드는 이마에 손을 대고 하늘을 바라보다가 투덜거렸다.

"햇님을 쏴버린 것 같군. 저게 제대로 날아간 것 맞는가?"

"제대로 날아갔어, 드워프 친구."

대답한 것은 운차이였다. 운차이는 도대체 눈이 얼마나 좋은 거야? 아무리 탁 트인 사막에서 자랐다지만 저렇게 좋다니. 나도 눈이 별로 나쁜 편은 아니지만 칼이 쏘아버린 화살은 도저히 볼 수 없었다. 하지만 운차이는 멀리 바라보며 말했다.

"아쉽게도 오크의 몸을 맞추거나 하지는 않았군. 땅에 떨어졌어. 오크들이 거기에 접근하고 있군."

"좋아. 됐어. 크레블린 대장님! 병사들에게 단단히 대기하라고 전해 주십시오. 그러나 일제 사격 신호가 떨어지기 전까지는 절대로 쏘아서는 안 됩니다."

"알았소. 그룬!"

그룬 상병은 크레블린 대장의 명령을 하달받고는 갤러리 곳곳을 뛰어다니며 명령을 전달했다. 성루 양쪽의 성벽에서 병사들은 화살 하나씩을 흉벽에 기대어 세워놓고 또 하나를 꺼내어 활에 걸고는 활을 느슨히 늘어뜨린 채 흉벽 너머를 주시했다. 모두들 잔뜩 긴장한 얼굴들이었다. 옆에서 침을 삼키는 소리가 들려와서 돌아보니 아프나이델이 긴장한 얼굴로 주먹을 꼭 쥐고 있었다. 그의 손에는 이상하게 생긴 물체가 있었다. 그것은 조그만 장난감 삽처럼 보이는 것이었다. 도대체 아프나이델의 주머니 안에는 얼마나 많은 잡동사니들이 들어 있는 거지?

잠시 동안 성벽 위의 인간들과 오크들 양편 모두에서 쥐죽은 듯한 고요만이 존재했다. 그러다가 갑자기 터지는 듯한 고함소리가 들려왔다. 예의 그 검은 투구의 오크의 목소리였다.

"이 찢어 죽일 인간놈드으으을! 일제에에 돌겨어어억!"

라스 크레블린 대장은 어이없는 표정이 되었고 칼은 미소를 지으며 속삭이듯 말했다.

"자, 손님께서 오시는군."

4

 어마어마한 함성 소리. 오크들은 대지를 할퀴는 폭풍처럼 질주
해 왔다. 황야를 빽빽하게 덮으며 몰려오는 오크들의 모습은 악
몽 같았다. "우아아아! 취이이익!" 번쩍이는 글레이브의 반사광.
자욱하게 일어나는 흙먼지가 오크들의 뒤로 구름을 만들어내고
있었다. 두두두두두. 오크들은 화살을 막기 위하여 방패를 머리
위로 들어올리고 돌격해 오고 있었다. 그리고 그 오크들의 무리
가운데로 그 공성추, 충차? 어쨌든 바퀴 달린 통나무가 돌격해
왔다. 거기에는 오크 수십 마리가 매달려 밀고 있었으며, 그 거
대한 공성추는 처음에는 천천히 움직이기 시작했지만 가속도를
받자 곧 굉장한 속도로 돌진했다. 투투투투! 방패로 만들어진 그
바퀴가 깨어져나갈 듯이 진동했고 그 몸체는 위아래로 정신 없이
흔들리면서도 곧장 성문을 향하여 돌격해 오고 있었다.
 칼은 고함을 질렀다.
 "첫 번째에서 기를 꺾어야 된다! 아프나이델! 사용할 수 있는
가장 강한 마법을! 목표는 저 공성추요!"
 이미 준비하고 있었던 듯, 아프나이델은 곧장 팔을 앞으로 뻗
었다. 그는 손에 쥔 그 장난감 삽으로 허공을 퍼내듯이 손을 놀
리며 고함질렀다.
 "디그 어스!"

콰우웅! 오, 맙소사! 공성추가 굴러오던 길 앞에서 흙이 솟구쳐 올랐다. 마치 아프나이델이 그 땅을 퍼낸 것처럼 거대한 구덩이가 만들어진 것이다. 질주하던 공성추는 걷잡을 수 없이 구덩이에 빠지고 말았다. 나무 부러지는 소리와 거대한 마찰음이 들려왔다. 그리고 잠시 후, 그 거대한 공성추는 구덩이에 곤두박질쳐 마치 황야에 나무가 돋아난 것처럼 보였다. 땅에서 비스듬하게 솟아나온 공성추의 모습은 우스꽝스럽기 짝이 없었다. 그리고 공성추를 밀고 있던 오크들 중의 상당수도 구덩이에 빠지며 비명을 질렀다.

"쾌애애액!"

"취이이익!"

"맙소사! 이토록 멋진 마법이라니!"

칼은 펄쩍 뛸 듯이 기뻐하고 있었고 크레블린 대장은 체통 없게시리 함성을 지르며 하늘을 향해 롱소드를 휘둘러대었다.

"우아아아!"

그리고 성루 양쪽에서도 병사들이 커다랗게 함성을 질렀다. 아프나이델의 마법 한 방으로 공성추는 당장 못쓰게 되어버렸고 그러자 오크들은 커다란 혼란에 빠져들었다. 질주하던 오크들 중 상당수가 제자리에 멈춰 서기까지 했다. 아넨드 씨도 그 모습을 보며 함성을 지를 듯이 한쪽 팔을 들어올렸다. 그러나 다음 순간 아넨드 씨는 숨막힌 소리를 내었다.

"맙소사! 갈고리?"

칼은 자기 머리를 딱 쳤다.

"이런 빌어먹을! 그래서 사다리가 없었군!"

그렇다. 성쪽으로 돌격하던 오크들 중 일부가 갑자기 등 뒤에서 밧줄을 꺼내어 든 것이다. 그것은 앞쪽에 갈고리가 달려 있었으며 오크들은 밧줄을 빙빙 돌리면서 달려오기 시작했다. 칼은 옆에 세워두었던 활을 들어올리며 다시 고함을 질렀다.

"일제 사격! 목표는 갈고리를 든 오크!"

크레블린 대장이 다시 고함지를 필요도 없었다. 사수들도 목표를 정확히 인식하고 있었던 것이다. 사수들은 갈고리를 든 오크들을 향해 일제 사격을 개시했다.

풍풍풍풍풍!

첫 번째 일제 사격에서 많은 수의 오크들이 가슴을 부여잡고, 혹은 다른 곳을 부여잡으며 쓰러졌다. "취에에엑!" "크우욱!" 그러나 다른 오크들이 커다란 방패를 들어올려 갈고리를 든 오크를 보호했다. 그리고 갈고리를 든 오크들 뒤쪽으로 다른 오크들이 일렬로 늘어섰다. 놈들은 곧장 성 위를 향해 활을 쏘아붙이기 시작했다. 오크들이 가진 것은 조잡한 쇼트 보였지만 조잡하다고 해서 맞아도 안 죽는 것은 아니다. 빌어먹을! 놈들이 성문을 향해 올 줄 알았는데 성벽을 곧장 넘을 생각을 하고 있었다니!

길시언은 프림 블레이드를 뽑아든 채 외쳤다.

"성벽 위로 갑니다! 칸 아디움의 성벽을 넘을 오크들은 나 길시언에게 허락을 받아야 될 거요!"

그렇게 외치면서 길시언은 성루에서 곧장 갤러리를 향해 뛰어내렸다. 그러자 샌슨은 씩 웃으며 말했다.

"저쪽의 통과 허가증은 내가 발부하지! 대가는 오크의 모가지야!"

그리고 샌슨은 반대쪽 갤러리로 뛰어내렸다. 사수들의 2회에 걸친 사격이 끝나고 잠시 시간이 지체되는 동안 오크들은 어느새 성벽 아래까지 진격했다. 놈들은 빙빙 돌리던 밧줄을 힘차게 위로 던져올렸고 곧 흉벽에 갈고리가 걸리면서 쇳소리를 내었다. 철컥, 타당! 흉벽 뒤의 사수들은 당황해서 활을 내려놓으며 갈고리를 다시 던져내리려고 했지만 사수들이 일어나면 곧장 아래쪽의 오크 사수들이 집중 사격을 했다. 삽시간에 상당수의 사수들이 성벽 위에 쓰러졌다.

"어머니! 으악!"

"크으윽!"

갤러리로 뛰어내린 길시언은 두말하지 않고 갈고리 자체를 후려쳤다. 카각! 밧줄이 잘려나가며 올라오고 있던 오크들이 떨어지는 소리가 들려왔다. 길시언은 갤러리를 주욱 달려가면서 계속해서 옆으로 검을 휘둘러 밧줄을 잘라내었다. 칵! 카가각, 탕탕! 흉벽의 돌과 프림 블레이드가 부딪히며 뼈를 긁는 소리를 내었다. 그리고 성루에 남아 있던 나머지 일행들도 서로 눈빛을 주고받은 다음 양쪽으로 뛰어내렸다. 아주 빌어먹게도 성벽 위에는 칼잡이들이 없었던 것이다. 보병들은 성문이 돌파당했을 경우를 대비해서 모두 아래쪽의 옹성에 대기하고 있었다. 따라서 성벽을 넘어오는 오크들을 막을 사람은 우리들뿐이다. 엑셀핸드와 운차이는 길시언 쪽으로, 그리고 나와 네리아는 샌슨 쪽으로 뛰어내렸다. 그리고 제레인트와 아프나이델, 레니는 성루 위에 남았다.

아프나이델의 고함소리가 울려퍼졌다. "파이어볼!" 성 아래쪽에 불구덩이가 만들어지며 수많은 오크들이 산 채로 불타올랐다. 굉장한 폭음과 연기. 불 붙은 오크들이 발광하는 모습이 눈에 들어온다. 크아아악! 그러자 옆에 있던 오크들이 극진한 우정으로서 불 붙은 놈들의 목을 단숨에 날려주었다. 데굴데굴 굴러가는 머리들의 모습을 보며 문득 사수들이 날린 화살보다 오크에 의해서 쓰러지는 오크가 더 많은 것 같은 착각이 들었다. 내 앞쪽으로 샌슨은 작두로 건초 썰듯이 갈고리 밧줄들을 신나게 잘라내고 있었다. 탱탱탱! 샌슨은 여유 있게도 밧줄에 오크들이 매달릴 때까지 기다린 다음 잘라내고 있었다. 그래서 밧줄이 끊어지면서 오크들은 아래로 떨어져 목뼈를 부러뜨리고 있었다. 아넨드 씨의 고함소리가 들려왔다.

"사수들 중 셋의 하나는 대거를 꺼내어 밧줄을 잘라라! 명심해! 셋의 하나다! 나머지 둘은 계속 활을 쏴!"

웃기는 소리! 이 난장판에서 어떻게 셋을 정하고 어떻게 하나를 고른단 말이야! 명령을 받은 사수들은 대거를 뽑아들면서 엉거주춤 일어났지만 오크들의 쇼트 보는 사정이 없었다.

"으아아아!"

"꺄아아악!"

네리아는 가슴에 화살을 맞은 채 성벽 아래로 떨어지는 병사를 보며 비명을 질렀다. 난 허리를 굽힌 채 달려가며 고함을 질렀다.

"머리를 들지 마! 머리를 들지 말라구!"

"카리스 누멘!"

저편의 엑셀핸드는 도끼를 양손 잡기로 쥔 채 신나게 흉벽을 두드려대고 있었다. 도끼가 돌에 부딪혀 불꽃이 튀었고 그때마다 밧줄은 끊어지며 오크들은 아래로 떨어졌다. 그때였다.

"후치! 엎드려!"

난 항상 그 명령에 충실하지! 난 앞으로 몸을 날리려 했다. 하지만 내가 서 있는 곳은 높은 성벽 위였고 함부로 몸을 던질 수 없었다. 옆을 돌아본 순간 커다란 이빨들이 시야에 들어왔다. 이런, 제에에길!

"크아아악!"

흉벽 너머에서 오크 하나가 뛰어 들어왔다. 어느새 밧줄을 타고 올라온 그놈은 흉벽을 걷어차며 나에게로 몸을 날렸다. 컥! 머리카락이 빳빳하게 곤두서는 것 같은 느낌은 짧았고, 순간 목으로 느껴지는 뜨거운 입김. 그리고 뒤로 디딘 발에는 아무것도 닿지 않았다. 하늘이 빙 도는 순간, 나는 무의식적으로 내뻗은 팔에 잡히는 것을 콱 끌어당겼다.

"후치잇!"

그렇게 해서 나와 오크는 성벽 뒤 도시 쪽으로 떨어지는 것을 간신히 면했다. 난 한 손으로 성벽에 대롱대롱 매달렸고 내게 뛰어든 오크는 내 허리에 매달렸다. 그런데 망할 오크 녀석은 내게 매달린 채 내 허리를 깨물었다. 이 개자식아! 난 다른 손을 들어 올렸다가 그놈의 정수리를 내리찍었다.

"꽤애액!"

오크는 아래로 떨어졌고 나는 네리아의 팔을 붙잡아 간신히 올라왔다. 깨물린 허리에서는 피가 스며나오고 있었지만 지금 당장은 고통도 느껴지지 않는다. 난 숨을 헐떡이며 흉벽을 쳐다보았다. 흉벽 여기저기서 오크들의 머리가 올라오는 것이 보였다. 약간 떨어진 곳에서는 샌슨이 고함을 지르며 흉벽 위로 올라오는 오크들의 머리를 내려치고 있었다. 그리고 활을 들어 오크를 내려치는 사수들의 모습도 보였다. 제길, 성벽이 함락 직전이다! 그러나 내가 있는 한 그건 안 돼! 트라이던트를 휘둘러 성벽 위로 올라온 오크의 손을 내려친 네리아가 근심스러운 목소리로 말했다.

"후치야! 너 괜찮아?"

"직접 보여드리죠!"

난 허리의 고통을 깨끗이 무시한 채 손을 뻗어 가까이 걸려 있던 갈고리 밧줄을 잡았다. 묵직한 느낌으로 봐서 오크가 매달려 있는 것이 확실하다. 그럼 됐어! 난 고함을 지르며 밧줄을 끌어올렸다.

"이야아아! 성벽 위의 사람들! 모두 머리를 숙여!"

그리고 곧장 밧줄을 머리 위까지 단숨에 튕겨올렸다. 네리아가 숨 넘어가는 비명을 질렀다.

"세상에, 후치야!"

고향 개울에서 낚시하던 생각이 나는군. 지금 나는 칸 아디움의 성벽 위에서 거대한 낚시질을 하는 셈이야. 낚싯줄인 밧줄은 거대한 원을 그리며 하늘로 솟아올랐고 밧줄에 매달린 대어인 오크는 찍 소리도 못하고 죽어라고 밧줄을 붙잡았다. 성벽 위를 중심점으로 해서 허공에 수직으로 거대한 원호가 그려지는 순간 주위에서 비명과 탄성이 터져나왔다. 그리고 오크와 밧줄이 정점으로 솟아올라 중량감이 사라지는 순간, 나는 흉벽 위로 뛰어오르며 두고두고 후회할 말을 외쳤다.

"사랑스러운 악마 제미니의 이름으로!"

나는 오크가 매달린 밧줄을 힘차게 끌어당기면서 동시에 옆으로 뿌렸다. 눈앞에 섬광이 번쩍하면서 허리가 아우성을 쳤지만 공중에서 잡아당겨진 밧줄은 천천히, 하지만 무서운 힘을 담은 물체 특유의 완강함으로 장대한 원을 그리기 시작했다. 부우우우웅! 그것이 한 바퀴 돌아 네리아의 머리 위를 스치자 네리아는 비명을 지르며 엎드렸다.

"임마! 누구 목을 날릴 생각이야!"

칸 아디움의 외성 위 하늘에 지름이 80큐빗은 넘어 보이는 동그라미가 그려지는 순간, 아래의 오크들과 성벽 위의 인간들 모두가 입을 쩍 벌렸다. 원심력이 발생하면서 아래로 처지는 힘은 사라지는 대신 밧줄은 무서운 속도로 돌게 되었다. 부웅, 부웅, 붕붕붕붕! 난 팔이 끊어지는 느낌을 받으면서도 고함을 질렀다.

"이 자식아, 그거 놓지 마라!"

물론 밧줄에 매달린 오크를 향해 지른 고함이다. 오크는 지금 허공에서 지름 80큐빗의 원을 형성하는 무게추 역할을 하면서도 밧줄을 놓치지 않았다. 저놈에게라면 오크라는 것 잠시 잊고서 키스를 해도 좋아! 도저히 참을 수 없는 느낌이 폐부를 찔러왔다. 나는 허공을 향해 미친 듯이 웃기 시작했다.

"크핫하하하하! 미치도록 헬턴트식이야!"

성벽을 오르던 오크들은 기겁하면서 밧줄을 놓고 내려갔다. 밧줄을 놓치고 떨어지는 녀석도 보였다. 아래에서 고함소리가 아스라이 들려왔다.

"악마, 악마다! 취이익! 악마다!"

"괴물 초장이다아앗! 취이이익! 췻췻, 취익!"

"뭐? 췻, 취익! 저, 저게 그 괴물 초장이인가!"

몸에 소름이 돋는 것이 느껴진다. 돌아버릴 정도로 기분이 좋다. 날 노리고 쏘아붙이는 것이 확실한 화살들이 핑핑 소리를 내며 내 옆을 지나쳤지만 조금도 불안하지 않았다. 다만 웃고 싶을 뿐이다. 난 화살을 바라보며 웃었다.

"우하하하! 받아볼래!"

정신없이 돌아가던 밧줄을 놓는 순간 오크와 밧줄은 쏘아진 화살처럼 황야를 향해 날아가기 시작했다. 성벽 위의 인간과 성벽 아래의 오크들이 모두 하나가 되어 그것을 바라보는 가운데, 황야 위로 혜성처럼 날아가던 오크는 오크들의 무리 뒷편 멀리 떨어진 곳에 작렬했다. 콰아앙! 오크의 단단한 머리에 화렌차의 축복을! 아쉽게도 먼지가 꽉 피어오르지는 않았지만 눈앞을 어지럽히는 피보라가 튀어올랐다. 구토가 일어날 것 같군. 젠장! 난 구토를 참기 위해 흉벽 위를 달리기 시작했다. 요철형으로 생긴 흉벽의 돌을 징검다리 밟듯이 뛰는 동안 모든 것이 잊혀진다. 나는 성벽 위로 부는 가장 날카로운 바람!

"이 미친 자식아, 어서 내려와!"

샌슨에겐 틀림없이 미친 놈으로 보였을 것이다. 화살이 정신없이 날아드는 흉벽 위를 줄타기하듯 달려가는 내 모습. 나는 허리를 숙여 갈고리 밧줄 두 개를 한꺼번에 끌어올렸다. 밧줄에 매달렸던 오크들은 처절한 비명을 지르며 밧줄을 놓아버렸고 그래서 나는 뒤로 엉덩방아를 찧을 뻔했다. 간신히 균형을 잡고, 나는 밧줄을 거꾸로 들어 갈고리를 추로 삼아 휘두르기 시작했다.

"알아둬라, 이 망할 자식들아! 괴물 초장이의 여가 생활은 즐거운 오크 낚시와 함께! 쿠핫하하하!"

이번에는 훨씬 간단했다. 하늘을 가로지르며 도는 밧줄은 삽시간에 직경 100큐빗은 넘는 원을 형성했고 공기를 가르는 밧줄에서는 살갗을 간질이는 파열음이 들려왔다. 성벽 위의 사수들은 모두 질겁하면서 갤러리의 바닥에 무릎을 꿇었고 그래서 다행히도 누군가의 목을 걸어버리는 일은 일어나지 않았다. 나는 오크들을 노려서 천천히 밧줄의 회전 경사를 기울이기 시작했다. 핑핑핑핑핑! 빙빙 도는 갈고리 밧줄은 성벽과 지면을 잇는 대각선이 되어 회전했다.

아무래도 갈고리 밧줄을 돌려서 오크를 낚아올리는 것은 불가능했다. 그러나 오크들은 비명을 지르며 뒤로 물러났다. 무서운 속도로 도는 갈고리가 땅을 스치며 불꽃과 흙먼지, 돌멩이들을 튀기는 마당에 뒤로 물러나지 않는 오크가 어디 있으랴. 오크들은 뒤로 물러나며 정신없이 쇼트 보를 당겼다. 코 바로 앞으로 화살이 지나가는 순간, 나는 밧줄을 놓아버리고는 흉벽 아래 갤러리로 뛰어내렸다.

"오늘치 용기는 다 소모! 이젠 겁많은 소년으로 복귀!"

네리아는 정신나간 듯이 웃으며 외쳤다.

"아핫하하하! 적당한 시간에 적당한 복귀야! 핫하하하!"

그리고 저편 성루 쪽에선 칼의 고함소리가 들려왔다.

"지금이오! 손님들께 잊혀지지 않는 작별선물을 주시오, 아프나이델!"

"플레이밍 스피어!"

아프나이델이 있는 성루 쪽의 허공에서 폭발하듯이 불길이 일어났다. 화르르르! 허공에 나타난 불의 공은 천천히, 하지만 점점 빠르게 떨어지기 시작했다. 그것은 땅에 부딪혀 몇 번 퉁, 퉁 튕기더니 그대로 굴러가기 시작했다. 황야의 잡초들을 불태우며 굴러가는 불의 공은 오크들을 미치게 만들었으며 오크들은 괴성을 지르며 죽어라고 도망가기 시작했다. 그리고 불의 공은 계속해서 그 뒤로 따라 굴러갔다. 지평선으로 달려가는 오크들의 모습과 그 뒤를 따라 텅, 텅 굴러가는 불의 공의 모습을 보면서 나는 배가 아플 정도로 웃었다. 주위의 병사들은 모두 얼빠진 모습으로 그 광경을 바라보았다. 그때 아넨드 씨가 온몸의 털이 곤두서는 고함을 질렀다.

"아우우! 이후, 이후, 이후후후후!"

아넨드 씨의 고함소리는 찬물을 뒤집어쓰는 것 같은 짜릿한 느낌을 주었다. 그리고 잠시 후 경비 대원들은 성벽이 무너질 것 같은 함성을 터뜨렸다. 승전의 함성이다.

"도대체 어디 있는 거야?"

"이봐요! 멋쟁이 괴물 초장이 씨!"

창밖에서 들려오는 고함소리에 나는 한숨을 쉬었다. 길시언은 프림 블레이드를 닦아내며 웃었다.

"멋지군, 자네. 몇 년만 지나면 이 도시의 아이들은 루트에리노 대왕이나 핸드레이크의 이름보다는 황야에서 나타난 전설의 명검 프림 블레……, 젠장. 황야에서 나타난 괴물 초장이 후치 네드발의 이야기를 더 많이 들으며 자라나겠는걸?"

나는 진저리를 치며 머리를 감싸안았다. 내가 도대체 어쩌자고 그런 일을 했지? 오크 사수들이 노리고 있는 성벽 위에서 완전히 무방비 상태로 노출되어 한참 동안 서 있었다니. 화살에 맞지 않은 것은 천만다행이군. 오크들의 쇼트 보의 취약한 성능에 대해 화렌차에게 감사해야 되겠군.

"됐어. 이제 옷 입어."

샌슨은 내 허리에 붕대를 다 감아놓고는 붕대 위를 철썩 때렸다. 이걸 고맙다고 해야 되다니! 붕대에 닿지 않도록 조심스럽게 옷을 입는다. 망할 오크 녀석. 내 살 맛이 그렇게 궁금했나?

우리 일행은 지금 성탑 2층의 회의실 같은 방에 집결해 있었다. 물론 정식 대 오크 전투 지휘소는 성 안쪽 평지에 설치된 야전 막사지만, 병사들이 날 어깨에 떠메고 도시를 일주하겠다는 계획을 말한 순간 나는 성탑으로 도망쳤고 그래서 다른 일행들도 터덜터덜 이곳으로 올라왔다.

삐걱. 문이 열리는 소리에 나는 질겁했다. 문을 열고 들어선 것은 후드를 깊이 눌러쓴 두 명의 사람들이었다. 그들이 후드를 걷어올리자 나는 그들이 바구니를 든 네리아와 레니인 것을 알아볼 수 있게 되었다. 네리아는 질겁한 내 얼굴을 보더니 당장 킥킥 웃으면서 말했다.

"이봐, 괴물 초장이 씨. 지금 밖에선 칸 아디움의 낭만적인 소녀들이 당신의 발치에 몸을 던져 기절하고 싶은 욕망 때문에 미친 듯이 돌아다니고 있다는 사실을 알고 계시는지? 오로지 후치 네드발을 찾기 위해서 말이야."

"……이곳에서는 후치라는 이름이 흔한 이름이기를 바라겠어요."

"왜지?"

"그 소녀들에게 헛된 명성이라는 것이 어떤 것인지 가르쳐줄 수 있는 교훈이 될 테니까. 엉뚱한 남자의 발치에 몸을 던지면 부끄러워서라도 뭔가 깨닫는 것이 있겠지요."

"음. 좋은 말이네. 하지만 그때문에 우린 이런 후드를 둘러쓰고 돌아다녀야 된다구."

레니 역시 발그레한 얼굴로 웃으면서 말했다.

"후치. 너 때문에 전투에서 영웅적인 활동을 했던 사람들이 이 컴컴한 성탑 안에 갇혀 있잖니."

"모두들 미안해요."

"괜찮네, 네드발 군. 그런데 어디 보자……, 왠지 즐거울 것 같은 바구니로군요, 네리아 양?"

네리아는 웃으면서 바구니를 테이블 위에 올려놓았다. 샌슨의 황급한 손길이 바구니를 덮은 천을 걷어내었고, 그러자 곧 구운 새고기와 빵, 와인병, 치즈, 말린 과일 등이 모습을 드러내었다. 엑셀핸드와 샌슨은 환성을 질렀다.

네리아는 마치 테이블을 관장하는 가정 주부라도 된 양 자상하면서도 품위 있게 말했다.

"여러분들이 영웅이라서 이런 음식들을 받을 수 있는 거예요. 아넨드 씨가 우리 바구니를 풍성하게 채워주었지요. 지금 아래의 경비 대원들은 멀건 수프와 딱딱한 빵을 먹고 있지요."

"아, 이런. 부끄러운 노릇이군."

칼은 그렇게 말했고 그러자 샌슨도 부끄럽다는 듯이 고개를 끄덕이면서 참으로 부끄럽다는 듯이 와인병의 병마개를 이빨로 뜯어내었다. 그러곤 곧장 엄청나게 부끄러워하는 엑셀핸드에게 와인병을 빼앗겼다. 어이구, 이 작자들아! 네리아는 샌슨과 엑셀핸드 때문에 아프나이델과 제레인트가 굶주리는 사태가 일어나지 않도록 여러 가지로 배려하면서, 그러니까 새구이의 다리를 뜯어 아프나이델에게 건넨다든지 엑셀핸드를 흘겨보면서 와인병을 빼앗아 잔에 부어 제레인트에게 건넨다든지 하면서 말했다.

"라스 대장님하고 시장님이 잠시 후에 올라오겠다고 전해 달라더군요."

"아, 그래요. 승전 처리로 바쁘시겠군요. 그런데 내가 전하라고 한 말은 전했습니까?"

"예. 성벽 바깥으로 바리케이드와 목책 등을 구축하게 하는 것. 맞지요? 그대로 전했어요. 지금 경비 대원들은 성밖으로 통나무와 수레 등을 이동시키고 있어요."

"아, 그것말고도 또 있었는데?"

"물론이죠. 사수들로 하여금 목책 구축 작업을 엄호하게 한다.
맞지요? 그것도 다 제대로 되었어요."

"훌륭한 전령입니다. 네리아 양."

네리아는 생긋 웃으며 말했다.

"나이트호크는 기억력이 좋아야 되지요. 그런데 왜 그렇게 해
야 되는데요?"

"오크들이 성벽에 쉽게 접근하지 못하도록 하려고 그럽니다.
아까 돌격 때 녀석들이 밧줄을 던지는 것을 보고 많이 놀랐지요.
놈들은 공성추로 성문을 파괴한 다음 들어올 것이라고 생각했으
니까요. 이제 목책이 설치되면 오크들이 접근하여 밧줄을 던지기
전에 사수들이 저격할 수 있겠지요."

"정확하네요!"

"예?"

"아넨드 씨도 그럴 거라고 말했거든요."

"아아. 그렇습니까. 역시 참전 용사라 다르군요."

그리고 네리아는 손가락을 딱 튕기더니 나를 보며 말했다.

"아, 너한테도 전해 달라는 말이 있어."

"뭔데요?"

"아넨드 씨는 자식이 없다던데. 양자로 들이고 싶다고 하던
걸?"

"아이고, 맙소사! 그래서 뭐라고 대답했는데요?"

"내가 엄마라고 대답했지. ……어머? 후치야? 괜찮아?"

모두들 즐거운 식사를 마칠 때쯤 해서 다시 문이 열렸다. 들어

선 것은 전투 동안 내내 보이지 않던 카를로스 안티고어 시장과 라스 크레블린 경비 대장, 그리고 아넨드 씨였다. 그런데 들어서 자마자 아넨드 씨가 외쳤다.

"여기 칼 씨에게 물어봅시다! 이봐요, 칼. 당신 생각은 어때요?"

칼은 당황한 얼굴로 아넨드를 바라보다가 말했다.

"비가 올 것 같지는 않군요."

"아니! 그게 아니고! 승전의 기세를 살려서 진격하자는 얼빠진 주장 말이오!"

그러자 칼이 대답할 새도 없이 안티고어 시장이 외쳤다.

"말 조심하게, 아넨드!"

"제기랄, 시장님. 난 원래 입이 거치니 적당히 순화해서 들으시지요. 어쨌든 칼에게 물어보자는 말입니다!"

"말을 조심하라니까, 아넨드! 헬턴트 공이라고 불러야 되네!"

그러자 칼은 피곤한 듯이 손을 휘저으며 말했다.

"아니오……. 그냥 칼이라고 부르십시오. 그런데 진격 의견이 나왔습니까?"

안티고어 시장은 방 가운데 있던 테이블로 다가와 의자에 앉으며 말했다.

"그렇소. 우리 경비대는 성벽에서 커다란 승리를 획득했고 지금 그 기세가 영광의 7주 전쟁 때의 바이서스 군보다 낮다고는 못할 정도란 말이오. 이 기세를 살리지 못한다면 작은 승리는 아무런 가치가 없소. 지금 오크들이 패배의 충격에 빠져 있는 동안 즉시 공격을 감행해야 되오!"

도대체 커다란 승리야, 작은 승리야? 말이 빨리도 바뀌는군 그래. 칼은 안티고어 시장을 물끄러미 바라보다가 말했다.

"그런데……, 조금 전 공방전에서 오크들의 사상자는 얼마나 됩니까?"

"예? 아, 이봐, 크레블린 대장?"

아이고 맙소사. 숫자에는 신경도 안 쓰시나 보군. 안티고어 시장은 크레블린 대장을 바라보았고 그러자 대장은 찌푸린 얼굴로 말했다.

"아까 말씀드렸다시피 성벽 바깥에서 확인된 오크의 시체는 약 80구 정도 됩니다. 1차 돌격 때의 사망 숫자까지 합친 겁니다. 그리고 부상자는 잘 모르겠습니다만 오크들은 부상자들을 호송해 가지 않기 때문에 그다지 많을 것 같지는 않습니다."

그러자 칼은 한숨을 쉬며 말했다.

"칸 아디움의 피해는 어떻습니까?"

"사망 11명. 그리고 부상자가 20명 정도 됩니다."

"그럼 아군은 120명 정도 남았군요. 오크들은 500마리 정도?"

"그런 셈이죠."

안티고어 시장은 당황한 얼굴이 되었지만 곧 얼굴을 붉히며 말했다.

"하지만 우리에겐 승기가 있지 않습니까, 헬턴트 공. 게다가 인간이 오크보다는 더 크고 그 창도 더 길단 말입니다. 단순히 숫자로 비교할 수는 없습니다."

칼의 눈썹이 오르락내리락했다. 하지만 그는 평온한 목소리로 말했다.

"시장님. 검을 가지고 계시지 않군요. 하지만 검이 없으시진 않겠죠. 나가서 오크 다섯 마리만 처리해 주시겠습니까?"

"뭐, 뭐요?"

"명령을 내릴 자는 모범을 보여야 되니까요. 시장님께서는 지금 경비 대원들에게 다섯 마리의 오크들을 상대하라고 말하려 하십니다. 그러니까 시장님께서도 그런 모습을 보이셔야 되지 않겠습니까?"

안티고어 시장은 입을 딱 벌렸다.

"이보시오! 그 무슨 유치한 논리란 말이오? 난 노인이오. 내가 나가서 오크들을 상대하라니! 물론 난 시장으로서 이 도시를 지키려는 막중한 책임감을 가지고 있소. 하지만 난 몽상가는 아니란 말이오. 게다가 내가 나서서 오크들에게 당하기라도 하면 이 도시는 그 지휘자를 잃고 걷잡을 수 없이 무너질 거요. 어떻게 그런 위험한 말씀을 하시는 거요?"

순전히 내 생각이긴 하지만, 크레블린 대장이나 아넨드가 분명히 하고 싶은 말이 있었을 것이다. 그 말을 꺼내놓기는 어렵겠지만 그래도 몹시 하고 싶을 것이다. 다행히 그 말은 운차이가 대신 했다.

"내가 보기에, 아까 전투에선 그 중요한 지휘자가 없이도 잘들 싸우던데."

안티고어 시장은 당황한 얼굴로 운차이를 바라보았다. 하지만 그의 얼굴은 곧 적개심이 가득한 얼굴로 바뀌었다. 하지만 또다시 공포스러운 얼굴로 바뀌게 되었는데, 운차이가 안티고어 시장을 '똑바로' 바라보았기 때문이다. 참 다채로운 표정 변화로군. 엑셀핸드 역시 수염을 쓸어내리며 결코 친근하다고는 볼 수 없는 어조로 말했다.

"이거 보오, 당신이 그렇게 중요하다면, 괜히 나서서 돌아다니다가 흙탕물을 밟고 쓰러지기라도 하면 곤란하잖겠는가? 안전한 시청에 틀어박혀 계시는 것이 좋겠구먼."

"이거 보시오, 말이면 다 말인 줄……."

엑셀핸드는 곧 서슬퍼런 기세로 말했다.

"말이라고 다 말은 아니지! 그러니 진격이니 뭐니 하는 헛소리는 그만 하시지? 오크들의 머리를 몸과 분리시켜 놓는 작업이라면 나 드워프의 노커 엑셀핸드 아인델프보다 더 간절히 원하는 자는 없을 거야. 하지만 나 역시 몽상가가 아니네. 그러니 입 닥치고 전투는 전문가에게 맡기게! 무릇 우두머리가 하는 일은 전문가가 되는 것이 아니라 전문가의 의견을 받아들일 줄 아는 자세를 기르는 것인 법일세. 그리고 이곳의 전문가는 저기 아넨드라는 젊은이고!"

우하, 하, 엑셀핸드가 저렇게 달변이라니. 어, 아넨드 씨를 젊은이라고 말한 것은 좀 이상하지만 다시 생각해 보니 엑셀핸드의 나이는 300살 가량이다. 당연한 말이로군. 안티고어 시장 역시 그 젊은이라는 말에 움찔하는 표정을 지었다. 그는 여기서 가장 연장자였지만 그것은 인간들에게 해당하는 말이고 엑셀핸드가 있는 이상 연장자의 권위 같은 것은 통하지 않는군. 설마……, 엑셀핸드가 그것까지 예견해서 젊은이라는 말을 한 것일까? 에이, 설마.

어쨌든 엑셀핸드는 그 말 한마디로 당장 좌중의 최연장자의 후광을 빛내게 되었다. 그리고 제2연장자로 그 격이 떨어져버린 안티고어 시장은 불만스러운 얼굴로 말했다.

"그럼 어쩌자는 말입니까? 화살은 떨어지고 경비 대원들은 모두 지쳐버리길 기다리라는 말입니까? 이 도시에 대해 이방인이시라 잘 모르실 테니 말씀드리지요. 이 칸 아디움은 교역 도시입니다. 이 척박한 땅에서 논밭을 보신 적이 있습니까? 이곳은 오로지 이스트 그레이드를 가로지르는 여행자들과 상인들에 의해 유지되는 도시란 말입니다. 만일 오크들의 봉쇄가 더 길어지면 이 도시는……."

벌컥! 갑자기 문을 열고 뛰어든 병사 때문에 안티고어 시장의 청산유수 같은 말은 중단되었다. 들어온 병사는 황급히 경례를 붙이며 말했다.

"보고합니다! 지금 몇 명의 여행자들이 오크들과 접전중입니다! 그들은 성문 쪽으로 다가오려고 하고 있습니다만 오크들의 방해를 받고 있습니다!"

"뭐라구? 이런! 어서 가보세!"

크레블린 대장은 당장 방 밖으로 뛰어나갔다. 그리고 나머지 사람들도 황급히 그 뒤를 따랐다.

방문을 나와 계단을 올라가니 바로 성벽 위 갤러리였다. 크레블린 대장은 성루 쪽으로 달려갔고 우리들은 흉벽 너머로 황야를 바라보았다. 해는 이미 중천으로 떠오르고 있는 정오였다. 그리고 그 정오의 햇살 아래 저편 지평선에서 굉장한 소란이 일어나고 있었다.

"맙소사! 저거 제정신이야?"

샌슨은 얼빠진 목소리로 말했다.

오크들의 무리 한가운데서 일대 소란이 일어나고 있었다. 오크들은 여기서 저기로, 저기서 여기로 마구 움직이고 있었는데 대단히 무질서한 모습이었다. 멀리서 바라보니 마치 꿈틀거리는 슬라임처럼 보였다. 그때 갑자기 오크들의 무리가 갈라지며 그 가운데로 달리고 있는 몇 명의 인간들이 내 눈에 들어왔다. 그들은 오크들의 무리 한가운데를 가로지르는 대담한 짓을 하고 있었고 오크들은 그 인간들을 가로막기 위해 애쓰고 있는 모양이다. 오크들이 이리저리 움직이며 몰아붙이는 바람에 인간들은 맹렬히 움직이고 있음에도 불구하고 아직 포위진을 빠져나오지 못하고 있었다. 하지만 굉장했다. 그들은 포위되지 않도록 계속해서 달리고 있었고 그에 따라 오크들은 이곳저곳으로 급격하게 움직였다. 레니가 겁먹은 목소리로 말했다.

"마치……, 파도를 뚫기 위해 애쓰는 배 같아."

음. 항구의 소녀다운 말이야. 정말 오크들은 파도처럼 움직이고 있었지만 인간들은 절묘하게 그 힘이 흩어지는 방향으로 달리고 있었다. 오크들이 다시 움직이자 인간들의 모습은 보이지 않게 되었지만 아직 붙잡히지 않은 모양이다. 하지만 포위진은 두꺼웠고 저 인간들이 저지당하는 것은 시간 문제처럼 보였다. 거친 욕설과 창칼 부딪히는 소리가 여기까지 들려온다. 칼은 주먹을 불끈 쥐며 말했다.

"젠장! 저 여행자들은 미쳤군! 오크들의 한가운데로 뛰어들다니! 이 넓은 황야를 두고 왜 저기로 뛰어들었단 말이야! 눈이 어떻게 되기라도 했나?"

길시언은 찌푸린 얼굴로 말했다.

"이 성으로 곧장 달려오고 싶었던 모양인데요."

"아무리 그래도! 좀 돌아오면 되는 거 아니오!"

"저 사람들을 구해야 됩니다! 도와주지 않으면 곧 잡힐 겁니다!"

샌슨은 그렇게 외치며 몸을 돌렸고 칼이 뭐라고 말할 새도 없이 길시언도 달려가기 시작했다. 그런데 그때 팔짱을 낀 채 황야를 바라보던 운차이가 혼잣말처럼 말했다.

"남자가 세 명이오. 그런데 아주 이상한 모습이 보이는걸."

"이상한 모습이라니오?"

"저 친구들…… 마치 후치 같은걸."

"예?"

난 놀라서 운차이를 바라보았다. 그리고 그 말을 들은 샌슨과 길시언도 달려가던 동작을 멈추고 운차이를 돌아보았다.

"저 친구들 말이오. 마치 후치처럼 오크들을 날려버리고 있는데. 지금 오크가 찌른 글레이브를 빼앗았군. 지금 휘두르는데, 저거 굉장하군! 한 번 휘두르니까 오크들 대여섯 마리가 날아가 버리는걸? 그리고 저거, 이런. 오크 하나를 들어 던지는데 주위의 오크들이 모두 밀려서 날아가 버리는걸. 도저히 사람의 힘이 아니오."

왜 서늘한 기분이 드는 거지? 칼은 질린 어투로 질문했다.

"남자들의 얼굴이 보입니까, 운차이?"

"아니, 얼굴은 보이지 않습니다. 그런데 왜 그럽니까?"

"그럼……, 혹시 두 명은 롱소드를 쓰며 한 명은 대거를 사용하지 않습니까? 그리고 롱소드를 쓰는 남자 중 하나는 덩치가 좀 크고 나머지 둘은 보통 체격……."

"그렇군요. 아는 사람들입니까?"

샌슨과 난 서로를 마주보았다. 서로 하고 싶은 말이 있긴 한데, 둘 다 꺼내고 싶지 않은 모양이다. 할 수 없군. 내가 말하지.

"샌슨. 오크들만 끈질긴 것은 아니라는 생각이 드는데 말이야. 샌슨 생각은 어때?"

샌슨은 대답을 하는 대신 하늘을 바라보며 외치기 시작했다.

"저 빌어먹을 자식들! 어떻게 이렇게 빨리 쫓아온 거지? 우리
는 어제 24펜큐빗을 달렸는데!"

"예? 아니, 저 녀석들이 어떻게 후치의 OPG를 가지게 되었다
는 말입니까? 어, 후치는 지금 그걸 가지고 있지 않습니까? 복제
품이란 말입니까?"

"영원의 숲에서 이상한 일이 일어났지요. 상세한 이야기는 나
중에 합시다. 어쨌든 믿기 어려운 괴력을 사용하는 세 명의 남자
라면, 그리고 두 명이 롱소드를 사용하고 한 명은 대거를 사용한
다면 거의 확실하군요."

이건 정말 말도 안 돼. 넥슨 휴리첼과 하슬러, 그리고 자크의
세 명인 것이다. 그런데 저 녀석들은 말도 없으면서 어떻게 이렇
게도 빨리 우리들을 추적해 왔단 말이야? 저 녀석들과 헤어졌던
것은 사흘 전이다. 그리고 그 동안 우리는 거의 45펜큐빗은 넘게
달려왔다. 아니, 어떻게 인간이 사흘 동안 45펜큐빗을 달릴 수
있단 말이야! 엑셀핸드는 수염을 비비 꼬면서 말했다.

"도저히 믿을 수 없어. 어떻게 이렇게 빨리 쫓아와?"

"OPG를 가진 세 명의 여행자들이 또 있을 거라고 생각합니
까?"

제레인트가 손을 들며 말했다.

"잠깐만요. 지금 그것이 중요한 것이 아닙니다. 저 사람들을
저대로 내버려둘 생각입니까?"

샌슨은 못마땅한 눈으로 제레인트를 바라보았다.

"구해 주자는…… 말씀입니까?"

"예? 그러면 내버려둡니까? 오크들에게 죽음을 당하도록?"

"글쎄요. 그건 어느 누구에게도 저지르면 안 되는 일이긴 합니다만. 참, 그거……, 에잇!"

샌슨은 머리를 벅벅 긁기 시작했다. 이것 정말 골치 아프군. 길시언은 프림 블레이드를 뽑아들다가 칼을 중간쯤 뽑아든 채로 칼을 바라보았다. 그의 눈은 마치 이렇게 묻고 있는 것 같았다. '어떻게 할까요?'

칼은 찌푸린 얼굴로 황야를 바라보고 있었다. 황야에선 여전히 오크들의 소란이 요란했고 비명소리 같은 것이 아스라이 들려오곤 했다. 제기랄, 저 빌어먹을 녀석들! 난 속으로 욕을 하면서도 주어를 빠뜨렸다. 도대체 오크들을 욕해야 할지 넥슨 일행을 욕해야 할지 모르겠는걸? 난 고개를 돌려 칼의 입을 바라보았다.

칼은 잔뜩 찌푸린 얼굴로 말했다.

"젠장……, 저 친구들 때문에 우리까지 위험해지는 것은 탐탁찮은데요. 우리에겐 일이 있습니다. 게다가 목전에 적을 두고 성문을 여는 것은 고려할 일이 못 된다고 봅니다."

우리 일을 중요하게 여겼다면 우리는 벌써 칸 아디움을 등지고 수도로 달려갔어야 옳다. 그래서인지 칼의 말에는 왠지 자신감이 없었다. 그리고 제레인트는 기겁했다.

"아뇨! 안 됩니다! 저렇게 죽게 내버려둘 순 없어요! 저 사람들은 모두 OPG를 가지고 있어요. 지금도 저렇게 버티고 있으니 조금만 도와주면 빠져나올 수 있다는 말입니다! 하지만 내버려두면 지쳐서 잡히고 말 거예요. 모르는 척할 수는 없어요! 이건 살인입니다!"

모르는 척? 순간 가슴 한 구석을 파고드는 날카로운 아픔이 느꺼졌다. 모르는 척한다고? ……디트리히를 모르는 척했다고? 난 칼의 얼굴을 돌아보았다. 칼의 얼굴은 형언할 수 없이 찌푸려져 있었다. 그는 갑자기 외쳤다.

"제기랄, 구합시다! 저 친구들은 끝까지 우리를 위험에 빠뜨리는군!"

네리아는 놀란 눈으로 칼을 바라보았다.

"예? 구해요?"

"그럼 어쩝니까? 가만히 있으면 우리가 죽이는 것이나 다름이 없다는데."

"어째서요? 오크가 죽이는 거지……."

네리아는 말끝을 흐렸다. 칼은 네리아를 바라보면서 무겁게 말했다.

"지금 특별히 할 일 있습니까?"

"예?"

"별로 할 일 없지요? 난 세레니얼 양의 말을 기억합니다. 누군가 잘못을 저질렀다면, 그에게 뉘우칠 시간은 줘야 합니다. 식후 운동 삼아 인간 세 명을 오크 무리에서 구출하여 그들에게 자신의 과오를 청산할 시간을 남겨주는 일은 어떻습니까."

어라? 이루릴이 언제……. 아. 그렇군. 난 그러고 싶진 않았지만 아프나이델을 바라보았다. 그러자 고개를 푹 숙인 아프나이델의 모습이 보였다. 그리고 그 옆에 있던 길시언은 입술을 일그러뜨리고 있었다. 틀림없이 웃음을 참는 것이다.

"괜찮은 운동이군요. 육체와 육체와의 뜨거운……, 으악! 에, 육체와 정신! 그 양쪽 모두에 도움이 되는 운동이 좋은 운동이지요! 난 찬성입니다."

그러면서 길시언은 곧장 성탑으로 달려가기 시작했다. 그러자 샌슨은 길시언의 등을 바라보다가 다시 칼의 얼굴을 바라보았다. 어쩔 줄 모르고 고개를 휙휙 휘두르는 그의 모습을 보며 난 쓴웃음을 지었다. 샌슨은 마침내 하늘을 향해 고함을 질렀다.

"오, 맙소사. 내가 날 못 믿겠어! 내가 저 저주받을 녀석들을 구하러 600마리의 오크 무리에 뛰어들다니!"

"500마리야."

내가 정정해 주며 그의 옆을 지나치자 샌슨은 당황하며 뒤를 따라왔다. 칼은 재빨리 지시했다.

"아프나이델 씨, 침버 씨, 아인델프 님은 여기 남아 있으십시오. 레니 양을 부탁합니다. 그리고 네리악!"

네리악? 무슨 소리야? 난 놀라서 뒤를 돌아보고는 역시 비명을 지를 뻔했다. 네리아는 갤러리 위를 달리다가 그대로 트라이던트로 바닥을 짚으며 옆으로 뛰었다. 그리고 그녀는 성벽에서 조금 떨어져 있는 2층 건물의 건초로 된 지붕 위에 뛰어내렸다.

"오, 맙소사! 아가씨!"

아래에서 경비 대원들이 기겁했다. 난 틀림없이 네리아가 목뼈를 부러뜨렸을 거라고 생각했다. 하지만 네리아는 그대로 지붕 위에서 한 바퀴 구르고는 엎드렸다. 그녀는 그렇게 주루루 미끄러지다가 지붕 끄트머리에서 트라이던트를 앞으로 내밀어 땅에 짚고 나서는 멋지게 반원을 그리며 땅에 사뿐히 섰다.

네리아는 가슴에 묻은 건초 부스러기를 털더니 위를 향해 손을 흔들어보였다. 그 옆에선 땅에 주저앉은 채 네리아를 바라보고 있는 몇 명의 경비 대원들이 보였는데 모두들 입을 빼끔거리며 말을 제대로 못하고 있었다. 난 아래를 향해 외쳤다.

"시범은 고맙지만 난 계단을 이용하겠어요!"

칼잡이들은 모두 계단을 이용해서 품위 있게 내려갔다. 여기서 품위라는 것은 네리아에 비해서 그렇다는 뜻이고 실제로는 발목이 삘 정도로 급하게 계단을 내려갔다. 성탑 아래로 나서니 네리아는 이미 작전 지휘소 옆에 매어둔 우리 말들을 끌고 오는 중이었다. 네리아는 우리들에게 한쪽 눈을 찡긋했고 샌슨은 입이 귀밑까지 찢어져서 말했다.

"헤이, 멋진 말구종! 원하는 포상이 있다면?"

"손등에 키스해 줘."

네리아는 장난스럽게 손을 들어올렸고 샌슨은 거기에 대충 입을 맞추어주고 나서는 슈팅스타 위에 뛰어올랐다. 네리아는 까르르 웃으며 말했다.

"다음 차례."

길시언은 그 와중에서도 한쪽 무릎을 꿇고 네리아의 손등에 키스를 해버려 주위를 당황시켰다. 누가 왕자 아니랄까 봐. 운차이는 네리아를 싹 무시하며 지나치려고 했고 그러자 네리아는 재빨리 운차이의 발을 걸었다. 물론 운차이는 가볍게 뛰어넘어갔고 네리아는 그 뒤를 향해 주먹을 마구 흔들었다.

"나도 좀 넘어가지요."

"까르르르!"

네리아는 웃으면서 에보니 나이트호크 위에 뛰어올랐다. 샌슨은 어느새 성문 경비병에게 외치고 있었다.

"성문을 여시오! 밖의 여행자들을 구출해야 하오!"

경비 대원은 당황한 눈으로 샌슨을 올려다보다가 다시 성루 위를 바라보았다. 그때 성루 위에서 크레블린 대장이 외쳤다.

"이거 보시오! 만일 오크들을 끌고 돌아온다면 성문을 열어주지 않을 거요! 괜찮소?"

샌슨은 기세좋게 맞받아쳤다.

"그런 거 걱정했으면 애초에 나갈 생각도 하지 않았습니다!"

"좋소! 성문을 열어줘! 그리고 통과하는 즉시 다시 닫아! 여러분의 무운을 비오!"

경비 대원들은 상기된 얼굴로 성문을 열었다. 샌슨은 성문이 채 열리기도 전에 밖으로 뛰쳐나갔고 그 뒤로 선더라이더를 탄 길시언이 뛰어나갔다. 성문 옆으로 물러난 경비 대원들은 열띤 목소리로 외쳤다.

"죽지 마시오!"

"고마워요! 멋쟁이 경비 대원!"

봄날 망아지라던가? 네리아는 유쾌하게 외쳤고 그러자 경비 대원들은 얼굴을 붉혔다. 그리고 그 뒤로 운차이가 입을 꽉 다문 채 무서운 눈길로 지나갈 때는 경비 대원들도 찔끔하면서 입을 다물었다. 하지만 나와 뒤늦게 내려온 칼이 지나칠 때는 경비 대원들은 엄청난 환호를 보내어왔다.

"괴물 초장이 만세! 유피넬의 이름으로 축복을!"

난 그들에게 미소를 지어주고는 제미니에 박차를 가했다. 제미니는 용맹스럽게 돌진했다. 성문을 통과하는 동안 아주 빠르게 그림자가 지나갔고, 잠시 후 가슴이 뻥 뚫릴 정도로 넓은 평야가 눈앞을 가로막았다. 저 앞에선 이미 샌슨과 길시언, 네리아, 운차이 등이 나란히 달려가고 있었다. 그들의 앞에는 경비 대원들이 설치해 둔 목책이 보였지만 그것은 오크들을 대비하기 위한 것이라 그렇게 높지 않았다. 앞의 네 명은 그것을 가볍게 뛰어넘었다.

"이랴아! 제미니! 매일 고생만 시켜 미안한데, 이번에도 날 도 와줘!"

"이힝힝히잉!"

제미니는 우렁찬 울음소리로 대답한 다음 가볍게 목책을 뛰어 넘었다. 오, 말에 대해 끓어오르는 이 애정! 난 바스타드를 뽑아 말 옆으로 늘어뜨린 채 한 손으로 고삐를 거머쥐고 달려갔다. 뒤 에서는 성문을 닫아거는 소리가 둔중하게 들려왔지만 희한하게도 전혀 불안하지 않았다. 입술이 저절로 움직인다.

"야하아아!"

뒤에선 칼이 외쳤다.

"퍼시발 군! 길시언! 쐐기꼴 형태로! 뱅가드를 형성합시다! 선 두 자리 비우고!"

뱅가드가 뭐야? 알아들을 수 있는 말을 합시다, 칼! 그러나 샌 슨과 길시언은 그 말을 알아듣는 모양이다. 그들은 갑자기 속도 를 늦추더니 서로 보조를 맞추기 시작했다. 정신 없는 돌격 가운 데서도 차가운 정확함으로 두 사람은 나란히 달리기 시작했다. 그리고 칼의 고함소리는 계속되었다.

"운차이와 네리아, 뒤로 벌리시오! 그리고 가운데로 네드발 군 이 강행합니다! 네드발 군! 고개를 숙이고 최고 속도로 달려!"

뭔 말이야! 어디로 강행하라는 거야? 그러나 다시 앞의 사람들 이 나를 도왔다. 샌슨과 길시언이 양쪽으로 벌려서고 그 뒤에서 네리아와 운차이가 더 폭이 넓게 벌어졌다. 그러자 마치 쐐기꼴 형태로 앞쪽이 뾰족하고 뒤가 넓은 형태가 되었다. 그런데 쐐기 꼴의 첨단부가 없는 것이다. 바로 저기구나!

"이랴아! 핫, 하아! 저기가 네 자리다, 제미니!"

난 제미니를 독려했고 제미니는 크게 울부짖더니 앞으로 죽죽 나가기 시작했다. 잠깐 사이에 내 왼쪽으로 네리아와 샌슨, 그리고 오른쪽으로 운차이와 길시언이 지나갔고 곧 나는 선두에 서서 달려가게 되었다. 그리고 뒤를 흘긋 보자 칼도 속도를 높이는 것이 보였다. 최전방에 나, 그리고 그 뒤로 샌슨과 길시언, 그리고 운차이, 칼, 네리아로 완전한 삼각형이 이루어졌다. 그런데 왜 내가 최전방이지? 고민할 시간이 없었다. 순식간에 오크들이 가까이 다가온 것이다. 놈들의 모습이 시시각각 커지면서 살갗에 소름이 돋는다. 놈들은 우리를 발견하고는 당황한 모습으로 활을 들어올리고 있었다. 길시언의 고함소리가 터졌다.

"프로텍션 프롬 애로!"

바우우! 내 앞쪽으로 푸르스름한 막이 형성되었다. 그리고 오크들이 날린 화살, 돌맹이 등이 튕겨나는 모습이 보였다. 좋아, 해보자구! 난 바스타드를 높이 들어올리며 고함을 질렀다.

"이야아아아! 내가 간다! 헬턴트 만세!"

그런데 이상한 광경이 눈에 들어왔다.

"괴물! 괴물! 취익! 괴물 초장이다악!"

"끄아아아! 괴물 초장이다!"

"취이이익! 달아나랏!"

어라? 뭐 이래? 전방의 오크들은 날 바라보더니 곧장 옆으로 몸을 날리기 시작했다. 그리고 옆으로 물러나면서 날 공격하려던 놈들은 뒤에서 따라오던 샌슨과 길시언에게 공격을 당하는 것이다. 난 오크들로 이루어진 벽으로 뛰어들었지만 제미니는 무인지경을 달리듯이 달리고 있었다. 앞에 있던 오크들은 약속이나 한

듯이 갈라져가는 것이다. 헤엣? 그거 신기하네? 그러나 기뻐할
새도 없었다. 뒤에서 호통소리가 들려온 것이다.

"네드발 군! 머리를 숙이라고 했잖아!"

아, 그렇지. 난 급히 허리를 숙여 제미니의 목 옆으로 머리를
내려서 바스타드를 마구 휘둘렀다. 이거 마치 멧돼지 같은 모습
이군. 턱 바로 아래에서 흙먼지가 튀어올라 눈을 뜨기가 겁난다.
오크들의 다리가 움직이는 모습에 눈이 돌아버리는 것 같다. 난
되지도 않는 고함소리를 지르며 계속 그 자세를 유지했다. 그런
데 머리 위쪽으로 공기를 가르는 파열음이 들려왔다. 쑝쑝쑝!

아이고, 칼! 칼은 내 머리 위로 활을 쏘고 있는 것이었다! 젠
장, 절대로 머리는 못 들겠군! 난 제미니가 제발 앞발로 돌을 차
올리지 않기를 빌며 바스타드를 풀 베듯이 휘저었다. 오크들의
글레이브가 코앞을 스쳐 지나간다. 그리고 주위로는 거친 바람
소리와 오크들의 고함소리가 들려온다. 하지만 그 모든 소음보다
더 큰 소음은 바로 내 입에서 나오고 있었다.

"야야야야야! 모두들 비이이켜어엇!"

그때였다.

"너! 후치 네드발!"

제기랄! 이 목소리를 어떻게 잊을까! 난 눈을 번쩍 뜨고 고개
를 들었다. 우리들은 오크 무리의 바깥 부분에 있었다. 그런데
오크들의 무리가 좌우로 좌악 갈라지면서 바로 앞 30큐빗 정도에
서 오크 한 놈의 가슴을 베고 발로 걸어차는 하슬러의 모습이 보
였다. 그리고 그 뒤로 검을 옆으로 늘어뜨린 넥슨 휴리첼의 모습
이 보였다. 그는 날 똑바로 바라보고 있었다.

5

넥슨 휴리첼은 꼼짝도 하지 않고 서 있었다. 그는 이글거리는 눈으로 우리들을 바라보고 있었지만 어쩐지 이 사태를 전혀 이해하지 못하는 모양이다. 그 멍청한 입 좀 다물어! 이 소란통에서 일어나는 먼지는 모조리 그 멍청한 입 안으로 들어가겠군! 넥슨은 그렇게 가만히 선 채 입을 벌리고 우리들을 바라보고 있었다. 그때 나는 오크 하나가 넥슨의 등 뒤로 달려드는 모습을 보았다.

"조심해! 뒤!"

말하기가 무섭게 하슬러가 뒤로 돌아서 넥슨에게로 돌진했다. 하슬러는 넥슨을 옆으로 밀어내며 달려들던 오크의 글레이브를 튕겨올렸다. 카캉! 그는 튕겨올린 롱소드를 그대로 한 동작으로 내리그어 오크의 얼굴을 갈라놓았다. 그러면서도 하슬러는 전혀 소리를 내지 않았다.

하슬러에 의해 옆으로 밀쳐진 넥슨은 잠시 주춤거렸다. 그는 잠시 허리를 굽힌 채 멍청하게 서 있었다. 저 작자가 정말! 치매에라도 걸렸나, 갑자기 왜 저래? 그때 넥슨은 갑자기 고개를 홱 돌렸다. 그는 우리들을 노려보며 이를 박박 갈고 있었다.

"너! 죽어랏!"

저 미친 자식이! 넥슨은 롱소드를 머리 위로 들어올린 채 앞으로 돌진해 오고 있었다. 순간적으로 나는 살인이 꼭 죄가 되는가 하는 따위의 생각을 떠올리며 바스타드를 뒤로 당겼다. 이 자식아! 사실 너무 길었어! 이대로 내려치기만 하면!

그때 무엇에 홀린 것인지 나와 넥슨 사이로 오크 하나가 뛰쳐 나왔다. 그 녀석은 곧장 넥슨을 찔러 들어갔고 넥슨은 그대로 롱소드를 내리쳤다. 휘익! 글레이브와 오크의 팔이 하늘로 날아올랐다.

"쥐이에에엑!"

오크는 잘린 팔을 위로 쳐들면서 비명을 질렀다. 넥슨은 검을 내려친 자세 그대로 앞으로 돌진하여 어깨로 오크를 받아 쓰러지게 만들었다. 넥슨이 그대로 롱소드를 아래로 찌르는 모습을 마지막으로 난 고개를 돌리고 말았다. 제미니가 앞발을 들어올리며 거세게 투레질을 했다. 힝힝힝힝힝!

정신이 팍 들면서 난 고삐를 당겼다. 다행히 굴러 떨어지지는 않았지만 내 정신은 현재 땅에 떨어져 구르고 있는 것이나 다름없다. 시야 옆으로 번뜩이는 반사광에 놀라 옆을 보니 오크 한 놈이 제자리에 서 있는 날 노리고 찔러 들어오고 있었다. 생각할 겨를도 없이 난 바스타드를 옆으로 뿌렸다. 타당! 글레이브가 튕겨지는 느낌이 손으로 전달되어 왔다. 그리고 그때 샌슨이 고함을 질렀다.

"넥슨! 당신들을 구하러 왔다! 그러니 지금은 싸우지 말자! 만일 덤빈다면 이대로 놔두고 가겠다!"

그리고 길시언도 옆으로 다가오는 오크를 베어넘기면서 고함을 질렀다.

"서둘러! 오크들이 크레센트를 형성한다!"

크레센트라구? 난 좌우를 급히 돌아보았다. 소름이 쫙 돋는걸?

우리 일행과 넥슨 일행 사이에서 빠져나가며 좌우로 갈라졌던 오크들은 그대로 비스듬히 달리면서 우리 옆을 지나쳤다. 놈들은 이대로 우리 뒤를 가로막아 포위진을 만들려는 것이다! 난 넥슨을 향해 손을 저으며 고함질렀다.

"빨리 와! 도와주려고 왔단 말이야!"

"뭐……야? 도와준다? 도와준다고?"

저게 도대체 인간이야, 트롤이야! 넥슨의 손과 가슴, 얼굴은 오크의 피로 범벅이 되어 악마 같은 모습이었다. 그런데 저 악마 녀석은 멍한 눈으로 날 바라보며 내가 한 말을 반복하면서 정말 악마 같은 소행을 저지르고 있는 것이다. 사람을 미치게 만들잖아? 젠장! 그때 네리아가 외쳤다.

"자아아크! 네 멍청한 마스터를 어서 이리로 데리고 와! 지금밖에 기회가 없어!"

그러자 넥슨의 그림자에서 솟아나기라도 하듯 자크가 홀연히 모습을 나타냈다. 넥슨은 뭔가 이상한 것을 느끼고는 뒤를 돌아보려 했지만 자크는 대거의 손잡이로 넥슨의 목 뒤를 후려쳤다. 퍼억! 넥슨은 그대로 고꾸라졌고 자크는 그를 붙잡아 어깨에 둘러메며 외쳤다.

"하슬러 씨! 갑시다! 앞을 뚫어요!"

하슬러는 고개를 조금 끄덕인 다음 곧장 우리 쪽으로 달려오기 시작했다. 오크들은 우리들이 합류하지 못하도록 그 사이를 가로막으려 했으나 하슬러의 팔이 움직이는 앞에서는 그 어느 오크도 3초 이상 서 있을 수 없었다. 하슬러는 달리면서 그 속도에 팔힘을 덧붙여 롱소드를 휘둘렀고 오크들은 모두 팔과 글레이브가 한꺼번에 날아가버렸다. 어떤 오크는 상하반신이 완전히 분리되기까지 했다. 그리고 그 뒤로는 넥슨을 둘러멘 자크가 달려왔다.

오크들은 내 쪽으로도 달려들었다. 그러자 제미니는 다시 앞발을 들어올리며 거세게 날뛰었고 오크들은 주춤거리며 물러났다. 격한 고함소리와 비명소리, 그리고 말 울음소리에 귀가 멀어버릴 것 같았지만 난 떨어지지 않도록 애쓰며 날아오는 글레이브를 쳐냈다.

하슬러는 순식간에 나에게 다가오더니 날 흘긋 쳐다보다가 그대로 뒤로 달려갔다. 그리고 그 뒤로 자크가 다가오더니 넥슨을 집어던지듯이 건네며 외쳤다.

"마스터를 부탁해!"

난 안장 앞에 넥슨을 받고는 그대로 제미니를 돌게 만들었다. 그리고 칼이 외쳤다.

"모두 반전! 네리아와 운차이! 좌우로 벌려 네드발 군이 달릴 길을 뚫는다!"

뒤로 돌아보니 자크는 길시언의 등 뒤에, 그리고 하슬러는 샌슨의 등 뒤에 올라타고 있었다. 그리고 우리 일행은 모두 뒤로 돌아 달려가기 시작했다.

"취이익! 잡아랏! 저놈들을 붙잡아!"

그러자 네리아는 앙칼진 고함소리로 응수했다.

"이 자식들아! 레이디에게 다가오려면 양치질부터 해!"

네리아는 그 긴 트라이던트의 물미 부분을 두 손으로 잡고는 도리깨질하듯이 전후 좌우로 휘두르고 있었다. 트라이던트의 창신이 번뜩이며 네리아의 몸 주위로는 거대한 원호들이 그려졌다. 반면 운차이는 검을 아끼고 있었다. 그는 검을 별로 휘두르지 않고 있다가 가까이 다가오는 녀석들만 하나씩 찔러버렸다.

"Ahn choudar!"

그러면서 네리아와 운차이는 좌우로 밀어붙이기 시작했다. 오크들은 물러나면서 서로가 서로에게 부딪히며 쓰러졌다. 두 사람이 좌우로 밀어붙이면서 그 사이에 공간이 생기자 칼과 샌슨, 길시언이 곧장 달려나갔다. 그리고 그 뒤로 내가 달리기 시작했다.

순식간에 달려올 때와 정반대의 삼각형이 만들어졌다. 최전방에 칼, 그리고 그 다음에 샌슨과 길시언, 제일 뒤에는 네리아와나, 그리고 운차이가 달리게 되었다. 오크들은 주춤주춤 다가오려고 했지만 길시언과 샌슨은 흉흉하기 그지없는 자세로 밀어붙였다. 오크들의 형성되다 만 포위진은 여지 없이 박살났고 우리들은 그대로 쏜살처럼 달려나왔다. 뭐야! 성벽이 저렇게 멀었나! 이스트 그레이드도 운차이의 사막처럼 움직여버린 건가? 그 높아 보이던 성벽이 지금은 신전 담벼락처럼 보였다. 젠장! 저기까지 어떻게 달려가지?

그때였다. 성벽 위에서 뭔가가 번쩍였다는 느낌이 들었다. 그리고 곧장 성벽 위에서 광선들이 날아오기 시작했다. 그것은 우리들의 머리 위를 지나쳐 등 뒤의 오크들을 맞추기 시작했다. 아프나이델의 솜씨군! 뒤쪽에서 오크들의 비명소리가 들려오기 시작했다.

"취이이익!"

칼은 고개를 뒤로 돌리며 외쳤다.

"모두 일자로!"

이번엔 뭔 말인지 알았습니다! 진작 그렇게 쉽게 말하시지! 난 넥슨의 뒷덜미를 붙잡으며 급히 왼쪽으로 비스듬히 달려가기 시작했다. 네리아 역시 나와 같은 방향으로 틀었으며 운차이는 오른쪽으로 뒤틀었다. 다섯 명의 기수는 이제 일직선으로 늘어선 채 말머리를 나란히 하고 달리게 되었으며, 칼은 롱 보에 화살을 걸었다. 아니, 어쩌시려는 생각이에요? 다음 순간 나는 칼의 모습을 보다가 넥슨을 놓칠 뻔했다.

칼은 허리를 젖혀 말 위에 드러눕더니 턱을 한껏 젖히고는 뒤로 활을 쏜 것이다. 피융! 취에엑! 길시언은 기막힌 목소리로 말했다.

"칼! 당신 혹시, 우타크의 자손 아닙니까?"

칼은 다시 똑바로 앉으며 외쳤다.

"내 가계에 대한 설명은, 성 안에 도착한 다음으로, 미룹시다! 이랴아!"

그렇게 멀어보이던 성벽이 어느새 높이 솟아올라 있었다. 성벽 위에선 경비 대원이 손을 흔들고 고함을 질러대고 있었다. 그리고 사수들이 흉벽 위로 몸을 내밀더니 화살을 마구 쏘아대기 시작했다. 우리 머리 위로 화살의 비가 쏟아졌다. 화살들이 날아가면서 내는 윙윙거리는 소리가 이렇게 기분 좋게 들릴 수가 없는 걸? 눈앞에 목책이 다시 나타났다. 그리고 그 뒤로 성문이 서서히 열리는 모습이 보였다. 이제 됐어! 그때였다.

"절대로 도망 못 간다아아!"

등골이 쭈뼛하다는 말이 있지. 난 겁에 질려서 뒤를 돌아보았다. 검은 투구의 오크가 옆에 있던 오크의 글레이브를 빼앗아 어깨 뒤로 당기고 있는 모습이 보였다. 이런, 젠장!

"카아아악! 핸드레이이이이이크!"

또 저 소리! 검은 오크는 그렇게 기합을 지르면서 글레이브를 집어던졌다. 글레이브는 황야 위로 검은 뱀처럼 머리를 흔들면서 날아왔다. 휭휭휭휭!

"히히힝!"

왜 하늘이 땅 밑으로 내려오는 거지? 몸의 무게가 완전히 사라지는걸? 꽈앙! 순간 머리 뒤에서 충격이 오면서 눈앞이 새하얗게 변했다. 크허, 허헉! 뺨이 땅에 쓸리면서 지독한 아픔이 느껴진다. 등이 거세게 부딪히면서 숨이 턱 막히는 느낌이 온다. 제발 좀 멈춰! 나는 데굴데굴 굴러가면서 속으로 외쳤다. 하늘과 땅의 자리 바꿈은 영원히 계속될 것 같았지만 곧 언제 그랬냐는 듯이 멈추었다. 오크들의 고함소리. 퉤! 쓰러진 채 입 안으로 들어온 흙을 뱉어내니 피와 침이 섞여나왔다. 간신히 고개를 들어보았다.

"이힝힝, 힝힝! 푸르릉! 힝힝힝힝!"

뭐가 뭔지 모르겠어. 저건 뭐야? 땅에 쓰러져 발버둥을 치면서 피를 콸콸 쏟아내는 저 덩치 큰 생물은 뭐지? 저 생물은 계속해서 발을 구르며 일어나려고 하는군. 왜? 일어나지 못하지?

"으……, 으으. 제, 제미……니?"

말인가? 저건…… 내가 타던 그 제미니? 그런데 왜 누워 있지? 말이 눕기도 하던가? 게다가 왜 저렇게 피를 흘리고 있는 거지? 어? 저건…… 글레이브? 제미니는 계속해서 일어나려고 했지만 그것은 그저 다리를 흔드는 동작에 불과했다. 제미니가 왜 못 일어나는 거야?

"제미니이이잇! 으아아아아!"

"힝힝힝! 이힝, 힝! 푸르르릉!"

"으아아! 으아아! 으아아아아아!"

난 손을 짚으며 일어났다. 하지만 다리로 땅을 짚는 순간 발이 미끄러졌고 나는 다시 꽈당 쓰러져버렸다. 난 다시 몸을 돌렸다.

휘청거리며 일어났다. 하지만 여전히 다리는 말을 듣지 않았고 나는 또다시 땅에 얼굴을 박으며 고꾸라졌다. 컥! 숨이 막히는 걸. 다시 팔을 휘둘러 땅을 짚는다. 쓰러진다.

"카아아악! 헐헐헐르르르. 쿨럭쿨럭!"

땅을 짚는다. 다시 쓰러진다. 몸부림을 치며 팔을 휘젓는다. 다리로 땅을 밟으며. 하지만 다시 앞으로 쓰러진다. 몸을 뒤튼다. 일어나야 해. 일어나야 해! 다시 무서운 속도로 땅에 쓰러진다.

"이힝힝힝힝!"

제미니가, 제미니가! 이런, 빌어먹을! 일어나야 한다구! 콰당탕! 이 개 같은 땅이 왜 이래!

"후치야아악! 아악! 후치얏!"

네리아의 울음 섞인 비명. 제미니, 제미니! 난 일어날 거야. 그러니 너도 일어나란 말이야! 이…… 개 같은! 이 때려죽일 말 대가리야! 어서 일어나! 콰당. 일어나! 몸부림. 튀어오르는 핏방울. 일어나! 콰당. 입 안에서 단내가 팍 피어오른다. 목으로 들어오는 엄청난 먼지. 목이 콱 막힌다. 눈물. 부옇다. 귓가가 뜨겁다.

일어나아아아아!

"크아아아아! 으아아아아!"

하늘이 새카맣다. 벌써 밤인가? 그리고 그 어둠 속에서 수십 개의 팔이 나에게 날아든다. 저건…… 오크의 팔인가? 쿠우욱!

"카아악! 이 교활한 인간놈! 감히, 취이익! 어딜 뛰어들어!"

컥, 어허억. 그만……, 그만 걷어차. 그만 때려. 그만해. 그만해……. 제발 그만해. 그만하란 말이야!

"이 오크 새끼야! 그만하란 말이야! 우으으으아!"

몸이 솟아오른다. 눈앞에 보이는 것은 검은 투구의 오크. 놈의 콧잔등을 쥐어박는다. 손등이 뒤틀려 나가는 느낌. 오크는 피를 흘리며 쓰러진다. 입술 사이로 들어와 혀에 닿는 피맛. 위장을 모조리 뒤집어 입 밖으로 토해 버리고 싶은 구토감. 옆으로 몸을 날린다. 어깨에 뭔가가 부딪힌다. 그대로 밀어버린다. 약속이나 한 듯이 날아드는 글레이브. 서걱! 귓가가 시원한 느낌이 든다. 동시에 불같이 뜨겁다.

바닥에 떨어진 귓불을 본다. 조금 전까지 내 귀에 달려 있었던 것인데 지금은 땅에 떨어져 있다. 저게 내 귀인가? 저렇게 생겼었군. 신기하네. 자기 귀는 볼 수가 없어야 되는 거 아냐? 오래 보고 있을 수가 없다. 오크의 글레이브를 잡는다. 오크는 눈을 커다랗게 뜨더니 빼앗기지 않으려고 반항한다. 놈을 매단 채로 허리를 뒤틀어버린다. 귀에서 볼을 타고 피가 흐르는 모양이야. 목이 뜨끈한걸? 관자놀이를 타고 눈으로 피가 들어온다. 세상이 붉다.

"체에엑! 카악!"

"노래! 노래를 불러라, 이 새끼들아! 취이이익? 취이익! 취익 취익거리는 노래를 불러봐!"

오크의 글레이브가 날아온다. 다리가 끊어지는 고통을 무시하면서 허리를 뒤튼다. 글레이브가 지나가게 하고, 균형을 잃은 오크의 정수리에 손에 든 글레이브를 꽂아준다. 푸아악. 놈이 쓴 투구가 찢어지며 머리와 투구 사이로 피가 흐른다. 놈의 노란 눈알이 피에 젖는다. 놈은 그대로 허물어진다. 바스타드를 뽑아드느라 멈칫하는 사이에 다른 쪽에서 웬 놈이 글레이브로 어깨를 내려찍는다. 상반신이 휘청거린다. 바스타드를 두 손으로 쥐고 그대로 돌기 시작한다. 주위의 오크들이 베어져나간다. 갑옷이 깨지고 찢어지는 소리. 오크들의 노란 눈알, 핏발 선 노란 눈알들이 끝도 없다. 그것들이 피에 젖는다. 한 오크는 턱이 날아가버린다. 오크는 다시는 입을 다물지 못하게 된 것을 알아차리고는 찢어지는 비명을 지른다.

"노래를 불러라!"

"케에에엑!"

"음정이 틀렸어! 가사가 틀렸다구! 취익거려야지!"

"크우우욱!"

"틀렸다구!"

쾅! 뒤통수에 충격이 느껴진다. 땅이 위로 솟아오르고, 곧 허리와 어깨, 허벅지 쪽으로 고통이 온다. 오크들이 내 몸을 걸어차면서 내는 소리가 왠지 낯설다. 욕설, 고함소리, 그리고 비명소리 등이 가늘게 이어지다가 나는 암흑 속으로 빠져든다.

난 암흑이 싫어.

내 봄날은 잔혹한 비극의 전주곡이었나.

꽃잎이 무리지어 날아오를 때 난 행복했네.

"취이익! 뭐라는 거야?"

여름은 옷을 벗고 날아오르는 나의 여신

뜨거운 공기 속에 나는 숨이 막혔지.

"취익! 괴물 초장이! 뭐야? 이 자식 지금 뭐라고 떠들고 있지?"

봄도 아름다웠지. 여름도 즐거웠지. 하지만
내 주위는 어느새 낙엽. 난 가을에 서 있네.
누구나 한번은 맞이하는 마법의 가을이여
태양을 향해 달리는 말을 타고 나 동으로 달렸네.

찰싹! 볼에서 불이 튄다.

"취익! 이놈아, 뭐라고 떠드는 거냐!"

"검은 흙 위를…… 추수의 들판을…… 반짝이는 개울을…… 황량한 산봉우리를……."

"이놈이 미쳤나? 취이익! 뭐야?"

"적막의 대지를…… 고통의 바위 언덕을…… 나 달리고 또 달렸네."

픽! 숨이 막혀서 더 노래를 부를 수 없다. 누군가 창대로 내 배를 찍은 모양이다. 눈꺼풀이 어디에 있더라? 이 눈꺼풀이라는 녀석은 잠시만 신경 쓰지 않으면 곧 어딘가로 달아나버리는 놈이라서.

눈을 뜨니 붉은 가슴이 보인다. 저건 내 가슴이군. 엉망진창이야. 볼품없군. 피와 흙이 묻어 끔찍스러울 정도인 데다가, 어디서 붉은 빛이 비치고 있는 것인지 발갛게 물들어 있었다. 얼굴을 들어올린다.

수백 마리의 오크들. 그 검은 얼굴들 위로 하늘엔 황혼이 펼쳐져 있다.

팔을 들어보려 하다가 내 몸이 나무 기둥 같은 곳에 묶여 있다는 것을 알게 된다. 얼굴을 들어 석양을 바라본다. 노을이 지는 붉은 하늘에 태양은 붉은 불덩어리지만 눈을 부시게 하지는 않는다. 그리고 그 아래 오크들의 머리가 수도 없이 보인다. 위쪽을 보는 것이 낫겠군. 왼쪽 눈은 눈꺼풀이 부은 건지 거의 떠지질 않는다. 그래서 내 눈에 들어온 광경은 거리 감각이 맞지 않아 몽환적이다. 난 서편의 붉은 하늘을 바라보며 말한다. 목이 갈라지는 느낌이다.

"신사 숙녀 여러분⋯⋯."

오크는 어이없는 얼굴로 날 바라보고 있다. 태양을 등지고 있는 놈들의 얼굴은 검다. 그리고 그 가운데 하얀 이빨들이 번쩍인다. 멋진 이빨들이군.

"부디 뒈지시길⋯⋯."

오크들은 입을 쩍 벌린다. 기막힌 표정으로 날 바라보는 녀석들의 얼굴은 그대로 희극이다. 난 바싹 마른 입술이 그대로 갈라지려 하는 것을 무시하면서 미소를 짓는다.

"에헤헤헤헤헤⋯⋯."

"카아악! 이놈!"

오크 한 놈이 창대를 들어 내 복부를 찌른다. 퍼억! 웃다가 그대로 숨이 막힌다.

"코올록, 쿨럭쿨럭, 커, 커허어억!"

배가 뚫린 거 아냐? 목구멍에서 위액이 넘어오다가 만다. 미치겠다. 차라리 토해 버렸으면⋯⋯. 콧속이 간질거리고 목구멍이 타는 듯이 쓰리다. 그리고 머리는 쾅쾅 울리고 배에서는 찢어지는 고통이 온다. 온몸에서 동시 다발적으로 일어나는 고통의 4중

주로군. 젠장. 오크들은 일제히 떠들기 시작한다. 광란스럽군.

"이 자식! 취에에엑! 이제 좀 어울리는군!"

"저 인간 죽여! 왜 살려두는 거야! 취이이익! 죽여버려! 그 냄새나는 말처럼!"

냄새나는 말…… 말이라구?

"컥! 제미니?"

오크들은 화들짝 놀라면서 날 바라봤다. 그때 제미니는? 검은 투구의 오크가 던진 글레이브……?

"내 말, 쿨럭쿨럭! 내 말은 ……어떻게 되었어?"

가만히 서서 날 바라보던 오크들은 잠시 후 히죽거리며 웃었다. 그러더니 놈들은 곧 나에게 야유를 보내기 시작했다.

"아, 그 말? 고기가 퍽도 질기더군, 퉤! 취이익!"

"낄낄낄! 취취취익! 먹을 게 많은 점은 좋던데 말이야. 취엑!"

그러자 한 놈이 배를 쑥 내밀더니 길게 트림을 하는 것이 보였다. 거어어억. 다른 놈들은 그 모습을 보며 손뼉을 치며 웃어대었다. 이놈들이 제미니를 잡아……먹었다고? 잡아먹었어?

"으아아아아! 제미니! 제미……닉, 우크, 쿨럭!"

"제미닉? 취익! 제미닉? 쿠할할할할하!"

오크놈 중에 한 녀석이 내 흉내를 내면서 우는 시늉을 해보였다. 그러자 다른 놈들은 쓰러질 듯이 웃어젖혔다. 저 새끼들을 당장! 난 온몸을 비틀어보았지만 아픔만 더해갈 뿐이다.

"이…… 죽일 놈들아."

"아? 취잇, 취! 왜? 그 말을 도로 내놓을까? 웩, 웨에엑!"

오크 놈은 입안으로 손을 집어넣더니 게워놓는 시늉을 해보였고 그러자 다른 오크들은 박장대소했다. 웃어? 웃는다고? 네놈들이 지금 웃는 거야?

"이 죽일 놈들, 으아아아! 크헐, 쿨럭! 이거 풀어! ……주, 죽여버릴…… 거야!"

철썩! 가까이 있던 오크 한 녀석이 내 뺨을 올려붙인다. 오크의 거친 손바닥이 스치고 지나가자 살갗이 그대로 일어나는 것 같다.

"도로 내놓는다는데, 취! 불만인가 보군? 취이익!"

난 힘없이 고개를 떨어뜨리는 것 외에는 아무 일을 할 수 없었다. 주위의 오크들의 웃음소리는 점점 높아만 가고 있다. 이렇게 되다니. 미안해, 제미니. 제미니. 이 멍청한 말아, 미안해!

그때 우렁찬 목소리가 들려오며 다른 목소리들이 모두 기어들어가게 만든다.

"닥쳐! 취이익! 지저분한 짓들 하지 마! 치칫, 취이익!"

눈가가 불타오르는 느낌이다. 힘들게 눈을 뜨지만 눈에는 눈물이 가득해서 앞이 보이지 않는다. 눈을 깜빡거려서 눈물을 흘려내니 볼이 뜨겁다. 볼의 상처에 눈물이 들어가나 보군.

"취이이잇! 어라? 눈물을 질질 흘리는 건가? 한결 보기 좋군, 취이익!"

잔인하게 웃고 있는 오크가 보인다. 다른 오크들보다 훨씬 높은 곳에 있는 얼굴이 보인다. 그 검은 투구의 오크다. 저놈이야! 저놈이 글레이브를 던졌지!

"이봐. ……미안한데 당신의 위대한 이름을 좀 알려주겠어?"

"취이익! 난 아그쉬! 아그쉬다, 인간!"

"아……, 그래? 그럼. 쿨럭쿨럭. 후우. 커험! 위대한 아그쉬여. 후치 네드발이…… 당신께 충성과 사랑으로써 제안하는

데……, 다른 오크와 키가 같아지도록 할 생각 없나?"

"춰이이? 키가 같아진다?"

"그 위대한 대가리를 잘라내면…… 어떻겠냐고 묻는 거야."

콰앙! 아그쉬의 주먹이 내 얼굴에 꽂혔다. 눈앞이 빙빙 돈다. 꽉 감은 눈꺼풀 위로 쏟아지는 석양의 햇살 때문에 검붉은 암흑 속에 별이 보인다. 머리가 떨어져나간 것 아닌가?

"춰이, 춰이! 이건, 너의 용기에 대한 찬양이다! 크핫하하하. 배짱이 좋은 꼬마군. 춰이익!"

"아……, 고마워. 하지만 한 번만 더 그따위 찬양을 하면…… 넌 죽어."

"끝까지! 이 썩어빠진 오크놈들보다, 춰이이잇! 백 배는 마음에 드는 꼬마군."

"춰이익! 아그쉬! 말 조심해!"

"닥쳐! 춰익!"

아그쉬는 다른 오크들처럼 글레이브를 들고 있지는 않았다. 녀석은 마치 인간처럼 허리에 큼직한 브로드 소드를 차고 있었는데 지금 그 브로드 소드를 뽑아들고는 대화에 끼어든 오크를 죽일 듯이 바라보고 있었다. 그 오크는 콧김을 풀풀 뿜어내면서 뒤로 물러났다. 욕지기 나는 꼴들이군. 난 다시 얼굴을 들어 하늘을 바라보았다. 핏빛 석양이 내 늘어진 머리카락에 부딪혀 반짝이고 있었다. 핏방울 때문인지 땀 때문인지 머리카락들은 볼에 붙어 얼굴을 간지럽히고 있었다. 제미니. 아름다운 황혼이지? 하늘 위를 달릴 땐 가끔 내 생각을 해다오. 제미니.

그런데 귀가 왜 이리 아픈 거지? 아……, 아까 잘려나갔지. 그때, 오크와 싸울 때. 그때 우리는 오크와…….

우리 일행들은?

난 퍼뜩 정신을 차려 주위를 둘러보았다. 먼저 내 몸이 완전히 꼼짝도 할 수 없도록 통나무에 묶여 있다는 것을 알게 되었다. 오크 녀석들은 팔을 묶어놓는 데 그치지 않고 가슴과 허리도 밧줄로 칭칭 감아놓은 데다가 발목도 묶어놓았다. 이건 거의 오거를 묶어놓는 수준이군, 그래. 왼쪽을 돌아보니 또 다른 통나무 하나가 보였고 거기에 묶여 있는 남자가 보였다. 순간 섬뜩한 느낌이 들었다. 시체 아닌가? 하지만 가슴이 오르락내리락하고 있었다.

넥슨이었다.

넥슨도 나와 비슷한 정도로 묶여 있었다. 기절한 거야, 그냥 고개를 숙이고 있는 거야? 넥슨은 석양의 햇살을 정면으로 받아 온몸이 불그스름하게 바뀌어 있었는데 자세히 보자 온몸이 피투성이였다. 옷은 갈가리 찢어지다가 만 수준이었고 피가 엉겨붙은 머리카락은 앞으로 축 늘어져 있었다. 난 그의 손을 유심히 살폈다. 다행이군. 넥슨은 OPG를 끼고 있었다. 그럼 내 손도 마찬가지겠군. 아무리 그래도 이런 밧줄을 끊을 수는 없겠지만 우선 다행이다. 그런데 다른 사람들은?

좌우를 돌아보았지만 오크 외엔 다른 것이 보이지 않았다. 그럼 나머지 일행들은 성문으로 들어갔군. 아그쉬는 날 보면서 배부른 미소를 지었다.

"그래! 췻췻, 취이익! 너희 간교한 인간놈들의 상투 수단이지! 취이익! 네 친구들은 널 버리고 갔어!"

"……내 친구들은 그게 날 기쁘게 하는 일이라는 것을…… 잘 알고 있기 때문이지."

"기쁘다고? 췻취익! 기쁜가? 기쁘냐고?"

커헉! 이 자식이! 아그쉬놈은 칼자루로 명치를 콱 찍었다. 숨이 막혀서 말도 안 나온다. 목구멍에서 허파가 튀어나올 정도로 격렬한 기침을 한 다음, 난 아그쉬 녀석을 똑바로 바라보았다.

"조언하겠어. 지금…… 날 죽이는 것이 나을 거야."

"취이잇? 왜지?"

"그러지 않으면 네가…… 죽을 테니까."

말을 하고 곧 이를 꽉 깨문다. 이상하다? 왜 창대나 주먹 같은 것이 날아오지 않는 거지? 난 눈을 떠 아그쉬를 바라보았다. 아그쉬는 웃고 있었다.

"그래? 취키키키! 킷키키! 누가 영원히 살 수 있지?"

"뭐라구?"

"널 죽이지 않는다고 내가, 취이익, 영원히 살 수, 취이킷! 있을까? 키키키! 취익!"

이거 뭐하는 녀석이야? 이거 헬턴트식 오크잖아? 눈꺼풀이 멍들어 앞을 보기도 힘들었지만 난 최대한 눈을 치켜떠서 아그쉬를 바라보았다. 놈은 밝게 웃고 있었다. 햇살을 등지고 있어 어두운 얼굴, 게다가 오크의 얼굴에 저렇게 밝은 표정이 떠오를 수 있다는 것이 의외였지만.

아그쉬는 킬킬거리는 것은 멈추더니 엄숙하게 말했다.

"취이이익! 영원히 사는 것은, 저 위대한 성자 핸드레이크, 취취, 그뿐이다. 그 외에 누가 시간의 수레바퀴에서, 취익! 자유로울 수 있단 말인가."

뭐라구? 윽! 눈을 크게 뜨자 지독한 아픔이 느껴졌다. 내가 뭐라고 할 사이도 없이 아그쉬 놈은 오른팔을 높이 들어올리더니 외쳤다.

"핸드레이크 만세!"

그러나 주위의 오크들은 전혀 동조하지 않았다. 놈들은 그저 아그쉬를 조용히 바라볼 뿐이었다. 하지만 오크들이 저렇게 조용하다니? 저 침묵이야말로 완벽한 경의의 표현인 것 같은걸. 아그쉬도 오크들의 침묵에 대해 별 기분 나쁜 기색 없이 팔을 도로 내렸다.

그때였다. 잔뜩 쉰 목소리가 들려왔다.

"영원히 살지는 못하지만…… 영원히 죽을 수는 있지."

나와 아그쉬는 동시에 고개를 돌렸다. 넥슨은 여전히 고개를 숙인 채였다. 그러나 그가 말했다는 것에는 의심의 여지가 없다.

"그래서 우리 모두는…… 신처럼 영원성을 획득할 수 있지. 쿡, 쿨럭쿨럭. 어어흠! 죽어서 말이야."

아그쉬는 고개를 갸웃거리며 넥슨을 바라보고 있었다. 못 알아듣겠지?

"누가 쟤가…… 프리스트 아니랄까 봐. 후우, 후우. 이것 봐…… 오크들에게 설교를 하시는 건가? 이 엉터리 쟤가 프리스트…… "

갑자기 넥슨은 고개를 똑바로 들고 아그쉬를 바라보며 말했다.

"핸드레이크가…… 아, 아직 영원성을 획득하지 못했다고…… 쿨, 쿨럭. 말했나?"

들어올린 넥슨의 얼굴에선 두 눈이 불꽃처럼 번뜩이고 있었다. 그래. 그거 정말 궁금한 건데 마침 잘 물었다. 난 넥슨에게 퍼부어줄 욕을 잠시 목구멍 속에 보관해 두고는 아그쉬를 바라보았다. 아그쉬는 고개를 끄덕이며 말했다.

"아직 죽지 않았느냐는 질문이라면, 취이익! 당연히 그렇다! 위대한 성자 핸드레이크는, 췻취익! 절대로 죽지 않는 불사신이다!"

"왜? 왜 죽지 않는다는 말이지?"

"그야 그분은 위대한 마법사이시니까! 취이이익!"

"네가 보았나? 네가 살아 있는 핸드레이크를 보았, 컥! 콜로콜록! 보았냐고, 쿠우울럭! 카아악!"

넥슨은 말을 제대로 끝맺지 못한 채 격렬한 기침을 쏟아내었다. 그의 입에서 침과 핏방울이 함께 튀어나오는 모습을 보고 있자니 측은한 생각도 든다. 하지만 넥슨은 기침을 쏟아내면서도 끝까지 아그쉬를 노려보고 있었다. 아그쉬는 불쾌한 눈으로 넥슨을 바라보며 말했다.

"보아야 안단 말인가? 취이익! 안 보고도 알 수 있는 것이 있다, 인간. 취이, 취이! 앞을 보지만, 뒤를 생각한다면, 뒤에 있는 것도 볼 수 있다."

주위의 오크들이 감탄하는 표정으로 아그쉬를 바라보았고 아그쉬 역시 우쭐한 얼굴이 되어 어깨를 으쓱거렸다. 대단하군. 오크의 입에서 나온 말로는 믿기 어려울 정도야. 하지만 그 말은 잘못 인용한 거야. 원래 그 말 뒤에는 다른 말이 이어지게 되어 있지. 그런데 저 녀석이 어떻게 루트에리노 대왕의 말을 알고 있는 것일까?

넥슨은 한참 동안 아그쉬를 노려보더니 곧 실망한 얼굴이 되어 고개를 숙였다. 그리고 기침 소리를 몇 번 내다가 곧 조용해졌다. 저 빌어먹을 작자는 영원의 숲에서 분리되고 나서는 도대체 멍청하기 짝이 없는 행동만 하는군. 난 타는 입술을 힘들게 놀려 말했다.

"이봐아……, 아그쉬. 푸후우. 오크가 왜 핸드레이크를, 휴우우, 친구라고 부르는 거지?"

아그쉬는 나에게 고개를 돌리더니 코를 벌렁거리며 말했다.

"친구를 친구라고 부르지, 쮜이익! 뭐라고 부르나?"

"핸드레이크는…… 인간이잖아. 커험! 컥! 게다가 루트에리노 대왕을 도와서, 쿨럭! 오크들을 수도 없이 죽였는데……?"

난 질문을 하다가 뭔가 이상하다는 것을 느꼈다. 아그쉬는 입을 쩍 벌려 그 멋진 이빨들을 나에게 선보이고 있었다. 무슨 일이지? 아그쉬는 도저히 이해가 안 된다는 얼굴로 날 바라보더니 말했다.

"무슨 소리를 하는 거냐? 쮜에엑?"

"내 말이…… 틀렸나?"

"쮜이이이익! 핸드레이크가 대항한, 쮜익! 것은 드래곤 로드다! 오크가 아니다! 쮜익! 오크가 아냐! 무슨 말을 하는 거냐! 쮜이이! 핸드레이크는 드래곤 로드와, 쮜이치치칫! 싸운 것이다!"

뭐라구? 난 아그쉬를 똑바로 바라보기 위해 애썼다. 하지만 아그쉬의 모습은 계속 두 개, 세 개로 보였다. 그 말이 맞기는 하지만, 그렇지만? 이 멍청한 오크 녀석은 도대체 무슨 말을 하는 거지? 아무래도 다시 정신을 잃으려는 것 같은데. 아그쉬의 목소리가 희미해지기 시작한다.

"그분은 우리에게, 쮜이익! 헤아릴 수 없는 은혜를 베푸셨다, 쮜칫! 우리를 드래곤 로드에게서, 쮜이익! 구출했다! 그분이 아니라면 우리 오크가 어떻게 살아남았단 말인가!"

도대체…… 무슨 말을…… 하는 거야? 그렇게 흔들면서……
말하지 마.

귀가 미치도록 아프다. 나도 모르게 더러운 욕설을 뱉어내며
눈을 뜬다. 하지만 아무것도 보이지 않는다. 보이는 것이라고는
검은 색 배경으로 붉은 색의 동그라미들뿐이다. 일렁거리는 붉은
동그라미들. 왠지 고향 언덕에서 바라보던 반딧불들 같아. 어지
럽군. 난 다시 욕지거리를 뱉었다.

"시끄러워."

넥슨의 목소리가 어둠 속에서 들려온다. 네가 지금 나에게 시
끄럽다고 했냐?

"누구한테 시끄럽다고 하는 거야?"

고개를 돌려보니 어둠 속에서 넥슨의 모습이 희미하게나마 보
인다. 좀더 눈에 초점을 맞추고 보자, 주위는 어느새 밤이 되었
고 오크들이 군데군데 모닥불을 피워둔 것이 보였다.

제길. 반나절 동안 묶여 있었던 몸은 내 몸 같지가 않다. 손끝
이나 발끝에 감각이 없다. 가슴은 어디에 있고 허리는 어디에 있
지? 크윽! 그럼 반나절 동안 묶인 채 서 있었던 건가? 온몸의 피
가 몸 아래로 몰린 것 같은 기분이 드는걸. 퉁퉁 부은 다리에 밧
줄이 쓸리면서 지독한 아픔이 느껴진다. 그리고 차가운 밤바람이
불 때마다 몸은 정신없이 떨린다. 하지만 그것은 고통의 연속일
뿐이었다. 몸이 떨릴 때마다 밧줄은 살갗을 파고들 듯이 몸을 죄
어왔다. 차라리 죽고 싶다……. 빌어먹을! 웃기지 마! 아직은 살
아 있고 앞으로도 살아 있을 거야!

다시 한번 눈에 힘을 준다.

오, 제기랄! 차라리 오크놈의 얼굴을 보고 싶어.

넥슨 녀석이 날 똑바로 바라보고 있었던 것이다. 시체 같은 눈에선 침침한 불길이 타오르고 있었다. 그렇게 무표정한 얼굴을 쳐다보자니 소름이 돋아오른다. 입이 저절로 열린다.

"네놈 때문에 내가 이 지경이 되었다. 내 말은 오크들의 간식거리가 되었고. 더 원하는 것이라도 있냐?"

믿기 어려울 정도로 쉬어버린 목소리. 이거 내 목소리 맞나? 기침은 사그라들었지만 말을 할 때마다 입술이 터지는 느낌이 든다. 말라붙은 입술을 적시려 해보았지만 침도 나오지 않는다.

넥슨은 한참 동안 날 쏘아보더니 다시 고개를 숙였다.

"미친 꼬마놈. 네놈이 좋아서 뛰어들어 놓고는 누굴 탓하는 거냐."

"넌 오크에게 고마워해야 돼."

"뭐라구?"

"난 지금 어떻게 달아나는가 하는 것보다 어떻게 널 죽고 싶을 만큼 괴롭힐까 하는 것을 생각하고 있단 말이다. 오크들이 날 이렇게 칭칭 묶어두지 않았다면 난 지금이라도 네 빌어먹을 목구멍에서 살려달라는 애원도 안 나오게 될 때까지 때려줄 거야."

"더러운 입에서 더러운 말만 나오는군……. 왜 그렇게 날 싫어하는 거지?"

"뭐야?"

"아둔한 놈. 왜 날 싫어하냐고 물었다."

저 자식이 누구 복장 터져서 죽는 꼴이 보고 싶은 건가? 난 고래고래 고함을 지르려다가 멈추었다. 아차, 저 녀석 영원의 숲에서 자신을 잃었지? 갑자기 놈에 대한 분노가 방향을 잃는 것 같다. 저놈에게 그 자신도 기억하지 못하는 과거의 행적에 대해 비난해야 되나? 이런…… 우라질.

"말해 주지. 넌 사실 내 아들이다."

"웃기지 마."

"네가 나에게 저주를 걸어서 내 모습이 이렇게 어리게 바뀐 거야. 기억나지 않느냐, 아들아?"

"……진짜냐?"

"당연히 거짓말이지."

"이……, 망할 놈!"

난 힘없이 웃었고 넥슨 녀석도 미소를 지었다. 제길. 꼴 좋군. 저 때려죽이고 싶은 녀석과 같이 오크 무리 한가운데 묶여서 너절한 농담이나 늘어놓으며 웃고 있다니. 같은 입장에 빠졌다는 것이 이렇게도 희한한 작용을 일으키는 건가? 난 웃음을 멈추고 주위를 둘러보았다.

내 눈이 나빠진 건가? 주위엔 모닥불밖에 보이지 않았다. 몇 마리의 오크들이 좀 떨어진 위치에 앉아서 뭔가 두런두런 이야기를 나누다가 내 쪽을 흘긋흘긋 바라보고 있었다. 하지만 그 외에 다른 오크들은 전혀 보이지 않는다. 이 녀석들이 도대체 다들 어디로 간 거지?

주위를 둘러보느라 고개를 움직이니 곧장 귀에서 다시 통증이 느껴졌다. 난 눈살을 찌푸리며 넥슨에게 질문했다.

"망할. 지독하게 아프군. 그런데, 당신. 도대체 기억하는 것이 무엇무엇이야?"

넥슨은 공허한 눈으로 허공을 바라보고 있을 뿐이다. 내가 좀 더 큰 목소리로 말할 것이냐, 아니면 나직한 목소리지만 욕지거리를 섞어서 화를 돋우는 식으로 말할 것이냐를 놓고 고민할 때 넥슨은 입을 열었다.

"희다."

"뭐라구?"

"기억……. 하얗다. 대미궁에서 말한 대로. 머릿속이 지독하게 희다."

흰 것은 네녀석의 뒤집어진 눈알이 희지. 쳇.

"대미궁엔 왜 간 거지?"

넥슨의 고개가 움직이며 그는 날 똑바로 쳐다보았다. 녀석의 눈은 여전히 증오의 빛이 담겨 있었지만 왠지 무언가를 갈구하는 듯한 눈이었다. 망할. 증오가 잊혀지는군. 자신의 5분의 3을 잃어버리고 저렇게 초라한 모습으로 묶여 있는 것을 보니 동정심이 일어나려고 하잖아. 젠장.

"말해 봐. 그건 잊지 않았을 테잖아. 그럼 내가 뭔가를 도와줄 수 있을지도 모르고. 기억을 되찾게 해줄 수 있을지도 모르니까……."

말꼬리가 흐려진다. 설마 넥슨이 기억을 되찾을 수 있을까? 넥슨의 기억은 망각된 것이 아니라 아예 소멸되었다. 그 기억은 죽은 그의 다른 부분과 함께 영원히 사라졌을 것이다. 그런데 뭘 되찾는다는 거지?

넥슨은 말을 시작했다. 그의 어조는 어두웠다.

"빌어먹을. 네놈을 아무리 노려보아도 감정이 일어나질 않아."

"감정?"

"넌 상상도 할 수 없을 거다. 이 꼬마 녀석아. 아무리 쳐다보아도 감정이 일어나질 않는 사람을 바라보는 것이 어떤 것인지

를. 분명히 날 안다는 눈빛으로 바라보는 사람인데, 그런데 마주
보고 있어도 아무것도 떠오르지 않는 사람을 보는 것이…… 그것
이 어떤 것인지. 이건 완전한 타인을 보는 것과 달라. 감정이 전
달되어 오고 눈빛이 전달되어 오는데, 난 아무런 기억이 떠오르
질 않아."

별로 할말도 없군. 난 차분히 기다렸다. 그건 당신 스스로가
감당해야 할 일이야. 어쩔 수가 없어. 지금의 나로선 입에 발린
말 해줄 기운도 없다구. 그럴 기운이 있어도 해줄지 의문이지만.

넥슨은 포기한 듯한 목소리로 말하기 시작했다.

"난 여덟 별 중 남은 하나, 드래곤의 별을 찾기 위해 대미궁에
간 것이다."

"잠깐. 뭐라구? 여덟 별이 뭔데?"

"드래곤 로드의 여덟 별……. 넌 그것을 모르는가? 아, 그래.
아무도 모르지. 하지만 난 그것을……."

갑자기 넥슨의 말이 끊어졌다. 그는 입을 조금 벌린 채 초점없
는 눈으로 허공을 바라보고 있었다.

"그것을…… 그것을 누구에게……? 누구더라?"

"누구에게 들었단 말이야? 하슬러? 시오네?"

넥슨의 머리가 급격하게 움직였다. 그는 날 똑바로 바라보면서
말했다.

"시오네? 그게 누구냐? 말해! 그게 뭐야?"

맙소사. 저 녀석 도대체 뭘 기억하는 거야? 난 고개를 좀 가로
저으려다가 기겁하며 멈추었다. 목에서 뼈가 부러지는 느낌이 왔
던 것이다.

"이봐. 당신이 바이서스를 전복시키려 했다는 것은 잘 알고 있

겠지?"

"물론이야! 그것은 계속 머릿속을 맴돌고 있어. 꿈에서도 지워지지 않아. 그런데 시오네는 뭐야?"

"시오네는 자이편의 간첩이야. 당신을 돕고 있었는데."

"자이편의? 왜?"

"맙소사. 잘 들어봐, 이 작자야! 자이편은 바이서스와 전쟁 중이잖아. 그런데 당신이 바이서스를 뒤집어버리면 자이편으로서도 좋은 일이잖아? 그러니까 자이편은 당신이 반역을 일으키도록 도와주고, 대신 당신은 왕이 되면 자이편에 대해 사과하고 항복 선언을 하는 거야. 이해가 돼?"

넥슨의 눈에서 동조의 빛이 떠올랐다.

"그런가? 괜찮은 계획이군. 괴뢰 정부의 수립이란 말이지."

"그래. 내가 아는 정도는 거기까지다. 나와 넌 서로 반대 입장이거든."

"그랬나? 그렇겠군. 그래서 날 싫어하는 모양이군. ……그래서, 시오네라는 그 자이편 간첩이 날 돕고 있었단 말이지? 내가 반역을 성공시킬 수 있도록. 음. 괴뢰 정부를 수립해서."

넥슨은 마치 절대로 잊으면 안 된다는 듯이 단어 하나하나를 정성스럽게 되뇌었다. 불쌍한 녀석. 잃어버린 부분을 보완하려는 건가?

"그래. 그런데 드래곤의 별이라는 것은 뭐지? 여덟 별이라니, 그건 루트에리노 대왕의 여덟 별과 무슨 상관이 있는 거야?"

순간 넥슨은 교활한 눈으로 날 바라보기 시작했다. 저 눈빛은 마음에 안 드는데. 하지만 아무리 그래봐야 넌 기억을 잃었어. 내게서 무슨 정보를 긁어내려면 너도 아는 것을 말해야 할걸.

"쿨럭, 커흠, 흠. 그…… 그런데 시오네라는 사람은 왜 나와 함께 있지 않는 거지? 영원의 숲에서 나와 함께 있었던 것은 하슬러와 자크, 그리고 레니라는 그 계집애뿐이었다. 그 사람은 왜 없었지?"

이놈이? 나도 그렇게까지 오냐오냐 해줄 수는 없어.

"질문을 하려면 먼저 내 질문에 대답해."

"이 못된 꼬마놈, 어서 말해!"

"닥쳐! 대미궁에서의 기억은 남아 있을 텐데? 난 너에게 겁먹은 적 없어."

얼씨구? 네가 날 죽일 듯이 바라보면 어쩔 건데? 운차이의 눈은 어떤지 알아? 난 똑같은 눈으로 넥슨을 바라봐 주었다. 넥슨은 이를 북북 갈더니 이빨 사이로 새는 소리로 말했다.

"네녀석은 정말 죽이고 말 테다, 이 꼬마놈아!"

"하, 내가 영원성을 획득할 수 있도록 해주시겠다고?"

넥슨은 움찔했다. 제대로 된 대답이었나 보지? 잘 봐둬. 득의만만한 웃음이란 바로 이런 거야. 넥슨은 내 얼굴을 바라보더니 곧 시무룩한 얼굴이 되었다.

"여덟 별, 그리고 드래곤의 별이 뭐야?"

넥슨은 우울한 목소리로 말했다.

"루트에리노 대왕의 여덟 별이라는 것은 들어봤겠지."

"바이서스 사람이라면 누구나 아는 이야기잖아."

"천만에! 누구나 잘못 알고 있는 이야기지!"

"뭐라구?"

"키키키……, 그 정식 명칭이 뭔지 알고 있나?"

"정식 명칭이라니. 그런 것이 있었던가?"

"그래. 그 정식 명칭은 여덟 별의 추구자다. 에잇 스타 시커. 그걸 줄여서 여덟 별이라고 부르게 되었지."

에잇 스타 시커? 그게 줄어서 에잇 스타라구? 넥슨은 말을 이어나갔다.

"여덟 개의 별을 추구하는 사람들이지. 그래서 그 숫자를 맞춰서 여덟 명의 기사가 있었고. 하지만 그 이야기는 잊혀지고 변형되어서 여덟 별이란 여덟 명의 기사를 가리킨다고 알려졌지. 난생 처음 들어보는 말일 테지?"

"어, 그래. 그런데 원래의 여덟 개의 별이 뭔데?"

넥슨의 머리가 휘익 움직였다.

"내 차례다, 꼬마놈!"

수탉이 지렁이를 쪼기 전에 머리를 움직이는 것이 꼭 저렇지. 무섭도록 빠르게 움직이는 머리. 하지만 상체는 꼼짝도 하지 않고. 보기 싫은 놈.

"뭐가 알고 싶지?"

"시오네라는 그 간첩은 왜 나와 함께 있지 않은 거지?"

"휴우. 내가 알기로 그 여자는 국왕 전하를 암살하기 위해 바이서스 임펠로 갔다고 알고 있어."

넥슨은 눈을 커다랗게 떴다. 하지만 그의 목소리는 나지막했다.

"국왕 암살?"

"그건 당신들로서는 비밀이었겠지. 그래서 우리들은 잘 알지 못해. 하지만 당신은 델하파에서 우리들과 싸울 때는 시오네와 함께 있었지. 그런데 그 다음부터 시오네가 보이지 않았어. 그리고 며칠 후 바이서스 임펠에서는 임펠리아 침투 소동이 일어났지. 그러니 간단한 거잖아. 당신은 델하파에서 시오네와 헤어진 거야."

"델하파? 그 세이크럴라이즈된 도시 말인가? 거기서 너희들과 내가 싸웠나?"

"그렇지……. 잠깐! 당신 세이크럴라이즈에 대해 알고 있나?"

"뭐? 어, 그야 알고 있지. ……알고 있다? 안다?"

넥슨은 멍한 얼굴이 되어 날 바라보았다. 그 눈은 날 향하고 있었지만 초점은 거의 맞지 않았다. 저 불안한 얼굴이 진짜 넥슨 휴리첼의 얼굴인가? 내 OPG를 자기 것처럼 빼앗고, 길을 막는 아이를 말로 밟아 죽이고, 평화스러운 델하파 시를 아무런 이유도 없이 세이크리드 랜드로 만들고, 영원의 숲으로 부하들을 끌고 가서 다 죽게 만든 남자의 얼굴인가?

"이상하군. 세이크럴라이즈는 자이펀에서 개발한 기술이야. 당신이 그걸 기억한다고? 그럼 자이펀과의 협력 사항도 기억한다는 거야?"

"자이펀? 협력? 몰라. 모르겠다. 하지만 세이크럴라이즈는 기억난다. 그래……, 그날 새벽. 난 게덴의 디바인 마크를 묻고……. 잠깐, 디바인 마크를 묻었을 때…… 혼자였던가? 아냐. 혼자가 아니었어. 난 그것을 누군가에게서 받았지. 그건 내가 만든 것이 아니고……. 그래. 그것에 대해 누군가에게 질문했지. 이 디바인 마크는 어떻게 만들어진 것인가를 물었지. 그런데, 그런데? 그런데 왜 게덴의 디바인 마크를 묻었지? 그걸 왜 물어야 하는 거지?"

"이건 정말이지……, 세이크럴라이즈는 기억한다면서!"

넥슨은 마치 야단맞는 어린애처럼 애처로운 눈으로 날 바라보았다.

"이봐, 왜 게덴의 디바인 마크를 묻는 거지? 난, 난 그것을 받았어. 그리고 물었지. 이것을 준비하기 위해 어떻게 했냐고. 그래. 물었어! 물었다는 것은 그것이 내가 준비한 것이 아니라는 의미일 테지? 그렇지, 꼬마야?"

"후치라고 불러. 제길. 그 디바인 마크를 묻는 것이 의식의 마지막, 그러니까 의식의 증거야. 의식이 치러졌다는 것을 증명하고 그 땅은 세이크리드 랜드가 되는 거지."

"아, 제물처럼 말인가?"

"그래. 아, 아냐. 난 신학에 대해선 잘 몰라. 그러니까 제물처럼 신력에 대한 반대 급부인지, 아니면 무슨 도장처럼 그냥 증거하는 것인지는 모르겠어. 그건 당신이 더 잘 알 텐데?"

넥슨은 곰곰이 생각하는 얼굴로 질문했다.

"다른 제물 같은 것은 없나?"

"난 잘 모른다고 했잖아. 에, 내가 아는 것은 이렇다. 난 어떤 영지에서 그 시오네라는 여자가 디바인 마크를 사용해서 그 영지를 세이크리드 랜드로 만드는 것을 보았지. 하지만 나보다 똑똑한 누군가가 말하길 그 힘은 디바인 마크에서 나오는 것이 아니라 50명의 꼬마들의…… 뭐라더라? 무슨 신앙인데?"

"전신앙?"

"아, 그래. 전신앙. 그게 뭔데?"

넥슨은 침착하게 설명했다.

"전신앙은 합목적성이 배제된 순수 형태의 신앙을 말한다. 어린 아이의 순수한 신앙은 방향성이 없어. 어른들이라면 에델브로이나 그랑엘베르나 레티 등 정해진 신을 알고 그 신을 이해하기 때문에 따를 수 있지. 그 신앙은 방향성이 뚜렷해. 하지만 아이들의 신앙은 단지 무섭고 위대한 것에 대해 맹목적으로, 막연하게 따르지. 그래서 그 순수한 신앙의 힘을 이용할 수 있다면 어느 신에게든 그 힘을 바칠 수 있다. 조악하게 설명하자면 한마디로 이런 거야. 어린 아이에게 오크를 가리켜 저것은 트롤이라고 가르칠 수 있겠지?"

"아……, 그럼 그 신앙, 아니 전신앙은 잘만 유도하면 어느 신에게든 바칠 수 있는 힘이 된다, 이 말이야?"

"그래. 더군다나 완전히 맹목적이고 아무런 대가도 바라지 않는 순수 형태의 신앙이기 때문에 강력하다. 그렇지만 어린 아이들의 전신앙을 유도하는 것은 어려운 일이다. 전신앙을 유도할 ……시술자? 제사장? 어쨌든 그 시행자도 어린 아이의 마음을 가져야 되기 때문이지. 그런데 50명이나 되는 아이들이 동원되었다고?"

"그래. 어라? 이상하군. 델하파에서는 어린 아이의 납치 같은 것에 대해선 들어본 적이 없는데? 그리고 델하파뿐만 아니라 일스의 도시들 곳곳에서 동시에 그런 일이 일어났다고 들었는데……. 이상하군?"

"뭐야? 무슨 말이야? 어린 아이가 동원되지 않았다고?"

"그래. 칼라일 영지에서는 어린 아이들이 사라졌어. 하지만 일스에서는 그런 일이 없었는데?"

넥슨은 다시 곰곰이 생각에 잠겼다. 잠시 후 그는 가볍게 대답했다.

"쳇. 간단하군. 자이펀 꼬마들이다."

"뭐?"

"아이들을 50명이나 납치하는 것은 어려운 일이야. 네가 말하는 그 영지라는 것은 필시 시골이었을 테지?"

"그런 셈이지."

"하지만 일스 곳곳에서 그런 일을 하는 것은 어렵지. 간단해. 자이편 꼬마들을 동원해서 그 일을 한 거야. 의식은 아마도 자이편 국내에서 진행되었겠지. 그리고 그 디바인 마크는 의식의 증거, 그리고 신력이 나타날 장소를 표시하기 위해서 일스로 운반되었을 테고. 꼬마들을 끌고 다니거나 납치하는 것보다는 디바인 마크를 운반하는 것이 더 쉬우니까. 그거 굉장한 무기로군. 디바인 마크를 의심할 사람은 아무도 없을 테니까."

"야! 잠깐. 이거 좀 묻자. 그 의식에 동원된 꼬마들은 어떻게 되는 거야?"

"뭐라구? 어, 글쎄. 잘 모르겠는걸. 전신앙이 발달해서 신앙이 되는 거니까. 음. 아마 평생 동안 회의적인 인간이 되겠지. 무엇에 대한 신뢰나 믿음을 가지기 어려운 인간. 그런 사람들이 있잖아?"

"이런……, 맙소사! 그런 잔인한 일을?"

"그게 어때서. 고대 의식에서는 아이들을 통째로 제물로 삼는 경우도 있는데. 훨씬 신사적인 방법이군, 그래."

넥슨은 히죽히죽 웃기까지 하면서 말했다.

"설마 그거 진심은 아니겠지?"

"진심이야."

"이 때려죽일 가짜 성직자야!"

"뭐라구?"

"아무것도 못 믿는다며? 부모도 못 믿고, 애인도 못 믿고, 심지어 자기 자신도 못 믿으면서 평생 동안 살게 만드는 것이 신사적인 일이라고! 그게 성직자의 입에서 나올 소리냐?"

넥슨은 갑자기 어깨를 심하게 움직였다. 하지만 밧줄은 꼼짝도 하지 않았고 그러자 넥슨은 나와 같은 방법을 사용했다. 고함을 지른 것이다.

"그게 어때서! 세상에 믿을 것이 어디 있어? 모두가 거짓이고 모두가 환상이라는 주장도 있지 않아? 살아남는 것만 해도 다행이지! 살아가는 데 뭐 특별하게 고상한 방법이 있을 것 같아?"

"고상한 방법은 없더라도 더 비참한 방법은 있어! 그 꼬마들이 무슨 죄가 있다고 그런 비참한 일을 당하게 만드냐구!"

"내가 했냐! 시끄러워!"

나와 넥슨은 잠시 말을 잊은 채 서로를 쏘아보았다. 놈의 눈빛은 아무래도 비정상이다. 그 입은 합리적인 듯이 말하고 있긴 하지만 그 내용은 아무리 생각해도 비정상이다. 저게 자신의 절반 이상을 잃어버린 증후인가? 아니면 원래 저따위 녀석이었나? 알 수 없는 일이군.

저만큼 멀찍이 앉아 있던 오크들은 우리가 떠들자 곧 고함을 질러왔다.

"취이익! 시끄러워, 인간들! 그 나무 기둥 침대가 편한가 보지? 취췻! 더 편하게 만들어줄까?"

숨을 고르는 것이 참 어렵군. 몸의 고통도 고통이지만 미쳐버린 것이 분명한 녀석과 말을 나누는 고통도 만만치 않은걸.

"젠장. 좋아. 어쨌든 델하파에서 당신에게 그 디바인 마크를 건네준 것은…… 아마도 시오네가 당신에게 주었겠지."

넥슨은 다시 반색을 했다. 말 한 마디에 저렇게 곧 밝은 얼굴이 되는 것을 보니 정말 동정심을 지울 수가 없군 그래.

"시오네가? 그 간첩이 준 거라구?"

"조금 전까지 이야기를 나눴잖아. 그건 자이편에서 만들어내는 거라구. 그러니까 자이편 간첩인 시오네가 당신에게 줬겠지. 왜 줬냐고는 묻지 마. 내가 하는 말은 전부 추측이야."

"이런, 제기랄! 그럼 사실이 아닐 수도 있다는 건가?"

"사실? 흥. 누가 사실을 알지? 네가 조금 전에 한 말 아니야? 모두가 거짓이라면서?"

나는 매몰차게 쏘아붙였고 그러자 넥슨은 턱을 한 방 맞은 표정이 되었다. 정말 저 표정 바뀌는 거 눈 뜨고 못 보겠군. 나도 모르게 목소리가 좀 덜 딱딱하게 바뀐다.

"어쨌든 내 추측이 그렇게 틀리진 않을 거야. 당신이 그 디바인 마크를 준비하지는 않았잖아? 누가 줬다며? 그런데 게덴의 디바인 마크는 자이편에서 개발해 내는 거니까 시오네가 줬겠지. 시오네와 당신 사이에 무슨 계약이라도 있었던 모양이군."

"계약……, 계약이라구? 무슨 계약?"

"아앗, 이 빌어먹을! 시오네가 그것을 왜 당신에게 줬는지 뭔가 추측되는 것이 없어?"

넥슨은 다시 백치 같은 얼굴로 멍하니 날 바라보았다. 무슨 말인지 도통 이해하지 못하는 것이 틀림없군. 정말 골치 아픈 노릇이군.

"이봐, 계약이라면, 그러니까…… 시오네는 내가 괴뢰 정부를 수립하게 도와준다고 했는데…… 그게 일스의 도시를 세이크럴 라이즈하는 것과 무슨 상관이 있지?"

"알 게 뭐람. 이제 내 차례야."

넥슨의 얼굴에 또다시 노여움이 떠오른다. 무슨 표정이든 마음대로 지어봐.

"원래의 여덟 별이 뭐지? 루트에리노 대왕은 그것을 찾기 위해 여덟 기사를 구성한 것인가? 아, 그리고 말해 둘 것이 있는데, 만일 거짓말을 하는 것처럼 느껴지면 나도 거짓말을 하겠어. 그런 느낌만 오면 아무 내색 없이 당신의 과거에 대해 거짓말을 해 버릴 거라구. 알겠어?"

넥슨은 이를 북북 갈면서 날 바라보았다. 난 잠시 고개를 숙여 몸을 묶고 있는 밧줄을 내려다보았다. 한심스럽군. 이런 꼴이 되다니. 그런데 우리 동료들은 지금 뭘 하고 있을까? 성 안에서 어쩌면 내 구출 계획을 세우고 있을지도 모르겠다. 그런데 크레블린 대장이나 안티고어 시장이 그것을 허락할까? 칼은 이성적인 척하지만 내가 보기엔 전혀 그 반대다. 틀림없이 네드발 군을 구출해야 된다고 떠들어대고 있을 것이다. 음. 왠지 구차하다는 생각이 들지만 할 수 없잖아. 구해 줬으면 좋겠는데. 하지만 날 구하기보다는 얼마 남지 않은 크라드메서의 웨이크닝을 대비해 달려가는 것이 낫지 않을까. 오늘 하루라는 시간이 속절없이 지나가고 말았는데.

6

머리가 복잡했다. 어떻게든 살아나고는 싶지만, 솔직하게 그렇지만. 그래서 난 넥슨의 말 중에서 몇 마디를 놓치고 말았다.

"……그러니까 드래곤, 인간, 엘프, 드워프, 하플링, 페어리, 오크…… 나머지 하나는 모른다. 어쨌든 땅 위에 발 디디고 사는 생물들 중 말을 하는 생물이 여덟 있지. 말을 하고 생각을 하는 생물 여덟."

어라? 무슨 말이지?

"갑자기 웬 박물학이지?"

"닥치고 들어! 음…… 뱀파이어나 라이칸스롭은 말을 하지만 생물이 아냐. 도플갱어도 말한다고 우기지는 마라. 그건 생물의 모습을 훔치는 거니까. 자유롭게 태어나 생각을 하고 말을 하는 지적 생물……, 신을 우러러볼 줄 아는 생물이 여덟 있지. 자유롭게 태어나 자유롭게 걷는 종족."

"토끼도 자유롭게 태어나 자유롭게 뛰어다녀."

넥슨은 한심스럽기 그지없다는 눈으로 날 바라보았다. 왠지 바보가 된 것 같군.

"멍청아! 토끼는 자신의 자유를 인식하지 못한다. 그래서 토끼는 자신이 자유롭다는 사실에 대해 기뻐할 줄도 모른다. 무지와 자유가 같은 것이라고 생각하지 마라. 자유는 그것을 인식하고 추구할 줄 아는 자에게 의미가 있는 거야. 황소가 자유를 위해 노력하는 것을 본 적이 있냐? 네가 황소를 풀어주면서 '자, 자유다.'라고 말하면 황소가 좋아할 것 같냐? 머리가 달렸다면 생각하는 데 써! 투구나 모자걸이로 사용하지 말고!"

"아, 그런 거야? 그런데 그 여덟 종족이 어쨌는데?"

"그 자유로운 여덟 생물의 운명을 결정하는 보석이 있다."

"보석?"

"그래……. 정확하게 보석인지는 알 수 없지. 하지만 보통 별이라고 부르는 것은 보석일 가능성이 높지. 그것을 여덟 별이라고 하니까. 그것은, 우주가 열릴 때, 유피넬과 헬카네스의 존재마저도 희미할 때, 수탉이 첫 번째 울음을 터뜨리기도 전에, 새벽 으스름 속에 첫 번째 샛별이 떠오를 때……, 이런 말은 쓸데없지. 어쨌든 그런 보석이 여덟 개 있다. 왜 있는지, 누가 그것을 만들었는지, 아니면 누가 만들지 않고 스스로 존재하는지 모른다. 어쨌든 그것에 관련된 모든 사항은 우리들로서는 모른다. 우리가 그것을 이해할 수 있을 만큼 발달하지는 못했기 때문에. 우리가 그것을 깨닫고 그 존재 의의를 설명할 수 있을 만큼 성숙하지는 못했기 때문에."

"박수쳐 줄까?"

"집어치워!"

"좋아. 그런데 운명을 결정하는 보석이라니. 그 희한한 보석이 뭔 일을 하는데?"

"그 종족의 창생 사멸을 결정하는 보석……, 그 번영과 그 사상과 그 마음을 지도할 수 있는 보석. 스스로의 의지는 없다. 결정권과 그 실행권. 그리고 그 권리를 행사하기에 충분하리만큼 엄청난 힘이 있을 뿐이다."

"뭐라구?"

이 자식이 드디어 돌았구나. 아무래도 오크들이 저 녀석의 머리 쪽을 때린 모양이다. 난롯가의 옛날 이야기도 저렇게 황당하지는 않겠군.

"이봐, 잠깐만. 그러니까 그 잘난 보석만 가지고 있다면, 예를 들어 내가 드워프의 보석을 가지고 있다면 드워프들에게 '모두들 왼쪽 콧수염은 잘라내라.'라고 말할 경우 모든 드워프들이 왼쪽 콧수염을 잘라낸다는 말이야?"

"이 무지하고 어리석은 꼬마놈! 만물을 네 수준으로 끌어내려 시시덕거리지 마라! 그것이 신을 조롱하는 방법 중 가장 손쉬운 방법임을 모르느냐?"

"다른 프리스트가 그런 식으로 말했다면 나도 좀 부끄러워했을 거야. 하지만 너 따위 엉터리 재가 프리스트에게 그런 식의 비난을 들을 순 없어! 까불지 마! 네녀석의 입으로 신을 말해? 그게 어린 꼬마를 말로 밟아 죽이는 녀석의 입에서……."

입에서 나오던 말이 입천장쯤에서 붙어버린 것 같다. 넥슨은 허옇게 질린 얼굴로 날 바라보았다.

"뭐라구? 어린 꼬마를…… 어떻게?"

"제기랄. 네녀석의 과거 행적 중에 하나다. 믿지 못하겠다는 식으로 떠들어도 좋아. 난 사실을 말할 뿐이야. 넌 말을 달리다가 그 앞을 가로막는 꼬마가 있자 그대로 밟아죽이면서 달렸어."

"새빨간……."

"새빨간 거짓말이라구? 그렇게 생각하고 싶다면 그렇게 생각해! 마음대로!"

넥슨은 입을 다물었다. 그의 고개가 아래로 꺾이고 그 어깨는 크게 오르락내리락하는 것이 보인다. 잠시 대화가 끊기자 곧 볼을 후려치는 차가운 바람이 느껴진다. 밧줄의 고통이 다시 몸을 파고든다. 어떻게 몸을 뜨겁게 만들 방법이 없을까? 이 지독한 경련을 멈추게 할 방법이 없을까? 뒤로 묶인 손을 비틀어보려 했지만 도대체 내 손이 어디쯤에 붙어 있는지 감각도 오지 않는다. 엄지손가락의 감각을 찾아보다가 난 포기해 버리고는 고개를 돌려 넥슨을 바라보았다.

넥슨은 여전히 고개를 숙인 채 말이 없었다. 밤의 어둠은 더욱 짙어져가는 것 같다. 하늘엔 별이 떠오르고 있었지만 넥슨의 얼굴엔 아무 별도 없었다.

"미안해."

넥슨은 대답이 없었다.

"제길, 미안하다구! 하지만 어쩌란 말이야. 그건 네가 저지른 짓이야. 내 눈으로 직접 보았어."

"됐어. 입 다물어. 내 차례야."

많이 쉰 목소리. 그 울림엔 왠지 물기 같은 것이 묻어 있는 듯하다. 녀석은 무슨 생각을 하고 있을까? 자신이 그런 짓을 할 만한 사람임을 납득하고 있을까, 아니면 과거의 그런 자신을 부정하고 있을까.

"뭐가 묻고 싶지?"

"내가 왜 바이서스를 파멸시키려고 하는 거지?"

"……보통 사람들끼리의 대화라면, 그거 정말 웃기는 질문이야. 하지만 웃지는 않겠어. 그렇다고 대답해 주겠다는 말도 못하겠는데."

"왜?"

"나도 모르거든. 당신이 왜 그러는지. 당신이 한 몇 마디의 말은 기억나지만."

"그게 뭐지?"

"당신은 아버지가 부당한 대접을 받는 것에 대해 염증을 내는 것같이 말했어. 그리고 그렇게 태어났다는 이유만으로 귀족이나 왕족으로 불려야 된다는 것에 대해서도 마땅치 않게 생각했던 것 같아."

"아버지라. 그렇군. 우리 아버지의 죽음은 부당한 것인가 보군."

"그래……. 아니, 잠깐? 어라, 당신 아버지는 아직 죽지 않았는데?"

"뭐라구? 무슨 소리야!"

"당신 아버지가 죽지 않았다고 말했어. 로넨 휴리첼 백작은 아무르타트의 포로가 되어 있을 뿐이지 죽은 것은 아니야."

넥슨의 눈자위가 커졌다. 그는 한참 동안 입술을 꿈틀거렸지만 말을 꺼내놓지는 못했다. 그러다가 간신히 말을 했다.

"이봐! 후치! 우리 아버님은 돌아가셨어. 난 다른 것을 몰라도 그것은 기억해! 우리 아버님은 내가 태어나기도 전에 죽었단 말이야."

"무슨 말도 안 되는 소리를 하는 거야? 난 당신 아버지를 직접 보았어. 우리 고향에 찾아오셨을 때 말이야. 그리고 과거의 당신도 그것을 알고 있었어. 그러니까 분열되기 전의 당신 말이야. 그런데 당신이 태어나기도 전에 죽었다니?"

"뭐라구? 어, 어엇? 아냐! 우리 아버님께서는 분명히 돌아가셨

어! 우리 아버님의 이름이 로넨 휴리첼인가? 어쨌든 그분은 죽었
단 말이야!"

이 작자가 지금 모자란 기억 속에서 무슨 망상을 만들어내고
있는 거야? 기억의 파편들이 모이면 얼토당토 않은 새로운 기억
이 생길 수도 있다는 말인가?

"그럼 설명해 봐. 당신은 당신 아버지의 죽음을 어떻게 알게
되었지? 당신이 태어나기도 전에 죽었다면 누가 이야기를 해줬겠
지. 그것은 기억나는 거야?"

"그것은……."

넥슨은 다시 멍청한 표정을 지었다. 수명이 짧아지는 느낌이
군, 제기랄. 이렇게 답답한 대화라니. 넥슨의 입에서 말들이, 아
니 단어들이 띄엄띄엄 나왔다.

"부당한 죽음…… 억울함…… 사무치는 슬픔…… 배신……
이러한 기분들. 명료한 것은 아무것도 없어. 내 하얀 머릿속은
마치 안개 속 같아. 안개 속에서 보는 사물들처럼 희미하고, 그
윤곽마저 흐리고……. 느낌은 기억나. 하지만, 하지만…… 우리
아버님은 돌아가셨어! 돌아가셨다구! 형제의 손에 죽음을 당
했……!"

넥슨은 자신의 말에 깜짝 놀랐고 나 역시 크게 놀라버렸다. 무
슨 말이야? 로넨 휴리첼 백작이 형제의 손에 의해 죽다니?

"이봐, 이봐. 당신 아무래도 뭔가를 크게 착각하는 모양이야.
당신 아버지의 형제가 있기는 있었어. 그러니까 당신의 삼촌이
지. 그 삼촌 되는 사람이 죽기는 죽었어. 하지만 당신 아버지는
죽지 않았단 말이야."

"삼촌이라구?"

"그래. 아니, 그것도 기억나지 않는 거야?"

"아니······. 기억나지 않아. 전혀 기억나지 않는다구. 제기랄!"

난 한숨을 내쉬었다. 묶여 있는 몸 때문에 벌써 정신을 잃을 정도로 힘든데, 이미 정신을 잃어버린 작자를 상대해야 되다니.

"좋아. 후우우······, 이 빌어먹을 밧줄! 하나씩 하나씩 설명할 테니까 잘 들어. 그러니까······."

"잠깐."

넥슨은 갑자기 목소리를 낮추었다. 뭐지? 난 입을 다물고 넥슨을 바라보았다. 넥슨은 말했다.

"이 소리 들리지 않나?"

"무슨······ 어랏?"

그러고 보니 들려온다. 바람을 타고 들려오는 것인지 꽤나 희미한 소음이다. 하지만 불길한 소음이다. 비명소리, 욕설? 그리고 뭔가가 부서지는 소리도 들려오고 말의 울음소리도 들려온다. 이게 무슨 소리지? 잠깐! 오크들은 다 어디로 간 것이지?

이 오크놈들이 야습을 시도하는 것이구나!

서쪽이 어느 쪽이지? 낮에 내가 묶여 있었을 때 석양이 보였었지. 그러니까 정면이 서쪽이다. 그렇다면 칸 아디움이 있는 방향은 바로 내 정면. 지평선이 있으리라 생각되는 방향을 노려본다. 이윽고 지평선에서 가느다랗게 피어오르는 불길이 보인다. 마치 피부를 살짝 베었을 때처럼 빨갛고 가느다란 선이 보인다.

"저놈들이잇!"

"야습에 성공했군."

"뭐라구? 아냐! 그럴 리가 없어. 어떻게 성공했다는 거야?"

"멍청한 꼬마놈. 그렇지 않고서야 저렇게 불길이 오를 리가 없지."

"이이익! 제기랄!"

저쪽에 있던 오크들도 그 소리를 들은 모양이다. 놈들은 벌떡 벌떡 일어나더니 불길을 가리키며 소란을 떨기 시작했다. 커다란 웃음소리와 왁자지껄한 환성을 올리며 놈들은 어딘가로 뛰어갔다. 젠장! 그럼 칼은? 샌슨은? 그리고 다른 사람들은 어떻게 된 거지? 어떻게 오크들에게 야습을 허용한단 말이야!

"보는 눈이 없군. 됐어."

무슨 말을 하는 거지? 난 넥슨을 돌아보았다. 그런데 넥슨 녀석은 갑자기 앞으로 쓰러졌다. 쿠당탕. 놈은 바닥에 쓰러져 벌벌 떨면서 두 팔을 부둥켜안았다.

"어떻게 된 거야? 밧줄은?"

넥슨은 벌벌 떨리는 팔을 힘 있게 잡으며 무릎을 꿇고 앉았다. 그는 머리를 위아래로 심하게 흔들면서도 미소를 지었다.

"난 도둑이었다. 후치. 이까짓 밧줄이야 아까 낮에 끊어두었다. 다만 달아날 수가 없어서 지금까지 기다린 거지."

"뭐라구? 넌 도둑이 아니야. 도둑 길드의 마스터지."

"뭐야? 아니……, 마스터가 도둑이 아니라고……?"

넥슨은 다시 멍청한 눈으로 날 바라보았다. 저 자식은 도대체 남아 있는 기억마저도 뒤죽박죽이군.

넥슨은 물끄러미 날 바라보다가 간신히 한쪽 무릎을 세웠다. 그 다리는 곧 옆으로 미끄러졌고 그는 무릎을 강하게 부딪혔다. 무릎이 꽤 아플 텐데도 놈은 꼼짝도 하지 않았다. 그는 자신의 손으로 다리를 끌어당겨서 앞에 세웠다. 그 손과 다리가 움직이는 모습은 불안하기 짝이 없었다. 그러고는 조금 전까지 자신이 묶여 있던 그 나무 기둥을 붙잡으며 힘들게 일어났다. 다리가 부들부들 떨려서 당장이라도 쓰러질 것 같았지만 그는 나무 기둥을 거의 안다시피한 채 쓰러지지 않았다.

그리고 그는 비틀거리며 나에게 다가왔다. 그의 늘어뜨린 오른손에는 어디에 숨겨두었던 것인지 조그만 나이프 하나가 들려 있었다. 도둑이라구? 어쨌든 도둑 길드의 마스터다운 솜씨다. 아니, 오크들의 소지품 검사가 엉망이었는지도 모르지. 어쨌든 그는 힘들게 한 걸음 한 걸음 다가오더니 내가 묶인 나무에 왼손을 짚었다. 녀석의 기분 나쁜 얼굴이 내 얼굴 바로 앞으로 다가왔다. 그리고 그 나이프는 똑바로 내 가슴에 겨누어졌다.

"너……?"

뒤통수의 머리카락이 모두 하늘로 곤두서는 느낌이 들었다. 넥슨은 씩 웃더니 밧줄을 끊었다. 툭, 투둑. 다리를 묶고 있던 밧줄까지 모두 끊어지자 난 뭐라고 말을 할 새도 없이 그대로 앞으로 고꾸라졌다. 무릎이 땅에 호되게 부딪혔지만 둔한 아픔 외에는 아무것도 느껴지지 않았다. 그러나 허리가 땅에 닿는 순간 난 이를 꽉 깨물었다. 그곳은 오전에 오크에게 깨물렸던 곳이고, 제레인트와 샌슨이 치료해 주었지만 아직 낫지는 않았던 모양인지 지독한 아픔이 느껴졌다.

난 땅에 나동그라진 채 부들부들 떨었다. 손으로 몸을 만져보았지만 손의 느낌도 몸의 느낌도 전혀 느껴지지 않았다. 나는 마치 다른 사람의 손을 보듯이 내 손놀림을 바라보았다. 아무런 느낌이 없으니 그렇게 느낄 수밖에. 도저히 일어날 수가 없다. 다리 쪽의 감각이 느껴지지 않으니 어떻게 일어난다는 말이야.

"일어나."

빌어먹을! 다 참아도 저 녀석이 저렇게 날 깔보듯이 바라보게 할 수는 없어. 난 팔을 휘둘렀다. 마구 휘두른 팔은 나무 기둥에 세게 부딪혔지만 전혀 아프지가 않았다. 어쨌든 난 나무 기둥을 부여잡고 일어났다. 간신히 일어나는 순간, 발이 옆으로 미끄러지면서 다시 쓰러지고 말았다. 입술이 땅에 부딪히며 눈앞이 번쩍한다.

"크……흐윽. 허어, 허어엇."

"일어나, 멍청아. 도와주는 것은…… 한계가 있어. 후우, 후우. 결국엔 자신의 다리로 달리는 거다. 그렇지 않으면 도와주는 것은 소용이 없어!"

"다, 다, 닥쳐라…… 일어날 거야!"

"그럼 어서 뜻대로. 널 걷어차서…… 일어나게 만들지 못하는…… 것이 아쉽다. 쿨럭쿨럭."

망할. 대꾸는 꼬박꼬박 했지만 도대체 어떻게 일어나지? 눈에서 흘러내린 눈물은 얼굴에 말라붙은 땟국물과 함께 입 안으로 들어온다. 일어나다가 쓰러지면서 몸이 급격하게 움직이자 뱃속이 뒤집히는 것 같다. 부들거리는 팔을 끌어모아 무릎을 꿇은 채 간신히 네 발로 선다. 머리를 들어 넥슨을 본다. 제길! 넥슨은 나무 기둥에 기대어 선 채로 날 보고 있었는데 그 시선이 꼭 발치의 개를 내려다보는 것 같았다.

"그, 그렇게 보고 있지만 말고, 좀, 도, 도와줘."

"도와달라구? 웃기는…… 소리. 밧줄도 잘라줬다. 이젠 너의 발로…… 일어서라!"

"빌어먹을!"

다시 팔에 힘을 준다. 땅을 거세게 밀면서 허리를 튕겨올린다.

하지만 모래가 미끄러지며 발은 뒤로 밀려나버리고 배가 호되게 땅에 부딪힌다. 콰앙!

"어커억! 쿠울럭, 쿨럭!"

난 배를 부여잡은 채 몸을 웅크리고 나가떨어졌다. 배가 터지는 느낌이 들면서 동시에 목에서 토기가 올라온다. 목구멍을 타고 넘어오는 지독하게 쓴 맛. 눈앞이 흐리다.

"케엘록, 켈록, 쿨쿨쿨……럭!"

넥슨의 모습이 비스듬하게 보인다. 그것도 두 개, 세 개로 보인다. 어지러워, 어지러워. 눈을 깜빡여 눈물을 짜낸다. 그러자 경멸스러운 표정으로 날 내려다보고 있는 넥슨의 얼굴이 보인다. 놈의 입술이 빠르게 움직인다.

"뒈!"

볼을 타고 흐르는 진득한 액체의 느낌. 난 어리둥절했다. 넥슨은 얼굴을 일그러뜨리며 말했다.

"죽어랏! 죽어버렷! 그게 네가 살아가는 방식인가? 그 정도에 포기할 목숨이냐! 그렇다면 지금 죽어버려!"

"이 새끼야아아! 넌 맨처음 볼 때부터 한 번도 마음에 든 적이 없어!"

어떻게 된 거지? 난 일어나 있었다. 내 머리는 땅에서 한참 떨어져 있었다. 하지만 다리엔 감각이 없다. 난 땅을 내려다보며 현기증을 느꼈다. 말도 안 돼. 17년 동안 이 높이에 있었던 머리가 이제야 현기증을 느낀다고? 하지만 현기증을 느낄 사이가 없다. 팔을 마구 휘저으며 상반신을 앞으로 날린다.

"쿠으윽!"

이 자식아, 그 턱이 깨졌지? 난 이마로 넥슨의 턱을 받아올린 다음 그대로 머리로 넥슨을 밀면서 주먹을 휘두르기 시작했다.

"이야야야야야!"

퍼퍼퍼퍼퍽! 내 주먹에선 아무런 감각도 오지 않는다. 하지만 난 여전히 머리로 넥슨의 가슴을 밀면서 그 복부에 주먹을 꽂아넣고 있었다. 어라? 내 주먹이 어떻게 저렇게 움직이지? 난 내 주먹을 관찰하면서 어리둥절해졌다. 그 주먹들은 미친 듯이 튀어나가면서 넥슨의 복부를 때려대었고 그럴 때마다 넥슨의 입에선 숨막히는 신음이 터져나왔다. 하지만 그는 비명은 지르지 않았다.

퍽! 마지막 한 방을 꽂아준 다음, 나는 마침내 팔을 늘어뜨렸다. 난 팔을 늘어뜨린 채 머리를 넥슨에게 밀어붙인 자세로 간신히 쓰러지지 않고 있었다. 그리고 넥슨은 나무 기둥과 나 사이에 끼여 쓰러지지 못하는 모습으로 늘어져 있었다.

그때였다. 저 아래에서 넥슨의 손이 올라가는 모습이 보였다. 그 모습을 보면서도 난 팔을 늘어뜨린 채 꼼짝도 못하고 기대어 서 있었다.

콰앙! 넥슨은 두 주먹을 깍지 끼고 내 뒤통수를 내려친 모양이다. 아무 힘이 담기지 않은 주먹질이었지만 난 무릎을 꿇고 말았다. 두 팔을 허우적거리다가 넥슨의 허리를 붙잡았다. 순간 목구멍이 타오르는 느낌이 든다.

"우우욱!"

무릎을 꿇은 채 넥슨의 허리를 부둥켜안고서 그대로 토해 버렸다. 넥슨은 피하지도 못한 채 발에 내 구토물을 뒤집어썼다.

"화려한 복수군."

"젠장……, 우욱! 우…… 미안해."

"걸을 수 있나?"

"……죽지는 않을 거야."

"좋아."

목구멍은 쓰라렸지만 속은 후련하다. 난 나 스스로 놀랄 만큼 경쾌한 동작으로 일어났다. 사실 허우적거리며 볼썽사납게 일어난 것이지만 그렇게 유쾌할 수가 없다.

넥슨은 그대로 나무 기둥에 기대어 선 채 고개를 옆으로 꺾은 자세로 날 비스듬하게 바라보고 있었다. 난 입을 쓱 닦은 다음 그를 노려보았다. 넥슨의 입이 열렸다.

"……어깨 좀 빌릴까?"

"킥킥킥……. 좋아."

넥슨은 아무런 표정없이 그대로 내게 허물어졌고 난 그의 오른팔을 붙잡아 목 뒤로 걸쳤다. 그리고 왼손으론 그의 허리를 감았다. 넥슨은 그렇게 나에게 기댄 다음 힘없이 손을 들어올리며 말했다.

"무기는…… 저쪽에 있다. 지금은 감시가…… 없을 거야."

"쿨럭, 무기가 그대로 있을까?"

"녀석들에겐 나나 네놈의…… 무기가 너무 크다. 그대로 있을 거야."

"알았어. 가자구."

우리는 서로가 서로에게 기댄 채 발걸음을 놀리기 시작했다. 오크란 오크는 모조리 칸 아디움으로 달려가버린 것인지 야영지에는 한 마리의 오크도 보이지 않았다. 우리는 그 괴괴한 야영지를 흐느적흐느적 걸어갔다. 넥슨이 말한 방향에는 솥이나 밧줄, 방패, 깨진 투구 등의 잡동사니들이 쌓여 있었고 넥슨의 검과 내 바스타드도 거기 꽂혀 있었다.

우리 둘은 각자의 무기를 회수한 다음 바닥에 주저앉은 채 가쁜 숨을 몰아쉬었다. 넥슨은 지저분한 잡동사니들에 등을 기댄 채 하얗게 된 얼굴에 식은 땀을 흘리고 있었다. 아무래도 아까 너무 세게 때린 모양인데.

"괜찮아?"

"그렇게 맞고 괜찮을 것 같나?"

"미안해. 그런데……, 어디로 가지?"

넥슨은 대답하지 않았다. 그는 반쯤 드러누운 자세 그대로 밤하늘을 올려다보며 곧 막혀버릴 듯한 호흡을 계속하고 있었다.

난처하군. 가장 좋은 방법은 칸 아디움으로 달아나는 것이지만 만일 오크들이 칸 아디움을 함락시켰다면 우리들이 힘들게 그곳으로 걸어가 녀석들의 승전 기쁨을 두 배로 해줄 수는 없는 노릇이다. 하지만 다른 도시로? 난 이곳의 지리를 전혀 모른다.

"이봐. 당신. 이 근처 지리를, 쿨, 쿨, 알고 있나?"

"모른다……. 하슬러가 알지."

"없는 사람은 거론하지…… 말자구. 크허험!"

"말이 없는지 살펴봐."

"당신 미쳤어? 오크들이 말을 탄다고?"

"……제길. 혹시 모르잖아! 찾아봐! 보지도 않고…… 쿨럭! 크하악!"

넥슨은 머리를 구부려 무릎에 묻고는 격렬하게 기침을 했다.

"오크들의 야영지에서…… 말을 찾아? 왜? 유, 쿨럭! 유니콘이나 드래곤은 어때?"

"너 자꾸 그 입을…….."

"시끄러워! 지금 두 다리 외에는 탈 만한…… 것이 없어. 그러니 어서 일어나……자구."

　말은 그렇게 했지만 나도 전혀 일어날 기운이 없다. 정말 다리를 타고 달려야 되나? 바람이라도 탈 수 있다면, 이대로 날개가 돋아 날아갈 수만 있다면…… 바람? 잠깐만. 바람을 탄다고?

　"어, 잠깐! 당신 에어 엘리멘탈을 다룰 줄 알잖아?"

　내 기대에 어긋나게시리 넥슨은 경멸스러운 눈으로 날 노려보았다.

　"이……, 미친 꼬마야! 쿨럭! 이 몸으로 기도를 하라구? 디바인 파워는 신의…… 힘이지만, 컥! 커. 그것을 행사하는 것은…… 내 몸이다!"

　"제길, 필요할 때 못 쓰는 힘 따위…… 개나 줘버려. 일어나자구. 태어날 때부터 선물받은…… 이동 수단이 있으니까."

　이건 마치 말 구유로 술을 마신 것 같군. 일어나자 머리가 윙 돌면서 균형 감각이 상실된다. 난 허리를 숙이고 호흡을 가다듬었다. 넥슨은 여전히 창백한 얼굴로 날 쏘아보고 있었다. 난 손을 내밀었다.

　넥슨은 내 손을 바라보더니 힘겹게 손을 들어올렸다. 난 그 손을 붙잡아 그를 일으켰다. 넥슨 역시 일어나서 한참 동안 호흡을 고르기 위해 애쓰더니 날 쏘아보며 말했다.

　"언제까지로 할까?"

　"뭐 말이야?"

　"우리 휴전 말이다. 언제까지로 할까?"

　"아까 낮에 당신을 구하러……, 쿨럭, 달려왔을 때부터 난 영원히 휴전이야."

　넥슨은 어두운 눈빛으로 날 노려보다가 말했다.

"나 혼자 탈출하는 것은 도저히 불가능했다. 그래서 널 살려둔 거야. 하지만 난…… 쿨럭! 네녀석이 날 돕도록 하기 위해…… 거짓말을 하진 않겠어."

넥슨은 눈을 부라리며 빠르게 말했다.

"안전해지는 순간 널 죽인다. 알았어?"

"왜지?"

"뭐라구?"

"당신은 말했어……. 아무런 감정이 느껴지지 않는다……고. 그것은 나에 대한 증오도 기억나지…… 않는다는 말이지. 아무런 증오도 없이…… 날 죽이고 싶다는 거야?"

넥슨은 잠시 주춤거렸다. 망할 녀석. 그 주춤거림은 모든 것을 설명해.

"좋을 대로 해라. 날 죽이려 드는 순간이…… 커험! 네녀석 숨 넘어가는 순간이야. 그때가 되면 영원한 휴전 따위 없어. 이제 내 할 말은…… 다했어."

"좋아. 어디로 가지?"

"저 도시로……, 쿨, 쿨럭. 이 황량한 곳에서 말을 구할 수 있는 곳은 저기뿐이잖아."

지독한 밤이었다. 밤이 아니라 지옥이었다.

캄캄한 공간은 끝이 없었다. 눈을 들어보아도 별이 보이지 않는다. 오크들에게 두드려맞고 하루종일 묶여 있었던 것 때문에 눈이 침침해진 때문일까? 보이는 것이라곤 저 멀리 이글거리며 타오르는 불길뿐이다. 불길만을 바라보며 이 캄캄한 암흑을 밟아 나가는 우리들은 마치 부나비 같다.

"저기로 가서 우리를 불사를까."

넥슨은 대답하지 않았다. 그는 한 걸음을 옮길 때마다 그것이 마지막 발걸음인 것처럼 옮기고 있었다. 그가 비틀거릴 때마다 그를 부축하고 있는 난 휘청거리거나 땅에 쓰러졌다. 몇 번이고 딱딱한 땅바닥에 얼굴을 비비고 나자 더 이상의 고통은 느낄 수 없을 것 같던 몸에도 새로운 고통이 느껴졌다. 이 녀석이 왜 이리 유난을 떠는 거지? 설마 영원의 숲에서 이곳까지 달려와서 지쳐버린 것인가?

"당신들…… 거기서 헤어진 다음 여기까지 달려왔나?"

"…….."

뭐라고 대답하는지 모르겠다. 하지만 그의 고개가 조금 끄덕여진 것 같다.

"맙소사. 어떻게? 어떻게 사흘 동안 45펜큐빗이 넘는 거리를?"

넥슨은 다시 입을 다물었다. 그런데 이거 정말 인간인가? 어떻게 그 거리를 사흘 만에 걸었다는 거지? 그때였다. 갑자기 넥슨의 팔이 미끄러지더니 그의 몸이 아래로 허물어졌다.

"어, 어엇!"

넥슨이 허물어지자 나 역시 기댈 데를 잃고 쓰러졌다. 콰쾅! 아하! 별이 다 어디 갔는가 했더니 저기 있군? 젠장. 난 넥슨을 깔아뭉갠 자세로 쓰러져 땅에 호되게 부딪힌 얼굴을 쓰다듬으면서 말했다.

"이, 이것 봐. 괜찮아?"

"……비켜."

"그래, 비켰어. 그런데 괜찮은 거야?"

"……잠시만. 잠시만 쉬어 가자."

"쉬기는 뭘 쉬어. 이런 데서 이 몸으로 있으면 영원히 쉬게 될 거야. 계속 걷는 것이 낫지 않겠어?"

"못 걷겠어……. 제길."

"젠장."

어렵게 되었는걸. 사방이 탁 트인 황야, 밤의 어둠 외엔 몸을 가릴 것이 아무것도 없는 곳이다. 오크들이 밤눈이 좋던가? 어쨌든 그렇다면 어둠의 엄폐물도 도움이 되지 않는다. 이런 당황스러운 곳에서 숨어 있어봐야 얼마나 숨어 있을 수…….

나무?

황급히 고개를 돌리던 내 눈에 커다란 나무가 하나 보였다. 저건 뭐지? 좀더 자세히 살펴본 다음 나는 그것이 오크들이 끌고 온 공성추라는 것을 알게 되었다. 그렇다면 저건 아프나이델에 의해 파손된……, 어라? 그새 이렇게 많이 걸어왔나? 그럼 성벽까지 남은 거리는 얼마 되지도 않겠군. 물론 지금의 우리 두 사람에게는 엄청난 거리일 테지만.

"이봐, 넥슨. 넥슨! 저기 구덩이가 있다. 저기까지만 가자구. 거기서 좀 쉰 다음 새벽녘에 성으로 잠입하자."

넥슨은 대답하지 않았지만 누운 채 힘들게 팔을 들어올렸다. 난 무릎이 후들거리는 것을 무시하면서 그를 일으켜세웠다. 구덩이까지는…… 스무 걸음? 서른 걸음?

젠장. 어둠 속에서 거리 감각이 엉망이었던 모양이다. 아니, 탁 트인 황야에서 삐죽하게 솟아 있는 것이라 더 가깝게 느낀 것인지도. 어쨌든 그곳까지 걸어가는 데 10분도 넘게 걸렸다. 10분간의 지옥 같은 고통 끝에, 나와 넥슨은 애인의 무덤 속으로 쓰러지는 처녀 같은 모습으로 구덩이 속에 들어갔다. ……너무 점잖은 표현이다. 들어가기보다는 빠졌다고 표현해야 옳다.

"크…… 커허억! 헉!"

넥슨은 구덩이 속에 나동그라지면서 목이 찢어지는 신음을 흘렸다.

"뭐야? 왜 그래?"

"빌어먹을…… 공성추에 부딪혔어."

"공성추는 차라리 낫지. 글레이브에 부딪히지 않은 것만 해도 다행이야."

난 그렇게 쏘아준 다음 구덩이 속에서 고개를 내밀어 황야를 살펴보았다. 왠지 땅쥐가 된 기분이군. 난 눈 높이에서 황야를 바라보며 주의 깊게 살폈지만 아무것도 보이지 않았다. 성벽 쪽에선 여전히 불그스름한 불기운이 하늘로 뻗어오르고 있었다. 아무래도 오크들의 야습이 성공한 모양이다. 단순히 횃불만 가지고 저런 불기운이 일어나지는 않을 테니까. 칸 아디움의 시내가 모조리 불타는 것 같은 불기운이었다. 게다가 성벽에 의해 가려진 것인지 하늘 중간쯤에서 갑자기 나타나는 붉은 기운은 섬뜩하기까지 했다.

소리는? 멈춰 서 들으니 비명소리나 창검 부딪히는 소리를 확실히 구분할 수 있었다. 빌어먹을. 우리 일행들은 어떻게 되었을까?

난 다시 몸을 돌려 구덩이 속으로 주르르 미끄러져 들어갔다. 그것은 그저 발에 힘을 빼고 중력에 몸을 맡겨버린 행동이었지만 지금으로선 가장 편한 방법이다. 몸이 엄청나게 아파서 눈물이 찔끔 나오기는 했지만. 그렇지 않아도 캄캄한데 구덩이 속이다 보니 아무것도 보이지 않는다.

"이봐, 넥슨. 어디 있지?"

"구덩이 속에."

"아, 고맙군."

넥슨의 목소리는 왼쪽 전방에서 들려온다. 난 구덩이 벽에 등을 기대며 말했다.

"잠들면 안 돼. 알았지? 날씨가 굉장히 춥다구. 이런 밤에 이런 곳에서 이런 몸으로 잠들면 간단하게 체온을 빼앗기게 될 거야."

"네 녀석의 그 수다스러운 입이 있는데…… 어떻게 잠이 들겠냐."

"고맙다고 느껴지지?"

"빌어먹을 꼬마놈……."

"이야기나 들려줘. 여덟 별에 대해서."

넥슨은 대답이 없었다. 그래봤자 넌 내가 당기는 대로 움직이는 인형이지, 뭐.

"시오네는 말이야……."

"뭐라구?"

넥슨은 정말 불쌍하리만큼 급히 말했다. 좀 잔인한가?

"아주 뛰어난 간첩이라고 들었어. 게다가 뱀파이어이고."

"잠깐! 뱀파이어라구? 사람이 아니야?"

"그래. 사람이 아니야. 뱀파이어지."

"이런 맙소사. 그렇다고? 시오네라는……, 여자냐?"

"여자야."

"그래……."

"이제 내 질문에 좀 대답해 줘. 좀 딱딱한 흥정 분위기가 들지만. 여덟 별은 뭐지?"

"……말했잖아. 종족의 창생 사멸을 결정한다고."

"스스로의 의지는 없다면서?"

"그래……. 의지는 없다. 그러니까 검과 마찬가지. 쿨럭. 검은 충분히 적을 죽일 수 있지만…… 검이 죽일 대상을 고르는 것은…… 아니다."

"좋아. 알겠어. 그럼 누가 그 별들을 이용할 수 있지? 소유자?"

"그런 셈이지."

"그걸 어떻게 믿지?"

넥슨은 대답이 없었다. 녀석의 얼굴을 볼 수 없으니 답답하군.

"이봐, 그걸 어떻게……."

"넌 바보냐! 드래곤 로드는 거의 모든 종족들을 억압할 수 있었지 않느냐! 그걸 알면서도 그런 멍청한 질문을 하는…… 어, 쿠울럭! 쿨럭쿨럭!"

어라? 이게 무슨 말이야? 드래곤 로드가 모든 종족을 지배한 것이 그것과 관련이 있는 건가?

"잠깐! 뭐야, 이런 말이야? 드래곤 로드는 300년 전 그 여덟 별을 가지고 있었기 때문에 모든 종족들을 지배한 거라는…… 그런 말이야?"

넥슨은 밭은기침을 계속하다가 간신히 진정해서 말했다.

"그래. 투구걸이로밖에 못 쓸 텅텅 빈 머리를 가진 꼬마야."

"어, 어? 하지만 드래곤 로드도 드워프나 엘프를 지배하지는 못했어."

"하지만 드워프나 엘프들이 드래곤 로드를 억압하지도 못했다!

멍청아. 엘프는 혹 모르더라도, 지배받기를 죽기보다 싫어하는 드워프가 드래곤 로드를 믿을 수 없는…… 쿨럭!"

"믿을 수 없는 맹방이자 견제하지 않는 적. 그 말이야?"

"너……, 의외로 많은 학식을 가지고 있군."

그거야 헬턴트 마을의 독서가 칼의 복음을 어릴 때부터 무수히 받았으니까.

"그게 그런 건가? 드래곤 로드가 그 여덟 별을 가지고 있었기 때문에 모든 종족들이 그에게 무릎을 꿇었다는 말이야? 하지만 그렇다면 왜 엘프나 드워프는 그에게 복종하지 않았지?"

"엘프는 유피넬의 어린 자식이며, 쿨럭, 원래 복종이라는 개념이 없는 존재……다. 그리고 드워프들은 그 콧대 때문에 복속시키는 것이…… 불가능하지."

"이봐. 그 여덟 별인지 뭔지를 가지면 그 종족의 창생 사멸을 결정할 수 있다면서? 그럼 복종하지도 않는 드워프나 엘프를 왜 멸망시키지 않은 거지?"

"드래곤 로드는 너 따위…… 풋내 나는 꼬마보다는 훨씬 현명하니까."

"칭찬할 의도는 아니었겠지만 칭찬으로 받아들이겠어. 내가 싱그러운 나이라는 말로 받아들이지. 드래곤 로드가 현명하다는 것은 무슨 뜻이야?"

"세상에 이유 없이 태어나는 존재는 없다. 모두는 서로에게 의지한다. 그것이 세상이다."

"유피넬의 이야기 같은데?"

"그래……. 박쥐들이 보기 싫다고 해서 모든 박쥐를 없애버리면, 그 다음날 곧장 세상의 곤충들이 훨씬 늘어나버릴 것이다.

그 곤충들 때문에…… 우, 우컥. 다른 동물들이 죽어갈지도 모르지. 드래곤 로드는 드워프나 엘프를 복속시킬 수는…… 없다는 것을…… 알았지만, 현명하기 때문에, 쿨럭! 드워프나 엘프를 모조리 멸망시키지는 않았다. ……다만 힘으로 억누를 뿐이었지."

"이해가 되는 듯도 해. 엘프나 드워프도 분명 이 세상의 한 부분이고 그들이 없어질 경우 이 세상이 어떻게 될지 모르기 때문에……. 맞나?"

"맞아……."

넥슨의 대답은 한숨소리 같았다. 난 어지러운 머리를 다잡기 위해 두 손으로 머리를 싸쥐었다. 하지만 머릿속은 계속 혼란스러웠다.

"이건……, 도대체 믿을 수 없는 이야기로군……."

넥슨은 내 혼잣말에 신경도 쓰지 않으면서 계속 말했다.

"그리고 그의 지배에서 벗어나기 위해…… 루트에리노 대왕은 그 여덟 별을 빼앗기로 마음먹고…… 그와 싸웠지. 그 골빈 전쟁광, 기사도 맹신자답게…… 자신의 부하들에게 여덟 별의 추구자라는 얼빠진 이름까지…… 붙여가면서."

"뭐라구?"

"못 들었으면 집어치워!"

"이봐, 루트에리노 대왕 앞에 무슨 말을 붙였지? 골빈 전쟁광, 기사도 맹신자라구?"

"그래, 왜? 잘못 말했나?"

"……당신이 그렇게 보겠다면, 좋아. 마음대로 해. 그럼 300년 전에 무슨 일이 일어난 거야? 드래곤 로드가 패배했으니까 그 별들은 모두 어떻게 된 거지?"

넥슨은 다시 대답이 없었다. 난 초조해진 나머지 고함을 질렀다.

"이봐! 말해!"

"몰라⋯⋯. 핸드레이크가 실망했으니⋯⋯, 그 별들은 파괴된 것이 분명해⋯⋯. 하나의 별만 제외하고⋯⋯."

"자, 잠깐! 꽤나 많은 말을 했는데 그중에서 알아들을 수 있는 말이 하나도 없어! 핸드레이크가 실망하다니? 별들이 파괴되었다고? 그런데 하나의 별은 파괴되지 않았다고?"

넥슨은 대답이 없었다. 다만 어둠 속에서 신음소리, 거친 숨소리만이 들려왔다.

"이봐!"

"시끄러워, 이, 이 자식아⋯⋯. 힘들어⋯⋯. 너무, 너무 힘들어."

섬뜩한 기분이 들었다. 난 어둠 속을 더듬어 넥슨의 몸을 찾았고 잠시 후 시체처럼 차갑게 굳은 넥슨의 몸을 만질 수 있었다. 그는 극심하게 떨고 있었는데 이마를 짚어보니 뜨거운 열이 느껴졌다.

"어떻게 된 거야? 몸은 차가운데 머리에선 이런 열이라니?"

"손⋯⋯ 치워. 머리가 아파⋯⋯."

넥슨은 잠꼬대를 하듯이 웅얼거렸다. 그의 눈가와 이마에선 굉장한 열이 느껴졌지만 몸은 추위 때문인지 사정없이 떨리고 있었다. 제길, 이 노릇을 어떻게 하지? 모포 없나? 불을 피워야 되나? 난 일단 넥슨의 몸을 주무르기 시작했다.

"정신 차려! 이 작자야! 여기서 죽어 넘어지기 위해서 그렇게 달렸어? 당신 죽어도 난 가슴 아파하지 않을 거야! 하지만 세상엔 단 한 사람 당신의 죽음을 안타까워할 사람이 있잖아!"

"……나 말인가? 크후후……, 넥슨 휴리첼이? 그는…… 죽었어. 넥슨의 5분의 3은…… 영원히 사라졌어."

"빌어먹을, 그럼 여기 내가 주무르고 있는 이 작자는 뭐야?"

"……이거? 조각…… 인간 파편……. 크흐흐흑! 크핫하! 파편이 아닌 척하기 위해…… 이유도 모르면서 나라 하나를 멸망시키려 드는…… 이유도 모르면서 미친 꼬마를…… 죽이려 드는…… 비참하기 짝이 없는…… 쓰레기……."

"떠들 힘이 있으면 움직여! 죽든 말든 상관없어. 알아? 네가 죽든 말든 상관없다구! 하지만 내 눈앞에서 죽는 것은 안 돼. 절대로 용납 못해!"

"감정도…… 없이…… 기억도 없이…… 죽이고 싶어해야 되기…… 때문에……."

이 자식아, 무슨 말인지 알아. 네녀석은 잃어버린 과거 때문에 자신을 잃고 있어. 알고 있단 말이야!

"그럼 계속 날 미워해! 그렇게 해야 널 잃지 않을 것 같다면 마음대로 날 미워해! 이유 따위, 뭐가 중요해?"

땀이 돋아나면서 내 몸도 사정없이 떨린다. 하지만 난 넥슨의 몸을 주무르는 것을 멈추지 않았다. 뻣뻣하기 그지없는 넥슨의 몸이 조금씩 유연해지는 것 같다. 입에서 더운 김이 술술 나오면서 시야 주위로 자그마한 광점들이 명멸한다. 관자놀이가 터져나가는 것 같다. 눈꺼풀이 덜덜 떨린다. 끝내주는 밤이군.

"정신 차려어!"

"그…… 커다란 입 좀…… 다물어라. 주위의 오크란…… 오크는 다 몰려…… 오겠다."

"얼씨구? 지금 네가 날 걱정해? 그럴 기운 있거든 네 걱정이나 해! 절대로 내 눈앞에서 죽어 넘어지게 놔두지는 않겠다, 이 빌어먹을 놈아! 널 살려서, 그리고 눈물을 줄줄 흘리며 참회하게 만들겠어! 너의 모든 기억을 돌려주고 말겠어! 이 벼락 맞아 죽어도 할말 없는 자식아, 일어나!"

넥슨의 멱살을 잡아올린다. 그리고 사정없이 앞뒤로 흔든다. 놀랍군. 내게 아직도 이런 힘이 남아 있다니. 그런데 이게 이성적인 행동일까? 녀석을 눕혀놓는 것이 좋을까, 아니면 이렇게 흔드는 것이 좋을까? 하지만 눕혀두면 왠지 그냥 죽어버릴 것 같다. 이 암흑 속에 누워 있는 넥슨의 모습은 시체를 연상시킨다. 난 어쩔 줄 모르고 그의 몸을 흔들었다. 제길, 제레인트가 여기 있었다면……. 어랏?

"자, 자, 잠깐! 넌 프리스트잖아? 엉터리지만 프리스트 아니야? 자신은 치료 못하는 거야?"

"못해……. 사흘 동안 체력을…… 너무…… 소모했어. 제발…… 그만 흔들어."

"사흘이고 나흘이고 못하긴 왜 못해! 어서 해! 기도해!"

"신이 줄 수…… 있는 것은…… 원래 인간이 가진…… 것이다……."

"잡소리 집어치우고 어서 기도해! 기도하라고!"

"그러므로…… 기도는…… 자신의 것에 대한 발견……."

"기도해!"

"자신으로의…… 회귀……. 어두워……."

"쿨럭."

이젠 기침을 한 번 할 때마다 가슴 전체가 찢어지는 것 같다. 머리를 움직일 힘도 없어 내 눈은 하늘을 향해 대책 없이 열려 있다. 넓은 하늘. 지상의 한 점이 되어 저것을 바라본다. 하늘의 부분부분을 내 얼굴과 연관시켜 생각한다.

이마 쪽에서는 보라색 기운이 감돌기 시작한다. 땅에 엉기고 흙덩이가 포도송이처럼 매달린 머리카락 하나가 왼쪽 눈썹 방향의 하늘을 둔한 각도로 가로지르고 있다. 왼쪽 눈은 부어오를 데까지 부어오른 모양인지, 왼쪽 하늘은 찌그러진 모양이다. 게다가 뿌옇다. 왼쪽에 떠오르는 별무리들은 환상적인 모습이다.

미간 쪽 하늘에서 구름이 갈라진 모양이다. 지금껏 보이지 않던 별 하나가 나타난다. 별은 가물가물 빛나다가 다시 밀어닥친 구름에 가려 사라진다.

오른쪽 콧등을 바라본다. 콧등 위로 붉은 기운이 올라오고 있다. 칸 아디움에서 올라오는 불빛인 모양이다. 고작 저기까지 걸어가질 못해서 여기 이렇게 맥없이 누워 있군. 콧등에서 불길이 올라오는 것 같이 느껴진다. 내 코가 불타고 있나?

"키득……, 쿨럭! 쿨럭, 쿨럭!"

갈비뼈가 모조리 아우성을 치는 것 같다. 차갑고 맑은 정신 때문에 통증은 더욱 고약하다. 가슴을 진정시키기 위해 할 수 있는 일이라곤 다른 생각을 떠올리는 일 뿐이다.

오른쪽 볼을 씰룩거려 본다. 새벽의 희미한 빛 속에서 넥슨의 모습이 떠올랐다 사라졌다를 반복한다.

넥슨은 꼼짝도 하지 않고 누워 있다.

그의 몸은 추수가 끝난 들판의 허수아비처럼 을씨년스럽게 처박혀 있다. 구덩이의 검은 흙이 그의 어깨와 가슴에 떨어져 있다. 내가 마지막으로 그를 팽개쳤을 때 흘러내린 흙이다. 그는 팽개쳐진 모습 그대로 사지를 집어던진 채 쓰러져 있다. 그리고 꼼짝도 하지 않는다.

죽어버린 거야. 내 눈앞에서. 날 영면의 참관인으로 삼아.

"……쿨럭."

칼로 가슴을 도려내는 것 같은 아픔 속에서 넥슨의 얼굴을 바라본다. 어둠 속에서 창백한 얼굴은 두드러지게 떠오른다.

뭘 위해 살지? 당신은 과거를 잃은, 불완전한 현재만을 살아갈 수밖에 없었던 시간의 미아. 현재는 과거라는 기단 위에 서 있는 탑이지. 하지만 당신의 탑은 기단 없이 허공에 떠 있었어. 고집과 억측으로 과거를 만들어내는 것에도 실패해 버리고, 그렇게 쓰러져 당신은 무엇을 생각하고 있지?

시체는 무슨 꿈을 꿀까? 어쨌든 꿈을 꿀 시간은 영원하지.

하슬러의 얼굴이 떠오른다. 왜지? 저 친구의 주인은 저기 쓰러져 있다. 그런 눈으로 날 바라보지 마. 내가 죽인 것이 아니야. 제멋대로 죽어버렸어. 난 여기까지 그 친구를 끌고 왔어. 그리고 안간힘을 다했어. 하지만 넥슨은 죽었어. 이 상황에서 내가 뭘 어쩌란 말이야?

하슬러의 얼굴이 사라진다. 언제나 말이 없는 사나이. 당신이 태어나서 지금까지 한 말을 모두 합쳐도 제미니가 하루에 하는 말보다 적을걸? 에헤헤헤…….

제미니. 날 기다리고 있을 거니? 내 생각을 하고 있니? 지금은 너의 포근한 새벽잠에 취해 있겠지. 조용한 평화 속에 잠들어 있겠지. 오우, 천만에! 시트를 걷어찬 채 그 사슴의 다리 같은 여린 다리를 마음대로 벌리고 두 팔은 밤하늘을 통째로 끌어안을 듯이 벌린 채 누워 코를 골고 있을 거다. 네가 옛날 잠버릇 그대로라면 말이야. 코에서 흘러내리는 콧물을 쩝쩝 마셔대던 시절의 제미니가 그랬지.

"킥, 키킥! 우헤헤…… 쿨럭! 우하하……핫!"

기억해 둬. 제미니. 네 애인은 말이야, 대륙의 위기를 구한답시고 이름 없는 황야와 거친 산, 그리고 지하의 아름다운 미궁을 헤매고 다녔지. 한마디로 철이 없었어. 익숙한 침대에서 아침을 맞이하고 낮 동안 두 손으로 신의 작업을 흉내내어 빛을 세공하고 황혼이 피어오르는 시간이 되면 저녁 식사 메뉴를 최대의 고민거리로 생각하며 살았어야지. 어울리지 않게시리. 그리고, 이스트 그레이드의 황야에 드러누워 지금 죽음을 기다리고 있지. 정말 어처구니없는 작자 아니야? 하하하. 세상의 여자들에게 말해 줘. 철부지 애인은 감당할 도리가 없는 것이니 절대로 사귀거나 하지 말라구.

다시 넥슨의 얼굴을 본다.

그의 얼굴에 맺힌 서리들. 새벽이 멀지 않은 시간이군. 시간은 날 떼어놓고 잘도 흘러가버리는군. 난 여기 멈춰 섰고 이제 내게 주어진 시간은 다 쓴 것인가.

졸린다.

졸린다.

"후치야!"

당신도 죽었어요? 어젯밤 오크들이 칸 아디움을 야습했지. 어제? 뭐가 어제지? 이제 시간이라는 것은 더 이상 나에게 의미가 없는데. 그렇잖아요, 네리아?

"후치야! 후치야! 후치야!"

이름을 세 번 부르는 사람에겐 그 이름의 소유권이 영원하라. 내 이름은 태어날 때부터 내 것이 아니었지. 난 내 이름을 부를 일이 없어. 내 이름은 항상 다른 사람의 것. 그래요. 나는 떠나가고 내 이름만 당신들 옆에 남게 되겠지. 드래곤 로드는 틀렸어. 우리는 불사의 생명이 아니야. 우리의 이름이 불사일 뿐이지…….

"후치야!"

주위는 따스하고 안온한 느낌이었다. 한없이 포근하다. 내 몸이 어디에 있는지조차 알 수 없을 정도의 중량감 상실. 그런데 누군가 내 몸을 주무르고 있다. 겨우 내 몸이 어디 있는지는 알겠군. 그거 좋은 느낌인걸. 거기, 그 위쪽을 좀더……. 허공에서 일렁거리는 붉은 머리. 아름답게 흔들리는군. 그리고 그 아래에 보이는 좁은 이마, 커다란 눈, 굳이 튀어나왔다고 말하기엔 좀 모자라게 튀어나온 광대뼈. 참 예쁘장한 저 얼굴은…….

"네리아?"

"어마! 후치! 일어났구나! 우아아앙!"

커억! 네리아는 곧장 나에게 쓰러졌고 그녀의 가슴이 내 가슴을 강하게 압박한다. 네리아는 날 껴안은 채 펑펑 울면서 볼을 비벼대고 있었는데, 그거 기분 나쁘다고는 말 못하겠지만 숨쉬기가 곤란한걸.

"수…… 숨막혀욧!"

네리아는 눈물 범벅이 된 얼굴을 들어올렸다. 하지만 그것은 자유로워진다는 의미가 아니었는데, 네리아는 내 볼을 끌어당기더니 숨막힐 정도로 키스를 퍼부어온 것이다.

"읍! 으으읍! 그만해요!"

"살았구나! 요 미운 것! 살아났어! 우아앙! 이 이쁜 것아! 우아앙!"

"미운 거예요, 이쁜 거예요?"

"둘 다야!"

"여기는 어디지요? 만약 여기가 현실이 아니라 사후의 세계라면 괜히 눈길을 피하면서 '너도 짐작할 텐데?' 하는 식의 눈짓은 하지 말고 똑바로 말해 주길…….'"

"정신 차리는 절차가 뭐 그렇게 복잡해!"

엑셀핸드의 호통 소리였다. 고개를 옆으로 돌려보니 역시 얼굴이 벌겋게 된 채 눈물이 그렁그렁한 눈을 애써 감추려 드는 엑셀핸드의 주름진 얼굴이 보였다. 그리고 그 뒤에선 엑셀핸드의 어깨를 부드럽게 짚은 채 서 있는 아프나이델의 얼굴이 보였다.

"일어났니? 다행이구나."

그때 아프나이델의 등 뒤에서 고함소리가 들려왔다.

"일어났다구요? 후치가요? 일어났어요?"

아프나이델은 힘차게 달려온 레니에 의해 옆으로 밀쳐지면서도 빙글빙글 웃었다. 레니는 날 내려다보더니 곧장 시트 위로 몸을 던지면서 울음을 터뜨렸다.

"우아아앙! 얼마나 걱정했다구! 살아났어! 이 나쁜…… 아냐. 살아줘서 너무 기뻐. 으아아앙!"

어떻게 해야 되지? 난 난감한 얼굴로 내 가슴 위에 얹힌 레니의 붉은 머리를 내려다보다가 오른손을 들어올렸다. 천천히 레니의 머릿결을 쓸어내리자 그녀는 눈물로 젖어 엉망이 된 얼굴을 들어 날 쳐다보았다.

"레니……."

"응. 후치야."

"……푸흐. ……킥, 푸하하핫! 눈물 좀 닦고 말하자! 우헤헤헤헤! 아이고, 죽겠네!"

"뭐……야? 이 나쁜 놈아!"

"아, 아, 아냐. 농담이야. 으킥킥킥킥! 제, 오, 제발! 그 눈물 좀 닦아. 얼굴이, 얼굴이이이! 크학, 핫하하하!"

레니는 내 가슴에 힘껏 두 주먹을 꽂아넣었지만 그걸로 내 웃음이 멈춰지진 않았다. 살아났다는 사실이 너무너무 유쾌했다. 레니는 내 가슴을 두드리다가 자기 손을 붙잡고 팔짝팔짝 뛰었고 그 모습을 보면서 난 침대에서 굴러 떨어지도록 웃었다.

간신히 웃음을 멈추고 둘러보자 내가 누워 있는 곳이 어느 방 안이라는 것을 알게 되었다. 꽤나 깔끔하고 정결해 보이는 것이 여관의 방 같은 곳은 아니었다. 채광이 좋은 창이라든가 커튼, 벽도제의 모습이라든지 기둥의 모습을 봐도 분명 큰 저택 안이다. 여기가 도대체 어디지? 내가 누워 있는 침대 옆에는 긴의자가 하나 있었는데 그 긴의자에는 제레인트가 길게 드러누워 코를 골고 있었다. 칼과 샌슨, 길시언, 운차이는 또 어디 있는 거지?

"프하, 하아. 좀 진정하고. 어떻게 된 거죠? 내가 정신을 잃은 동안 무슨 일이 있었어요, 네리아?"

네리아는 눈물을 닦아내면서(그녀도 레니를 보면서 꽤나 웃었다. 그래서 레니는 지금 볼을 몹시 부풀리고 있었다.) 침대 가장자리에 앉았다.

"응. 오늘 아침 우리들이 성 밖으로 나갔다가 구덩이 속에서 널 발견했어. 자칫 지나칠 뻔했지 뭐니. 아침 안개가 자욱하게

긴 데다가 온몸이 흙투성이가 된 채로 그렇게 구덩이 속에 처박혀 있으니. 하지만 엑셀핸드 님이 네 신음 소리를 들었거든."

"아…… 고마워요. 엑셀핸드."

"별거 없어. 그렇게 커다랗게 신음을 뱉어내고 있었는데 드워프라면 당연히 들어야지."

엑셀핸드는 수염을 쓸어내리며 그렇게 말했다. 그때 문득 생각나는 것이 있었다.

"어, 잠깐. 그럼 여기가 칸 아디움의 성 안이에요?"

"그렇지. 여긴 시장님의 저택이야."

"잠깐, 잠깐! 어젯밤에 오크들이 야습하지 않았어요?"

그러자 갑자기 엑셀핸드는 잔인하게 웃기 시작했다. "크핫하하!" 그리고 아프나이델도 미소를 짓더니 말했다.

"물론이지. 그리고 야습한 오크들 중에서 살아남은 놈은 손가락을 꼽을 정도일걸."

"예?"

아프나이델은 의자를 끌어와 앉아서 어제 오후와 밤 사이에 일어났던 일을 설명하기 시작했다. 레니와 네리아는 침대에 앉았고 엑셀핸드는 바닥에 주저앉은 채로 아프나이델의 이야기를 거들었다.

7

"후치가 낙오되었어!"

샌슨의 고함소리. 샌슨은 급히 말을 돌리려고 했지만 한참 전 속력으로 달리던 말을 급정지시킬 수는 없었다. 그래서 일행이 멈춰 선 것은 열린 성문 안으로 들어간 다음이었다. 밖에선 오크 들이 무섭게 육박하고 있었다. 칼은 입술을 깨물었다.

"제길! 경비 대원! 성문을 닫아! 어서!"

샌슨은 기가 막힌 얼굴로 칼을 바라보았다.

"아니, 안 돼! 닫지 마!"

샌슨은 그대로 도로 달려나가려 했다. 하지만 칼이 재빨리 그 의 앞을 가로막았다. 샌슨은 그대로 밀고 지나갈 듯이 으르렁거 리며 말했다.

"이 자식들은 구하면서 후치는 포기한단 말입니까! 그건 절대 로 안 됩니다!"

그러나 칼은 꿈쩍도 하지 않을 얼굴로 차갑게 말했다.

"지금 성문이 열리면 칸 아디움의 시민들은 어떻게 되지?"

샌슨은 입을 다물고 말았다. 그는 힘없이 말에서 내렸고 성문 ·은 닫혔다. 네리아는 잠긴 성문을 거세게 두드렸다.

"아앗! 시민 따위 알 게 뭐야! 어서 성문 열어! 열어줘요!"

경비 대원들이 무거운 얼굴로 네리아를 외면했을 뿐 성문은 열리지 않았다. 네리아는 통곡했다.

"후치야아악! 아악! 후치얏!"

길시언은 눈물을 뿌리며 성벽 위로 올라갔고 샌슨은 땅바닥에 주저앉아 비통한 얼굴을 한 채 망연히 땅을 내려다보았다. 운차이는 조금 떨어진 곳에 꼿꼿이 선 채 지푸라기를 주워모아 검을 닦아내고 있었지만 그 손길은 부들부들 떨리고 있었다. 그리고 칼은 하늘을 올려다보고 있었다. 성문 밖에서는 내 고함소리가 들려왔지만 곧이어 오크들의 환성이 울려퍼지면서 내 고함소리는 들리지 않았다고 한다. 네리아는 성문을 긁으며 비명을 질렀고 하늘을 올려다보던 칼은 두 손으로 귀를 틀어막았다.

그때였다. 길시언의 고함소리가 들려왔다.

"후치는 죽지 않았소!"

네리아와 샌슨은 놀란 얼굴로 성문 위를 올려다보았다. 어느새 성벽 위로 올라간 길시언이 성벽 바깥을 가리키며 숨찬 목소리로 외쳤다.

"오크들에게 붙잡혔소! 하지만 아직 살해당하지는 않았어!"

"뭐라고!"

이때 일행은 돌이킬 수 없는 실수를 저지르고 말았다. 내가 살아 있다는 소식에 놀란 나머지 모두들 하슬러와 자크를 까맣게 잊어버린 채 성벽 위로 줄달음질친 것이다.

"설마…… 칼도?"

"그래. 칼 씨도 정신없이 성탑 계단을 뛰어올랐지. 그 굉장한 속도를 봤어야 하는데. 하하."

아프나이델은 웃으며 말했다. 그리고 엑셀핸드가 다시 수염을 쓸어내리며 말했다.

"난 아래쪽을 보고 있었지. 성벽 아래쪽에서 칼과 샌슨, 길시언, 그리고 운차이와 네리아가 올라오는 것을 보고 고함을 지르려 했지만 이미 늦었어. 하슬러와 자크는 재빨리 달아나버리더군. 아래쪽을 향해 고래고래 고함을 지르는 것이 전부였지."

아프나이델은 고개를 끄덕이며 말했다.

"그래. 엑셀핸드 님께서 '저놈들 잡아라!' 하고 고함을 지르시기에 고개를 돌려보니까 그 사람들은 시내 쪽으로 달아나고 있더군. 경비 대원들이 쫓아가긴 했지만 놓치고 말았어. 경비 대원들이 시내를 샅샅이 수색했지만 끝내 발견하지 못했어."

"흠. 그 자크는 원래 도둑이니까 숨는 데는 재주가 있겠지요. 하슬러도 만만찮은 사람이고."

네리아가 뺨을 쓸어내리며 말했다.

"응. 우리들은 네 생존 소식을 듣고는 순간 갈팡질팡해 버렸거든. 난 내려가서 하슬러랑 자크를 쫓아야 할지, 성벽 위로 올라가서 네가 살아 있는 것을 확인해야 할지 혼란스러웠어. 칼 아저씨마저도 어리둥절한 얼굴이 되었다구."

"그것 참. 어쨌든. 그래서 어떻게 되었지요?"

칼은 발을 동동 굴렀지만 그답게 그 행동에 많은 시간을 들이진 않았다. 욕설 몇 마디를 하늘로 띄워보낸 다음 칼은 성벽 위로 올라와 날 관찰했다. 내가 오크들과 싸우는 모습을 보면서 모두들 바짝 긴장해서 추운 날씨에도 불구하고 모두들 땀을 뻘뻘 흘렸다. 마침내 나와 넥슨이 오크들에게 끌려가는 모습을 보면서 칼은 안도의 한숨을 쉬었다.

"죽지 않았으니 됐어. 구출하면 돼."

마치 스스로에게 확신을 시키는 듯한 목소리였다. 샌슨은 고개를 끄덕이며 말했다.

"좋습니다. 어떻게 하지요?"

"일단은 생각을 좀 해봐야겠네."

그렇게 일행이 궁리를 하고 있는 동안 오후가 빠르게 지나갔다.

황혼이 어스름하게 펼쳐질 무렵, 성문 위의 경비 대원은 밖에서 날아온 화살 하나를 발견했다. 화살에는 편지가 묶여 있었고, 그래서 병사는 그 편지를 전투 지휘소인 야전 막사로 가져왔다. 우리 일행들은 야전 막사에 몰려 있다가 크레블린 대장과 함께 그 편지를 보게 되었다.

크레블린 대장은 편지를 읽어내려가다가 몹시 당황한 얼굴이 되었다. 우리 일행들은 모두 궁금한 얼굴로 초조하게 기다렸고 그러자 대장은 편지를 칼에게 건네었다.

칼은 소리내어 읽기 시작했다.

"'나는'……? '괴물 초장이'라고 썼다가 그 위에 줄을 그었군. 으흠. 어쨌든 '나는 후치다. 달아난다. 밤에 성문을 열어라. 내가 들어간다.'."

순간 작전 지휘소는 엄청난 정적에 휩싸였다고 한다. 그 정적이 깨어진 것은 제레인트의 폭발적인 웃음소리 때문이었다.

"푸흐히어히아히에에에!"

제레인트는 그렇게 인간의 웃음소리 같지 않은 웃음을 터뜨렸고 길시언은 운차이의 어깨를 쾅쾅 두드렸다. 운차이마저도 고개를 조금 돌린 채 쓴웃음을 지었으며, 네리아는 얼빠진 얼굴로 칼에게서 편지를 빼앗아 꼼꼼히 읽기 시작했다. 엑셀핸드는 품위 없게도 바닥을 데굴데굴 굴렀지만 당시엔 아무도 그를 허물할 생각을 못했다. 샌슨은 의자에 주저앉아서 숨도 제대로 못 쉬면서 웃었고 아프나이델은 테이블을 짚은 채 헉헉거리며 웃었다. 레니는 당황해서 주위를 둘러보다가 조심스럽게 질문했다.

"저, 저, 그럼 후치가 달아난 거예요?"

"크카카카카! 레, 레니 양! 요건 오크의, 오크의 솜씨올시다. 하하하하하!"

제레인트는 의자에 쓰러질 듯이 앉으며 말했다. 레니는 눈을 동그랗게 뜨고는 주위를 살폈다.

"예에……?"

칼은 이마를 짚고 웃으며 말했다.

"허, 허허, 프허허. 오크들 주제로선…… 괜찮은 작전이군. 하지만 그…… 떨어지는 문재(文才)가 큰일이로군. 헛허허."

네리아는 아직 미심쩍은 얼굴로 편지를 들여다보다가 샌슨에게 내밀었다.

"샌슨, 샌슨! 이거 후치 글씨 아니지?"

"글씨 볼 필요가, 크힉! 어디 있냐. 그래, 어디, 어디 보자. 크히히히히! 오, 맙소사. 이건 후치 글씨 아냐. 그래도 오크치곤, 치곤, 꽤나 훌륭한 글씨……. 푸하하하!"

"후치가 아니에요? 아앙! 난 모르겠어요. 설명 좀 해주세요."

레니가 어쩔 줄 몰라하는 모습은 주위의 웃음소리가 더욱 커지게 만들 뿐이었다. 레니는 볼이 부은 채 주위를 노려보았고 그러자 칼이 간신히 진정하면서 말했다.

"오크들은, 우리로 하여금 후치가 달아났다고 생각하게 만들려는 겁니다. 레니 양. 그래서 밤중에 성문을 열어젖히게 하려는 거지요. 그리고 성문을 열면 곧장 뛰어들겠다는 것이 오크들의 생각일 겁니다. 괜찮은 작전이에요. 아니, 훌륭한 작전이라고 할 수도 있겠지요. 다만, 다만······."

칼은 네리아가 들고 있는 편지를 가리키며 말했다.

"저······, 저 불쌍한 문재가······. 핫하하하!"

그때까지도 웃지 못하고 있던 크레블린 대장도 드디어 웃음을 터뜨렸다. 아넨드 씨의 경우엔 혀를 내두르면서 말했다.

"우와! 그거 교활한 방법이네? 오크 머리에서 나왔다고는 믿어지지 않을 정도야."

"오크들에게 조금이라도 글쓰기 재능이 있었다면 위험했겠지요. 하하하."

"아니, 후치가 조금이라도 글쓰기 재능이 엉망이었다면 위험했겠지요. 이힛히히히!"

일행은 그렇게 오크의 계략에 대해 실컷 비웃었다. 일행이 더웃을 힘도 없을 만큼 웃어버리고 난 다음, 칼은 곧 작전을 펴나가기 시작했다.

"좋습니다. 밤중에 성문을 열어줍시다."

크레블린 대장은 신나게 대답했다.

"에! 알겠습니다. 오크들의 작전을 역이용하는 것이군요?"

"그렇습니다. 대장님께서도 이미 이해하셨을 테니 제가 더 드릴 말은 없군요. 허허. 대장님께서 알아서 부대를 배치해 주십시오. 그리고 저희들도 대장님을 돕지요. 시켜만 주십시오."

"알겠습니다!"

크레블린 대장은 쾌활한 동작으로 일어나 경비 대원들에게 달려갔다.

"아이고……, 맙소사."

내 감탄사에 엑셀핸드는 다시 웃음을 터뜨렸다. 네리아는 깔깔거렸고 아프나이델은 웃으며 말했다.

"뭐, 그렇게 된 거야. 그래서 뒷일은 간단했지. 크레블린 대장은 성문 주위의 모든 주민들을 소개시킨 다음 집집마다 병사들을 매복시켜 두었지. 아넨드 씨와 칼 씨의 지휘하에 병사들은 적재적소에 배치된 거야."

"이 친구도 꽤 활약했지. 하하하!"

엑셀핸드의 말에 아프나이델은 겸연쩍게 웃었다.

"별 말씀을. 그래. 나도 성문에서 도시로 이어지는 대로에 약간 손을 봐두었지. 하지만 다른 분들이 더 고생을 했지. 경비 대원들은 저녁도 굶어가면서 함정을 팠거든. 사수들도 모두 지붕이나 옥상에 올라가 자리를 잡았고. 굉장한 잔치판이었지. 그 다음은 간단해. 밤중에 누군가 성문을 두드리게 된…… 하하하! 그때 정말 대단했지."

"대단했다구요?"

"샌슨과 길시언이 성문 주위에 대기하고 있었거든. 밤도 꽤 깊었을 무렵 누군가가 성문을 두드리는 거야. 샌슨은 웃음을 참으며 질문했지. '후치냐?' 대답은 들려오지 않았고 대신 성문 두드리는 소리만 더욱 커졌어. 샌슨과 길시언은 성문의 가로대를 치워버리고는 재빨리 물러났지."

"그러고는 오크가 밀어닥친 거군요?"

"그래. 맞았어. 오크들은 함성을 지르며 물밀듯이 밀어닥쳤어. 녀석들은 작전이 성공했다고 여겨서인지 무서운 기세로 들어오더군. 그런데 선두에 있던 놈들은 갑자기 당황하기 시작한 거야.

성내에 아무도 없었거든."

"흐음."

"그래. 무리 전체가 거의 다 들어오고 나서야 오크들은 뭐가 잘못되었다는 것을 알게 되었지. 하지만 뒤에서 밀어붙이는 힘이 있기 때문에 멈추지도 못했어. 그때 선두의 오크들이 함정에 빠지기 시작한 거야. 그리고 매복해 있던 경비 대원들은 오크들의 뒤를 치고 들어가 성문을 봉쇄해 버렸지. 오크들은 미친 듯이 저항했지만 이미 기세가 꺾여 있었어. 사방의 집 위에서는 불화살이 쏟아져내리기 시작했고 집집마다 경비 대원들이 튀어나오는 거야. 오크들은 어떻게든 포위망을 풀어보려고 했지만 경비 대원들이 지리에도 훨씬 익숙했거든. 아넨드 씨의 말마따나 자기 집 안마당에서 싸우는 셈이었지. 오크들은 함정 쪽으로 밀려나거나 하면서 혼란에 빠졌고……. 놀라지 마. 엑셀핸드는 골목 하나를 맡아서는 오크 서른두 마리를 베어넘겼지."

"서른세 마리야!"

"엑셀핸드……. 마지막 녀석은 길시언이 쓰러뜨린 오크 아니었습니까?"

"녀석은 일어나려고 했다구!"

"휴우. 하하, 예. 알겠습니다. 서른세 마리야. 후치."

"흠. 자네의 그 굉장한 불꽃들은 왜 말하지 않는 건가, 아프나이델?"

"예? 하하. 뭐 다른 분들의 활약에 비하면 별 것 아니지요. 안티고어 시장님은 사재를 털어서라도 보상할 테니 민가에 신경 쓰지 말라고 명령했거든. 주민들은 미리 귀중품들을 가지고 대피한 상황이었고. 그래서 경비 대원들은 오크들을 집안으로 몰아넣고 불을 지르는 식으로도 꽤 많이 쓰러뜨렸지. 그 불꽃과 함성, 곳곳에서 나타나는 경비 대원들의 창과 밤하늘을 뒤덮을 듯이 날아드는 화살, 그리고 밟는 땅마다 꺼지는 함정들 속에서 오크들이 제정신을 유지하긴 어려웠겠지."

"아……, 굉장했겠군요."

"응. 날이 밝을 무렵엔 칸 아디움으로 돌진한 오크들 중 열에 하나도 살아남지 못한 정도였지. 몇 마리들이 살아남아서 시내를 도망쳐 다니고 있어서 칼과 나머지 사람들이 경비 대원들과 함께 추격에 나섰어. 우리들은 널 찾으러 밖에 나갔다가 구덩이에서 널 본 것이고."

아. 그렇게 된 것이구나. 그래서 밤하늘에 그토록 불길이 솟아올랐군. 난 고개를 끄덕이며 말했다.

"예. 그럼 넥슨은…… 벌써 묻었어요?"

"응? 넥슨?"

아프나이델은 갑자기 이상한 얼굴이 되었다. 왜 저러는 거야?

"어, 내 옆에 있던 넥슨의 시체 말이에요."

"뭐야? 시체라니?"

순간 소름이 쫙 돋아올랐다. 아프나이델은 내 얼굴을 바라보더니 고개를 갸웃거리며 말했다.

"무슨 말인지 모르겠는데……. 우리가 널 발견했을 땐 넌 혼자 구덩이 안에 있었어. 어떻게 거기까지 달아났는지는 모르겠지만 어쨌든 넌 굉장한……."

"뭐라구요? 그럴 리가! 넥슨이 없었다구요?"

난 어처구니없는 얼굴이 되어 주위의 사람들에게 설명했다. 어제 밤 오크들이 야습을 위해 떠나간 다음 나와 넥슨이 오크들의 진지에서 함께 달아난 일, 중간쯤에 구덩이를 발견하고 그 속으로 쓰러지듯이 들어간 일, 끝내 견디지 못한 넥슨이 죽어버린 일, 그리고 나 또한 죽음을 기다리고 있었던 일.

"넥슨이 죽은 것이 확실해?"

"……모르겠어요. 난 그가 죽었다고 생각했어요. 맥박을 확인하거나 호흡을 확인할 수는 없었지만, 그 창백한 얼굴과 꼼짝도 하지 않는 몸을 보면서, 그렇게 믿었어요. 그래서 하슬러의 환상……?"

다시 한번 머리끝이 곤두서는 느낌이 들었다. 주위의 일행들은 의아한 얼굴로 날 바라보고 있었지만 난 머릿속으로 하슬러의 모습을 생각하고 있느라 거의 그 얼굴들을 제대로 보지 못했다.

만일 내 생각과는 달리 넥슨이 아직 죽지 않았다면? 우리 일행들은 하슬러와 자크가 달아났다고 말했다. 그렇다면 하슬러와 자크는 밤이 될 때까지 기다렸다가 오크와 인간들 사이에 전투가 벌어져 소란스러운 틈을 타고 성 밖으로 나올 수도 있었을 것이다. 그러고는 구덩이에서 나와 넥슨을 발견하고는 넥슨을 데리고 갔을 수도 있다. 만일 넥슨이 이미 죽었다면 그들이 넥슨을 데리고 갔을까? 생각하기 어려운 일이다. 그들은 도망자의 몸이고 시체 하나를 들고 다니는 일이 쉬운 일은 아닐 것이다. 차라리 그냥 내버려두면 칸 아디움의 사람들이 알아서 매장해 줄 테니까. 그렇다면 넥슨은 살아 있었던 것이구나!

가능성이 있다. 나도 살아 있으니까 넥슨도 살아 있을 수 있다. 물론 그는 사흘 동안 45펜큐빗을 달려서 몸의 상태가 엉망이긴 하지만, 그렇지만 시체를 들고 달아날 녀석들이 얼마나 있을까? 이럴 땐 무슨 말을 해야 되지?

"다행이군……."

샌슨은 날 지그시 바라보다가 내 등을 철썩 때렸다.

"괜찮아. 귀 하나 없어졌지만 여전히 미남이야. 오, 유피넬이여. 오늘도 거짓을 말한 저의 입을 용서해 주십시오……. 낄낄낄."

샌슨은 그 따위 헛소리를 하면서 낄낄거렸다. 그의 엉덩이를 걷어차 주고 싶은 욕망을 억누르면서 난 풀죽은 표정을 지었다. 레니는 어깨에 숄을 두르다가 풀죽은 내 모습을 보면서 말했다.

"괜찮아. 머리를 조금 더 길러서 덮으면 되겠네. 음……, 여자면 이런 거라도 줄 텐데. 둘러볼래?"

레니는 어깨에 두르던 숄을 흔들어보였다. 난 피식 웃으며 고개를 가로저었다.

"괜찮아. 그런데 보기 끔찍하지?"

"음……, 사실대로 말해서 좀 그렇긴 해. 하지만 말이야, 그러니까 더 경력 있고 실력 있는 모험가처럼 보여. 매력 있어."

"그래? 좋아. 그럼 반대쪽도 잘라내지, 뭐."

난 힘없이 웃어주었고 옆에서 걷던 네리아는 손을 뻗어 내 귀가 있던 부분을 쓰다듬었다.

"소리는 잘 들리니?"

"조금 이상하긴 해요. 이쪽으로는 소리가 잘 모이지 않나 봐요."

"소리가 모여? 무슨 말이니?"

"네리아. 귓바퀴가 왜 달려 있는지 몰라요? 귓바퀴는 소리를 모아서 고막으로 보내주기 위해 달려 있다고요."

"어머나…… 유식하네, 후치는."

날 치료하기 위해 힘을 많이 써서 졸도 비슷한 잠에 빠져 있던 제레인트는 눈을 비비면서 계단을 내려갔다.

"그 귀를 재생시킬 수 있을지 모르겠네. 수도에 가게 되면 큰 신전에 들러보자구. 그랜드스톰의 하이 프리스트께서는 디바인 파워가 막강하다고 들었어."

"예. 참! 제레인트, 고마워요."

"아……함. 괜찮아. 뭐. 솔직히 말하자면 네 상태가 워낙 엉망이라 걱정이 좀 되었었지. 하지만 이렇게 일어나주니 내가 오히려 고맙구나. 하하하."

칼은 빙그레 웃었다. 그는 문 앞에 서더니 갑자기 장난스러운 표정을 지으면서 말했다.

"그래, 네드발 군. 각오 단단히 하게."

"각오라구요?"

칼은 여전히 장난기 가득한 눈으로 빙긋이 웃더니 문을 활짝 열어젖혔다. 문이 열리면서 햇살이 무자비하게 쏟아져 들어와 눈이 부셨다. 그리고 느닷없이 고함소리가 들려왔다.

"후치 네드발이다!"

"괴물 초장이 만세!"

"유피넬의 이름으로! 괴물 초장이 만세!"

귀가 멀어버릴 것 같은데. 난 기막힌 표정으로 앞을 바라보았다.

하늘은 짙푸르렀다. 초겨울 하늘치고도 최고로 맑은 하늘이었다. 앙상해진 나뭇가지들에서도 열띤 생명의 기운이 느껴지는 것 같은 상쾌한 오후였다. 바람마저도 오늘은 모래를 나르지 않기로 결심한 것 같았다.

시장님의 관사 앞 넓은 공터에는 지금 시민들이 빽빽하게 모여서 있었다. 이성적으로 생각해서 저 대단찮은 공터에 칸 아디움의 시민들이 모조리 몰려들 수는 없다. 하지만 아무래도 칸 아디움의 시민들 전부가 모여든 것 같은걸. 사람들은 모두 땟국물에 젖어 있고 옷차림도 흐트러져 있었다. 아낙네들은 머리도 제대로 다듬지 못한 채 어깨 위로 흐르게 내버려두었고 사내들은 턱의 수염도 제대로 다듬지 못한 모습들이다. 어제 낮과 밤 동안 오크들과 싸우고 그 뒤처리를 하느라 고생들이 많았던 모양이다. 하지만 지금 몰려든 사람들에게서 지친 기색은 찾아볼 수 없었다. 그들은 모두들 입이 터져라 외치고 노래 부르고 비명과 함성을 질러 무슨 말인지 알아들을 수가 없었다. 하지만 한 마디만은 또렷하게 알아들을 수 있었다. 내 이름이었다.

"후치 네드발 만세! 만세!"

"후치 네드발! 괴물 초장이 만세!"

난 기막힌 얼굴이 되어 칼을 돌아보았다. 이 사태가 어떻게 된 것인지 물어보고 싶었지만 지금의 이 광란스러운 소음 속에서는 아무런 말도 할 수 없었다. 난 멋쩍은 얼굴로 손을 들어올려 흔들어주었고 그러자 시민들은 우레 같은 함성으로 대답했다.

시민들을 가로막고 있는 경비 대원들은 모두 어쩔 줄 몰라하고 있었다. 수많은 소녀들과 처녀들이 고래고래 고함을 지르면서 앞으로 나오려 들었고, 그런 아가씨들에게 냉정하게 대하라고 요구하는 것은 저 젊은 경비 대원들에게 너무 가혹한 일이 되는 것 같았다. 하지만 경비 대원들은 진심으로 기뻐하면서 그 임무를 수행중이었고 경비 대원들에게 밀려나면서도 소녀들은 고함을 지르며 웃어대었다.

"네드발 씨잇! 후치 네드발 씨! 사랑해요!"

"이쪽 좀 봐줘요! 후치잇! 후치잇!"

에고에고……. 내가 죽을 때가 됐나 보다. 대륙 최고의 미녀 100명은 아니지만 어쨌든 저 많은 처녀들이 내 옷깃이라도 만져보려고 애쓰는 장면이니까 이대로 죽어도 좋겠군. 난 얼빠진 미소를 짓지 않기 위해 최대한의 노력을 기울여야 했다. 사내들은 좀더 경의가 담긴 박수를 쳐보내면서 말했다.

"용감하오! 소년! 소년의 기백이 우리를 살렸소!"

"최대의 경의를 그대에게! 후치 네드발 만세!"

그리고…… 그리고 내 또래의 사내아이들은 모두 다리뼈가 부러진 듯한 표정을 지으며 날 쏘아보았다. 미안해, 친구들. 어쩔 수 없잖아. 걱정 말라구. 내가 떠나면 저 소녀들에게 다시 도전해 봐. 오늘만은 날 용서해 주고 말이야. 사실 그 사내아이들도 질시와 분노보다는 경외감 쪽에 더 많은 표정을 할애하고 있었다.

그 혼란스러운 인파를 뚫고 안티고어 시장과 크레블린 대장 등의 인원이 나타났다. 안티고어 시장은 시민들이 열렬히 휘두르는 주먹에 턱을 한 방 맞아가면서 힘들게 걸어왔지만 만면에 미소를 지우지 않았다. 그는 나에게 다가와 내 앞에 섰고, 난 참 싫었지만 어쩔 수 없이 멀뚱한 얼굴로 그를 바라보았다. 안티고어 시장은 팔을 들어올렸고 그러자 시민들의 소란이 사그라들었다.

굉장한 침묵 속에서 시민들의 눈이 반짝거렸다. 시장은 땀을 닦아내더니 엄숙한 목소리로 말했다.

"후치 네드발 공."

"아? 예? 아, 예. 안티고어 시장님."

정말 싫다……. 으. 저렇게 입을 꽉 다물고 있는 시민들의 침묵 사이로 이렇게 얼빠진 대답을 해야 되다니. 시장님의 미소가 더욱 커졌지만 그는 침착하게 말했다.

"우리의 이 사랑스러운 도시가 풍전등화의 위기에 빠져들었을 때, 우타크와 차넬의 일이 우리 앞에 현실로 되살아날 줄을 그 누가 알았으리오!"

뭐라구? 난 당황한 얼굴로 시장을 바라보았지만 시장은 말을 계속 이어나갔다.

"그러나 우타크와 차넬의 저 믿어지지 않는 위업도 오늘 우리 앞에 서 있는 후치 네드발 공의 일에 비하면 참으로 작은 일일 것이니. 우타크와 차넬은 위대한 전사들이었으나 적진에 뛰어들 때 그들은 서로에게서 위안을 얻었으리라. 하지만 용맹한 후치 네드발 공은 어린 나이에도 불구하고 단신으로 천 명의 적들에게 뛰어들어 목숨을 걸고 그들을 기만하였으니, 이 놀라운 업적 앞에서는 여덟 별에게 바쳐진 모든 헌사를 합쳐도 오히려 모자라다 할 것이오! 그렇지 않소, 여러분!"

시민들은 함성으로써 안티고어 시장의 연설에 맞장구쳤고 난 현실에 작별 인사를 보내려 드는 정신을 가까스로 붙잡았다. 이게 도대체 무슨 말이야? 난 의혹이 가득한 눈으로 칼을 바라보았지만 칼은 그저 빙긋이 웃으면서 내 눈길을 피했다.

"전사들의 전설을 믿지 못하는 의혹 많은 자라 하더라도 오늘의 이 태양 아래엔 전설들과 노래 속의 업적을 무시하지 못하리라! 보라! 우리 앞에 17세의 어린 나이로 천 명의 적들을 단신으로 격퇴한 자가 있지 않은가! 이는 가장 전설 같은 전설보다 더욱 전설 같음이나, 바로 우리 눈앞에서 현실이니! 이 어찌 놀라

위하지 않을 수 있겠는가, 여러분! 최고의 경의 속에 그를 있게 하라, 칸 아디움의 수호자 후치 네드발 만세!"

"으와아아아! 후치 네드발 만세! 칸 아디움의 수호자 만세!"

아이고, 맙소사……. 아무래도 이 사태에 대해 뭔가 책임 있는 대답을 해야 될 사람들이 꽤 있을걸? 어디 두고 봅시다, 칼. 시민들은 이제 나에게 연설을 요구하기 시작했다.

"후치 네드발 공! 한마디 하시오!"

"후치 네드발 공! 칸 아디움의 수호자!"

시장은 웃으면서 날 조금 앞으로 나오도록 밀어내었다. 난 거의 비틀거릴 뻔하다가 간신히 몸을 바로잡고는 시민들 앞에 섰다. 와! 떨리는 위치다. 난 저 엄청난 환호의 물결 앞에 단신으로 노출되어 있는 것이다. 사람들은 목청껏 고함을 지르고 팔을 휘두르고 박수를 치고…… 어쨌든 동원할 수 있는 모든 종류의 찬양 수단을 동원하고 있었다.

난 말하다가 웃지 않도록 마음을 가라앉히고는 말했다.

"여러분! 여러분들은 저를 칸 아디움의 수호자라고 불렀지만, 그 명예로운 호칭은 엉뚱한 자에게 주어진 것입니다!"

사람들 속에서 잠시 당황을 의미하는 웅성거림이 들려왔다. 난 목소리를 좀더 높여서 외쳤다.

"이 도시를 정녕 사랑하고, 오늘 사랑했던 것처럼 내일도 사랑하며 이 도시를 일구어나갈 여러분들이야말로 칸 아디움의 수호자입니다! 여러분들이 지켜낸 도시이며, 여러분들의 자랑인 이 도시가 앞으로도 영원히 번영하길 기원합니다! 칸 아디움 만세!"

그러자 사람들은 만족하면서 크게 고함을 질렀다.

"우와아아! 칸 아디움 만세!"

"후치 네드발 만세!"

"괴물 초장이 만세!"

"후치 네드발 씨이이! 사랑해요!"

그만해, 관두자구. 하지만 속마음과는 상관없이 난 영원히 계속될 것 같은 저 환호를 향해 힘차게 손을 흔들어주고 있었다. 잠시 후 시민들은 거의 폭동을 일으킬 만큼 흥분해서는 우리 일행을 어깨에 태우고는 칸 아디움의 시내를 돌았다.

"어떻게 된 거죠?"

시장님이 우정의 선물로서 내어준 마차 속에서 난 시트에 고꾸라진 채 말했다.

칸 아디움의 시민들의 어깨를 타고 시내를 돌았던 것은 정말 기분 좋은 일이지만 굉장히 피곤한 일이기도 하다. 그 광란스러운 행진이 끝나자마자 우리들은 안티고어 시장님의 작별과 칸 아디움의 시민들의 열렬한 환호를 받으며 화려하게도 칸 아디움을 떠나올 수 있게 되었다. 시민들의 열렬한 환호도 썩 겸연쩍은 일이었지만 안티고어 시장의 작별에는 놀랍게도 6두 마차가 포함되어 있었다. 세상에. 6두 마차라는 말을 들어보긴 했지만 정말 말 여섯 마리가 매어진 마차는 처음 보는군. 그렇지만 칸 아디움의 시민들도 우리 일행들이 6두 마차에 다섯 마리의 말과 한 마리의 황소를 묶는 모습을 보고 꽤나 놀랐을 것이다. 어쨌든 경비 대원들은 마차에 산더미 같은 보급품을 실어놓았고 우리들은 멋진 모습으로 칸 아디움의 성문을 나설 수 있었다.

맞은편 의자에 앉아 책을 읽던 칼은 책을 내려놓으면서 말했다.

"이야기가 간단해서……. 시민들에겐 그게 정말 기분 좋은 이야기 아닌가? 병사들에게 설명하기도 간단했고. 그래서 우리들은 그덴 산의 거인 이야기를 따와서 자네가 오크들에게 일부러 잡힌 다음 그들을 함정으로 끌어들였다는 식으로 이야기를 만들기로 하고는 서로 입을 맞추었지."

"맙소사. 아니, 왜지요?"

칼은 침착한 얼굴로 말했다.

"뭔가 떠들썩하게 즐거워할 일이 필요했다네. 네드발 군."

"떠들썩하게 즐거워할 일이오?"

"그렇다네. 오크들은 물리쳤지만 사실 저 도시는 얻은 것이 아무것도 없다네. 뭐, 오크들이 사용하던 무기나 갑옷 같은 것은 충분한 전리품이라기에는 좀 모자라지. 사람들의 머리가 차가워지면 그들은 전사한 경비 대원들이나 오크들이 끼친 피해를 생각하며 슬퍼하겠지. 그래서 그들에게 뭔가 크게 즐거워하고 환호를 지를 수 있는 일이 필요했네. 누구에게 해를 끼치지 않는 일이니 더욱 좋은 일이고."

"음……. 그래도 거짓말이잖아요."

당신은 국왕이 당신을 핸드레이크라도 되는 양 꾸미려고 했을 때 크게 화를 냈잖아요. 이런 말이 목구멍까지 올라오다가 멈추었다. 하지만 칼은 내 목구멍에 있는 말도 충분히 알아들을 수 있는 사람이다.

"그래. 나로서도 별로 내키는 일은 아니었다네. 하지만 안티고어 시장님이 그것을 요구했고, 그 뜻에 삿된 구석이 별로 없는 것 같아서 그만 허락했지. 저 시민들은 적어도 내일이나 모레까지는 크게 즐거워할 수 있을 테고 그 정도의 시간이라면 시장님의 위무 활동이 충분히 이루어질 수 있겠지."

"흐음."

그때 갑자기 내 옆에 앉아 있던 레니가 비명을 질렀다. "꺄악! 네리아 언니!" 고개를 돌려보니 창문에서 네리아의 머리가 거꾸로 나타나 있었다. 네리아는 밀어닥치는 바람에 머리카락을 흩날리며 말했다.

"기분 좋은 일이잖아, 후치야. 그리고 덕분에 이런 마차도 하나 얻었고."

"조, 조심해요! 지금 달리는 마차라구요!"

"까르르⋯⋯. 괜찮아."

네리아는 다시 몸을 들어올려 지붕 위로 올라갔다. 어이구, 수명 짧아졌겠다. 지붕 위에서 네리아의 목소리가 들려왔다.

"네 생각은 어때, 운차이? 너도 마차 여행이 편하지 않아? 고삐에 신경 쓸 필요가 있나, 등자에 신경 쓸 필요가 있나? 얼굴에 부딪히는 바람을 즐기기만 하면 되고⋯⋯. 여행이란 이런 거지, 뭐."

그러자 곧 운차이의 고함소리가 들려왔다.

"이봐! 샌슨! 귀찮게 굴면 지붕에서 던져버릴 거라고 전해 줘!"

그러자 마부석에 앉아 있던 샌슨은 운차이의 말을 전해 주는 대신 낄낄거리고 웃기 시작했다. 그래서 그 대답은 샌슨의 옆에 앉아 있던 길시언이 대신 하는 모양이었다. "운차이는 조용한 마차 여행을 원한답니다. 네리아." 그 대화를 들으며 마차 안에 앉아 있던 사람들은 동시에 미소를 지었다. 칼 옆에 앉아 있던 엑셀핸드는 고개를 끄덕이며 말했다.

"그래. 나 역시 마음에 들어. 다른 건 몰라도 이거 하난 정말 마음에 드는군."

엑셀핸드는 시트 위에 두 다리를 다 올려놓고는 기분 좋게 말했다. 아프나이델은 웃으면서 엑셀핸드에게 말했다.

"저도 마음에 듭니다, 엑셀핸드. 말타기가 힘든 것은 드워프나 마법사나 마찬가지인 모양입니다."

"껄껄껄!"

마차는 신나게 굴러갔지만 요동은 거의 없었다. 꽤나 훌륭한 마차인가 보네. 지금 다섯 마리의 말과 한 마리의 황소가 이 마차를 끌고 있었다. 흐음. 선더라이더는 그렇게 끼워놔도 말들에게 전혀 뒤지지 않는 모습이었다. 굉장한 황소야. 아, 원래 말이지. 어쨌든 여섯 마리나 되는 말이 끌고 있는 것이라 마차는 무서운 속도로 이스트 그레이드를 가로질러 갔다.

창 밖으로 보이는 지평선은 강물처럼 유유히 흘러가고 있었다. 그리고 지평선에서 일어나는 흰 구름들이 게으르게 움직이는 모습은 졸음을 불러왔다. 난 시트에 몸을 파묻으면서 말을 꺼내었다.

"그럼 말이지요. 이제부터 마차 여행의 지루함을 달래기 위해 내가 재미있는 이야기 하나 해드리지요."

"재미있는 이야기? 그게 뭔데? 난 이야기라면 사족을 못 써."

반쯤 졸고 있던 제레인트가 반색을 하며 일어났다. 난 미소를 지으며 말했다.

"여덟 종족과 여덟 별에 대한 이야기."

마차 안에 있던 일행은 모두 의아한 얼굴이 되었다. 난 특히 엑셀핸드의 얼굴을 주의 깊게 살폈지만 엑셀핸드는 그저 심드렁한 의문을 담은 표정이었을 뿐이었다. 엑셀핸드가 표정을 저렇게 잘 관리할 리야 없으니 아무래도 그 역시 모르는 이야기일 것이다. 하지만 엑셀핸드는 300년 전에도 살았잖아? 이상하네.

칼은 고개를 갸웃거리며 말했다.

"그런 이야기는 처음 들어보는데? 어서 해보게. 네드발 군."

난 되도록 말 한 마디도 빠뜨리지 않도록 주의해서 말했다. 이야기를 하는 동안 마차 안의 사람들의 표정은 숨쉴 사이 없이 바뀌었다. 아프나이델은 눈이 튀어나올 정도로 긴장해 있었고 제레인트는 숨을 헐떡거렸다. 엑셀핸드는 도대체 믿을 수 없는 이야기라는 듯이 투덜거렸고 칼은 자기 얼굴에 무엇무엇이 달려 있는지 잊어먹기라도 했는지 계속해서 턱과 관자놀이, 코 등을 만져댔다.

어느새 이야기가 끝났다. 창밖을 바라보니 지평선은 여전히 그대로인 것처럼 보였지만 구름의 모양은 꽤나 많이 바뀌어 있었다. 난 일행들의 얼굴을 주욱 둘러본 다음 이야기를 마쳤다.

"이 정도면 넥슨이 한 말은 전부 다했어요."

일행들은 잠시 입을 다물고 침묵을 지켰다. 칼은 심각한 표정으로 미간을 문지르다가 어렵게 입을 떼었다.

"운명을 결정하는 보석이라고……? 그것 참. 그리고 그게 왜 있는지도 모른다고?"

"예. 적어도 넥슨의 말로는 우리가 그것을 이해할 수 없으므로 그 존재 이유도 설명할 수 없다는데요."

"그래? 흐음. 이상한 일이군. 그렇다면 그 별들은 유피넬과 헬카네스의 손길과 상관없이 존재하는 것이란 말인데. 만일 그 별들이 유피넬과 헬카네스의 손길이 닿은 것이라면 그런 식으로 말할 리가 없지."

"왜 그런 식으로 말할 수가 없는데요?"

그 말에 대한 대답은 제레인트가 대신했다.

"어. 그거야 만일 그 별들이 실재하고 유피넬과 헬카네스의 힘으로 만들어진 사물과 같은 것이라면 그 존재 이유를 설명 못할 까닭이 없잖아. 물론 우리로서는 설명할 수 없겠지만, 그럴 경우 그 별들 역시 다른 사물들과 마찬가지이므로 분명 어떤 존재 이유가 있을 것이 분명하거든? 따라서 굳이 우리는 모르고 이해할 수도 없다는 식의 말을 할 필요는 없는 것이 된다구."

제레인트의 말을 듣다가 나는 자신도 모르게 말했다.

"세상에 이유 없이 태어나는 존재는 없다……. 모두는 서로에게 의지한다. 그것이 세상이다."

레니는 얼떨떨한 표정으로 날 바라보았고 난 머쓱한 표정을 지었다. 제레인트는 손가락을 딱 튕기면서 말했다.

"그래! 정확한 말이다. 유피넬과 헬카네스의 힘으로 존재하는 모든 것들 중엔 이유 없이 태어나는 것이 없지. 따라서 우리가 그 이유를 모른다는 식으로 말할 필요는 없어. 왜냐하면 이유가 있을 것이 분명하니까."

"넥슨이 해준 말이에요."

"그래? 음. 재가 프리스트도 프리스트니까."

칼은 심사숙고하는 표정을 짓다가 엑셀핸드를 바라보았다.

"엑셀핸드. 저 이야기에 대해 어떻게 생각합니까?"

엑셀핸드는 잔뜩 노한 얼굴로 말했다.

"이거, 참. 기막힌 말이군!"

"기막히다고요?"

"그럼! 그렇다면 뭐야? 드래곤 로드는 우리 드워프들을 얼마든지 멸망시킬 수도 있었지만, 다만 세상의 균형을 위해 우리를 내버려뒀다, 뭐 이런 말이야?"

"그런 말인 것 같습니다."

"난 저런 이야기 들어본 적이 없네! 물론 우리 드워프들이 전승 지식이나 학식에 대해 뭐라 말할 수야 없겠지만 말이야, 그래도 난 저런 이야기를 태어나서 처음 듣는구먼."

"그러시다고요……. 음. 네드발 군? 당시 넥슨의 상태는 어떤 것처럼 보이던가?"

"그의 상태요? 저랑 마찬가지였지요. 아, 아니 저보다 더 지쳤을 거예요. 무슨 수로 그렇게 달렸는지는 모르지만 그 작자들은 정말 사흘 동안 우리 뒤를 추적해 왔나봐요."

"그래? 음. 그럼 치밀한 거짓말을 구사할 수는 없는 상태라는 말인가?"

"그렇게 물어오신다면, 그래요. 그리고 내 생각인데요, 넥슨처럼 기억이 불분명한 사람이 과연 능숙한 거짓말을 할 수 있을까요?"

"하지만 잘못된 기억을 가질 수는 있겠지. 책에서도 그렇지만, 중간 부분이 빠져버리면 전체 이야기는 전혀 다른 것으로 바뀌는 일이 많다네."

책이라는 말에 엑셀핸드는 눈썹을 찡그렸지만 제레인트는 고개를 갸웃거리며 말했다.

"하지만 잘못된 기억에서 나온 이야기가 그렇게 명료할 수 있을까요?"

"그래요……. 그렇게 생각하긴 어렵겠지요. 음. 네드발 군. 그러니까 그 여덟 별이라는 것에 대한 증거로서 넥슨이 말한 것은,

첫째, 루트에리노 대왕의 여덟 별. 둘째, 드래곤 로드의 모든 종족 지배. 맞는가?"

"그렇지요."

"여덟 별이 누구누구더라……."

"제로딘, 캄드리, 일스, 라인버그, 우타크, 차넬, 멜다로, 허즐릿입니다."

칼이 말하자마자 제레인트가 대답했다. 칼은 빙긋 웃었다.

"예. 여덟 별이 그 여덟 명의 기사를 가리키는 말이 아니란 말인가."

"예. 그 사람 상태가 조금만 더 좋았다고 해도 다른 이야기를 많이 들을 수 있었을 텐데. 어쨌든 그 사람이 말한 것은 그게 전부예요. 아, 핸드레이크가 실망한 것으로 보아 일곱 개의 별은 파괴되었을 것이라는 말도 있긴 한데, 그게 무슨 뜻인지 모르겠어요."

"핸드레이크가 실망했다라……, 그가 실망했다? 무엇에 대해 실망했을까?"

"핸드레이크가 실망할 일이 있어요? 그는 루트에리노 대왕을 도와 드래곤 로드를 물리쳤어요. 그리고 바이서스를 건국했고. 도대체 그만한 일을 이루어낸 사람이 무엇에 대해 실망할 수 있지요?"

아프나이델과 제레인트는 동시에 그럴 듯한 고민에 빠진 얼굴이 되었다. 엑셀핸드는 머리가 아프다는 표정을 지으며 눈을 감아버렸고 칼은 조용히 생각에 잠겼다.

내가 할 일이 없어져서 레니와 함께 스무고개 놀이나 말잇기 놀이라도 할까 생각할 무렵, 칼은 천천히 입을 열었다.

"그 첫 번째 증거 말인데……."

제레인트와 아프나이델은 동시에 고개를 들어올렸다. 아무래도 두 사람 모두 별 생각이 떠오르지 않았던 모양이다. 난 피식 웃어버리고는 칼을 바라보았다.

"첫 번째? 첫 번째라면 루트에리노 대왕의 여덟 별 말씀인가요?"

"응. 그래. 그 비유는, 언뜻 보기엔 그럴듯해 보이지만 사실 이상한 말이지."

"어째서 이상한 말인데요?"

"왜냐하면 그 여덟 별이 제로딘, 우타크, 캄드리, 라인버그, 차넬…… 또, 일스와 허즐릿, 멜다로의 여덟 명이긴 하지만, 사실은 기사들은 모두 아홉 명이거든."

제레인트가 당황한 얼굴로 말했다.

"예? 아홉 명이라니……, 핸드레이크를 포함해서 말입니까?"

"아니지요. 핸드레이크는 기사가 아니니까요. 하지만 모두가 간과하는 기사가 하나 있습니다."

마차 안의 사람들은 모두 당황한 얼굴이 되었다. 어라? 숨겨진 기사가 하나 있었던 말인가? 칼은 침착하게 대답했다.

"루트에리노 대왕 자신도 기사였지 않습니까? 그 스스로도 기사 중의 기사라고 자부하셨으니까요."

"아! 그렇군요!"

아프나이델은 얼빠진 표정으로 이마를 짚었고 제레인트는 손가락을 딱 퉁겼다. 아이고 맙소사. 그렇군! 누가 뭐라고 해도 루트에리노 대왕 자신도 기사다. 왜 그걸 생각하지 못했지? 넥슨의 말마따나 루트에리노 대왕은 기사도 맹신자인데 말이야. 칼은 침착하게 말했다.

"따라서 그 별이라는 것이 기사들을 의미하는 것이라면, 엄밀하게 말해서 아홉 별이라고 불러야 정확한 것이 됩니다. 루트에리노 대왕 자신은 항상 다른 기사들을 친구로 대했지 상명 하복의 주종 관계로 인식하기를 꺼려 했으니까……. 그래야 더 그분의 성격에 맞는 일이 됩니다."

"맙소사! 그렇군요. 아홉 별이라고 불러야 되는군요."

그때 레니가 기어들어가는 목소리로 말했다.

"저, 하지만 보통 루트에리노 대왕의 여덟 별이라고 하잖아요."

"그렇지요. 레니 양. 그래서 아무도 그것을 이상하게 여기지는 않은 것입니다. 하지만 네드발 군의 말을 듣고 생각해 보니 그 여덟 별이라는 명칭이 아무래도 이상하게 여겨지는군요. 어쩌면…… 그 여덟 별에서 루트에리노 대왕이 빠져 있다는 사실 때문에 그런 식으로 불리게 된 것인지도 모르지요. 아홉 별이라고 부르는 대신 루트에리노 대왕의 여덟 별이라는 식으로."

"음. 그럴 듯합니다. 일리가 있어요. 그러니까 후치의 말이, 아니 넥슨의 말이 맞다면…… 이렇게 된 것이군요? 루트에리노 대왕과 여덟 기사들은 원래 자신들 아홉 명을 가리켜서 여덟 별의 추구자, 에잇 스타 시커라고 불렀는데, 그 명칭이 와전되어 루트에리노 대왕의 여덟 별이라고 불리게 된 것이군요?"

제레인트는 열띤 목소리로 말했다. 칼은 빙그레 웃었다.

"예. 하지만 이건 억지로 끼워맞춘 말이 될지도 모르지요. 넥슨의 말 이외엔 아무 증거가 없으니 말입니다."

"하지만 상당히 진실성이 있을 법한 이야기입니다. 대왕의 성격을 생각해 보자면…….”

아프나이델 역시 긴장된 목소리로 말했다. 칼은 미소를 지으며
말했다.

“그리고 두 번째 증거. 드래곤 로드의 전 종족 지배……. 글
쎄. 이건 굳이 종족의 창생 사멸을 결정하는 신비의 보석이 없어
도 설명이 가능할 것 같은데. 드래곤 로드의 강력함이야 말할 필
요가 없지 않는가.”

엑셀핸드는 꾹꾹 눌러참았다가 터지는 목소리로 외쳤다.

“보게! 칼. 지금 자네는 그 웃기는 이야길 사실로 받아들이려
하는 것 같구만?”

칼은 잠시 당황한 얼굴로 엑셀핸드를 바라보았다. 그러나 그는
곧 미소를 지으며 말했다.

“아니오. 사실인지 거짓인지 판단하기 위해 고찰해 보고 있는
중입니다.”

엑셀핸드는 굵은 눈썹을 잔뜩 찌푸리며 칼을 노려보았다. 그러
다가 그는 체념한 목소리로 말했다.

“원, 그놈의 혀 잘도 돌아가는군. 하지만 그거 정말 웃기지도
않는단 말일세!”

“웃기기로 말한다면야…….”

칼은 갑자기 창밖을 바라보았다. 마차 안의 사람들은 모두 칼
의 시선을 따라 창밖을 바라보게 되었다. 칼은 혼잣말을 하듯이
가락을 붙여서 말했다.

“어쩌자고 저렇게 많은 구름이 피어나고 사라지는 것이지요?”

“뭐라구?”

엑셀핸드는 콧잔등을 한 방 맞은 표정으로 말했다. 난 당황한

얼굴로 지평선을 바라보았다. 과연 또 다른 구름 하나가 피어오
르고 있었다. 칼은 변함없이 침착한 목소리로 말했다.

"어쩌자고 저렇게 많은 흙이 있지요? 왜 저녁이면 가라앉고 말
태양이 저렇게 힘겹게 솟아오르는 것일까요? 도대체 그 많은 나
비와 그 많은 꽃들은 어쩌자고 세상을 저토록 어지럽혔을까요?
가을이 다가오면 모두 시들고 사라져버릴 것들이? 어쩌자고 사람
들은 서로를 사랑하고 죽어버릴 운명의 자손을 힘겹게 키워내는
것일까요?"

"여, 여보게?"

"별은 또 왜 그렇게 많다는 말입니까? 땅 아래 보석은 왜 그리
도 많지요? 새들은, 저녁에 둥지로 찾아들 새들은 왜 아침이면
깃털에 묻은 이슬을 흩뿌리며 날아오르는 것이지요? 양지기는 피
리를 불어 모아들일 양들을 왜 풀어놓는 것이지요?"

엑셀핸드는 입을 딱 벌린 채 칼을 바라보았다. 하지만 칼은 변
함없이 창턱에 팔을 괸 채 약간 지루하다는 표정으로 창밖을 바
라보았다. 그는 다시 바드처럼 웅얼거렸다.

"소멸의 축복을 받지 못한 신들은 우리를 경배할까요?"

"예?"

제레인트의 숨막힌 반문이었다. 그러나 칼은 그것도 무시해 버
렸다.

"웃기기로 따진다면 이 만물, 이 세계보다 더 우스운 것이 어
디에 있을까요."

마차 안에는 칼 이외에 다섯 명이나 되는 일행들이 있었지만
그중 누구도 입을 열지 않았다. 칼은 누구에게도 얼굴을 보여주
지 않은 채 그렇게 밖을 쳐다보았다. 마차 바퀴 구르는 소리, 그

리고 지붕 위에서 운차이를 괴롭히고 있는 네리아의 목소리만이
가늘게 들려왔다.

칼은 갑자기 고개를 돌리더니 히죽 웃었다.

"루트에리노 대왕의 말이 생각납니다. 바보는……."

"앞을 보지만 뒤를 생각하지요."

난 스스로 놀랄만큼 차분하게 대답했다. 칼은 여전히 그, 약간
은 바보처럼 보이는 미소를 띤 채로 말했다.

"그렇지. 네드발 군. 범부는?"

"앞을 보지만 뒤를 생각하지요."

"현자는?"

"앞을 보지만 뒤를 생각하지요."

칼은 기분 좋게 웃더니 시트 속으로 몸을 파묻으며 팔짱을 끼
었다.

"넥슨의 말에 대해서는 좀더 생각해 봐야겠습니다."

칼은 그 말을 작별 인사로 남기면서 자신의 사색 속으로 침잠
해 버렸다. 좌중의 한 사람이 자기 속으로 몰입해 버리니 다른
사람들도 대화를 계속하기 어려웠다. 그래서 모두들 입을 다물고
제각기의 생각 속으로 파고들었다.

난 지루한 심정으로 자신도 모르게 베어져나간 귀를 만지작거
리기 시작했다. 음. 꺼끌꺼끌한 느낌이 참 괴상한 기분에 젖게
만드는군. 그때 레니가 내 팔꿈치를 찌르는 것이 느껴졌다.

"저. 후치야. 그게 무슨 말이니?"

"응?"

"바보도, 범부도, 또 현자도 모두 앞을 보지만 뒤를 생각한다
고?"

"하하하……."

갑자기 아그쉬의 그 멍청한 인용이 생각나서 난 웃어버렸다. 그러자 레니는 눈살을 찌푸렸고 난 즉각 사과했다.

"다른 이야기가 생각나서 웃었어. 그 이야기는…… 말 그대로지."

"말 그대로라구?"

"그래."

"뭐가 그래?"

"그냥 그래."

레니는 눈썹을 곤두세우더니 말했다.

"너, 지금 나 놀리는 거지? 난 학교 같은 것 다닐 여유가 안 되었단 말이야. 그러니까……."

"나도 학교는 구경도 못해 보고 자라난 사람이야. 그냥 생각해 봐, 레니. 이건 별것 없는 말장난이야."

레니는 새침한 표정을 지으면서 대답했다.

"난 말장난은 같이 웃을 수 있을 때만 좋아해."

"하하. 그러니? 음. 앞을 보면서도 뒤에 따라오지도 않는 추적자를, 혹은 자신의 과거, 어제의 실수 따위를 생각하면서 진구렁에 발을 빠뜨리는 사람이 있다면 넌 그 사람을 뭐라고 부를 거지?"

"바보……지?"

"그래. 바보는 마치 곰곰이 생각하기만 하면 지나간 실수가 바로잡아질 것처럼 믿지. 과거는 절대로 바꿀 수 없는 것, 완전히 고정된 것인데 말이야."

"그럼 범부는?"

"범부도 어떤 의미에선 바보와 마찬가지야. 다른 점이 있다면 지나간 실수를 생각해서 앞으로는 실수를 하지 않는 것이 범부, 보통 사람일 뿐이지. 하지만 범부라고 해봐야 결국은 그 사람도 과거가 있기 때문에 존재하는 것이야. 바보든 범부든 과거라는 시간의 산물이지. 바보는 그것에 매달리고, 보통 사람들은 그것에서 배운다는 점이 다를 뿐이지."

제레인트와 아프나이델의 저 감춰진 시선을 느끼는 것은 퍽 유쾌한 일인걸? 두 사람은 모두 안 듣는 척하면서 내 이야기에 귀를 기울이고 있었고 두 사람 모두 능숙한 거짓말쟁이나 사기꾼과는 거리가 먼 사람들이라 자신의 행동을 잘 감추지는 못하고 있었다. 키키키키. 레니는 한참 고민하는 얼굴이 되었다가 그 풀려버린 표정 그대로 말했다.

"그럼…… 현자는?"

"현자는 과거의 시간과 상관 없는 존재가 현자야. 그는 현명하므로 과거를 굳이 생각하지 않아도 미래를 깨달을 수 있지. 사실 이런 사람은 드물지. 핸드레이크나 그렇게 불릴 수 있을까? 어쨌든 그런 사람들은 역사책을 읽지 않아도 미래를 예측할 수 있는 사람들이지. 왜냐하면…… 그들은 사물의 보이지 않는 이면을 생각하니까. 여기서는 사실 '앞'이라는 말과 '뒤'라는 말이 다른 의미로 쓰이는 거야. 음, 그러니까 레니, 넌 지금 나의 앞을 보고 있지?"

"그렇지."

"그렇지만 만일 네가 내 앞 모습이 아니라 그 뒤에 있는 것을 생각해서 볼 수 있다면 넌 현자인 셈이지."

"아……, 그래?"

"그래."

레니는 입술을 잡아당기면서 곰곰이 생각에 잠기는 표정을 지었다. 난 고개를 돌리다가 눈을 감고 있는 칼의 얼굴을 보게 되었고, 칼의 입술 가장자리가 슬며시 올라가 있는 것을 보고는 폭소를 터뜨리지 않기 위해 허벅지 사이에 두 손을 파묻고는 꽉 틀어쥐었다. 우헤헤헤!

지붕 위에서는 나이트호크가 간첩을 끊임없이 괴롭히는 가운데, 사색에 잠긴 여섯 명을 태우고 두 명의 전사가 모는 마차는 신나게 신나게 달려갔다. 해가 지는 방향, 저녁의 고향으로. 그러나 가장 무서운 드래곤의 아침을 향해.

제12부

불길한 예언

……태어났다는 이유만으로 죽어야 하는 존재들에게 고한다. 우리들의 약속된 휴식인 죽음은 문 밖에 도래하여 우리를 기다리고 있으나 오늘 그대의 손엔 이 책 한 권이 쥐어져 있음이니, 그대는 이제 유구한 시간의 흐름을 농락할 준비가 된 것이다. 과거, 현재, 미래를 그대에게서 사라지게 하라. 그대는 이제 시간을 벗어난 존재이니…….

「품위 있고 고상한 켄턴 시장 말레스 추발렉의 도움으로 출간된, 믿을 수 있는 바이서스의 시민으로서 켄턴 사집관으로 봉사한 현명한 돌로메네 압실링거가 바이서스의 국민들에게 고하는 신비롭고도 가치 있는 이야기」, 돌로메네 지음, 770년. 제1권 10쪽.

마부석에 앉아 있던 샌슨이 고개를 돌렸다. 무슨 일인지 싶어 바라보니 샌슨은 손을 들어 왼쪽 방향을 가리키며 말했다.

"또 그 녀석들이야."

이마에 손을 얹고 바라보니 왼쪽으로 한 9000큐빗쯤 떨어져 있는 언덕 위에 솟아오른 작은 점들이 몇 개 보였다. 이 막막한 황야에서 저렇게 작은 것을 보고 있자니 눈이 가물가물해진다. 난 함께 지붕 위에 앉아 있던 운차이를 바라보았고 운차이는 언덕 쪽을 바라보더니 고개를 끄덕였다. 난 다시 앞을 보면서 투덜거렸다.

"젠장. 덮치려면 그냥 덮치든가 아니면 몰래 따라오든가. 저게 도대체 무슨 꼴이야? 빤히 보이는 위치에서 사라지지도 않고 가까이 오지도 않고."

샌슨 역시 언짢은 표정으로 괜스레 채찍을 휘둘렀다. 천천히 걷고 있던 말들은 갑작스런 명령에 당황하여 대오를 흐트러뜨릴 뻔했지만 그들을 선도하는 선더라이더의 지휘하에 곧 일사불란하게 마차를 끌기 시작했다. 마차를 끌기 위해 훈련된 적도 없는 ·말들치곤 꽤나 잘 달리고 있단 말이야.

운차이는 하던 일, 그러니까 나이프로 나무 토막을 깎는 일을 다시 시작했다. 마차가 갑자기 속력을 높이자 그의 다리 사이에 놓여 있던 나무 부스러기들이 바람에 흩날렸다. 그러나 운차이는 그 마차의 흔들림 속에서도 조금의 흐트러짐도 없이 나이프를 놀려대었다. 굉장하군. 홀릴 만한 솜씨야.

운차이는 혼잣말처럼 말했다.

"녀석들. 어떻게 야생마를 붙잡았을까."

내 옆에 엎드려서 발을 까딱거리면서 운차이의 그 굉장한 작업을 구경하던 네리아가 심드렁하게 대답했다.

"저 작자들이라면 자이편 간첩으로 하여금 여자에게 말을 하게 하는 일도 가능할걸?"

운차이는 나무 토막을 다듬던 손을 갑자기 멈추었다. 그는 네리아를 지그시 바라보았고 네리아는 엎드려 턱을 고인 자세로 눈을 치켜떠서 운차이를 마주보았다.

운차이는 다시 고개를 숙여 나무 토막을 바라보며 말했다.

"후치. 웃기지도 않는다고 전해 줘."

난 말을 전해 주지 않았다. 귀찮은 일이야. 지붕 위로 올라오면 재미있을 것 같아서 올라왔더니 네리아와 운차이 사이에 끼여 피곤하기만 하다. 네리아는 몸을 뒤집더니 내 허락도 없이 내 다리를 베고 누워서는 하늘을 바라보며 말했다.

"거리가 어어얼마나 떨어져 있니, 후치야?"

"한 9000큐빗 정도. 능선을 따라 우리들과 같은 방향으로 달려오고 있군요."

"그럼 우리 보라는 듯이 달린다는 거네?"

"그렇지요."

네리아는 바람에 흩날리는 머리카락 때문에 눈을 깜빡거리면서 말했다.

"운차이야, 운차이야. 저 친구들 짐은 있니?"

운차이는 나이프를 멈추더니 네리아를 향해 눈을 힘껏 부라렸다. 하지만 네리아는 말을 마치자마자 이미 두 손으로 눈을 가린 후였다. 그녀는 그렇게 눈을 가린 채 혀를 날름거렸다.

"안 보이네, 뭐? 마음대로 눈을 부라리라구. 에헤헤헤……."

운차이는 씩씩거리더니 다시 나이프를 들고 나무 토막을 뚫어지게 보면서 거칠게 말했다.

"짐은 무기와 작은 꾸러미 몇 개뿐이라고 전해 줘!"

내가 말하기도 전에 네리아가 먼저 말했다.

"아, 그러니? 꾸러미라. 어디서 여행 물품을 구했을까?"

운차이는 이를 북북 갈기 시작했다. 그래서 내가 재빨리 대답했다.

"우리는 작은 마을 한두 개를 지나왔잖아요. 저 친구들도 우리 뒤를 곧장 따라왔으니까 아마 그 마을들 어디에선가 구했겠지요."

"그렇구나. 그런데 어쩌겠다는 걸까? 저렇게 멀리 떨어져 있지만 확실히 보이는 곳에서 계속 어정거리고 있으니 말이야."

"음. 이상하지요. 넥슨이 원하는 것이라면 레니겠지요. 우리들을 죽이고 싶어하지만 그건 감정이 개입되는 문제고. 뭔가 의미를 가지고 할 만한 일이라면 우리들에게서 레니를 납치하는 것이겠지요?"

"그래 그래."

네리아는 눈을 감은 채 대답했다. 난 다시 왼쪽 멀리로 희미하게 보이는 그 점들을 노려보며 말했다.

"그렇다면 몰래 따라오는 것이 좋을 텐데. 도대체 무슨 생각일까요? 운차이?"

"왜?"

운차이는 나무 토막에서 시선을 떼지도 않은 채 대답했다. 난 뭐라고 말하려다가 다시 운차이의 손놀림에 매혹되어 버렸다. 히야! 그거 참. 어떻게 달리는 마차 위에서 저렇게 나무를 깎을 수 있을까? 운차이는 어려울 것이 전혀 없다는 듯이 쉽게쉽게 손을 놀리고 있었지만 그의 손이 움직일 때마다 나무 토막 속에 숨겨져 있던 조각품이 조금씩 모습을 드러내었다. 그런데…… 그런데 저게 도대체 무얼까? 지금 봐서는 아무래도 뭔지를 모르겠는걸.

"불렀으면 말을 해."

운차이는 다시 고개도 들지 않고 말해서 난 그게 나에게 한 말이라는 것을 깨닫는 데 시간이 좀 걸렸다.

"아, 혹시 저 친구들이 왜 저런 이상한 짓을 하는지 짐작할 만한 거 없어요?"

운차이는 내 질문에 대답하는 대신 들고 있던 나이프를 휙 던져서 마차 지붕에 꽂았다. 그러고는 깎고 있던 나무 토막을 품속에 넣더니 갑자기 마차 옆으로 몸을 날렸다.

"으악! 운차이!"

아래, 즉 마차 안에서도 비명소리가 들려왔다. 하지만 운차이는 지붕 가장자리를 쥐고는 마차 옆으로 상반신을 거꾸로 내린 것에 불과했다. 아이고, 떨어지는 줄 알았네! 운차이는 그런 불편한 자세로 마차 안을 향해 말했다.

"야, 드워프. 담배 좀 줘."

곧 아래에서 엑셀핸드의 진노한 고함소리가 들려왔다.

"이, 이놈! 카리스 누멘의 모루와 망치 사이에 넣고 석 달 열흘 두드려버릴 녀석! 네놈이 떨어지는 줄 알고 간 떨어질 뻔했잖냐!"

"간 떨어져 봐야 그 짧은 몸통 안에서 어딜 가겠어. 담배나 줘."

곧 마차가 마구 흔들리기 시작했다. 지붕 아래에서는 동시다발적으로 외침소리들이 들려왔다. "으악! 엑셀핸드! 참아요!" "그, 그 도끼! 그 도끼! 여긴 실내입니다!" "으아아아! 테페리여!" "아빠! 어, 어멋! 아빠!" 마차가 뒤집어질 정도의 요동이 일어나더니 잠시 후 운차이는 무표정한 얼굴을 다시 들어올렸다. 그리고 그의 입엔 파이프가, 손엔 담배 쌈지가 들려 있었다. 네리아는 누운 채 배를 붙잡고 웃어대었다.

운차이는 담뱃가루가 날리지 않도록 바람을 등지고서는 주의 깊게 파이프를 채웠다. 그러고 나서 그는 파이프를 입에 딱 물더니 그제야 자신이 간과한 사실을 알아차린 표정을 지었다. 난 그가 무엇을 간과했는지를 지적해 주었다.

"그거 어떻게 불 붙일 생각이지요?"

운차이는 입술을 씰룩거리면서 다시 파이프를 손에 들었다. 그때 네리아가 자신의 대거를 뽑더니 운차이에게 건네었다. 운차이는 의아한 표정으로 네리아를 바라보았고 네리아는 헤죽거리며 말했다.

"손잡이 잘 봐. 발화 장치가 있어. 너도 간첩이니까 더 설명 안 해도 되지?"

아, 참. 그랬지. 네리아의 대거엔 그런 장치가 있었지. 운차이는 네리아가 내민 대거를 물끄러미 바라보더니 서툰 손놀림으로 그것을 받아들었다. 잠시 후 그는 대거 손잡이를 어떻게 돌리는 듯하더니 곧 파이프에 불을 붙이는 데 성공했다. 그는 잠시 대거를 바라보더니 체념한 표정을 지으며 그것을 나에게 건네었다.

"돌려줘. 음. 그리고 고맙다고 전해 줘."

이거야 정말……. 난 기막힌 표정을 지으며 손을 내밀었지만 내 손보다 더 빠르게 네리아의 손이 튀어나갔다. 네리아는 그것을 받아들고는 한쪽 눈을 찡긋했고 운차이는 헛기침을 몇 번 뱉었다. 마치 담배를 처음 피우기라도 하듯이.

운차이는 지붕 뒤쪽에 묶여 있던 짐들에 등을 기대며 파이프를 피우기 시작했다. 그의 입에서 나온 연기는 순식간에 마차 뒤로 날아가 버렸다.

"저 친구들이 저런 짓을 하는 건, 시위라고밖에 볼 수 없지."

"시위라구요?"

"그래. 방심하지 마라. 언제든지 공격하겠다. 뭐 그런 시위지. 지금 저쪽에선 살기가 전혀 느껴지지 않아."

"살기가 느껴지지 않는다니. 그럼 우릴 죽이려 드는 것이 아니란 말이에요?"

"그렇진 않다. 살기는 당장 죽이려 들 때만 느껴지는 것이다."

"아, 그래요?"

네리아는 좀더 잘 듣기 위해 옆으로 누운 자세가 되었다. 운차이는 네리아를 못 본 척하면서 계속 말했다.

"지금 저 녀석들은 우릴 죽일 마음이 없지. 지금은 말이야. 하지만 마음속으로야 그런 생각이 있을 수도 있지. 그러나 생각하는 것이 기로 나타나지는 않는다. 마음속의 생각이나 사상 등이 행동으로 전환되기 직전, 그러니까 내면이 외면을 건드리기 시작할 때 기의 발출이 일어나게 된다."

이 무슨 오크 밀알 헤아리는 소리냐? 난 얼떨떨한 얼굴로 운차이를 바라보았지만 운차이는 평온한 어조로 계속 설명했다.

"간단히 말하면 내면의 힘이 외면으로 나오려 할 때 몸 주위의 기가 밀려나온다고 생각하면 이해하기 쉬울 거다. 잡담 제하고. 저 친구들에게 공격 의사는 없다. 그러니 시위라고밖에 생각할 수 없지."

"음. 그럼 왜 저런 시위를 하는 걸까요?"

"부르는 거다."

"불러요?"

"우리를 부르는 것이지. 계속 우리의 신경을 건드려댈 것이다. 이건 시작에 불과해."

"마음대로 하라고 해요. 그렇지. 운차이? 당신 저기까지 들리도록 고함 지를 순 없어요?"

"너무 멀어."

"음. 어차피 오늘 저녁이면 바이서스 임펠에 들어가게 될 텐데요. 뭐. 저렇게 쫓아오는 짓도 더 못하지 않겠어요? 아무래도 수도 가까운 곳에서 돌아다니긴 힘들겠지요."

"그렇다면 오늘 오후로군."

"예?"

"아냐."

운차이는 파이프를 꺼내더니 담뱃재를 바람에 다 날려보냈다. 그는 파이프와 담배 쌈지를 자연스럽게 주머니에 쑤셔넣더니 다시 나이프와 나무 토막을 붙잡았다. 난 다시 고개를 돌려 넥슨 일행을 바라보았다.

정말 대단한 놈들이야.

저렇게 지칠 줄 모르고 계속해서 달릴 수 있다니. 게다가 수완도 좋지. 어떻게 야생마들을 붙잡았을까? 겨울철이 되면서 북부 대로에서 뛰놀던 야생마들은 남하를 한다고 한다. 아마 그렇게 남하한 야생마를 붙잡았겠지. 하지만 녀석들을 길들이는 것, 그리고 넥슨의 경우엔 상태를 회복하는 데에도 꽤 시간이 걸렸을 텐데 저렇게 우리 꽁무니를 쫓아오고 있는 것이다. 아니……, 우리를 앞지르고 있다고 말해야 되나?

"앞으로 달려가는데?"

샌슨이 내 생각을 뒷받침해 주었다. 저 먼 언덕 쪽에서 어른거리고 있던 까만 점들은 갑자기 속도를 내면서 앞으로 죽죽 나아갔다. 이렇게 먼 거리에서도 저 움직임을 느낄 수 있는 것으로 보아 대단한 속도를 내고 있는 것이 분명하군. 샌슨 옆에 앉아서 뭐라고 중얼거리고 있던 길시언은 그 모습을 보더니 크게 감탄했다.

"저게 바로 바람의 아들, 야생마다! 아아! 하지만 선더라이더, 넌 저들보다 훨씬 더 커다란 엉덩이를……. 이봐, 관두자구! 이 용광로에 쑤셔박을 녀석아!"

길시언의 아름다운 감탄은 버릇 없는 마법검에 의해 방해를 받게 되었다. 그때 마차 옆의 창문에서 칼의 얼굴이 불쑥 나왔다. 칼은 잘 보이지도 않을 텐데도 불구하고 마치 잘 보인다는 듯이 이마에 손을 척 올리고는 말했다.

"우릴 앞질러 가고 있나, 네드발 군?"

"그래요. 칼."

"그래? 음. 조심해야겠군. 저 친구들이 우릴 노리려면 오늘 오후밖엔 시간이 없을 테니까. 우리 앞길에 뭔가 고약한 계책을 준비해 둘지도 모르겠군."

"칼이라면 세 명의 인원으로 달리는 마차를 붙잡기 위해 어떤 방법을 쓰겠어요?"

"생각 좀 해봐야 대답할 수 있겠군."

칼은 그 말만 남겨두고 다시 마차 안으로 들어갔고 난 저 앞으로 사라져 가는 점들을 바라보았다. 이제 그 점들은 꽤 앞선 위치를 달려가고 있었다. 눈을 가늘게 뜨고 바라보자 그들의 뒤로 일어나는 먼지 구름을 볼 수 있었다. 확실히 굉장한 속도를 내고 있는 모양이군.

그 굉장한 속도는 야생마가 내는 것인가, 아니면 넥슨 당신이 내는 것인가.

난 넥슨 본인이라도 대답하기 곤란할 질문을 잠시 떠올렸다. 어느덧 넥슨 일행의 모습은 완전히 사라져버렸다.

잔뜩 긴장을 했는데 아무런 일이 일어나지 않으면, 아무런 일이 없었는데도 뭔가 대단히 고약한 일을 당해 버린 느낌이 든단 말이야. 우리는 그날 오후 내내 넥슨의 습격을 대비하며 어깨를 바짝 긴장시키고 있었지만 서녘 하늘의 구름들이 보랏빛으로 물들 무렵이 될 때까지도 아무런 일이 일어나지 않았다. 그래서 어깨가 꽤나 아팠다.

게다가 마차 지붕 위는 확실히 두번 다시 선택할 만한 장소도 아니었다. 하루종일 황야에서 몰려오는 흙먼지를 뒤집어쓴 끝에 지금 내 몸엔 조금 움직이기만 해도 먼지 구름이 일어날 만큼의 먼지가 쌓였다. 난 맥빠진 동작으로 먼지를 털어내었다. 풀썩풀썩.

"켁, 켁! 숨막혀. 그러지 마."

"그러지 말기는요. 네리아도 좀 털어요. 붉은 머리가 지금 회색 머리가 되어 있다고요."

"자기 전에 씻을 수 있겠지, 뭐."

"그건 가능하겠어요. 바이서스 임펠입니다."

"다 왔어? 어디? 와!"

네리아는 지붕 위라는 것도 상관하지 않는 동작으로 벌떡 일어났다. 난 어깨를 털어내면서 눈앞으로 점점 더 커져오는 바이서스 임펠의 모습을 바라보았다. 아래쪽에서 제레인트는 창문 밖으로 상반신을 거의 다 내밀고는 팔을 휘두르며 환성을 질렀다.

"이야아아! 바이서스 임펠! 나 제레인트가 간다앗! 멀고 험난한 길을 달려, 숱한 모험과 재난을 뚫고서, 마침내 내가 간다!"

제발……, 시내에 들어가서까지 저러지는 말아야 할 텐데. 제레인트의 반대쪽 창문으로는 레니가 몸을 내밀고 있었지만 레니의 경우엔 아무런 말도 없이 그저 눈을 커다랗게 뜨고 있을 뿐이다. 난 레니의 정수리를 내려다보며 말했다.

"어때, 레니야?"

레니는 잠시 날 올려다보더니 다시 바이서스 임펠을 바라보며 쌕쌕거리는 숨소리를 내다가 간신히 말했다.

"너무……, 글쎄. 뭐라고 말해야 할지 모르겠어. 지금은 너무 크다는 생각밖엔 안 드는걸."

난 고개를 끄덕였다.

언덕 위에서 내려다본 바이서스 임펠의 모습은 두 번째로 보는 나에게도 굉장한 장관이었다. 한없이 많은 지붕들과 번쩍이는 탑, 아름다운 건물들과 신전, 끝없이 늘어선 대로들은 지평선까지 계속 이어져 있는 듯했다. 그리고 그 장대한 도시를 둘러싸고 있는 성벽은 그 굉장한 높이에도 불구하고 터무니없이 긴 길이 때문에 낮아보였다.

나는 그랜드스톰의 모습을 찾아보기 위해 한참 동안 머리를 움직여야 했다. 분명히 외성 쪽에 붙어 있다는 것을 알면서도 말이다. 임펠리아는 도시 중앙 쪽 가까이 있을 텐데 도대체 어디에 있는 거지? 도시 중앙 쪽을 한참 동안 바라보다가 문득 내가 전혀 엉뚱한 방향을 바라보고 있다는 것을 알게 되었다. 바이서스 임펠은 내게 보이는 것보다 훨씬 더 멀리까지 펼쳐져 있었고, 그래서 내가 바라보는 곳은 중앙이라기보다는 차라리 외곽 쪽이라고 불러야 할 만한 곳이었다. 석양을 받아 아스라이 황금빛으로 빛나는 임펠 리버의 모습은 바이서스 임펠이라는 저 미녀의 머리에서 지평선을 향해 늘어뜨린 금발처럼 보였다. 아름다운 도시였다.

"저, 저게 뭐야? 도시에 불이 난 거야?"

레니는 놀란 목소리로 말했다. 그리고 나도 그때 바이서스 임펠의 가로등들이 켜지는 모습을 보게 되었다. 대로들을 따라 천천히 점멸하듯이 피어나는 가로등들은 마침내 별의 강을 이루었다. 환한 빛덩어리들이 대로를 따라 줄지어 늘어선 모습, 가로세로로 늘어서 불타오르는 저 모습은 아마도 죽을 때까지 잊혀지지 않을 모습이었다. 난 자신도 모르게 목메인 목소리로 말했다.

"저건…… 불장대야."

성문 통과에는 시간이 조금 지체되었다. 제레인트와 레니는 외국인이기 때문이었다. 하지만 제레인트는 계속 싱글벙글거림으로써 성문 경비 대원들이 엄한 표정을 짓는 것을 포기하도록 만들었다. 그리고 레니의 경우엔 성문 경비 대원들의 관심을 끄는 데도 실패해 버렸다. 내가 경비 대원이라도 저런 소녀에게 의심의 눈초리를 보내진 않겠다. 게다가 길시언이 경비 대원들에게 몇 마디를 하자 그들은 당황한 표정까지 지어보였다. 궁성까지 안내하겠다는 성문 경비 대장의 말을 점잖게 거절한 다음 우리들은 시내로 들어서게 되었다. 성문을 들어서자 저녁이면 오히려 더욱 부산해지는 바이서스 임펠의 모습이 눈에 들어왔다.

제레인트는 그대로 발작을 일으키는 것이 아닌가 싶은 모습이었다. 마차가 성내로 들어서자마자 제레인트는 모든 방향을 향해 손가락질을 해대기 시작했다.

"으와! 후치! 저 불장대, 저 불장대!"

"가로등!"

"아, 그래. 가로등. 저 가로등은 매일 마법사들이 와서 켜는 거냐?"

"영원히 켜져 있는 거예요. 낮에는 덮어두는 거지요. 그리고 제발 목소리 좀 낮추면……."

"맙소사! 저 건물 높이 좀 봐! 2층, 4층…… 5층이야! 어떻게 5층짜리 건물이 있을 수가! 테페리여, 하늘 아래 어찌 저런 것이! 으아! 칼, 카아아알! 저게 뭐지요? 저기, 언덕에 있는 저, 저, 저!"

'그랜드스톰입니다.'라는 칼의 대답은 매우 희미하게 들려왔다. 그래도 마차 안에 있는 사람들은 좀 나은 팔자지. 마차 지붕 위에 올라앉은 나와 네리아, 운차이는 시민들의 시선으로부터 몸을 숨길 곳도 없단 말이야. 난 주위에서 바라보는 시선에 대해 매우 비통한 표정을 지어보였다. 마치 그런 표정을 지으면 저 행인들이 우리가 간질 환자를 옮기고 있다고 여기곤 우리 처지를 동정해 줄 듯이. 하지만 행인들은 우리 쪽으로 많은 시선을 보내지는 않았다.

네리아는 지붕 위에 오도카니 앉아서 게으른 동작으로 사방을 둘러보았다. 그러다가 그녀는 갑자기 내 쪽을 바라보며 말했다.

"이상하지?"

"예."

확실히 뭔가 좀 이상했다. 주위가 너무 조용한 것이다. 저번에 우리들이 찾아왔을 때는 트윈문의 축제였기 때문에 소란스러웠을 것이다. 하지만 그것을 고려한다 하더라도 이건 너무 조용하다. 거리를 걷는 인파들의 모습도 내 기억에 비추어봐서 5분의 1도 안 되는 것처럼 보였다. 저번에 찾아왔을 땐 그렇게도 내 눈을 즐겁게 해주던 그 아리따운 아가씨들이 다들 어디로 가버린 거지? 그리고 골목골목을 돌 때마다 들려오던 노랫소리와 웃음소리들은 다 어떻게 된 거지? 이렇게 소란스러운 일행이 탄 6두 마차라면 제법 구경거리가 될 것인데도 시민들은 거의 신경을 쓰지 않는 모습이었다.

아니……, 그런 것이 아니다. 신경을 쓰지 않는 것이 아니라 어떻게 신경을 써야 될지 모르는 것이다. 거리를 걸어가는 사람들 중엔 어디서든지 알아볼 수 있는 눈을 가진 사람들이 많았다. 마치 이렇게 희한한 것은 처음 본다는 듯이 넋을 빼놓은 채로 가로등을 바라보는 사람, 주위의 위용에 짓눌려 잔뜩 위축된 얼굴을 하고 있는 사람, 그리고 보니 긴 여행에 지친 사람들의 모습도 눈에 들어왔다. 커다란 가방이나 짐꾸러미를 가진 사람들, 그리고 어린 아이들의 손을 꼭 부여잡은 채 걸어가는 부모들의 모

습도 보였다. 그 꼬마들은 온몸에 먼지가 켜켜로 쌓인 채 피로에
지쳐 꿈결처럼 걸어가고 있었다. 확실히 바이서스 임펠의 시민들
이 아니다. 저 사람들은 어디서 온 사람들일까? 그리고 왜 수도
로 온 것일까?

난 운차이를 바라보았다.

"운차이. 당신 떠나올 때도 이랬어요?"

운차이는 찌푸린 얼굴로 주위를 바라보다가 음산하게 말했다.

"아니."

"그럼 바이서스 임펠이 갑자기 이렇게 음산하게 바뀌었다는 건
가요?"

"전쟁이니까."

네리아가 고개를 끄덕이며 말했다.

"드디어 수도에까지 영향을 미치기 시작하는 모양이네. 그 오
랜 전쟁에도 끄떡없던 이 도시도 이젠 전쟁의 폭풍 속에서 혼자
꽃을 피울 수는 없는 거야."

"시적이군요."

제레인트와 레니는 시내 구경에 정신이 팔려 있었지만 난 불안
했다. 국경까지, 아니 전선까지 굉장한 거리를 두고 있는 이 도
시에도 전쟁의 여파가 밀어닥친다는 것인가? 교역이 중단되고 젊
은 남자들이 전선으로 달려가버린 여파가 이제야 이 거대한 도시
의 위용을 잠식하기 시작하는 것인가?

저녁 별들이 가로등 위의 어둠 속으로 무리지어 움직일 무렵,
유니콘 인의 말구종은 이제는 정말 더 못 참겠다는 목소리로 우
리를 맞이하게 되었다.

"맙소사! 이, 이, 이번엔 6두 마차입니까!"

제레인트는 이 해괴한 인사에 대해 몹시 의아한 표정이 되었지만 우리는 별 설명을 하지 않았다. 말구종은 여관 안쪽을 향해 고함을 질렀다.

"주인님! 주인님! 나와보세요! 놀랄 거예요!"

"뭐야, 이 녀석아. 왜 그렇게 고함을 지르는 거야."

여관 주인장 리테들은 앞치마에 손을 닦으며 나왔다. 길시언이 쾌활한 목소리로 인사했다.

"여! 오래간만입니다. 주인장!"

리테들은 퉁겨지듯이 뒤로 물러나다가 그대로 뒤통수를 건물 벽에 들이박고 말았다. 그래서 오래간만의 재회는 먼저 리테들 씨의 뒤통수에 대한 심심한 애도의 표현으로 시작되게 되었다.

"괜찮으십니까?"

"맙소사! 돌아오셨군요! 이건 또 뭡니까? 이런 6두 마차라니? 다음에는 유니콘이나 드래곤을 타고 오실 겁니까? 굉장한 마차군요! 엘프 마부는 없는 겁니까? 아, 옛 어르신들 말씀대로 세 집 처녀가 애를 낳으면 놀랄 일도 없는 법이라지요. 어서들 들어오십시오. 맙소사! 당신들이 돌아왔다니, 이 근처의 소문 좋아하는 패거리들은 모조리 몰려들겠군요! 우리는 아직도 그날 밤의 이야기를 즐겨 한답니다. 식사, 술, 침대, 욕탕, 화장실 어느 쪽입니까?"

길시언은 싱글거리면서 대답했다.

"그런 질문을 받은 손님들은 대개 무슨 대답을 합니까?"

"보통 앞의 두 개올습니다. 하지만 몹시 푸르죽죽한 얼굴을 한 채 짓눌린 음성으로 다섯 번째를 지정하시는 손님들도 계시지요.

와하하!"

난 아프나이델이 몹시 푸르죽죽한 얼굴을 한 채 짓눌린 얼굴을 하고 있는 것을 깨닫고는 그 대신 리테들 씨에게 다섯 번째도 있다고 말했다. 아프나이델은 겸연쩍은 얼굴로 말했다.

"아니, 세 번째야. 마차 때문에 멀미가 나려고 해."

아프나이델이 휘청거리는 모습을 보고서 엑셀핸드는 걱정스러운 얼굴로 그를 부축하려고 했다. 키가 크고 깡말라서 더욱 껑충해 보이는 아프나이델이 탄탄하고 작달막한 엑셀핸드의 부축을 받아 여관 안으로 들어가는 모습은 여관의 하인 하녀들을 미소짓게 만들었다.

잠시 후 레니와 네리아는 시간이란 원래 욕탕에서는 흐르지 않는 것이라고 믿는 사람들처럼 욕탕에 틀어박혀 있게 되었다. 우리들은 먼지투성이가 된 옷을 조심스럽게 벗어던지고 얼굴과 팔등을 대충 씻은 다음 홀로 내려왔다.

홀은 고요했다. 칼은 근심스러운 얼굴로 홀을 둘러보더니 맥주잔을 들고 온 리테들 씨에게 말했다.

"손님들이 적은 것 같군요."

"말도 마십시오. 이런 시절에 여행을 하는 여행자가 진짜 금테 두른 여행자지요. 이 자식아! 그 접시는 거기가 아니야! 아, 실례했습니다. 요즘은 저도 괜히 까탈을 부리는 일이 많군요. 원참. 여관업으로 밥먹고 산 지도 30년이 넘었지만 올해 같은 불경기는 보다보다 처음입니다."

"전쟁 때문입니까?"

"아니, 여러분들은 도대체 어딜 가 계셨던 겁니까?"

리테들 씨는 우리들에게 맥주잔을 돌리더니 벽난로에 장작 하나를 던져놓고는 불쏘시개로 잠시 벽난로를 뒤적거려 공기가 통하도록 했다. 그러고 나서 그는 파이프를 꺼내어 물고는 우리 테이블에 같이 앉았다. 홀 안엔 거의 손님들의 모습을 찾아볼 수가 없는지라 주인장은 마음대로 게으름을 부리고 있었다.

리테들 씨는 파르스름한 연기를 하늘로 날려보내더니 풀죽은 목소리로 말했다.

"어수선하기 짝이 없습니다. 뭐……, 이런 일이 일어나면 좋아하는 축들도 있긴 하지요. 하지만 말입니다. 이건 아침에 일어나고 낮에 일하며 저녁 시간엔 맥주 한 파인트로 잠을 청하는 것을 생활의 도리로 생각하는 사람들에겐 어려운 시절입니다."

"전쟁이 많이 어렵습니까?"

리테들 씨는 잠시 콧등을 만지작거리더니 목소리를 낮추면서 은근한 태도로 말했다.

"오시면서 피난민들을 혹 보셨습니까?"

피난민? 아, 그 이상한 여행자들. 그 사람들이 피난민이었나?

"예. 여행에 지친 사람들을 보았습니다. 그랬군요. 역시 피난민들이었군요."

"사우스 그레이드는 지금 완전히 쑥대밭이랍니다. 사우스 그레이드에서 돌아온 여행자에게 들었는데 말입니다. 그곳에선 대로변에 앉아 잠시만 기다리면 100명쯤 되는 피난민을 볼 수 있답니다. 피난민들이 줄을 잇고 있대요."

길시언은 눈을 둥그렇게 떴다.

"아니, 그렇게 심각합니까?"

"말도 마십시오. 요즘 이 도시 인구가 두 배는 늘어난 느낌입니다. 여러분들은 밤에 오셔서 잘못 보았겠지만 말입니다. 낮에 어디 성문 근처에 서서 구경해 보세요. 믿어지지 않을 정도입니다. 저 많은 사람들이 어디서 오나 싶게 꾸역꾸역 몰려듭니다."

길시언은 이를 꽉 깨물면서 신음처럼 말했다.

"이런……. 아니, 어떻게 이렇게 갑자기?"

"그것 참. 전쟁 일어난 것은 꽤 되는데 왜 갑자기 피난민들이 발생하는 것이지? 이해가 안 되는군요."

칼도 근심스러운 얼굴로 말했다. 그러자 리테들 씨는 잠시 주위를 둘러보더니 나직하게 말했다.

"이건 모두들 쉬쉬하는 이야기입니다만, 아무래도 확실한 사실입니다."

"무슨 이야기인데요?"

"전선에서 지골레이드가 없어진 모양입니다요."

리테들 씨는 잠시 말을 멈추었다. 우리들이 충분히 놀랄 시간을 주려 드는 모양이다. 하지만 우리들은 별로 놀라지도 않고 그저 묵묵히 고개를 끄덕임으로써 리테들 씨를 당황하게 만들었다. 칼은 말했다.

"그 이야기는 알고 있습니다."

"예? 아니, 혹시 전선에서 오시는 길이십니까?"

"아니오. 여행중에 우연히 알게 되었습니다."

"그렇습니까? 어쨌든 그래서 지금 전선에서는 조금도 전진을 못하는 상태, 아니 뒤로 밀리지 않고 지키기에도 급급한 상태라고 합니다. 그래서 사우스 그레이드의 분위기가 굉장히 나빠요. 주민들이 피하는 것도 다 이유가 있지요."

"음. 그렇군요. 하지만 그렇다면 마구 밀리는 상태란 말입니까? 지키기 급급하다는 말은 아직까지는 그렇게 심하게 밀리고 있다는 말은 아니겠지요?"

"예. 그렇긴 합니다."

"그렇다면 이상하군요. 단순히 전쟁이 악화되고 있다는 이유만으로 주민들이 그렇게 피난을 올 리는 없을 텐데요. 뭐…… 설령 완전히 패배하기 직전이라고 해도 어차피 주민들이 싸우는 것이 아니지 않습니까. 혹시 자이펀인들의 앞뒤 없는 살육에 대한 소문이라도 퍼진답니까?"

리테들 씨는 고개를 끄덕였다.

"아뇨, 아뇨. 단순히 전쟁에서 밀리는 것뿐이라면 오죽 좋겠습니까? 이상한 소문이 퍼지고 있답니다. 앞뒤 없는 살육이 문제가 아니지요. 녀석들이 그렇게 신사적일까요? 놀라지들 마세요."

운차이는 눈을 찡그린 채 리테들 씨를 바라보고 있었다. 그러나 리테들 씨는 흥분해서는 그 눈길을 눈치채지 못하고 있었다. 그는 낮지만 거센 목소리로 말했다.

"자이펀인들이…… 악마를 불러낸대요!"

"악마라구?"

운차이의 눈이 번득였다. 우리들은 이게 무슨 이야기인지 이해를 못한 얼굴로 리테들 씨를 바라보았고 그의 목소리는 한층 낮아졌다. 그는 무시무시한 어조로 거의 속삭이듯이 말했다.

"예. 무시무시한 악마랍니다. 시뻘건 몸에 쇠꼬챙이 같은 꼬리를 하고 온몸엔 벌레가 들끓는 악마랍니다. 그 악마는 구름이 별을 가리는 캄캄한 밤중에 살그머니 바이서스 군 진영으로 날아온답니다. 그래요. 몇몇 눈밝은 병사들이 분명히 목격했지요. 그리고 그 악마는 바이서스 진영을 고래고래 저주하고는 자신의 비밀 암호를 남겨둔답니다요. 다음날 아침이면 태양이 갑자기 불길로 바뀌면서 어제까지만 해도 팔팔하던 병사들이 픽픽 쓰러져나간답니다. 종군 프리스트들마저도 질병에 걸려 쓰러진대요. 이 무슨 괴악한 일이랍니까."

리테들 씨는 이번에야말로 하는 표정으로 우리들의 얼굴을 주욱 둘러보았지만 아쉽게도 우리들은 이번에도 별로 놀라지 않았다. 대신 땅이 꺼질 것 같은 한숨을 쉬었을 뿐이다(운차이의 경우엔 쓴웃음을 지었다.). 아마도 그 눈밝은 병사들이란 주로 보초를 서면서 유달리 졸기를 잘하는 병사라든지 몽유병 증세가 있는 병사, 혹은 허풍을 잘 치는 병사겠지. 젠장. 자이펀놈들이 그 질병의 무기, 신의 권능을 훔쳐 만든 인간의 무기를 실전 배치한 모양이군.

길시언은 비통한 음성으로 말했다.

"스카일램 트리키 공이 그 사실에 대해 이야기한 것이 언제인데…… 아직 해결책을 찾아내지 못한 모양이군요. 제기! 그 귀족원에 푸르고 아름다운 소나무여. 관뒤! 장난칠 기분 아니야! 제기랄. 그 귀족원에 건의 서류가 들어가면 곰팡이가 피기 전에는 절대로 결재가 안 나옵니다. 현실 감각 없고 느려터진 작자들 같으니."

칼은 한숨을 쉬며 말했다.

"이건 현실적인 일이라 할 수도 없습니다. 내각이라 할지라도 무슨 대책이 있겠습니까."

리테들은 당황한 얼굴로 이 사람 저 사람을 쳐다보다가 말했다.

"저, 지금 무슨 이야기를 하시는 겁니까?"

"아, 별말은 아닙니다. 그런데 그 악마의 이야기는 시민들 대부분이 아는 겁니까?"

"예? 아, 시민이라고 해서 귀가 없는 사람들은 아니니까요. 진료소에 다니는 부인네들이라든지 궁내부원들의 입에서 줄줄 새어 나오는 이야기입니다. 피난민들의 입에서도 나오고요. 사실 이런 말이 있지 않습니까. 바이서스 임펠 시민이란 국왕이 입고 있는 속옷이 며칠째 입고 있는 것인지도 맞출 수 있는 자들이라고."

길시언은 당황한 얼굴로 자신의 바지를 내려다보았고 그래서 난 웃음을 참기 위해 애써야 했다. 맥주를 홀짝홀짝 마시던 제레인트가 지나가는 말처럼 말했다.

"민심이 어지럽겠군요."

칼은 고개를 끄덕였다.

"그럴 겁니다. 리테들 씨?"

"아, 그렇지요. 난리도 아닙니다. 도둑 길드에선 반역을 일으켜 도둑들의 시체가 교수대에 주렁주렁 매달리질 않나, 전선에선 지골레이드가 달아나버리고. 자이펀인들은 악마를 불러낸다는데다가 피난민들은 꾸역꾸역 몰려오고, 또…… 이 모든 사태보다 더 무서운 이야기가 있습니다요."

리테들 씨는 상당히 애써서 비장미 넘치는 얼굴을 만들어낸 다음 그 얼굴에 어울리는 목소리로 말했다(물론 우리들은 심드렁한 얼굴로 듣고 있었다).

"드래곤 로드가 부활한답니다!"

"푸홉!"

엑셀핸드의 반응은 기어코 리테들 씨를 만족시켰으리라. 리테들 씨는 저런저런…… 하고 말했지만 상당히 악질적으로 즐거워하는 얼굴이었으니까. 엑셀핸드는 마시던 맥주를 턱수염에 온통 쏟아놓고는 입을 딱 벌렸다.

"이보시오! 거 무슨 이야기요?"

"정말입니다. 누구나 다 이야기를 하고 있어요. 갈색 산맥에 잠들어 있던 드래곤 로드가 부활한대요. 드래곤 로드는 얼마 있지 않아 깨어나서는 루트에리노 대왕의 나라를 산산조각내 버릴 거라고들 합니다."

갈색 산맥의…… 드래곤 로드? 아, 크라드메서겠지. 정말 소문이라는 것은 대책이 없는 것이로군. 우리들이 다시 한숨을 쉬는 모습을 보면서 리테들 씨는 어이가 없는 얼굴이 되었다. 그러다가 그는 분노한 얼굴로 말했다.

"아니, 지금 절 실없는 헛소리나 하는 사람이라고 생각들 하시는 겁니까?"

"아니오. 아닙니다. 하지만 그 말은 믿을 수 없군요."

"하지만 이건 확실한 사실입니다! 여러분들도 잠시만 시간을 내어 시내를 돌아다녀 보십시오. 지금 제가 하는 말은 오히려 너무 냉정하게 말한 거라고 생각하게 되실 겁니다. 웬 미치광이 같은 소문에는 말입니다, 드래곤 로드가 999마리의 드래곤과 함께 바이서스 임펠로 날아올 날이 멀지 않았다는 이야기도 있습니다. 어디 그것뿐인 줄 아십니까?"

순간 칼의 눈이 번뜩였다. 칼은 날카로운 얼굴로 길시언을 바라보면서 뭔가 묻는 듯한 눈짓을 했고 그러자 길시언도 날카로운 얼굴로 자신의 몸을 구석구석 내려다보더니 근심스러운 어조로 대답했다.

"내 얼굴에 뭐가 묻었습니까?"

칼은 땅이 꺼지는 한숨을 쉬었다. 으으. 실없는 왕자님 같으니라구. 칼은 고개를 가로저으며 말했다.

"소문 유포입니다."

"예? 소문 유포라니……. 아니, 이런, 빌어먹고 저주받을!"

길시언은 테이블을 쾅 내리쳐서 리테들 씨를 찔끔하게 만들었다. 운차이는 파이프를 꺼내어들면서 묵묵히 고개를 끄덕였다.

"놈들이 꽤나 바쁘게 돌아다니는 모양인걸."

난 운차이가 '놈들'이라고 말한 점에 주목했다. 난 그의 얼굴을 살펴보았지만 그 얼굴엔 뭔가 내심을 짐작할 만한 표정은 떠오르지 않았다. 샌슨은 당황한 얼굴로 세 사람을 번갈아 쳐다보았고, 그래서 내가 설명을 해주기로 했다.

"이런 황당한 소문이 퍼지는 것은 자이펀 간첩들이 헛소문을 유포시키는 거야. 민심을 혼란시키는 거지."

"우와! 그렇구나, 후치!"

반응은 엉뚱하게도 제레인트에게서 터져나왔다. 샌슨은 대신 말없이 자신의 이마를 딱 올려붙였다. 꽤 아플 텐데. 리테들 씨는 놀란 얼굴로 날 바라보더니 다시 칼을 바라보았다.

"예? 가, 간첩이라구요?"

"예. 자이펀 간첩들이 바이서스 임펠에서 활동하고 있는 겁니다. 사실 별로 놀랄 일도 아닙니다. 간첩들이 적국의 수도에 있다는 것은. 게다가 그 소문들이라는 것이 하나같이 그럴듯한 근거도 있는 것들이니. 이거, 참."

내 말을 정정. 아까의 그 병사들이란 보초 서면서 졸거나 몽유병이 있거나 허풍을 친 것이 아니라 사실 병사의 탈을 뒤집어쓴 자이펀 간첩이었으리라. 정말 '이거, 참.'이다.

길시언은 흥분한 자세로 벌떡 일어났다.

"아무래도 안 되겠습니다. 난 지금 당장 임펠리아에 좀 가봐야겠습니다."

"아, 예. 거기서 주무시겠습니까?"

"아니오. 이야기를 좀 나눠보고 돌아와서 여러분들에게도 전해 드리겠습니다. 그런데 칼. 나와 함께 가지 않겠습니까?"

"예? 음. 그러고 보니 일스 사절 건에 대해서도 사죄를 해야 하고. 알겠습니다. 같이 가도록 하지요. 다른 분들은 어쩌시겠습니까?"

다른 사람들은 모두 느긋하게 다리를 펴고 쉬고 싶다는 대답을 했지만 제레인트는 아주 간절한 표정으로 칼을 바라본 끝에 그와 함께 여관을 나서게 되었다. 그 모든 일은 눈 깜짝할 사이에 일어났으며 리테들 씨는 이미 불 꺼진 파이프를 손에 든 채 멍한 얼굴로 우리들을 바라보았다.

운차이는 파이프에 다시 담배를 채우고는 엑셀핸드에게 담배 쌈지를 던져주면서 말했다.

"저녁 메뉴는 뭐지?"

우리들이 저녁 식사를 마칠 때까지도 여관에 새로 들어오는 손님은 보이지 않았다. 정말 수도의 사정이 많이 좋지 않은 모양인 걸. 대신 초라한 몰골을 한 돈 없는 피난민들이 몇 번 얼굴을 들이밀었을 뿐이었다. 리테들 씨는 우리들에게 그가 악당은 아니지만 그렇다고 성인(聖人)은 더더욱 아니라는 것을 가르쳐주었다. 그는 상대의 몰골을 봐가면서, 눈살을 찌푸리며, 때론 여관비를 인하해 주곤 했지만, 무료로는 안 된다는 점을 확실히 말했다. 그것을 보고 있던 샌슨은 성질을 부렸다.

"에이, 참! 보고 있기 짜증나네!"

그러더니 샌슨은 곧 주머니를 뒤져 작은 보석 하나를 꺼내어 리테들 씨에게 건네주었다. 리테들 씨는 놀란 얼굴로 샌슨을 바라보았고 샌슨은 어깨를 으쓱이며 말했다.

"그거면 오늘 하룻밤은 충분하겠지요? 돈 있는 사람에겐 돈 받고, 없는 사람은 그냥 좀 재워줘요. 손해는 안 보시겠지요?"

손해? 저 보석이면 이 여관을 한 달은 빌릴 수 있을 게다. 리테들 씨는 입이 쫙 벌어져서는 샌슨에게 굽실거렸고 샌슨은 겸연쩍은 얼굴이 되었다. 난 빙긋 웃으며 말했다.

"안 아까워?"

"전혀."

그러니 샌슨 퍼시발이지. 하하하! 엑셀핸드는 일찌감치 침대에 곯아떨어져 있는 아프나이델을 위해 커다란 접시에 음식을 이것저것 담은 다음 술병도 하나 꿰차고선 2층으로 올라갔다. 간신히 목욕을 마친 레니는 소리 소문도 없이 자신의 방으로 사라져버렸지만 네리아는 맥주잔을 붙잡고는 테이블 위에 다리를 올려놓은 채 우리와 어울렸다. 나와 샌슨, 네리아, 그리고 운차이는 유니콘 인의 넓은 홀을 독점한 채로 앉아서는 이야기를 나누었다. 네리아가 입에서 맥주잔을 떼놓으며 말했다.

"카아……, 샌슨이 정말 그랬어?"

난 제대로 닦지도 않은 그녀의 머리에서 물방울이 맥주잔으로 떨어지는 모습을 보느라 대답을 놓쳤다. 네리아는 의자 뒷다리로만 균형을 잡은 채 앉아서는 빨간 귓불을 만지작거리면서 샌슨을 바라보았고 샌슨은 그 시선을 무시하면서 맥주잔만 기울였다. 네리아는 싱긋 웃고서 다시 샌슨에게 말했다.

"수도가 그렇게 엉망이라구?"

"그렇다더군."

"다른 건 몰라도 지골레이드가 없어져서 전선에서 밀린다는 이야기는 신빙성이 있는걸."

그러자 샌슨은 팔짱을 낀 채 심각한 얼굴로 고개를 끄덕였다.

"맞아. 아무리 생각해 봐도 돌맨 할슈타일이 왜 지골레이드를 놔줬는지 이해가 되지 않아. 운차이는 돌맨으로 하여금 크라드메서의 라자가 되게 하려는 것이라고 말했지만, 그게 신빙성이 있는 이야기일까?"

"후작에게 찾아가 물어볼까?"

"그랬으면 좋겠군."

운차이는 네리아와 샌슨의 이야기에는 관심도 두지 않은 채 낮부터 주물럭거리던 그 나무 토막을 붙잡고 나이프를 놀려대고 있었다. 그의 나이프가 은빛을 발할 때마다 서걱거리는 소리가 들리면서 나뭇조각이 테이블 위로 튀었다. 샌슨은 그 작업을 바라보다가 운차이에게 말을 걸었다.

"이봐. 네 의견 말이야. 그럴 듯하긴 하지만 아무래도 미심쩍은 데가 많아."

"그래서 날더러 어쩌라는 거야."

운차이는 고개도 들지 않은 채 퉁명스럽게 말했다. 샌슨은 조금 당황한 얼굴로 말했다.

"뭐 특별히 어쩌라는 것은 아니야. 토론을 좀 하고 싶다는 거지."

"난 관심 없으니 내버려둬."

"원 참 딱딱하게 구네. 그런데 그건 도대체 뭐야?"

운차이는 대답하지 않았고 샌슨은 어깨를 으쓱였다. 그때 난 네리아가 고민스러운 얼굴로 천장을 바라보고 있다는 것을 알게 되었다. 네리아는 천장을 보며 말했다.

"후치야."

"예."

"이 일이 끝나면 어떻게 되는 거지?"

"예?"

"그러니까 말이야. 우리 일들이 모두 순조롭게 끝나면…… 어떻게 되는 거니? 우리들 모두의 미래가 어떻게 바뀔까?"

"미래요? 난 그 친구와는 소원한 관계인데."

"그럼 넌 어떻게 되겠니?"

난 맥주잔을 들어올렸다. 맥주를 마시면서 나는 주위 사람들의 숨소리, 벽난로에서 장작이 부러지는 소리, 그리고 운차이의 손에서 들려오는 서걱거리는 소리를 들었다.

"글쎄요. 갈색 산맥으로 가서, 크라드메서를 만나고, 그와 레니가 계약을 이루도록 도와주고, 그러곤 고향으로 돌아가는 거지요. 드래곤 로드에게 얻은 보석이 있으니까 아무르타트에게 몸값으로 주고…… 억류된 사람들을 되찾아올 수 있겠지요."

"그리고 모두들 영원히 행복하게 살았다?"

맥주 한 모금이 필요한 대답인 것 같군. 그래서 난 다시 길게 한 모금 마신 다음 대답했다.

"그렇게 되긴 어렵겠지요. 우린 너무 큰 일에 휘말려버렸으니까 예전에 살아가던 방식으로 내일을 살아가긴 어렵겠지요. 하지만, 어차피 침대에서 눈뜰 때부터 다시 침대에 몸을 눕힐 때까지 무슨 일이 일어나도 하나도 이상할 것이 없는 거잖아요."

"그래?"

"예……. 먼저 자이펀의 일. 이 전쟁 말이에요. 잘 알지는 못하지만 어쨌든 그 일부에 대해서라도 알게 되었으니까 그 전쟁에 대해 계속 생각하게 되겠지요. 과연 바이서스가 계속 평화로울 수 있을지 고민이에요. 지금으로선 대단히 위험한 셈이잖아요."

"또 있니?"

"넥슨의 일. 넥슨은 과연 레니가 크라드메서의 라자가 되고 나면 모든 것을 포기할까요? 그 자의 마음속에 남아 있는 것은 바이서스에 대한 증오심뿐이고…… 그 남자의 인격 전체의 주춧돌로 남은 것이 그 증오심인 것 같아요. 음……, 이런 것 같아요. 사랑과 증오는 둘 다 상대에게 어떤 반응을 이끌어낼 수 있어요. 그리고 그 반응을 통해 자신을 찾을 수 있지요."

"무슨 말이니?"

"핸드레이크의 말이지요. 나는 단수가 아니다. 모든 사람에 대해 아무런 감정도, 관계도 없는 사람은 죽은 사람인 것 같아요. 그리고 그런 감정과 관계는 기억이라는 이름으로 개인에게 축적되는 것 아닐까요. 뭐, 그걸 개성이라고 부를 수도 있을 것 같고."

네리아는 눈을 동그랗게 뜬 채 내 얼굴을 바라보다가 고개를 끄덕였다.

"이해가 되는 것 같아. 음, 그런데?"

"그런데 넥슨은 그것을 잃었어요. 음……, 영원의 숲이 생각나네요. 영원의 숲에 들어가면 자신이 사라진다고 했어요. 그런데 숲에 들어가지 않았던 그 친구들도 기억을 잃지요? 그 사람에 대한 기억 말이에요. 영원의 숲에서는 '자신'이 없어지지요. 여기서 알 수 있잖아요. 우리는 이 몸 안에 있는 '나'과 다른 사람

속에 있는 '나' 전체를 합친 것이 바로 우리들 자신이 아닐까요. 핸드레이크의 말처럼."

"그런데 그것이 넥슨의 일과 무슨 상관이지?"

"예……. 그러니까 우리들이 살아 있다는 것은 다른 사람들과 관계를 맺고 있다는 것이지요. 관계 중에 대표적인 것이라면 아마 사랑과 증오겠지요. 그런데 사랑과 증오 중에서 더 빠르고 손쉬운 것은 증오지요. 사랑은 어차피 개인주의적일 수밖에 없는 인간에겐 어려운 일이지만 증오는? 아주 쉬워요."

"그래서?"

"넥슨은 자신을 되찾기 위해서는 화를 내는 편이 쉽다는 것을 알 테지요."

"넥슨은 모두들 미워함으로써 거꾸로 모두를 미워하는 자신, 뭐 그런 자신을 찾으려 한다는 거야?"

"내 생각일 뿐이에요."

네리아는 조용히 맥주잔을 바라보았다. 그녀는 갑자기 히죽 웃더니 맥주 거품 속에 손가락을 집어넣어서는 조금 휘저은 다음 거품이 묻은 손가락을 입에 넣고서 빨았다. 손가락을 빼면서 네리아는 혼잣말처럼 말했다.

"우리가 무엇을 할 수 있을까?"

"예?"

"세상이 한 인생에 대해 부리는 횡포에 대해 우리가 무엇을 할 수 있을까?"

"비웃어주지요."

"뭐라구?"

"비웃어준다구요."

"……그래."

샌슨은 맥주를 벌컥벌컥 마셔대더니 콧노래를 흥얼거리기 시작했다. 운차이는 여전히 나무 토막을 깎고 있었고 난 초에서 흘러내리는 촛농을 바라보았다. 삐이걱. 문이 열리면서 낯선 얼굴이 들어선다.

"원, 참! 장사 안 되는 날이로군."

들어선 남자는 통자루 같은 외투에 귀까지 내려오는 모자를 쓴, 적당히 허름한 옷차림을 하고 있었는데 뭔가 커다란 나무 궤짝 같은 것을 멜빵으로 매고 있었다. 입구에서 몸을 툭툭 털자 먼지가 풀썩풀썩 일어났다. 이 여관의 손님인가? 여관 주인장 리테들 씨는 그 남자에게 다가가며 말했다.

"어서 오십시오!"

"방 하나 주슈. 얼마요?"

"혼자십니까? 그럼 독실에 식사 제공, 하루 1셀입니다."

남자는 거창한 외투를 들어올리더니 바지 주머니 속을 뒤적거리기 시작했다. 한움큼의 동전을 꺼낸 남자는 모자를 벗어 겨드랑이에 끼고는 동전을 헤아리기 시작했다. 모자를 벗으니 정수리 가까이까지 벗어진 이마가 드러났다. 저래서 모자를 쓰는 모양이군. 동전을 세던 남자의 얼굴에 당혹감이 떠오르는 것과 동시에 리테들 씨의 얼굴엔 미소가 떠올랐다. 뭐, 상관없겠지. 샌슨이 오늘 저녁 이 여관을 통째로 빌려 무료 개방해 버렸으니까. 그래서 리테들 씨도 저렇게 웃는 것일 게다.

별로 할 일이 없었던 난 그 남자를 망연히 바라보았다. 그런데 남자는 내 시선을 깨달은 모양이다. 그는 날 보더니 갑자기 리테들 씨에게 손가락을 하나 세워보였다.

"잠시만 기다리쇼."

그러더니 남자는 리테들 씨의 대답도 기다리지 않더니 곧장 우리 테이블로 뚜벅뚜벅 걸어왔다. 우리들이 의아한 표정으로 바라보는 가운데 남자는 등에 진 나무 궤짝을 텅 소리 나도록 내려놓았다. 그러더니 두 팔을 극적으로 벌리면서 말했다.

"생각해 보시오!"

"예에? 생각이오?"

샌슨은 얼떨떨한 어조로 대답했고 그러자마자 남자는 재빨리 말했다.

"미래를 볼 수 있다는 것은 얼마나 지독한 운명인가! 그러나 나 타로메슈 암파린은 만인에게 봉사함으로써 두 어깨에 짊어진 이 숙명의 무게를 조금이라도 가볍게 하는 방법을 알아내었소. (네리아를 슬쩍 보고 나서) 아름다운 레이디는 올봄엔 낭군님을 만나게 될지 고민하겠지. 그리고 (샌슨에게 눈을 찡긋거리며) 용맹한 전사께선 언제나 이름을 드날리게 될지 궁금하게 여기겠지. 그러나 미래를 가린 장막은 아침 안개와도 같아 두껍디두꺼우면서 모든 것이 희미한 법. 그러나 걱정 마시오! 여러분들은 오늘 저녁 인생에서 보기 드문 행운을 만난 셈이니, 여러분들 그 누구도 기대하지 않았겠지만 여기 타로메슈 암파린이 여러분들을 찾아왔소이다!"

리테들 씨는 머리를 벅벅 긁기 시작했지만 샌슨은 재미있다는 표정을 지었다.

"점을 보세요?"

"예끼! 미래를 보는 고상한 이 몸의 사명을 한낱 거리의 점복술사와 연관짓지 마시오. 나 타로메슈 암파린으로 말할 것 같으

면 유피넬과 헬카네스의 따님이신 시간의 원수. 여러분들의 미래
에 끼쳐질 인생의 횡포로부터 벗어나게 해주는 대가가 단돈 20퍼
셀이라면 믿으시겠소?"

이번엔 내가 낄낄 웃으며 말했다.

"그럼 맞춰보세요. 우리가 암파린 씨에게서 점을 볼까요, 보지
않을까요?"

"20퍼셀만 내거라. 그럼 맞춰보지."

제법이네? 난 웃으면서 주머니를 뒤져 10퍼셀짜리 동전 두 개
를 테이블 위에 올려놓았다. 그러자 암파린 씨는 의자를 끌어와
앉더니 테이블에 올려놓은 동전을 잡아 퉁겨올렸다. 그런데 동전
이 다시 내려올 때 암파린 씨의 손이 빠르게 움직인 것 같더니
갑자기 그는 두 손을 쫙 펼쳐보였다. 동전이 어디로 갔지? 샌슨
은 와! 하는 표정으로 암파린 씨를 바라보았고 암파린 씨는 눈을
찡긋거렸다.

"이제 맞춰보세요."

"뭘 말이냐?"

"예? 우리가 당신에게 점을 볼지, 보지 않을지를 말이죠."

"물론 점을 보지. 이미 내게 돈을 내고 묻고 있지 않느냐? 하
하하!"

난 이마를 딱 쳤다. 맙소사. 암파린 씨는 싱글거리더니 말했다.

"자, 그렇다고 해서 코 묻은 돈을 그냥 착복하는 비열한 짓은
하지 않아. 잠시만 기다리거라."

2

암파린 씨는 품속에 손을 집어넣더니 울긋불긋한 그림이 그려져 있는 카드 한 무더기를 꺼내었다. 그는 곧 현란한 손놀림으로 카드를 뒤섞기 시작했다. 리테들 씨도 흥미가 동한 표정을 짓더니 우리들과 합석했다. 암파린 씨는 카드를 꼼꼼하게 섞은 다음 한 무더기로 만들어 테이블에 거꾸로 올려놓았다.

"카드 점이에요? 처음 해보는 건데."

"그래? 왼손으로 치거라."

"친다고요?"

네리아가 말했다.

"적당히 덜어서 옆에 내려놓으라는 말이야."

난 시키는 대로 했다. 그러자 암파린 씨는 옆에 내려놓은 무더기 위에 원래 무더기를 올려 놓더니 그대로 놓고는 뭔가를 중얼거리기 시작했다. 무슨 말인지 알아들을 수 없는 말을 중얼거린 암파린 씨는 카드를 들고는 한 장씩 거꾸로 내려놓기 시작했다. 먼저 석 장을 나란히 놓더니 그 다음 두 장을 내려놓았다. 그 다음은 넉 장을 내려놓고는 다시 두 장을 내려놓아 모두 열한 장이 되도록 했다. 한 장 한 장을 내려놓을 때마다 암파린 씨는 알지 못할 말을 중얼거리며 진지한 동작으로 카드를 내려놓았다. 그리고 마지막으로 한 장을 좀 떨어진 곳에 따로 내려놓았다.

"자. 이건 엄숙한 작업이오. 한 소년의 미래가 걸린 작업이니까 모두들 함부로 소란을 떨거나 하지는 말아주시오. 자네 이름이 뭐지?"

"후치. 후치 네드발."

"좋아, 네드발 군. 앞에 세 장은 자네의 과거를 나타내는 거야. 어디 펼쳐 보게. 아, 그런데 말이야. 뒤집는 방향도 중요하거든? 좌우로 뒤집을지 앞뒤로 뒤집을지 잘 생각해서. 물론 왼손으로만 해야 되네."

난 왼손으로 앞에 놓은 석 장의 카드를 뒤집었다. 한 번은 좌우로, 다른 두 번은 앞뒤로 뒤집어놓으니 테이블 위에는 먼저 우스꽝스럽게 생긴 광대, 황야를 질주하는 전차, 힘센 장사의 그림이 나타났다. 마지막 힘센 장사의 그림은 거꾸로였다.

"광대와 전차, 힘……. 힘이 역방향이고 세 번째? 이놈 봐라? 여자가 많지?"

"예?"

"으하하하!"

난 얼빠진 표정을 지은 채 마구 웃고 있는 샌슨을 바라보았다. 샌슨은 테이블을 꽝꽝 두드리면서 말했다.

"크핫하! 정말 용하네요."

네리아 역시 배를 잡고 웃고 있었고 암파린 씨는 씨익 미소를 지으며 말했다.

"그 나이라면 괜찮아. 유혹에 약한 성격에 여자가 많으니 고민이 좀 되겠지만, 자네 팔자는 한 여자가 꽉 붙들고 있으니 전혀 걱정할 필요가 없어. 그 많은 여자가 다 소용이 없군 그래. 하지만 조심하는 것이 좋겠어. 자넨 만사에 적극적인 성격이지만 단

하나, 여자에게만은 굴복하기 쉬운 운이라구. 정신 바짝 차려야 돼!"

콰당! 기어코 샌슨은 의자째로 넘어가 버렸다. 샌슨은 허우적거리며 일어났지만 거의 실신할 정도로 웃고 있었기 때문에 일어나는 것이 더뎠다.

"크힉, 크히히히!"

네리아가 눈물을 줄줄 흘리면서 웃고 있는 모습을 보면서 난 언짢은 목소리로 말했다.

"아직은 여자에게 굴복하진 않았어요. 그 다음 두 장은 뭔데요?"

"이거 말인가? 이건 자네의 현재를 나타내지. 역시 주의 깊게 뒤집어보게나."

현재라구? 어디 보자. 난 이번엔 둘 다 좌우로 뒤집어놓았다. 샌슨과 네리아가 웃음을 멈추고 바라보는 가운데 나타난 것은 초승달의 그림이었는데 땅이 위로 간 것을 보아 거꾸로인 모양이다. 그리고 또 한 장은 역시 거꾸로 된 남자의 그림이었는데 남자는 뭔가 예복 같은 옷을 입고 있었다. 암파린 씨는 눈을 반짝반짝 빛내면서 말했다.

"이거 봐라? 자네, 여행의 목적이 거의 달성되어 가는 순간이군 그래? 그런데 거꾸로 된 하이 프리스트? 자네 여행의 목적을 위해 가장 중요한 자가 지금 자네 곁을 떠나 있군."

"가장 중요한 자가 없다구요?"

"그래. 게다가 두 번째라……. 그자를 찾지 못하면 거의 성공에 가까운 자네 여행이 어쩌면 실패로 끝나게 될지도 모른다네. 그자는 자네 여행의 열쇠를 쥐고 있군, 그래."

어라, 뭔가 섬뜩한 느낌이 드는걸. 어디 보자. 이제 바이서스 임펠까지 돌아왔으니 갈색 산맥으로 안전하게 가기만 하면 내 여행은 거의 끝난 셈이다. 아무르타트에게 줄 보석은 이미 준비되어 있고……, 뭐 하나 걱정할 것이 없군. 그런데 가장 중요한 사람이 없다고? 가장 중요한 사람은…… 레니지. 그런데 레니는 지금 2층에서 잘 자고 있잖아. 네리아는 고개를 갸웃거렸고 샌슨은 궁금한 얼굴로 말했다.

"암파린 씨. 이 친구의 여행 목적은 제 여행의 목적과 같은데 말이지요. 뭐 일행이니까요. 그런데 우리는 지금 중요한 사람들은 다 함께 있는데요?"

"하하하! 대개 뼈저린 실패란 완전무결한 준비를 갖추었다고 믿는 사람에게 찾아오는 법이야. 분명히 자네들은 지금 가장 중요한 사람을 아직 만나지 못했어. 아, 이미 만났지만 모르고 지나쳐버렸을 수도 있지. 어쨌든 빨리 그자를 찾는 것이 좋을 거야. 현재로선 성공의 가능성이 높은 만큼 실패의 위험도 높아. 한마디로 다른 모든 조건들이 완수되어 있는데 그자가 아직 준비되지 않았어."

"그것 참……. 그럼 그자가 누군지는 알 수 없어요?"

내 질문에 암파린 씨는 세 번째 열의 카드를 가리켰다.

"자네의 미래를 보세나."

세 번째 열에 있던 네 장의 카드를 뒤집었다. 나타난 것은 아무래도 왕으로 짐작되는 남자, 거꾸로 놓인 두 명의 연인의 그림, 그리고 수레바퀴처럼 생긴 알 수 없는 바퀴 그림과 추악하게 생긴 악마의 모습이었다. 암파린 씨는 고개를 갸웃거리며 카드들을 바라보았고 그러자 네리아는 재미있다는 듯이 웃으면서 말했다.

"어떻게 나왔어요? 후치는 내 아들이 되는 거예요?"

"악! 네리아, 제발!"

"뭐 어떠니. 그런 좋은 운이 나오지 않는다고는 볼 수 없잖아?"

우리가 옥신각신하는 모습을 바라보던 운차이는 한숨을 푹 쉬더니 다시 나무 토막을 깎기 시작했다. 세상 모든 사람들이 점을 친다고 해도 자신만은 나무를 깎고 있겠다는 듯한 얼굴이었다. 암파린 씨는 턱을 만지작거리더니 말했다.

"일단 자네의 그 중요한 사람은 만날 가능성이 높아. 안심해도 좋겠군."

"그래요? 다행이군요."

"그런데 말이야……. 그 사람과 만났을 때 자네의 선택이 중요해지는군."

"선택이라구요?"

"그래. 그자는 지금 자네에게 찾아오고 있어. 분명히 만나게 될 거야. 그런데 자네의 선택 여하에 따라 그자에게 도움을 받을 수도 있고 오히려 방해를 받을 수도 있어. 자네의 강력한 행동력과 자넬 괴롭히려는 운이 막상막하를 이루고 있거든. 지금 유피넬과 헬카네스는 지금 자네에게서 손을 뗀 상태야."

"예? 제가 유피넬과 헬카네스에게 버림을 받았다는 말씀이세요?"

"아냐, 아냐. 이 친구야. 보통 모든 사람들이 다 유피넬과 헬카네스의 도움을 받지 못한다구. 그들이 직접 개입하는 것은 대단히 중요한 영웅들에게 일어난 사건일 경우에나 그렇단 말이야.

하하하! 이 친구야. 아니 어떻게 유피넬과 헬카네스가 인간사에 마구 끼어들 것이라고 생각하는 것인가?"

"아……. 그런 뜻이에요?"

암파린 씨는 날 똑바로 바라보며 고개를 끄덕였다.

"그렇지. 자넨 대단히 중요한 선택의 갈림길에 서게 될 것이야. 자네의 현재엔 아직 준비되지 않은 그 조력자가 자네의 미래에선 자네의 옆에 있게 될 것이네. 모든 준비는 완료되겠지. 그리고 그 시점에서 유피넬과 헬카네스도 자네에게선 손을 뗄 거야. 자넨 오로지 자신의 힘과 지혜로만 그 중요한 선택을 수행해야 되겠지."

암파린의 진지한 말투 때문에 테이블은 순간 조용해졌다. 촛농 떨어지는 소리가 들릴 정도였다. 그때 암파린 씨는 너털웃음을 터뜨리며 말했다.

"하하하, 걱정 말게! 자네를 책임진 그 여자의 운이 썩 좋아. 그 여자의 운 덕분에 자네도 운이 필 가능성이 높은걸?"

웃어야 되나……. 제미니. 네 운이 좋단다. 하하하. 악! 나도 모르게 제미니가 내 팔자를 꽉 붙든 여자라고 생각해 버렸어! 샌슨은 크게 웃으며 내 어깨를 두드렸다.

"임마! 크하하하! 기분 좋겠다? 제미니 덕분에 네 운도 좋다잖아?"

내 어깨를 두드리는 저 샌슨의 손을 더도 말고 딱 10분 동안만 깨물어주고 싶다. 샌슨을 향한 내 모든 사랑을 담아 손뼈가 으스러지도록. 으으으!

네리아는 생긋 웃더니 말했다.

"그럼 나머지 두 장은 뭔데요? 그리고 저기 있는 한 장은?"

"아, 이거 말인가? 잠시 기다려보게. 자, 네드발 군? 나머지 두 장도 펼쳐보세나. 그런데 말이야, 이번엔 두 장 모두가 아니라 딱 한 장만 뒤집을 수 있다구. 알겠어?"

"한 장만이오? 어느 거요?"

"바로 그걸 선택하게. 둘 중 하나를 자네가 선택한 다음 뒤집어야 되네. 물론 방향도 잘 결정해서."

허엇. 이거 참. 눈 감고 짚어볼까? 에이, 뭐 대단한 것이라고. 겨우 카드 점일 뿐인데. 난 오른쪽 것을 뒤집어놓았다. 테이블 위에 드러난 카드는 탑을 쓰러뜨리는 드래곤의 카드였다. 드래곤의 공격에 의해 탑은 반쯤 무너지고 있었다. 어라? 무너지는 탑이라니. 난 카드를 흘긋 보았다가 암파린 씨를 쳐다보았다. 암파린 씨는 빙긋 웃더니 말했다.

"탑이잖아? 하하."

"왜 그러시죠?"

"축하하네. 자네에겐 내 조언이 적절했군."

"적절했다고요?"

"그래. 이제부터 조언하지. 자넨 두 명의 인간에 의해 모든 것이 결정되게 되어 있어. 첫째, 자네의 사랑은 한 여자가 가지고 있어. 요건 어쩔 수 없을 거야. 그 여자는 자넬 꽉 틀어쥘 테니 반항할 생각 하지 말고 순순히 받아들이게. (난 땅이 꺼져라 한숨을 쉬었다.) 둘째, 자네가 지금 하고 있는 모험은 한 조력자……, 어떤 열쇠 보관자가 책임지고 있지. 그자를 찾는 것에는 문제가 없겠지만 그때 자넨 생각을 잘해야 하네. 셋째, 내 조언은 자네에게 유익할 것일세. 이 패는 내 예언이 얼마나 가치 있는 것인가를 나타내는 것이야."

"아, 고맙습니다. 그런데…… 왜 두 장 중에 하나만 선택하게 하는 거지요?"

"이거? 이건 특별한 사람들만 펴볼 수 있는 패야. 하지만 자네에겐 필요가 없지."

"그래요? 궁금하네요."

"하하. 알아서 될 게 있고 알면 안 되는 것이 있는 법일세. 자네에겐 이 패가 허락되지 않았어."

"그럼, 저기 따로 떼어놓은 패는 뭔가요?"

난 조금 떨어진 위치에 있는 패를 가리켰다. 암파린 씨는 히죽 웃으며 카드들을 쓸어모았다.

"그것도 비밀. 자넨 알면 안 되는 것이지."

"그것 참……."

그때 네리아가 앞으로 나섰다. 그녀는 동전 두 개를 내어놓더니 눈을 반짝이며 말했다.

"나도 좀 봐줘요."

암파린 씨는 씨익 웃더니 두 개의 동전 중 하나만 집어들면서 말했다.

"얼마든지. 그리고 하나는 가져가시오. 미인은 항상 내 약점이란 말이야."

네리아는 환호를 지르며 동전 하나를 가져갔고 샌슨은 속이 거북하다는 표정을 지은 죄로 네리아에게 꽤나 꼬집혔다. 암파린 씨는 조금 전과 같은 순서로 카드 열한 장을 늘어놓고는 역시 조금 떨어진 곳에 한 장을 놓았다.

네리아는 흥미진진한 얼굴로 말했다.

"아, 두근거린다. 어디, 첫 번째 것은 내 과거라구요?"

"하하. 펼쳐보시오."

네리아가 펼쳐든 카드는 거꾸로 된 힘, 수레바퀴, 그리고 위아래가 바뀐 탑이었다. 암파린 씨는 빙긋 웃더니 말했다.

"그 영업 별로 재미없었겠소?"

"예?"

"아가씨가 해온 일은 아가씨도 별로 좋아하지 않는 일이야. 직업 바꾸는 것이 좋겠어. 취향에도 안 맞고 적성에도 안 맞지만 무엇보다 큰 문제는……."

"큰 문제는?"

네리아는 잔뜩 긴장한 목소리로 말했다. 그러자 암파린 씨도 진지한 목소리로 대답했다.

"솜씨가 뒷받침되지 않거든."

이번엔 나와 샌슨이 배를 붙잡고 웃어대었다. "킬킬킬킬!" 네리아는 입을 딱 벌리고 암파린 씨를 바라보았고 그 얼굴을 보다가 난 미쳐버리는 줄 알았다.

"우헤헤헤헤! 아저씨 정말 잘 맞추네요!"

"뭐야! 야! 후치!"

"오우, 제, 제발…… 크하하! 꼬, 꼬집지 좀 말아요. 으킬킬킬!"

"이……, 씨! 나 그래도 이 바닥에선 꽤 유명하다고요!"

네리아의 앙칼진 대답에도 불구하고 암파린 씨는 유들거리며 말했다.

"아마 아가씨만 그렇게 생각할 거요. 하하하."

"아저씨 순 엉터리야. 어디, 두 번째 것은 현재라구요?"

네리아는 화난 동작으로 두 번째 열의 카드를 재빨리 뒤집었다. 나타난 것은 뒤집힌 광대와 별이 그려진 카드였다. 별이라……, 루트에리노 대왕의 여덟 별? 암파린 씨는 내 망상에도 상관없이 말했다.

"흐음. 도와주는 사람들을 소중하게 여기는 것, 좋수다. 그 마음 계속 간직하는 것이 좋겠군."

"예? 아, 예…… 예?"

네리아는 당황한 듯이 이상한 대답을 해버렸다. 암파린 씨는 히죽히죽 웃으면서 말했다.

"아마 이 소년과 같이 여행해서 그런지 비슷해. 지금은 그런대로 만족할 만한 결과이긴 해. 하지만 아가씨 자신의 여행은 아직 끝나지 않았어. 그렇지만 좋은 사람들이 주위에 있군."

"좋은 사람들……. 그래요?"

"그래요. 하하."

네리아는 곰곰이 생각에 잠긴 표정을 지어보였다. 그러다가 그녀는 갑자기 해죽 웃더니 세 번째 열을 가리켰다.

"이건 제 미래라구요?"

암파린 씨는 미소 띤 얼굴로 고개를 끄덕였다. 네리아는 손가락을 쥐었다 폈다 하더니 카드를 조심조심하면서 뒤집었다. 그녀는 완전히 열중하고 있는지 머리카락이 흘러내려 코를 간질이는데도 아무 느낌을 받지 못하는 모양이다. 나타난 카드는 거꾸로 된 하이 프리스트, 거꾸로 된 악마, 그리고 은자처럼 보이는 낡은 옷의 프리스트와 연인의 모습이었다. 암파린 씨는 손바닥을 딱! 쳤다.

"굉장하군!"

"예? 뭔데요? 좋은 거예요?"

네리아의 다급한 질문에도 불구하고 암파린 씨는 고개를 끄덕거리며 계속 카드를 바라보았다. 네리아가 안절부절 못하다가 다시 뭐라고 말하려 할 때 암파린 씨가 말했다.

"그 남자 잡아요!"

"예?"

"그 남자 잡아요. 갈등할 필요 없어. 그 남자는 아가씨 천생연분이야. 쓸데없는 고민을 할 필요는 없어. 그리고 아가씨 자신을 비하할 필요도 없고. 결국 그 남자는 어쩔 수 없이 아가씨 거야. 그 남자는 이 어린 친구보다 더 심하게 붙잡혀 있는걸?"

"아니……, 도대체 무슨 말씀이세요?"

"몰라? 골치 아프군. 아직 아가씨는 모르는 모양이군. 상관없지. 암. 미래란 원래 그런 거요. 어느 날 아침 눈을 뜰 때 침대 옆에, 과거 같으면 도저히 생각지도 못할 남자가 누워 있는 것을 보고서도 '어서 일어나세요, 여보!' 라고 말하게 되는 것처럼 말이야. 어쨌든 아가씨는 확실한 남자가 있어. 그리고 그 남자 절대로 포기하면 안 돼요. 자신이 그 남자에 비해 모자란다거나 '나 같은 여자 사랑해 줄 리가 없어…….' 하는 생각은 절대로 할 필요 없어. 다시 없는 바보 같은 생각이지."

암파린 씨의 말을 듣고 있는 네리아의 얼굴에 홍조가 피어오르기 시작했다. 네리아는 살며시 고개를 끄덕였고 바로 그때! 오, 젠장. 샌슨이 입을 열어버렸다.

"이봐요. 그 불쌍한 남자가 도대체 누군지는 알 수 없어요?"

샌슨은 아마 오늘 밤새도록 쥐어뜯긴 손등을 아파하며 베개를 눈물로 적시게 될 터이다. 네리아는 마지막 카드 두 장을 가리키며 말했다.

"저도 선택해야 하죠?"

암파린 씨는 샌슨의 손등에 난 굉장한 상처를 바라보고 있느라 잠시 대답을 못했다. 그래서 네리아는 암파린 씨의 허락도 없이 마지막 카드를 골라 뒤집었다. 목 매달린 남자의 모습이 나타났다.

네리아는 카드를 보더니 움찔했다. 목 매달린 남자? 반역을 일으켜서 교수대에 걸린 도둑 길드원들? 암파린 씨는 카드를 물끄러미 바라보더니 입맛을 쩝 하고 다셨다.

"아가씨 패는 희한하군. 이 패가 쓰일 일은 잘 없는데."

"예?"

암파린 씨는 아무 대답 없이 따로 떼어둔 카드에 손을 가져갔다. 그는 잠시 카드 뒷면을 슬슬 문지르면서 말했다.

"이건 사실 내 카드거든. 엉터리 점술가라면 고객의 운명에 대해 통달한 척하지만 사실 운명을 본다는 것은 그렇게 일방적인 관계가 아니라오. 예언자와 대상 간의 문제지. 나는 단수가 아니지 않소?"

어라? 핸드레이크의 말이잖아? 내가 놀라서 뭐라고 말하려 했을 때 암파린 씨는 조용히 그 '자신의 카드'라는 것을 뒤집었다. 나타난 것은 여왕으로 짐작되는 여자의 모습이었는데 뒤집혀 있었다.

암파린 씨의 눈썹이 꿈틀거렸다. 네리아는 뒤집힌 여왕의 카드를 바라보다가 반쯤 웃으며 말했다.

"어머, 여왕님이네……?"

그러나 네리아의 밝은 목소리에도 불구하고 암파린 씨의 얼굴은 어두워졌다. 암파린 씨는 손을 모아 손가락을 하나씩 꺾기 시작했다. 우둑, 뚜두둑. 그는 그렇게 크게 호흡을 하더니 말했다.

"마지막 카드를 뒤집어요."

"예?"

암파린 씨는 네 번째 열에서 아직 뒤집히지 않은 카드를 가리켰다. 네리아는 당황한 눈으로 그 카드를 바라보더니 손을 내밀 생각은 하지도 않은 채 암파린 씨를 바라보며 말했다.

"왜지요? 후치는 둘 중에 하나만 선택하라고 했잖아요?"

"아가씨 운이 다른 사람 운과 같을 수 있나! 어서 뒤집어요!"

암파린 씨의 목소리는 높지 않았지만 강한 힘이 담겨 있었다. 네리아는 불만스러운 눈으로 암파린 씨를 바라보더니 조심스럽게 손을 내뻗었다. 마치 뱀이나 벌레 시체 같은 것에 손을 가져가듯이 흠칫거리면서. 그때였다.

"건드리지 마."

네리아의 손이 확 움츠러들었다. 그리고 테이블에 앉아 있던 사람들의 시선이 전부 한쪽으로 집중되었다. 그곳에는 여전히 나무 토막을 깎고 있는 운차이의 모습이 있었다. 나는 잠시 운차이의 말의 내용보다는 그가 네리아에게 말했다는 사실에 더 놀랐다. 그때 운차이의 입술이 다시 움직였다.

"마지막 숨겨진 카드는 천기다. 건드리지 마."

두 번이나! 운차이가 두 번이나 네리아에게 말했다. 물론 운차이는 시선을 나무 토막에 고정시킨 채 누구에게랄 것도 없는 태도로 말했지만 저건 분명히 네리아에게 하는 말이다. 네리아는 마치 뜨거운 것에라도 닿은 듯이 손을 가슴 앞에 꼭 모아쥐고는 뒤집힌 카드와 운차이를 번갈아 쳐다보았다. 그녀의 입이 열렸을 때 난 그녀의 목소리가 마치 숨소리처럼 가늘다는 사실에 놀랐다.

"운차이……, 저건 건드리면 안 되는 거야?"

운차이는 조용히 나무 토막을 테이블에 올려놓더니 손에 든 나이프는 테이블에 집어던졌다. 꽉! 하는 소리가 나면서 리테들 씨의 미간이 찌푸려졌지만 운차이는 상관하지 않고 암파린 씨를 쳐다보았다. 그가 조용히 입을 열었을 때 나는 두 번째로 놀랐다.

"Sfrumn forghseer. Ne brai can-fabul ren jian pnahe?"

테이블 주위의 시선이 이번엔 다급하게 암파린 씨에게로 돌아갔다. 그리고 암파린 씨가 파랗게 질린 얼굴로 입을 열 때는 이제 놀랍지도 않았다. 리테들 씨 말마따나 세 집 처녀가 애를 낳으면 놀랄 일도 없는 건가?

"Ren…… Savnak."

"Ahn choudar, sfrumn forghseer. Pnahe un kmaru."

암파린 씨는 알아들을 수 있는 말로 대답했다.

"미안합니다. 그럼, 좋은 밤 되시길."

암파린 씨는 곧 다급한 동작으로 일어났다. 우리들이 놀란 눈으로 그를 바라보았지만 그는 황급히 일어나서 나무 궤짝을 다시 둘러메었다. 그가 테이블 위의 카드들을 쓸어모으려 할 때였다.

"건드리지 말아요!"

탁! 암파린 씨의 손은 다른 손에 의해 허공에서 붙잡혔다. 암파린 씨의 손을 붙잡고 있는 것은 네리아였다. 네리아는 그의 손목을 꽉 감아쥔 채 운차이를 쏘아보았다. 하지만 그녀의 입술은 웃고 있었다.

"이것 봐. 나도 좀 알고 싶어. 그리고 당신, 돈을 내었으니 끝까지 해야지요. 안 그래요?"

네리아는 암파린 씨에게 붙임성 있게 한쪽 눈을 찡긋했다. 하지만 암파린 씨는 난처한 얼굴로 말했다.

"아가씨. 이건 내 실수였소. 사과하겠소. 이 패는 저 소년과 마찬가지로 볼 필요가 없는 패라구요."

"난 신경 쓰지 않아요. 그러니 이유는 말해 주고 가야지요."

"이유? 그런 거 없어요. 아무 쓸모가 없는 거라구!"

네리아는 고양이 같은 눈으로 암파린 씨를 쏘아보았고 그는 네리아의 그런 눈을 바라보다가 흠칫했다. 하지만 그가 뭔가 수단을 강구하기도 전에 네리아의 손이 먼저 움직여버렸다. 네리아는 남아 있는 손으로 재빨리 마지막 카드를 뒤집었다.

"어머? 이게 뭐야?"

테이블 위에 드러난 것은 마법사였다.

누가 보더라도 마법사라고 짐작할 수 있는 모습의 남자였다. 남자는 무시무시한 시선을 약간 기울인 채 눈으로 손에 든 지팡이를 부러져라 꽉 틀어쥐고 있었다. 네리아는 재미있다는 얼굴로 말했다.

"마법사네? 에비! 꼭 리치몬드 같네. 이건 무슨 뜻……?"

네리아의 말꼬리가 흐려졌다. 왜 저러는 거지? 난 네리아의 시선을 따라가다가 파랗게 질려버린 암파린 씨의 얼굴을 보게 되었다. 암파린 씨는 더듬더듬 말했다.

"아, 좋은 패요."

"좋아요?"

설마? 저런 얼굴로 말했다간 아들이 태어났다는 소식을 전해도 꼭 아버지가 돌아가셨다는 소식으로 알아듣겠는걸? 그러나 암파린 씨는 고개를 열심히 끄덕이며 말했다.

"암, 좋아요. 정말 좋군. 이 패는 원래 그 이상은 말해 줄 수가 없는 패요."

그렇게 말하면서 암파린 씨는 재빨리 손을 잡아뺐다. 네리아는 무의식 중에 그의 손을 놓치고는 다시 그를 붙잡으려고 했지만 암파린 씨는 재빠른 동작으로 카드를 쓸어 모았다. 그러더니 곧장 카드들을 외투 주머니에 쑤셔박으며 몸을 돌렸다. 어라? 가는 거야?

그러나 암파린 씨는 멀리 가지 못했다. 어느새 샌슨이 롱소드를 뽑아든 채 그의 앞을 막아서 있었기 때문이다. 샌슨은 씨익 웃으며 롱소드를 왼손 손바닥에 탁탁 부딪히며 말했다.

"뭐가 그리 급해서 그러시지? 이 여관에서 잘 생각이 아니었소?"

암파린 씨는 파랗게 질려버렸다.

"왜, 왜 이러는 거요?"

"어, 샌슨. 왜 칼을 뽑아들고 그러는 거야?"

샌슨은 내쪽은 쳐다보지도 않은 채 시선을 암파린 씨에게 고정시키고 말했다.

"설명은 해주시고 가셔야지."

"저, 저 패는 원래 그 이상 설명해선 안 되는 패요!"

샌슨은 우아하게 고개를 가로저었다. 저 인간도 저런 우아한 동작이 되긴 되네?

"아니아니. 난 엉터리 카드 점 따위 관심 없어요. 하지만 내 귀로 똑똑히 들었단 말이야. 자이펀어를 말하는 점쟁이라…… 수상한 일이지. 점쟁이라면, 그거 직업도 좋지. 마음 내키는 대로 돌아다니고 아무 곳에나 얼굴을 내밀어도 의심받지 않을 좋은 직업이야. 게다가 점을 치는 척하면서 은근슬쩍 헛소문을 말하기에도 좋은 직업이고. 이건 내 생각이긴 하지만 요즘 이 도시엔 사막에서나 불 만한 바람이 너무 많이 불고 있다는 느낌이 든단 말이야. 헛소문도 너무 많고. 당신 생각은 어떻소? 미래를 보신다는 타로메슈 암파린 선생."

와라락! 난 어느새 의자를 박차고 바스타드를 뽑아든 자세였다. 네리아는 어디선가 대거를 뽑아들고는 리테들 씨의 앞을 가렸다.

"주인 아저씨. 내 뒤에 꼭 숨어 있어요!"

리테들 씨는 과연 노련한 여관 주인답게 날렵한 동작으로 네리아의 등 뒤에 숨어버렸다. 암파린은 퍼렇게 질린 얼굴로 우리들을 번갈아 쳐다보았다. 그의 손이 천천히 올라가기 시작했다.

"이거 보시오, 여러……."

"섣불리 움직이지 마! 그냥 베어버릴지도 몰라!"

샌슨의 고함소리에 임파린 씨의 손이 허공에서 멈춰버렸다. 그는 후들거리는 무릎으로 간신히 서 있었는데 저게 만일 연극이라면 정말 자이펀의 간첩 교육은 굉장한 것이리라. 난 일단은 경계하면서 말했다.

"조금 전 샌슨이 말한 것이 무슨 뜻인지는 알겠지요? 오직 입술만 움직여서 우리를 납득시켜 봐요. 다른 건 절대 움직이면 안 돼!"

그러나 암파린 씨는 바로 그 입술을 움직일 수 없는 모양이다. 그의 입술은 몇 번이나 움직이려는 듯이 꿈틀거렸지만 도무지 제대로 된 말을 만들어내지 못했다. 그때 운차이가 말했다.

"칼 치우고 보내줘."

"뭐야?"

운차이는 별 관심도 없는 태도로 싸늘하게 말했다.

"저 남자가 간첩이라면 내가 먼저 알아차렸을 거야. 보통 떠돌이 점쟁이일 뿐이야. 자이펀어를 할 줄 알고 카드 해석도 자이펀식으로 하는 걸로 봐선 자이펀에 들렀을지도 모르지. 하지만 자이펀인은 아니야. 어투가 전혀 틀린걸."

어투? 어투라. 하긴 운차이가 말하는 것과는 좀 다른 느낌이 들었다. 자이펀어이긴 하지만 차라리 바이서스의 억양이 강했으니까. 하지만 그건 혹시 개개인의 어투 문제가 아닐까? 샌슨은 절대로 암파린 씨에게서 눈을 떼지 않으면서 말했다.

"확실해?"

운차이는 비스듬한 시선으로 샌슨을 바라보며 말했다.

"내가 확실하다고 말하면 믿을 것인가?"

"믿겠어."

샌슨의 대답은 내 생각보다는, 그리고 아마 그럴 거라고 생각되는데, 운차이의 생각보다도 더 빠르게 나왔다. 아주 쉽게 믿겠다는 이야기를 하네? 운차이도 원래 간첩이었는데 말이야. 운차이는 나직하게 말했다.

"확실해."

샌슨은 천천히 검을 회수했다. 암파린 씨는 땅바닥에 주저앉고 싶은 얼굴로 샌슨을 바라보다가 샌슨의 롱소드가 검집 속으로 완전히 사라지면서 탁! 하는 소리가 날 때 곧장 달려나가기 시작했다. "우와아아아!" 암파린 씨는 뒤도 돌아보지 않은 채 정문 쪽으로 달려나가버렸고, 그가 돌풍처럼 사라질 때 밀어젖힌 문짝이 강력하게 되퉁겨서는 요란한 소리를 내었다. 쾅당!

"어, 이런…… 사과도 못했는데."

샌슨은 거칠게 닫힌 문을 바라보며 말했다. 네리아는 히죽 웃더니 샌슨을 손가락질하면서 나에게 말했다.

"저 친구 원래 저런 거지? 원래 아무 말이나 잘 믿지?"

"좀 그런 편이지요."

"바보가 원래 그래."

"뭐야앗!"

네리아는 샌슨에게 혀를 날름거린 다음 넘어진 의자를 바로 세워 앉으며 타로메슈 암파린 선생이 떨어뜨리고 간 모자를 주워올렸다.

"이 날씨에 그 머리로 돌아다니려면 추울 텐데."

네리아는 그 모자를 테이블 위에 던져두고는 운차이를 바라보기 시작했다. 운차이는 어느새 나무 토막을 다시 깎고 있었고 네리아는 그 모습을 뚫어져라 바라보았다.

네리아는 꽤 오랫동안 꼼짝도 하지 않고 운차이를 바라보았으며 그러자 운차이는 돌연 고함을 빽 질렀다.

"후치! 이 여자 왜 이러는 건지 좀 물어봐!"

"그 마지막 카드는 왜 보면 안 돼?"

"쓸데없는 일에 신경 쓸 시간이 있거든 올라가 베개에 머리 박고 자라고 전해 줘!"

"그 마지막 카드는 왜 보면 안 돼?"

"이…… 잇!"

"그 마지막 카드는 왜 보면 안 돼?"

운차이는 더 이상 고함을 지르지는 않고 그저 화난 동작으로 나무 토막을 깎아댔다. 나뭇조각이 사방으로 거세게 튀어오르기 시작했지만 네리아 역시 고집스러운 얼굴을 두 손으로 괸 채 운차이를 뚫어지게 바라보았다. 나와 샌슨은 서로를 쳐다보고는 어깨를 으쓱한 다음 2층으로 올라가버렸다. 2층으로 올라가는 우리들의 등 뒤로 다시 네리아의 목소리가 들려왔다.

"그 마지막 카드는 왜 보면 안 돼?"

눈을 떴을 때는 한밤중이었다. 오래간만에 편한 침대에서 잠을 자게 되니 아침까지 푹 잘 수 있을 것 같았지만 희한하게도 잠이 깨버렸다. 침대가 너무 편한 것도 문제군.

침대 위에 오도카니 앉은 채 내가 어디에 있는지 생각해 본다.

눈을 떠서 자신이 어디에 있는지를 꼭 생각해 봐야 된다는 것도 참 웃기는 일이다. 자신의 집을 벗어나지 않는 사람이라면 이런 고민 같은 것은 전혀 이해를 못하겠지. 하지만 매일같이 새로운 잠자리에서 잠들고 낯선 곳에서 눈뜨는 사람은 꿈의 세계에서 현실의 세계로 돌아올 때마다 그것을 곰곰이 생각해 봐야 되는 법이지. 그리고 요즘의 내가 그러하다. 잠에서 깨면 즉시 생각을 해본다. 내가 어디에 있지?

바이서스 임펠의 유니콘 인 2층 침실.

이 다음은 깨어난 이유를 생각해 보는 순서다. 그거? 그야 오래간만에 마신 맥주 때문에 화장실에 가고 싶다는 신호가 저 아래쪽에서 전해져 왔기 때문이지. 헤헤헤.

화장실에 들러 몸을 가볍게 하고 오자 샌슨이 이를 가는 소리가 요란하게 들려왔다. 다시 침대로 들어가기 전 뭔가 이상한 느낌이 들어서 고개를 돌렸을 때는 바이서스 임펠에서만 볼 수 있는 밤의 모습이 눈에 들어왔다. 창문을 통해 가로등의 빛이 새어 들어오는 것이다. 붉은 기운들이 안개처럼 퍼져나가 어둠을 희석시키고 거기엔……. 비가 오네?

창문으로 다가간다.

차라라락. 대로에 그려지는 둥근 파문들. 지붕들 위쪽으로 튀어오르며 그려지는 희미한 하얀 물방울의 안개. 긴 어둠 속의 여행에 반쯤 졸고 있다가 가로등 불빛이 비치는 붉은 범위 내로 흘러들어온 빗방울들은 화들짝 놀라면서 몸을 비튼다. 그 순간의 반짝임은 아쉬울 정도다. 가로등 아래에 무수한 빗방울들이 무도회를 열고 있다. 무도회의 주된 테마는 중력과의 대화. 하하하하.

아름답군. 어라? 그런데 운차이는 어디 있는 거지?

테이블 위에 놓여 있는 램프를 켜들었다. 램프 불빛이 켜지자 샌슨은 몸을 뒤척거렸고 그래서 한 손으로 불빛을 가리면서 밖으로 나왔다. 계단을 내려오니 홀에서 새어나오는 불그스름한 빛이 보인다. 홀 안에 들어서자 셔츠 바람으로 손을 덜덜 떨면서 나무를 깎고 있는 운차이의 모습이 보였다. 이 추운 밤에 왜 저렇게 입고 있는 것이지? 그런데 그 옆을 보자 난 그의 겉옷이 어디로 갔는지 알 수 있게 되었다. 그의 겉옷은 테이블 위에 엎드려 잠들어 있는 네리아의 등 위에 덮여 있었다.

네리아는 잠이 든 채 입맛을 쩝쩝 다시면서 말하고 있었다.

"음냐. 쩝. 마지막 카드…… 안 돼?"

아이고 맙소사. 그녀의 얼굴 옆에는 빈 잔이 데굴데굴 구르고 있었다. 꽤나 마신 모양이군. 운차이는 가증스럽다는 듯이 잠든 네리아를 바라보며 진저리를 치더니 그제야 홀로 내려온 날 발견했다. 그는 잔뜩 쉰 목소리로 말했다.

"일어났냐."

"아아아아함. 왜 아직까지 안 자는 거예요?"

"어떤 여자가 내 옷을 가져가선 일어나지도 않잖냐!"

운차이는 울화가 터진다는 듯이 말했다. 난 어깨를 으쓱하며
말했다.

"가져간 거예요?"

그렇게 보이지는 않는걸? 역시 내 생각대로였다. 운차이는 코
를 벌름거리며 말했다.

"그럼 이런 데서 쓰러져 자고 있으니 옷을 내놓으라고 외치는
것과 다를 바가 없잖아."

"깨워서 방에 보내면 되잖아요."

"어떻게 깨우라구?"

그야 몸을 흔들거나 귀에 대고 말을…… 할 수는 없으니 어떻
게 깨우지? 난 고개를 가로젓고는 네리아에게 다가갔다. 그러고
는 운차이에게 잘 보라는 듯이 손을 쫙 펼쳐보이고는 네리아의
등을 찰싹찰싹 두드렸다.

"아우우움……, 씨이. 졸려……. 밥 안 먹어."

"밥이 아니라 올라가 침대에서 자라는 거예요."

"침대? 올라가?"

네리아는 고개를 들어올렸지만 아직도 사태를 인식하지 못한
것인지 멍한 눈으로 주위를 둘러보았다. 그러더니 테이블 위로
엉금엉금 올라가서는 그 위에 몸을 웅크리고 누웠다. 그러곤 운
차이의 겉옷을 마치 시트라도 되는 양 어깨 위로 끌어올렸다.

"아니 그게 아니고! 맙소사, 네리아!"

운차이는 싸늘하게 말했다.

"나 같으면 들어서 침대에 던져버리고 오겠어."

엑셀핸드에게 한 것처럼? 난 잠시 찌푸린 눈으로 운차이를 바
라보다가 다시 한번 네리아를 흔들어 깨웠다.

"아이, 씨이이……. 그러지 마."

"그러지 않는 게 아니라 어서 일어나 방으로 올라가서 자요!"

네리아는 이제 테이블 위에 앉아서는 주위를 둘러본다. 푸석푸석한 얼굴로 주위를 둘러보던 네리아는 자신이 앉아 있는데도 주위가 이상스레 낮다는 것을 알아차린 모양이다. 그녀는 고개를 설레설레 흔들더니 두 손으로 내 어깨를 붙잡았다. 난 영문도 모른 채 네리아가 시키는 대로 뒤로 돌아 네리아에게 등을 보이게 되었다.

"업어라."

맙소사……. 등으로 네리아가 덮쳐오는 것이 느껴진다. 네리아는 두 팔을 축 늘어뜨린 채 내게 업혔고 그래서 난 허리를 앞으로 숙여 네리아가 떨어지지 않도록 해야 했다. 그녀를 업고 나서 난 운차이를 쳐다보았고 운차이는 하얀 이를 드러내고 있었다. 뭐가 우스우셔?

나는 별말도 하지 않은 채 2층으로 올라갔다. 하루종일 마차 위에서 뒹굴어놓고선 뭐가 피곤하다고 맥주 몇 잔에……. 아, 뭐 마차 여행 자체가 힘든 것이기도 하지만. 축 늘어진 네리아를 몇 번씩이나 추슬러올리면서 간신히 네리아의 방 앞에 도달한 다음 문을 연다.

"어머! 후치……니?"

방 안에 누워 있던 레니가 날 보고선 기겁을 한다. 아차. 노크부터 했어야지. 난 고개를 홀긋 돌려서 업고 있는 네리아를 가리켰고 레니는 테이블 위의 초를 켜려고 했다.

"아냐. 초는 켜지 마. 눕히고 나갈 거야."

레니가 바라보는 가운데 네리아는, 마치 내 딸이나 된 듯이 눕혀주는 대로, 덮어주는 대로 얌전히 잠들었다. 레니에게 인사하고 문을 닫고 나오면서 나는 키득 웃었다. 제미니. 우리도 나중에 딸을 낳으면 네리아 같은 딸을 낳는 것이 어떨……, 으와랏차차! 데굴데굴, 쿠당탕탕! 아혹! 엉덩이야.

"……아직 계단 내려오는 것이 미숙하군."

운차이의 싸늘한 비평 속에 난 몸을 일으켰다. 음. 계단 내려오는 법을 좀 연습해야 할 모양이군. 쳇. 이건 말도 안 되는 생각을 한 벌이야. 엉덩이도 쑤시고 다리도 아파서 난 일단 침실로 돌아가지 않고 의자에 앉았다. 위에서 갑자기 우렁찬 고함소리가 들려왔다.

"뭐냐!"

고함을 지른 것은 갑옷도 제대로 걸치지 않은 채 롱소드 하나만 달랑 들고 나타난 샌슨이었다. 샌슨은 후다닥 계단을 내려오던 잠이 덜 깬 얼굴로 우리들을 번갈아 쳐다보았다. 그는 곧 황급히 입술 앞에 손가락을 세워 보이며 말했다.

"쉬잇! 방금 뭔가 수상한 소리가 들렸다. 침입자가 있는 모양이야. 모두들 무기를 잡아!"

으으으. 난 그를 무시해 버리기로 결정했다. 그래서 난 태평하게 의자에 앉으면서 운차이에게 질문했다.

"아하암. 지금이 몇 시쯤 된 거지요?"

"자정은 지났다."

"여기 계속 있었어요? 칼과 길시언, 제레인트는 아직 안 돌아왔어요?"

"안 돌아왔다. 그들을 기다리겠다고 했더니 주인장도 들어가버리더군."

"아, 그래요. 음……. 비가 오니까 임펠리아에서 자고 내일 아침에 올 수도 있겠네요."

"그렇겠지."

샌슨은 당황한 얼굴이 되어, 그러나 아직까지도 경계 자세를 흩트리지 않은 채 주위를 쏘아보았다. 사실을 말해 줘야겠군.

"그건 내가 낸 소리야."

"이이잇!"

샌슨은 내 정수리를 쥐어박음으로써 자신의 수면이 방해받은 데 대한 복수를 완수했다. 그러곤 롱소드를 테이블 위에 집어던지며 의자에 앉았다.

"칼과 다른 사람들이 아직 안 왔다고? 좀 기다려봐야 하겠군."

운차이가 깎고 있는 나무 토막은 이제 어느 정도 모양을 잡아가고 있었다. 그것은 어떤 웅크린 동물처럼 보이기도 하고 웅크린 사람처럼 보이기도 했다. 어떤 것이 될지는 모르지만 나무 조각이기 때문에 복잡한 동작을 취하지 않고 웅크린 모습으로 표현할 모양이다. 저게 무슨 동물, 혹은 사람일까?

"그 마지막 카드의 의미가 뭐지요?"

운차이는 나이프를 멈추더니 날 흘긋 바라보았다. 샌슨은 팔짱을 끼더니 운차이를 바라보았고, 나도 역시 그를 따라 팔짱을 끼면서 말했다.

"친절한 마음으로 설명해 줄 수 있는 범위 내에서 설명해 줘요. 만일 친절한 마음으로 말할 범위를 넘어가는 굉장한 비밀이라면 말하지 않아도 좋고."

운차이는 나무를 계속 깎으면서 말했다. 이제 세부 조각이라 그런지 나이프의 움직임은 작고 세밀하게 바뀌어 있었다.

"그 카드 자체는 어느 나라에 가도 볼 수 있는 것이다. 하지만 점복술사 자신을 위한 카드를 따로 떼어놓는 그 방식은 자이편식 이지. 아까 그 떠돌이는 아마 떠돌아 다니다가 자이편에도 굴러 들어간 모양이다. 하지만 토박이는 아니야. 말투가 낯설더군."

"흐음."

"정확하게 자이편식으로 하려면 마법사나 여왕 등은 빠지고 다 른 카드가 들어가야 하지만 의미는 대충 통하지. 그리고 카드는 별로 중요한 것도 아니고. 사실 카드 따위, 아무 종이에 글자만 적어 사용해도 상관은 없어. 예지력은 카드에서 나오는 것이 아 니라 점복술사에게서 나오는 것이니까."

샌슨은 빙그레 웃더니 말했다.

"그래? 그런데 운차이 너도 옛날에 그 영업을 했나?"

"유목 생활을 했었지. 사막의 밤은 지루하다. 그래서 옛 이야 기와 그런 점은 지루한 사막의 밤을 보내는 데 좋은 오락물이 지."

"아하."

"어쨌든 처음 것이 과거의 걸어온 석 장, 그 다음은 현재의 두 장, 그리고 나머지가 다가올 미래의 넉 장인 것은 이미 들어 알 고 있을 것이다."

"왜 똑같이 석 장씩 하지 않는 거지요?"

"나도 정확하게는 모르지만, 쓸데없이 복잡한 의미가 있다. 과 거의 석 장은 잊혀진 것, 기억하는 것, 잊혀지지도 기억하지도 않은 것을 나타낸다. 현재의 두 장은 한 사람의 겉과 속을 나타 낸다. 미래의 넉 장은 원하는 일, 원하지 않는 일, 원하지 않지 만 해야 할 일, 원하지만 할 수 없는 일을 나타낼 거야, 아마."

"아하? 마지막 두 장은?"

"예언이라는 행위가 그 인생에 끼쳐진 영향을 판단하는 것이다. 선택된 카드는 그 예언이 쓸모 있는 것인지, 쓸모없는 것인지, 혹은 예언 때문에 크게 바뀌게 될 것인지 등을 나타낸다. 그 카드의 의미는 상당히 복잡해."

"내 경우엔 쓸모 있는 것으로 나타난 것이죠?"

"그래. 아니, 그것보다는 나쁠 것은 없다 정도로 해석하는 것이 낫겠지."

"그런데 네리아는?"

"잘 모르겠지만……, 자신의 패를 뒤집은 걸로 봐선 예언이라는 행위를 통해 커다란 영향이 발생한 것일 거야. 엉터리 점복술사는 그 점을 간과해서 마치 예언이라는 것이 아무런 영향도 없이 인생에서 따로 떨어져 관찰하기라도 하는 것처럼 생각하는 모양이지만, 사실 예언은 인생에 있어 커다란 사건이다. 미래를 아는 것이니 그렇게 큰 사건도 드물지. 따라서 그 영향도 고찰해야 해. 그리고 마지막 카드는 그런 것을 나타내고."

샌슨은 의아한 얼굴로 말했다.

"그런데 그렇게 큰 영향을 주는 걸 못 보게 하는 거야?"

"그 영향이 어디로 갈 것인지가 문제다."

"뭐?"

운차이는 테이블 위의 나무 부스러기를 모아 벽난로에 집어던지고는 다시 말했다.

"간악한 녀석. 그 점복술사의 패는 여왕이었지. 자이편식이라면 여왕이 아니라……, 어흠. 어쨌든 보통의 경우 여왕은 애정 어린 선물, 관용, 가정의 평화 등 좋은 의미의 패지. 하지만 거꾸로였어. 게다가 점복술사 자신의 패였지. 그럴 경우에는 비정한 선택, 돌이킬 수 없는 결정을 나타낸다. 왕의 결정은 그래도 돌이킬 여지가 있지만, 여왕의 결정은 영원히 안 바뀐다고 하지."

"헤에?"

"여자는 남자보다 더 다정한 만큼 더 비정할 수도 있는 법이지."

운차이는 웃지도 않는 딱딱한 얼굴로 저 말을 했다. 허, 그것 참. 다른 사람이라면 몰라도 운차이의 입에서 나오는 말이니까 그거 웃기네. 운차이는 침착한 얼굴로 말했다.

"그런 것이 나왔다면, 예언은 포기해야 돼. 그 행위의 위험성이 너무 커. 점복술사는 사람들에게 미래에 대한 불안을 덜어주고 희망을 주는 것으로 만족해야 돼. 그런데 그 고약한 녀석은 예언의 부작용을 자신이 덮어쓰는 것이 무서워 네리아에게 패를 뒤집게 하려 했지. 예언의 부작용은 원래 점복술사가 책임져야 하는 부분인데도."

"부작용이라구? 뭐, 뭔데? 심각한 거야?"

"그런 게 있어. 설명이 너무 길지만."

"흐음. 그럼 그 마지막의 마법사는 어떤 의미였지요? 네리아가 뒤집은 것 말이에요."

운차이는 잠시 나무 토막을 깎는 일을 계속할 뿐 대답하지 않았다. 난 고개를 돌려 창가를 때리는 빗방울의 모습을 보았다. 타닥, 탁, 탁. 빗소리에 섞여 운차이의 말이 들려왔다.

"마법사는 원래 새로운 경험, 기회, 행운 등을 나타내지. 적어도 똑바로 된 마법사는 말이야."

"그런데요? 아까 그 카드도 거꾸로가 아니었잖아요?"

"그렇지만 그 경우에는…… 그 예언이 완전히 잘못된 것이라는 의미야. 마법사는 유피넬과 헬카네스의 저울눈을 속이는 자이기 때문에."

"잘못되었다구요?"

"아니, 잘못되었다는 정도면 차라리 낫지. 그저 예언이 틀렸다는 것이니까. 하지만 마법사가 개입하게 된 이상 미래가 제멋대로 가버리게 될 거야. 도저히 있을 수도 없는 일이, 어떻게 이런 일이 내 인생에서 일어나는가 싶은 그런 일이 벌어지게 되지. 예언이라는 그 행위 때문에 말이야."

"예?"

난 입을 딱 벌린 채 운차이를 바라보았지만 운차이는 내게 시선을 보내지 않았다. 그는 차분하게 말했다.

"그래서 그 암파린이란 녀석은 시퍼렇게 질려버린 거지. 그 영향은 그 녀석에게도 가게 될 것이거든. 예언은 점복술사와 당사자 모두에게 영향을 주게 되어 있어. 절대로 일방적일 수가 없지."

"야, 자, 잠깐만. 그럼 그거 지독하게 나쁜 일만 생긴다는 말이야?"

샌슨의 당혹한 목소리에도 운차이는 별 표정없이 대답했다.

"아니. 굳이 나쁘다고는 말할 수 없지. 도대체 어떻게 이런 행운이 있을 수가 있는가 싶은 행운이 일어날지도 모른다는 의미니까. 어쨌든 점복술사의 관점으로 본다면 그것은 쓸데없이 예언을 해서 골치 아픈 사태가 되어버린 셈이지."

"그래요? 그럼 행운일지 불운일지 알 수 없는 거예요?"

운차이는 피곤한 음성으로 말했다.

"그래. 마법사란 사람들이 원래 그렇지. 그 작자들의 머릿속에 무슨 생각이 들었는지도 알 수 없는 터인데도 주위에 커다란 영향을 줘버릴 수 있는 힘을 가지고 있지. 하지만, 후치."

"예?"

"그따위 점복술 그렇게 믿을 건 없어. 그저 의미가 그렇다는 거지. 믿지 않는 자에겐 아무 소용이 없는 거야. 나에겐 나름대로 다른 종류의 의미가 있기 때문에…… 그런 엉터리 방식을 보고 화를 내었지만, 그걸 믿기 때문에 화를 낸 것은 아니다."

"아……, 예. 고향의 것이기 때문에?"

"뭐, 그렇다고 볼 수도 있고."

운차이는 말꼬리를 흐렸다. 난 잠자코 기다렸으며 잠시 후 운차이는 차분한 음성으로 말머리를 돌렸다.

"미래가 완전한 선물이 되도록 하기 위해 우리는 또 다른 커다란 선물을 받았다. 죽을 수 있는 것, 그리고 언제 죽을지 모른다는 것. 불멸의 운명을 가진 신은 우리를 부러워할지도 모르지."

어라? 이건 언젠가 칼이 한 말과 비슷한데? 운차이는 내 놀란 얼굴을 보더니 피식 웃으며 말했다.

"핸드레이크의 말일 거야, 아마."

"그래요?"

빗방울은 더욱 거세어지고 있다. 지붕을 두드리는 빗방울 소리가 요란하다. 타당, 타당, 타당. 샌슨은 골똘히 생각에 잠겼다.

"핸드레이크의 이야기는 자이편에서도 유명한 모양이지요?"

"그래. 뭐라고 해도 가장 강력한 상대와 싸워 이긴 자니까."

"드래곤 로드?"

"응."

운차이는 점점 세밀해지는 작업에 신경을 쓰느라 불분명한 목소리로 대답했다. 난 그의 작업을 방해하지 않기 위해 조금 물러났다. 맥주통이 어디 있더라? 아, 저기 있군.

"맥주 줘요? 샌슨은?"

"아니. 안 자고 술 마실 거냐?"

"난 줘."

"칼과 다른 사람들 올 때까지 기다려보려고."

"그래?"

벌컥. 말하기가 무섭게 문이 열렸다. 궁성에 갔던 사람들인가? 아니었다. 문을 열고 들어선 것은 암파린 씨였다. 그는 들어서자마자 우리들의 모습을 보고는 굳어버렸다. 샌슨은 히죽 웃으며 말했다.

"다시 오셨소? 잘되었군요. 아까는 사과도 못했는데."

"어……, 아까 모자를 두고 가서 말이오."

암파린 씨의 몸은 비에 젖어 후줄근해진 모습이었고 특히 그 머리는 번들거리고 있었다. 난 주위를 둘러보다가 벽의 옷걸이에 걸려 있는 그의 모자를 발견했다. 내가 모자를 들어내어 그에게 다가가자 암파린 씨는 불쑥 손을 내밀었다. 하지만 그때 샌슨이 내 손에서 모자를 집어가면서 말했다.

"이거 보세요. 여관비도 없잖아요? 아까 오해한 것에 대한 사과의 의미로 오늘 하루 숙박비 계산해 주고 싶은데. 여기서 주무시고 가시지요?"

암파린 씨는 놀란 얼굴로 샌슨을 바라보더니 말했다.

"그래요? 정말입니까?"

보나마나 온갖 여관과 여인숙을 돌아다녔겠지, 뭐. 샌슨은 고개를 끄덕이고는 고함을 질러 리테들 씨를 불렀다. 잠시 후 리테들 씨는 가벼운 옷차림으로 하품을 하면서 나타났다.

"이분에게 방 하나 내어주세요. 우리가 사과의 의미로 숙박비를 대신 치를 테니까……. 아까 보석으로 충분하겠지요?"

"아함. 그래요? 물론 충분하지요. 여봐요. 따라오시오. 저녁 식사 들겠소?"

암파린 씨는 당황한 얼굴로 고개를 끄덕였고 그러자 리테들 씨 역시 고개를 끄덕였다.

"따라와요. 방에 가서 짐 풀어놓고 내려와 식사를 하시도록 하죠. 하지만 시간이 시간이라 제대로 된 식사는 안 되겠소."

"아, 뭐라도 상관 없소. 끼니만 때우면 되니까. 어, 친절한 전사분, 고맙소."

"뭘, 천만에요. 그리고 난 샌슨 퍼시발입니다."

암파린 씨는 아주 즐거운 표정으로 뭐라고 더 말하려 했지만 그때 그의 시선이 운차이와 마주쳐버렸다. 암파린 씨는 황급히 외면하더니 리테들 씨를 따라 올라갔다.

3

　잠시 후 암파린 씨는 젖은 옷도 갈아입고 늦은 저녁이긴 하지만(야식이라고 부르는 편이 낫겠다), 어쨌든 저녁 식사도 마치고선 쭈뼛거리며 윤차이와 내가 앉아 있는 테이블로 다가왔다. 그는 말을 꺼내길 어려워했지만 맥주 한 잔을 마시고 나자 그런 대로 편하게 말하게 되었다.

　"어, 나 타로메슈 암파린은 말이야, 항상 사람들의 인정에 감동하지! 내가 이 생활을 버리지 못하는 이유도 결국 사람 때문이야. 저 언덕을 넘으면 누가 살고 있을까, 오늘 저녁 여관에서는 어떤 여행객들을 만나게 될까. 그런 생각이 머리에 꽉 들어차서는 내 다리를 가만 두지를 않아요. 하하하!"

　암파린 씨는 맥주잔을 기울이느라 잠시 말을 멈추었다.

　"하지만 나도 뭔가를 해줘야지, 공짜는 싫어. 어이, 퍼시발 씨? 뭐 원하는 거 없소? 행운의 부적 어떤가? 헤게모니아의 무녀의 마을에서 가져온 것이 하나 있는데 말이오. 붉은 사막에서만 나는 독사의 꼬리도 있지! 이건 기나긴 여행에서 특히 요긴한 것인데, 독사의 꼬리에서 나오는 강한 힘이 괴물들을 쫓아준다네. 그리고 정말 희귀한 오거 털가죽도 있는데 말이야, 자네가 원한다면 내 특별히 염가 봉사……."

　오거 털가죽? 틀림없이 돼지나 양의 털가죽이겠지. 설마 암파린 씨가 무슨 재주가 있다고 오거를 때려잡았을까. 샌슨은 관심이 동한다는 표정이었지만 내가 먼저 끼어들었다.

"하하……. 샌슨은 그런 것들엔 별로 관심 없으니 대신 내 부탁 하나 들어줄래요?"

"그래? 말만 하게!"

"야! 내가 언제 관심이……, 웁!"

난 샌슨의 입을 틀어막은 채 빠르게 말했다.

"내일 아침 네리아가 일어나거든 당신이 할 수 있는 최대한의 찬사를 해주겠어요? 그러니까 그 마지막 패가 엄청나게 좋은 거라는 식으로. 결국 거짓말을 하라는 것인데, 가능할까요?"

암파린 씨는 코를 후비적거리며 날 바라보더니 곧 너털웃음을 터뜨렸다.

"이거, 오늘 저녁 잠자리만 선물받는 것이 아니라 공부까지 시켜주는군! 자네 말이 맞아."

"예?"

암파린 씨는 엄숙한 얼굴로 손에 붙은 코딱지를 퉁겨버리며 말했다.

"미래를 본다는 것은 말이야, 결국 사람들이 미래에 대해 가지고 있는 불안감을 덜어주는 것으로 족해. 맞는가 틀리는가는 별로 중요한 문제가 아니지. 부끄러운 노릇이야! 이 나이 되어서까지 어린 후학에게 배워야 되다니! 물론 선현들께선 여든 살이 넘어도 여덟 살짜리 꼬마에게 배울 것이 있다 하셨지만. 음. 알았네. 걱정 말게."

"아, 그래주시면 고맙지요. 부탁할게요."

"전혀 염려를 할 필요가 없다고 하겠네."

암파린 씨는 그렇게 말하곤 과묵하게 앉아서 나무만 지겹도록
깎고 있는 운차이를 흘긋 바라보았다. 그는 헛기침을 몇 번 하더
니 말했다.

　　"그런데 말이야. 아까 퍼시발 씨는 나보고 간첩이 어쩌니 했는
데, 당신들이야말로 저 자이펀인과 왜 함께 다니는 건가? 아, 의
심한다는 것은 아니고, 저 전사분 때문에 나처럼 간첩이라는 의
혹을 뒤집어쓸지도 모르잖아?"

　　"아까는 미안했습니다."

　　"아냐, 아냐. 사과도 자꾸 하면 값어치가 떨어진다오. 난 그냥
내 경험을 통해 자네 일행도 공연히 그런 오해를 받지 않는가 걱
정이 되어서 말이야."

　　"그래도 할 수 없지요. 운차이는 진짜 자이펀 간첩이니까."

　　"아, 역시…… 뭐야?"

　　암파린 씨는 고개까지 끄덕이다가 눈을 동그랗게 뜨고 우리들
을 바라보았다. 운차이는 피식 웃었고 샌슨은 히죽 웃으며 설명
했다.

　　"하하하. 원래 간첩이었지만 전향했습니다. 국왕 전하의 목숨
을 구한 공이 있거든요. 또 그의 신병은 국왕의 형님이신 길시언
왕자님이 책임을 지고 있습니다. 그래서 괜찮은 거지요."

　　암파린 씨는 믿어지지 않는 얼굴로 우리들을 번갈아 쳐다보았
고 난 유쾌한 심정으로 그 표정을 즐겼다. 흐음. 암파린 씨는 이
제 우리들을 굉장한 모험가로 보시겠지? 만일 우리들이 바이서스
의 왕자와 드워프들의 노커와 자이펀 간첩에 드래곤 라자가 한
세트를 이룬 일행이라는 것을 알게 되면 암파린 씨의 얼굴은 어
떻게 될까? 난 암파린 씨처럼 예언가는 아니지만 그가 대단히 놀

라게 될 것이라는 점은 얼마든지 예언할 수 있겠군.

"국왕 전하의 목숨을 구했다고? 아니, 자네들 국왕 전하를 만나보셨는가?"

만나보셨는가? 말이 좀 희한하군. 샌슨은 우쭐한 표정으로, 하지만 겸손한 어투로 말했다.

"예? 아, 예. 간혹 만나지요. 지금도 우리 일행 중 몇 명이 임펠리아에 전하를 뵈러 갔거든요. 그래서 이 시간까지 기다리고 있는 거예요. 아마 비가 와서 천천히 올 모양인가 봐요."

암파린 씨는 이제 경악을 넘어서 약간 공포까지 가미된 표정으로 우리들을 바라보았다. 하하하. 그런데 갑자기 암파린 씨는 진지한 얼굴로 말했다.

"그래? 그럼 말이야……. 아냐. 음……, 이걸 어떻게 말하면 좋을지."

"뭔데요? 말씀해 보세요."

"허어, 이것 참. 먼저, 절대로 오해하지 않겠다고 약속해 주겠나? 화를 내지도 말고 말이야."

샌슨은 어리둥절한 표정을 지었다. 내가 끼어들면서 말했다.

"오해하지 않도록, 화를 내지도 않도록 말씀하세요. 말씀하시는 것은 암파린 씨 자신이잖아요?

"아, 그렇긴 하지. 웃기는 약속을 하라고 했군. 음, 그러니까 말이야. 일단 난 미래를 보네."

"예. 그러시지요. 대부분의 사람들은 현재를 보기도 바쁜데, 참 피곤한 직업이실 듯해요. 진심으로 위로를……."

"아냐, 아냐! 제발 나 말 좀 하세."

"아, 그러세요."

암파린 씨는 그러고도 한참 동안 맥주잔의 손잡이를 만지작거리거나 옷소매를 바로잡거나 하면서 시간을 끌었다. 도대체 무슨 이야기를 하고 싶은 거지? 아까 저녁의 리테들 씨와의 대화에서도 이미 판명되었듯이 우리들은 웬만한 일에는 놀라기도 힘든 모험을 하고 다닌다는 것을 말해 주고 싶군. 그래.

암파린 씨는 결국 입을 열었다.

"내가 말이야……. 요 며칠 동안은 사우스 그레이드를 주로 돌아다녔지. 거기는 지금 엉망진창이라네."

"그런가요? 음, 풍문에 듣긴 했습니다만."

"그래. 하지만 풍문으로 듣는 것 정도로는 모자라지. 가을에 거둬들인 곡식이 가득 쌓인 창고에 불을 지르는 농부들의 모습을 자네가 봤어야 되는데."

입을 딱 벌리지 않을 수 없었다. 나와 샌슨은 누가 보면 유니콘 인에 광산이 두 개 생겼다고 생각할 정도로 입을 크게 벌렸다가 간신히 말을 만들어내었다.

"불을 질러요? 농부가? 곡식에요?"

이건 진짜 트롤 산수 공부하는 소리다. 드워프가 보석을 때려 부순다고 하는 말만큼이나 웃기는 말이잖아? 농부가 곡식에 불을 질러? 운차이마저도 나이프와 나무 토막을 내려놓고서는 팔짱을 낀 채 암파린 씨의 말에 주의를 기울였다. 암파린 씨는 손짓발짓을 하면서 말했다.

"전선 지휘관들은 최악의 상황을 예상하기 시작한 거지. 여차하면 사우스 그레이드는 일격에 점령당할지도 모른다 이 말이지. 그 경우 꽉꽉 들어찬 곡식 창고는 그대로 자이펀 군의 병참이 되지 않는가? 물론 곡식 창고에 불을 지르는 농부의 심정은 그 자식을 태워죽이는 심정이겠지. 평소 같으면 아무리 전쟁이라도 그건 말도 안 되는 말이야. 하지만 사우스 그레이드의 그 순박한 농부들도 걱정을 하지 않을 수 없었거든. 자이편인들이 불러낸다는 악마의 이야기를 들어본 적이 있나?"

샌슨의 얼굴이 극도로 일그러졌다. 내 얼굴도 비슷하겠지.

"예. 들어봤어요. 제기랄……, 그것 때문에 사우스 그레이드의 농부들이 모조리 겁을 집어먹은 겁니까?"

"그렇다구. 그래서 군에서는 어음, 그러니까 손해 배상 증서를 발행해서 농부들의 피난을 독려하고 있지."

"손해 배상 증서요? 그건 들어보지 못했는데?"

"그랬나? 흠. 간단한 것이야. 파괴된 전답과 곡식에 대해서는 정부에서 손해 배상할 테니 곧장 사우스 그레이드를 떠나라, 이 말이지. 그 증서라는 것이 정말 걸작인데, 손해 배상 기간이 무기한으로 되어 있어. 한마디로 언제 갚아줄지 모른단 말이야. 후치 자네가 그 농부들이라면 이 말을 듣고서 웃기지 말라고 그랬겠지? 하지만 정말 눈뜨고 보고 있어도 믿을 수 없는 현상이 발생하고 있다구. 악마가 언제 쳐들어올지 모르는 상황에서 말이야, 농부들은 배상 증서를 받기도 전에 서둘러 집에 불을 지르고 피난을 준비하는 실정이라네."

맙소사……, 지옥이군. 사우스 그레이드는 생각했던 것보다 더 심한 공포에 휩싸여 있는 모양이군. 난 혀를 세차게 찼다. 쯧쯧!

그 자이편의 무기는 질병을 유발시키는 무서운 파괴력에다가 공포라는 더 무서운 부수 효과까지 발휘하는 모양인걸. 난 막연히, 지금쯤 칼 일행은 임펠리아의 고대 왕실에 전혀 적합하지 않은 상스러운 욕설을 고래고래 퍼붓고 있을 거라고 생각했다. 문 득 떠올린 생각이지만 다시 생각해 봐도 별로 틀린 생각일 것 같 지는 않다. 칼은 아마 닐시언 전하의 머리 끄덩이를 붙잡고 싶다 는 듯이 손을 떨면서 이렇게 말하고 있겠지. '뭐요? 피난이라구? 배상 증서? 웃기는 소리! 질병이 발생해도 아무 문제가 없단 말 입니다! 도시 가운데를 조사해서 디바인 마크만 회수하면 전체 의식이 무효로 돌아간다는 말입니다! 건강한 사람 몇 명이 하룻 밤만 조사하면 돼요! 왜 공문을 발송하지 않는 겁니까?'

정말 왜 공문을 발송하지 않는 거지? 그게 무서운 무기이긴 하 지만 대책이 전혀 없는 무기도 아닌데. 사태를 충분히 설명한 공 문을 각 도시와 영지로 발송시켜 이해시키면……. 아……. 이런 젠장! 충분히 이해시킬 시간이 없겠군. 사우스 그레이드는 주로 농토로 이루어져 있어 다른 곳에 비해 사람들이 좀 듬성듬성하게 떨어져 살고 있지! 아마 우리 고향이 있는 웨스트 그레이드만큼 이나 사람들이 흩어져 사는 곳이 있다면 사우스 그레이드가 바로 거기일 것이다. 이런 골치 아플 데가 있나!

만일 우리가 겪었던 그것, 일스에서 이루어진 세이크럴라이즈 가 실전 배치 직전의 실험이었다면, 어디 보자. 그때가 11월 12 일이니까 겨우 2주 전이군. 시간이 너무 촉박했어. 우리는 바이 서스와 자이펀의 전쟁의 가장 긴박한 순간을 여행중이었기 때문 에 우리 시간 감각과 실제 시간 감각이 혼동되는걸. 젠장. 칼은 나보단 현명하니까 시간 감각을 혼동하지는 않았겠지. 닐시언 전 하의 머리 끄덩이는 전폭적으로 안전하다(장담은 못한다. 칼 대신 길시언이 붙잡고 흔든다는 것도 생각해 볼 문제니까.).

순식간에 무수히 많은 생각들을 떠올린 다음, 난 우울한 얼굴로 암파린 씨를 바라보았다.

"사우스 그레이드는 지옥 같겠군요."

"정확한 표현이야. 후치. 정말 지옥 같지. 그런데 그런 광경을 보고 있으니까 말이야. 도대체 이 나라의 운세가 어떻게 되어먹었는지 궁금해지더라구."

샌슨은 놀란 얼굴로 말했다.

"이 나라의 운세라구요?"

"그래. 바이서스의 운세. 그게 궁금해졌어. 그래서 난 바이서스의 운세를 점쳐보았지. 적당한 바위산에 들어가서는 하룻밤 동안 완전히 마음을 비우고는 아침 해가 떠오르는 시점에 점을 쳐보았지."

"오……, 나라에 대해서도 점을 칠 수가 있습니까?"

"아니, 아니. 그건 힘들어. 난 그 정도는 안 돼. 그래서 난 바이서스 왕가의 운명에 대해 대충 점을 쳐보았지. 다른 점복술사가 보면 사기라고 말할 만큼 변칙적인 방법이었지만 나로선 자신을 위해 하는 예언이기 때문에 절대로 속임수를 쓰지는 않았네. 그러고는 말이야, 도저히 바이서스 임펠로 찾아오지 않을 수 없더라구. 여기 와봤자 내가 무슨 일을 할 수 있겠나, 혹은 내 예언을 도대체 누구에게 납득시킬 수 있는가 싶었지만 그래도 찾아오지 않고는 못 배기겠더라구. 그런데……, 놀랍게도 전하를 잘 아는 사람들을 만나게 되는군! 그것 참, 우습기 짝이 없는 일이긴 하지만 말이야, 지금 미래를 본다는 내가 운명의 기묘함에 놀라고 있다네!"

일렁거리는 촛불을 잠시 바라보았다. 나는 왠지 질문을 꺼내기가 두려워져서 암파린 씨를 바라보지 않았다. 샌슨 역시 얼떨떨한 얼굴로 입을 다물고 있었다. 하지만 결국 그는 질문을 하고 말았다.

"바이서스 왕가는 어떻게 됩니까?"

"이봐, 이 사실이 알려지면 난 불충죄로 무슨 일을 당할지 몰라. 그러니 입조심해 주게."

"알았어요. 어떻게 됩니까?"

"정말 함부로 말하지 않을 거지?"

"말하지 않겠어요. 어떻게 됩니까?"

암파린 씨는 그러고도 한참 동안 머뭇거렸다. 더 참지 못하겠다 싶을 무렵, 암파린 씨는 입을 열었다.

"가문으로서의 바이서스는 끝나게 되네."

다시 촛불을 바라보았다. 지금은 자정도 넘은 시각. 밖에서는 빗방울들이 조금씩 가늘어지고 있다. 이런 추운 날씨에는 빗방울을 맞으면 오히려 따스한 느낌이 든다더군. 설명하긴 어렵지만 그런 느낌이 있다고 하지. 물론 내 느낌은 아니야. 세상에 둘도 없이 해괴한 감각을 가진 제미니의 느낌이지. 어린 시절 제미니는 비만 오면 좋아 어쩔 줄을 몰라했다. 왜 그렇게 비를 맞고 있냐고 물어보면 한다는 말이 '따스하니까.'. 에구. 그런 바보가 어디 있어. 비를 그토록 맞고 난 다음날은 틀림없이 감기에 걸려 콧물을 줄줄 흘리는 주제에 비가 따스하다니.

길시언, 설마 동생의 머리 끄덩이를 붙잡고 흔들고 있지는 않겠지요? 길시언은 프림 블레이드만 제외하면 점잖은 사람이니까 그러지는 않겠지. 아무래도 닐시언 전하의 머리 끄덩이는 여전히 안전한 것 같다. 아, 이런. 한 사람을 생각 못했군. 제레인트?

천만에. 내가 생각하고 있는 사람은 닐시언 전하 자신이다. 닐시언 전하가 자신의 머리를 잡아당기며 화를 내고 있을지도 모르는 일이지. '형님! 이 우제를 꾸짖어주십시오! 가련한 백성들이, 저 가련한 백성들이……! 으아아아!' 가능성이 있군. 충분히 가능성이 있다구.

가문으로서의 바이서스는 끝난다고?

나라로서의 바이서스가 아니라, 가문으로서의 바이서스. 가문으로서의 바이서스라면, 그건 바이서스 왕가를 말하는 것이지. 왕가가 끝장난다고?

농담이 심한걸. 샌슨은 붉으락 푸르락한 얼굴로 암파린 씨를 노려보고 있었다. 난 피식 웃으며 말했다.

"재미있네요."

내 대답은 암파린 씨를 실망시켰으리라. 암파린 씨는 고개를 갸웃거리다가 당황한 얼굴로 날 바라보았다. 운차이는 어느새 다시 나무 토막과 나이프를 들고 있었다. 사각, 사각. 그리고 난 빈 맥주잔의 바닥에 엉겨붙은 거품을 지그시 바라보았다. 더 마실까? 아냐. 관두지. 내일도 말을 달려야 되는걸. 이제 크라드메서의 웨이크닝은 이틀도 안 남았을 것이다. 아프나이델은 대략 한 달쯤이라고 말했으니 정확히 이틀 후라고는 볼 수 없긴 하지. 어쩌면 일주일쯤 후에 일어날지도 모르고 벌써 깨어나 있을지도 모르지. 아, 아직 깨어나지는 않았을 것이다. 오늘 저녁에 느껴 본 소문의 위력으로 보건대 크라드메서가 깨어났다면 벌써 바이서스 임펠은 폭동이 일어날 정도로 어수선해야 되겠지.

안 마시는 것이 좋겠군. 부지런히 달려가야지. 칼 일행은 아마도 바이서스 임펠에서 자고 올 모양이다.

"이것 봐. 못 믿겠다는 거야?"

암파린 씨의 목소리에는 짜증이 섞여 있었다. 하지만 난 태평하게 대답했다.

"아뇨. 믿어요. 한 천 년이나 만 년쯤 지나면, 아냐, 백 년도 못 갈 수도 있겠지요. 어쨌든 언젠가는 바이서스 가문도 끝이 나겠지요."

샌슨은 내 말에 킥킥 웃었고 암파린 씨는 역정을 내었다.

"그런 당연한 말을 예언이라고 하지는 않네!"

"그래요? 지금까지 한 번도 틀린 적이 없으세요?"

암파린 씨의 입이 딱 굳어버리는 소리가 들리는 것 같다. 난 내 머리에서 나오는 말인지, 내 뱃속에서 나오는 것인지(내 뱃속이라면 그건 술기운에 나오는 말이다) 확신할 수 없는 태도로 말했다.

"이거 보세요. 암파린 씨. 아까도 이 주제에 대해 잠깐 이야기가 나왔던 것 같은데, 예언이란 미래에 대한 불안을 덜어주고 다가오는 미래를 대처할 수 있는 희망을 주면 된다고 보는데요. 암파린 씨가 말한 그런 식의 예언은 아무 쓸모가 없어요."

"쓸모가…… 없다고?"

"그래요. 하등 쓸모가 없어요. 뭐, 내 생각이긴 하지만, 그게 예언이라는 것의 갈등 소지인 것 같은데요."

"무슨 말이야?"

그래. 나도 무슨 말인지 정확하게 이해하고 하는 말은 아니야. 하지만 틀린 말을 하는 것 같지는 않군. 내가 겪은 일, 내 곁에 다가오고 떠나갔던 사람들의 모습은 그저 지나간 일상사는 아니었지. 샌슨의 눈빛이 묘하다.

"예언은 미래에 대해 말하지만 그것이 이루어지는 시점은 현재예요. 아무리 미래에 대해 말한다고 해도 그것은 엄밀히 따지면 다른 모든 것과 마찬가지로 현재에 속한 것이라구요."

"지금 무슨 말을 하는 거야?"

"한마디로 믿으면 그만이고 믿지 못하면 안 믿으면 그만이라는 말이지요. 미안한 말이지만, 좋은 일이라면 믿겠어요. 만족감은 있을 테니까. 만족감 하나 때문에 믿겠어요. 하지만 신경을 거슬리게 하는 예언은 믿지 않겠어요. 뭐라 해도, 현재를 사는 것이니까."

"훌륭해."

그 대답은 나무를 깎고 있던 운차이에게서도, 입을 딱 벌리고 있는 암파린 씨에게서도 나온 것이 아니었다. 그 대답은 문을 열고 들어서는 길시언에게서 나온 것이었다.

길시언의 등 뒤론 제레인트와 칼의 모습도 보였다. 모두들 비에 젖어서 후줄근한 모습이었다. 길시언의 허리에서는 프림 블레이드가 웅웅거리는 소리를 요란하게 내고 있었고 그 광경을 보면서 암파린 씨의 눈은 휘둥그레졌다. 길시언은 얼굴에 착 달라붙은 머리카락을 떼어내면서 다른 손으론 칼자루를 쥐고 피곤한 음성으로 말했다.

"조용히해. 내가 말할 테니."

프림 블레이드의 울음소리가 사라졌다. 길시언은 안으로 들어섰고 암파린 씨는 의자에 못박힌 듯이 딱딱한 모습으로 그를 바라보았다. 제레인트는 주위를 둘러보다가 옷걸이에 걸린 수건을 발견해서는 머리를 닦기 시작했고 칼은 침착하게 테이블에 앉았다. 길시언은 시선을 암파린 씨에게 똑바로 고정시킨 채 말했다.

"미안하지만 밖에서 듣고 있었소. 좋은 예법이라고 할 수는 없

지요? 하지만 우리 가문이 끝난다는 말을 들으니 어쩔 수가 없더
군요."

"우리…… 가문?"

"길시언 바이서스라고 합니다. 이분들의 일행이며, 바이서스의
왕자입니다. 왕자라고 해봤자 궁성에서 나온 지 오래 되었으니
대단할 것도 없소만."

와라락! 암파린 씨는 황급히 의자에서 일어나더니 퍽! 소리가
나도록 한쪽 무릎을 꿇었다. 길시언은 제레인트가 건네주는 수건
을 받아 머리에 덮어쓰면서 의자에 앉았다.

"일어나요, 선생. 이렇게 추운 날에 바닥에 무릎을 꿇는 것은
고통스러운 일이니."

"저, 전하. 소인의 불, 불충을 부디 용서해 주시길……."

"불충? 그런 거 없어요."

"예?"

"일어나시오. 난 조금 전 여기 있는 후치가 말한 바대로 따를
생각입니다. 당신 말을 믿지 않겠어요. 그렇다면 내가 나 스스로
믿지 않는 말에 대해서 화를 낼 수야 없는 노릇이지요."

길시언은 더할 나위 없이 침착하게 말했다. 물에 빠진 생쥐 꼴
에다 머리엔 수건을 덮어쓴 채 난폭하게 머리카락을 닦아내고 있
긴 하지만, 최소한 조금 전 자기 가문이 홀라당 망한다는 말을
들은 사람치곤 저렇게 태도가 고상할 수가 없다. 칼은 빙긋이 웃
었고 제레인트 역시 미소를 지은 채 테이블에 앉았다.

"거기 계속 꿇어앉아 있을 필요는 없소. 일어나 앉던가, 아니
면 올라가서 잠을 청하시오. 늦은 시간이니까."

암파린 씨는 얼떨떨한 얼굴로 길시언을 올려다보았지만 길시

언은 이미 그에게서 시선을 돌린 채 머리와 팔을 닦고 있었다. 암파린 씨는 머뭇거리며 일어나더니, 아마 밤인사가 아닐까 생각되긴 하지만 정확히 뭐라고 말한 건지 알 수 없는 말을 웅얼거리고는 황급히 올라가 버렸다.

암파린 씨는 요란한 소리를 내면서 계단을 올라갔다. 발걸음이 급해서 그렇겠지. 오늘 밤 잠은 제대로 잘 수 있을까? 이런 여관에 들어오다니 내가 미치지 않았나 하는 생각을 하지는 않을까? 하하하. 칼은 암파린 씨가 사라진 계단 쪽을 바라보다가 길시언에게 고개를 돌렸다.

"괜찮으십니까?"

"뭐, 상관없습니다."

"알겠습니다. 네드발 군? 다른 사람들은 전부 자나 보지?"

난 칼의 질문을 듣고서 더 이상 암파린 씨의 예언에 대해서는 거론하지 않기로 하는 분위기라는 것을 알게 되었다. 그래서 난 심드렁한 표정으로 고개를 끄덕여주고는 제레인트를 바라보았다.

"어땠어요? 생각만큼 멋지던가요?"

제레인트는 어느 새 맥주잔 세 개를 채워와서는 칼과 길시언에게 돌리면서 말했다.

"말로 표현을 못하겠어! 하, 그것 참. 퍽이나 웃기는 말이지만 말이야, 굳이 임펠리아에 대한 감상을 말하자면 난 드래곤 로드의 대미궁과 비교하겠어."

"대미궁과? 헤에. 그 말은 엑셀핸드 듣는 곳에선 하지 않는 것이 좋겠군요. 하지만 대미궁에 비교한다는 것은 좀 어이가 없는데요? 임펠리아가 멋진 성이긴 하지만 그래도 어떻게 대미궁에……."

"멋진 성? 지금 그냥 멋진 성이라고 했나? 천만에! 그 궁성은 신을 찬미하는 마음을 가지고 있어! 꽃이라니! 후치 넌 대미궁 어디에서 살아 숨쉬며 피어나 자라나는 아름다움을 본 적이 있냐?"

"아……, 없지요."

제레인트는 힘찬 동작으로 맥주잔을 기울이고서는 그중 상당량을 옷 앞섶에 흘리고 나서 턱을 쓰윽 닦았다.

"커어! 그 화단 위로 밤비가 내리는 광경은 죽을 때까지 못 잊을 거야. 후우. 이건 테페리의 가호야. 내가 임펠리아에 찾아가는 시점에 밤비를 내려주시다니. 그야말로 필요할 때를 위한 작은 행운이 아닌가!"

"하하. 축하하지요."

내 생각이긴 하지만 말이야, 제레인트는 비가 오지 않았다면 틀림없이 날씨를 맑게 해주신 테페리에게 감사했을 거야. 흐음. 난 성직자의 모범적인 표본 같은 성직자에게서 고개를 돌려 칼을 바라보았다. 칼은 피곤한 모양인지 오른손의 엄지와 검지로 눈 사이를 꽉 누르고 있었다.

"전하를 만나보셨어요, 칼?"

칼은 그대로 눈을 문지르면서 대답했다.

"음? 어, 만나보았네. 참 좋지 않은 소식을 듣게 되었다네."

"누가 머리 끄덩이를 잡아당겨……, 아, 아니에요. 말이 헛나왔어요."

칼은 황당한 얼굴로 날 바라보았다. 윽. 아무래도 암파린 씨와 이야기를 하면서 맥주를 너무 많이 마신 모양이군. 칼은 찌푸린 얼굴로 말했다.

"사우스 그레이드 쪽은 지금 거의 공황에 가까운 사태가 일어나는 모양이야."

샌슨은 얼굴을 일그러뜨리며 고개를 끄덕였다.

"그 소문은 이미 들었어요. 아까 그 점쟁이는 사우스 그레이드에서 올라온 모양입니다."

"그래? 흐음. 그쪽은 농가가 많지. 바이서스 식량 생산량의 절반 이상이 그곳에서 나오니까 바이서스의 식량 창고라고 할 수도 있는 곳이거든. 닐시언 전하는 그야말로 자고 일어나자 곳간을 털린 것을 본 사람 같은 얼굴을 하고 계시더군."

곳간을 털린 사람이라. 음. 그런 얼굴을 하고 있었다면 머리 끄덩이는 확실히 안전……, 내가 자꾸 왜 이러지? 칼은 피로한 얼굴로 말했다.

"다행히 지금은 11월 하순이지. 조세 마차는 이미 수송을 마친 시점이라 정부 보유 곡식은 그런 대로 충분하다고 하시더군. 하지만 보리 농사는 포기해야겠지. 잔혹한 겨울이 될 것 같군. 어쩌면 잔혹한 봄이 이어질지도 모르고. 세이크럴라이즈에 관한 헛소문 때문에 민심은 흉흉하기 짝이 없고……. 비밀 이야기지만 닐시언 전하는 반란의 위험에도 촉각을 곤두세우고 계시는 것 같더군."

"반란? 제에기. 하긴 모두 어려울 때 협동하자는 것은 어디까지나 말뿐이지요. 반란이나 폭동은 왜 모두가 어려울 때 일어나야 되는 건지."

"좋은 비평이야. 퍼시발 군. 해답은 말할 필요가 없겠지. 어쨌든 닐시언 전하에게 있어 현재 가장 중요한 것은 지골레이드를 대체할 전력이더군. 모든 사태가 거기서 비롯되었어. 물론 세이크럴라이즈의 문제가 남긴 하지만 그건 저쪽에서 시도한 것이니 당할 수밖에 없지. 하지만 지골레이드의 공백은 심각해. 그건 우리 쪽의 문제니까."

난 피식 웃으며 말했다.

"할슈타일 가문을 저주하고 있으시지 않던가요?"

길시언은 쓴 웃음을 지었고 칼은 고개를 끄덕였다.

"잘 아는군, 네드발 군."

"할슈타일 가문에서는 뭐라고 그런데요?"

"그게 말이지, 이 모든 사태 중에서 최고로 웃기는 국면인데 할슈타일 후작은 돌맨 할슈타일과 공식적으로 의절(義絶)했다네."

"의절? 가문에서 쫓아내었다고요?"

"그래. 지골레이드의 계약 해제는 돌맨의 단독 소행이라는 것이야. 드래곤과 라자의 관계에 대해선 우리 같은 사람들은 이해하기 어려운 국면이 많긴 하지. 돌맨은 오로지 지골레이드가 불쌍해서, 그러니까 전선에서 싸우면서 동시에 웜링도 키우는 그 모습이 불쌍해서 계약을 해제해 버렸다는 거야."

아무리 많이 마셨다지만 지금은 한 잔 더 마셔야 되겠다. 난 맥주잔을 채워와서는 테이블 위에 탕! 내려놓으면서 낮은 목소리로 말했다.

"두 가지 설명이 가능하겠네요?"

"말해 보게. 나에게 지도자의 기쁨을 선사해 주게."

길시언과 샌슨, 그리고 제레인트도 호기심 동하는 표정으로 나를 바라보았다. 더욱이 운차이는 나무를 깎는 동작을 멈춤으로써 나에게 경의를 표현했다. 진지하게 듣겠다는 말이지. 난 호흡을 조절하고 나서 말했다.

"만족하실 거예요. 첫째. 돌맨 할슈타일은 천하에 다시 없는 멍청이다. 그런데, 몇 살이죠?"

"열다섯 살."

"그럼 멍청이로군요. 지골레이드를 풀어주면 당장 바이서스 군이 죽어나갈 것을 충분히 짐작할 수 있으면서 단지 불쌍해서 풀어줬다면, 그건 멍청이지요."

"두 번째는?"

"할슈타일 후작의 지시를 받고 행동한 것이지요. 운차이의 가정이 맞았다는 것입니다."

"좋아. 훌륭해. 그럼 그 두 가지 중 하나를 선택하려면?"

"그건 간단하지요. 하나만 알면 충분해요. 현재 돌맨의 신병은 어디에 소속되어 있지요?"

칼은 기특하다는 얼굴로 말했다.

"공식적으로는…… 무슨 수도원이더라? 아, 아미앙스 수도원일 거야. 검과 파괴의 레티를 섬기는 수도원인데 사우스 그레이드에 있다더군. 그 수도원에서 보호 상태지. 돌맨 할슈타일은 지골레이드를 풀어준 다음 전선에서 달아나다가 거기로 들어갔다더군. 그런데 말이야, 이 레티의 수도원의 원장이 할슈타일 후작의 아내의 동생, 그러니까 처남이 되지."

"그럼 돌맨 할슈타일은 할슈타일 후작의 손아귀에 있는 셈이로군요?"

"그렇지."

"국왕은 수도원장에게 그 신병 인도를 요구하지 않았구요?"

"수도원……, 신전이란 참으로 간섭하기 골치 아픈 공간이지.

언젠가 후작이 말하지 않았던가? 전통적으로 통치권은 신권의 경계를 존중하는 법이라고. 물론 그 반대도 마찬가지지. 성직자들은 신을 섬기기 때문에 엄밀히 말해서는 국왕의 통치권에 대한 복종의 의무가 없지만, 자존심의 범위 내에서 존경과 사랑을 표하기는 하는 법이지."

제레인트는 칼의 말에 동의하듯이 고개를 끄덕였지만 난 고개를 가로저으며 말했다.

"어려워요. 간단히 말해서 둘 다 서로를 지나치게 간섭하지는 않는다는 말이지요? 상대방을 견제하긴 하지만 자존심을 건드리지는 않을 정도로?"

"복종 대상이 다르니까."

샌슨이 의아한 표정으로 말했다.

"그래도, 중요 범죄자라고 할 수 있으니까 신병을 요구할 수 있지 않을까요?"

"바로 그게 안 된다니까, 퍼시발 군. 그 꼬마는 신전의 보호를 요구하며 들어온 상태거든. 이 상황에서 수도원으로서는, 자신이 복종하지도 않는 지상의 군주의 명령에 따라 신의 보호를 요구하며 들어온 꼬마를 내어주지 않을 수 있단 말이야."

"허……, 그것 참."

"그리고 국왕으로서도 함부로 그런 신권의 경계를 건드릴 수는 없거든. 그런 식으로 신권이 침해당하게 된다면 모든 신전들이 가만히 좌시하고 있을 리가 없지. 다른 신전에서 격렬하게 들고 일어날 거란 말이야. 그 상황 전체는 '신의 품을 찾아든 어린 소년을 지상의 군주에게 빼앗긴' 것이 된단 말이야. 평소라면 어느 정도 원활한 막후 교섭 방법이 있겠지만 현재는 전시란 말일세.

신전들과 대립함으로써 불안한 민심을 더 자극할 수는 없는 법일세."

묵묵히 듣고 있던 길시언이 씹어뱉듯이 말했다.

"제에엔장! 그 할슈타일 후작, 속에 능구렁이가 열 마리는 들어앉은 그 노인네를 어떻게 해야 할지 모르겠습니다. 바지를 벗겨 채찍으로 후려치고 촛농을……. 죄송합니다. 임마! 제발 레이디답게 품위 있게 말하라구!"

운차이는 쓰게 웃은 다음 칼을 바라보며 말했다.

"할슈타일 후작은 크라드메서를 몹시 탐내고 있단 말이군요. 국왕의 비위를 건드려가면서까지 돌맨을 빼돌릴 정도로."

"그렇소. 운차이 씨의 가정이 틀렸다면 얼마나 좋았겠소? 하지만 당신의 가정이 정확했던 모양이오."

샌슨은 곰곰이 생각에 잠긴 표정으로 말을 시작했다.

"에, 그러니까 말입니다. 제가 정리해 볼 테니까 맞는지 좀 말해 주십시오. 그러니까 할슈타일 후작은 지골레이드를 놓아줌으로써 자이편으로 하여금 바이서스를 집어삼키게 하고, 그 다음 자유로워진 돌맨 할슈타일은 크라드메서와 계약을 맺게 한다? 그렇게 되면 드래곤을 가지고 있는 가문이니만큼 자이편에게 이 나라가 넘어가도 그 가문의 영화는 계속될 테니까……. 게다가 자이편으로서는 지골레이드를 빼냄으로써 도와준 할슈타일 후작을 홀대하지는 못할 테고. 일석이조를 노린다는 말입니까?"

"정확하네. 퍼시발 군."

"내 이 늙은 여우를!"

샌슨은 그대로 입에 롱소드를 물고 할슈타일 후작 저택으로 찾아갈 듯한 태세였다. 나는 샌슨 같으면 입에 롱소드를 물어도 어울릴 거라는 망상을 조금 하다가 칼에게 말했다.

"후작이 레니를 찾으면 안 되는 이유가 그것이었군요?"

"응?"

"할슈타일 후작에게 그런 반역의 기미가 있었기 때문에……. 그래서 그랜드스톰의 하이 프리스트는 할슈타일 후작이 지나치게 강한 힘을 가지게 되는 것을 경계한 것이지요? 그래서 후작이 아니라 우리가 레니를 찾게 한 것이고……. 이후의 결과는 뻔하겠군요?"

칼은 내 얼굴을 물끄러미 바라보았다. 난 맥주잔에서 터지는 거품을 바라보면서 말했다.

"레니는 크라드메서와 함께 전선으로 가게 되겠군요? 지골레이드 대신에."

칼은 묵묵히 생각에 잠긴 얼굴이었고 길시언과 샌슨은 입을 딱 벌린 채 내 얼굴과 칼의 얼굴을 번갈아 쳐다보았다. 운차이는 그 모든 사람들과 독립된 자세로 하늘을 바라보며 고민에 잠긴 얼굴이었다. 아니, 하늘이 아니라 천장이다. 그리고 제레인트는 반대로 고개를 숙이고는 뭔가 기도에 잠긴 듯한 얼굴이었다.

칼은 맥주 한 모금을 느리게 느리게 마시더니 말했다.

"반역의 기미는…… 있었지. 아니, 간단히 생각해 볼 수 있는 문제지. 300년의 기간이 지났고, 할슈타일 가문은 바이서스 왕가에게 유용성을 잃어가고 있었으니까. 주인을 바꿔버리는 것은 쉽게 생각할 수 있는 문제지."

나는 잠자코 칼의 말을 기다렸다. 지금은 칼이 말을 해야 되는 시점이다.

"아마 후작 자신으로서도 그것은 최후의 계획이었을 거야. 그의 첫 번째 계획은 우리들도 잘 알고 있는 그것. 드래곤 라자의 혈통을 재창조해서 계속 가문의 영화를 이어나가자는 것이었겠지. 드래곤 라자만 계속 배출된다면 할슈타일 가문의 영화는 영원할 테니까. 하지만 그건 말만큼 쉬운 일이 아니지. 역시 드래곤 로드가 정한 것을 거스르기는 어려운 일이었을 테니까."

칼은 다시 한숨을 쉬었고 그 시간 동안 샌슨과 길시언은 다섯 번 이상 숨을 들이쉬었다. 술 때문인지 벽에 있는 촛불의 빛이 일렁거리는 것 같군. 난 조용히 칼의 말을 기다렸다.

"그래서……, 자신에 대한 신뢰를 잃어가는 주인을 늑대에게 넘겨주고 그 공에 대한 선물로 주인의 뼈다귀를 기대하는 사냥개가 되는 것……. 추악한 일이지만 생각해 볼 수는 있는 일이지."

길시언의 이에서 불꽃이 튀는 것 같은 착각이 든다. 이를 부득부득 갈고 있는 저 입 속에서는 불꽃이 튀는 것인지 아닌지 확실하진 않지만 그 눈에서는 확실히 불꽃이 튀고 있다. 지금 운차이에게 물어보면 '길시언은 할슈타일 후작에 대한 살기를 마구 뿜어내고 있다.'는 대답을 들을 수 있을 것 같은데. 칼은 결심을 굳힌 얼굴로 말했다.

"그렇네. 네드발 군. 그날 하이 프리스트께서는 그렇게 말씀하셨지. '후작이 붉은 머리 소녀를 찾으면 그 소녀의 신방은 자이편에서 차려질 것이다.'라고."

빠박! 누구의 이빨이지? 어쨌든 누구 것인진 모르겠지만 분명히 누군가의 이가 부스러졌을 것이다. 길시언과 샌슨, 둘 중의 하나일 텐데. 길시언은 어이가 없는 얼굴로 말했다.

"레니를 자이편에 선물로 넘긴다는 말씀입니까? 자신의 딸을?"

"믿을 수 없는 일이긴 하지요. 하지만 그렇게 된다면 할슈타일 후작가는 자이펀 왕가와 연결되는 것이니까. 거기서는 왕이라고 하진 않지만, 그건 중요한 것이 아니지. 그리고…… 이 전대 미문의 신부의 지참금은 놀랍게도 바이서스라는 나라가 되는 것이고."

"오, 이런, 맙소사!"

"글쎄……, 좋은 의미로 볼 수 있을까? 할슈타일 후작은 자신의 딸에게 한 나라의 왕을 신랑으로 맺어주는 셈이지. 아냐, 두 나라의 왕이 되겠군. 자이펀과 바이서스 두 나라. 물론 이런 신부를 거부할 사람은 없지. 드래곤 라자이기 때문에 크라드메서라는 무시무시한 드래곤이 따라가게 되고, 그 지참금은 나라 하나. 꽤나 비싼 신부인 셈이지. 신부의 아버지가 목에 힘을 줄 수 있다고 해도 아무도 뭐라고 하지 않겠군."

칼은 마치 동네 처녀가 시집가는 것인 양 가볍게 이야기했다. 어처구니없는 얼굴로 그 이야기를 듣고 있던 길시언은 기어코 고함을 질러버렸다.

"이런 괘씸한! 할슈타일 후작을 체포해야 됩니다! 지골레이드도 없는 이상, 더 이상 후작의 눈치를 볼 필요는 없습니다! 반란입니다!"

"증거가 있소?"

"증거요? 증거가 필요합니까? 알았습니다. 목부터 잘라내고 나서 증거를 찾도록 하지요!"

"길시언……."

"제길, 이렇게 추악한 이야기는 듣다듣다 처음 들어봅니다! 이 나라가 그 가문에게 베푼 은혜가 얼마입니까! 무려 300년에 걸친 은혜입니다! 그런데 주인을 배신하는 사냥개가 된다고요? 그러곤 십수 년 만에 찾아낸 딸은 얼굴도 모르는 저 사막의 왕에게 시집 보내 버린다고요?"

"이 모든 것은 가정일 뿐이오. 물론 하이 프리스트는 많은 정황과 현상에 의지하여 말씀하시는 것이긴 하지만 명확한 증거는 없소. 함부로 단정을 지어서는 안 될 것 같습니다."

"에이익!"

길시언은 포효하듯이 외치며 테이블을 내리쳤다. 맥주잔이 잠시 요동을 쳤고 촛불이 크게 흔들렸다. 난 묵묵히 그것을 바라보다가 말했다.

"칼."

"응? 네드발 군?"

"그런 일 대신 칼은 레니에게 무슨 일을 해줄 거지요?"

"뭐라구?"

"할슈타일 후작의 계획 대신에…… 칼은 레니에게 어떤 일을 해줄 거지요? 이건 내 생각과 다르게 진행되는데요. 난 레니가 크라드메서를 진정시킨 다음 델하파의 항구로, 진짜 아빠에게로 돌아가게 되기를 기대했어요. 하지만 그렇게 될 수 있어요?"

샌슨은 당혹한 얼굴이 되었다. 칼은 어두운 얼굴로 말했다.

"아무래도…… 전선에서 지골레이드의 공백이 크니까……."

난 칼의 어눌한 말도 싫어. 난 그의 말을 잘라 들어가면서 물었다.

"그렇다고 레니가 크라드메서와 함께 전선으로 가야 되는 것은 아니겠지요?"

칼은 대답하지 않았다. 촛불 빛마저 줄어드는 지독한 침묵의 시간이 다가왔다. 난 이 침묵이 싫어.

"약간 취한 김에 분명히 말해 두겠는데, 난 레니의 의지에 반하는 일에는 절대 찬성하지 않겠어요. 레니는 이 모든 이야기에 대해 전혀 모르는 상태에서 우리와 함께 떠나왔어요. 레니는 그저 자신이 믿는 아빠가 대륙이 위험하다고 말했기 때문에, 우리와 함께 가라고 말했기 때문에 우리와 함께 온 거예요. 하하하. 역시 취하면 누구나 잘 아는 이야기를 하게 되는군요."

"네드발 군. 그건 잘 아네."

"잘 안다고요? 그럼 걱정하지 않겠어요. 저어언혀! 걱정하지 않아요."

"이봐, 네드발 군……."

와라락! 의자에서 일어나는 내 동작이 좀 거칠었던 모양이다. 의자는 뒤로 굴러가다가 테이블에 부딪혔고 칼은 입을 다물었다. 주위의 사람들이 날 저렇게 바라보는 것은 정말 싫어.

"미안하지만 너무 졸려서 더 못 듣겠어요. 취기도 오르고. 좋은 밤 되길 바라요."

그리고 난 뒤도 돌아보지 않고 침실까지 뛰어 올라왔다. 쾅쾅쾅쾅! 계단을 어떻게 뛰어올랐는지도 모르겠지만 난 어느새 내 방문 앞에 서 있었다. 문득 왼쪽의 방을 본다.

저 방 안에 레니와 네리아가 잠들어 있다. 난 잠시 레니의 얼굴을 떠올려본 다음, 웨일즈 본야드, 그 고래뼈로 장식된 멋진 펍을 떠올렸다.

난 방문을 열고 침대에 몸을 던졌다. 순간 짜릿한 취기가 올랐다. 음……, 자다가 일어나서 마신 술은 더 빨리 취하는 모양이지.

밤새도록 비가 내렸고 내 꿈 속에까지 비가 내렸다.

"왜 비를 맞고 있어?"

"빗속에 있으면 따스하거든."

몸은 다 커버린 제미니. 하지만 얼굴은 일곱이나 여덟 살쯤의 제미니다. 뭐 특별히 괴상한 느낌은 들지 않았다. 17세의 몸이 일곱 살 때처럼 껑충껑충 뛰어다니고 있으니 얼굴이라도 저래야 어울리지.

"비에 젖으면 춥지 않아?"

"응응, 비에 맞은 다음 비 안 오는 곳으로 가면 춥겠지. 하지만 지금은 따스해."

"운차이는 그런 경우를 가리켜 해파리라고 말하던데."

"먹는 거야?"

"몰라. 먹기도 하는지 물어보진 않았어."

사방은 운차이의 사막이었다. 그래서 그런지 빗방울 색깔이 자줏빛이었다. 조금 떨어진 곳에서는 낙타와 전갈이 불만족스러운 소년에 대해 이야기하고 있었다. 그런데 방울뱀은 어디 있는 거지?

촤르르르……. 방울 소리가 들렸다.

"제미니! 방울뱀이 근처에 있어!"

"소리뿐이라면 상관없지."

어쩌자고 저렇게 이쁜 소리만 할까. 괘씸한 것. 난 몽롱한 걸음걸이로 제미니에게 다가갔다. 제미니는 깡총깡총 뛰어다니고 있었지만 내 느긋한 걸음걸이로도 충분히 따라갈 수 있었다.

푸석, 푸석.

아래를 내려다보니 말라붙은 모래가 내 발길에 따라 흩어져 날아갔다. 사방엔 자줏빛 비가 내리고 있었다.

"레니는 사막의 여왕이 되겠지?"

제미니의 질문. 어느새 그 얼굴은 네리아가 되어 있었다. 빨강머리는 똑같았지만 그 얼굴은 네리아의 얼굴이었다. 흠. 이제야 그런 대로 몸과 어울리는 얼굴이로군. 난 고개를 가로저었다.

"항구의 소녀가 사막으로 시집가면…… 말라죽어 버리겠지요. 이 굉장한 모래는 항구의 소녀의 몸에서 물기란 물기는 다 짜내어버릴 거예요. 소녀는 울 수는 있겠지만. 그 눈물도 모두 모래 속으로 사라져버리겠지요."

네리아의 얼굴은 이제 레니의 얼굴로 바뀌어 있었다. 여전히 빨강머리는 똑같았지만.

레니는 처연한 표정으로 허공을 바라보았다. 멀리서 바다 안개가 밀려 들어오고 있었다. 갈매기의 울음소리도 들려왔다. 하늘은 짙은 회색빛으로 바뀌어 있었다. 그녀는 허공을 바라보며 말했다.

"그런가요. 알았어요. 같이 떠나겠어요. 하지만 절대로 아버지와 날 떼어놓을 수는 없어요. 난 반드시 여기로 돌아오겠어요."

"당신의 의사를 존중하겠습니다."

내가 한 말은 아닌데. 하지만 나도 그렇게 말하고 싶었으니까. 크라드메서는 브레스를 내뿜었다.

안개와 갈매기 울음소리. 그리고 회색빛 하늘이 오그라들었다. 남은 것은 말라붙은 잿더미와 모래뿐이었다. 그리고 지글거리며 타오르는 붉은색 태양. 자줏빛의 빗방울들은 사라져버렸고, 크라드메서의 머리에는 할슈타일 후작의 얼굴이 달려 있었다.

"아빠 말을 들어야지."

"난 반드시 여기로 돌아오겠어요."

"아빠 말을 들어야지."

"난 반드시 여기로 돌아오겠어요."

"엄마 말을 들어야지."

뭐라구? 잠깐. 지금 뭐라고 했지?

"엄마 말을 들어야지! 어서 일어나, 후치!"

"도대체! 네리아는 아리따운 처녀로서의 야망도 없어요? 엄마라니! 이렇게 징그러운 아들을 그렇게 원한다는 것은 다시 생각해 볼 문제라고 여겨지지 않아요?"

"저 녀석은 일어날 때 항상 시끄럽군!"

엑셀핸드의 불평 소리와 함께 새날이 밝았다(카리스 누멘이여!). 난 침대에서 충분히 일어났다고 생각하고는 다리를 침대 아래로 내리려다가 내가 반쯤밖에 일어나지 않았다는 것을 알게 되었다. 그래서 다리를 하늘로 차올리며 다시 침대 위에 나동그라졌다. 네리아는 배를 잡고 웃기 시작했다.

"어서 일어나! 이 조숙한 술주정뱅이야. 어서 출발해야지! 갈색 산맥이 너에게 찾아와 줄 때까지 기다릴 거야? 어서 일어나지 않으면 물을 끼얹어버릴 거야!"

"침대가 젖을 텐데?"

"무슨 상관이람. 이대로 떠날 테니 침대 다시 사용할 일도 없잖아?"

리테들 씨가 저 말을 들었어야 하는데. 아우우웅!

기지개를 펴면서 주위를 둘러보았다. 창문으로는 겨울 아침의 낮은 태양이 겨우겨우 떠오르고 있었다. 그래서 창문으로부터 반대쪽 벽을 향해 밝은 광선이 그려지고 있었다. 내 옆에 있는 네리아의 얼굴과 다리는 잘 보이지 않고 그 가슴과 팔만 보였다. 물론 그 뒤쪽으로 엑셀핸드의 얼굴은 잘 보였다. 괴상한 구도다! 난 진저리를 치면서 침대에서 일어났다. 그리고 반쯤 졸면서 걸 어가다가 벽을 들이박고는 주위의 시선을 무마하기 위한 필사적 인 노력으로 벽에 키스해 버렸다.

"잘 잤어, 벽아?"

아무래도 주위의 시선이 더 괴상해진 것 같은데? 으음. 난 별 일 없었던 것처럼 쾌활한 목소리로 말했다.

"다른 사람들은 다 일어났어요?"

"물론이지. 다른 사람들은 이미 일어나서, 씻고, 옷 입고, 짐 챙겼어. 아직 하지 않은 일은 아침 식사와 벽에 굿모닝 키스하는 것뿐인데……, 그거 꼭 해야 되는 거야?"

"정신 건강과 피부 미용에 좋대요."

네리아는 벽에 키스했고 그래서 우리 두 사람은 배를 잡고 웃 었다. 엑셀핸드가 별 미친 것들을 다보겠다는 시선으로 우리를 바라보았지만 나는 그냥 히죽 웃으면서 짐을 챙겼다.

짐 다 챙기고 아래로 내려오니 우리 일행들은 이미 테이블을 잡고 모여앉아 있었다. 샌슨은 아침부터 매우 바빠 보였는데 어 제 샌슨의 은혜로 이 여관에서 투숙하게 된 피난민들이 그의 주 위로 몰려들었기 때문이다. 샌슨은 잠시 그 인사에 대답하다가, 결국 고개를 뒤흔들고는, 한손에 롱소드를 쥐고 다른 손엔 길시 언을 쥐고 뒤뜰로 달려가버렸다. 그래서 유니콘 인의 아침은 살 벌한 기합 소리와 검 부딪히는 소리와 함께 평화롭게 시작되었 다. 아름다운 아침이야.

식당에 주저앉아서 주방에서 풍겨나오는 구수한 냄새에 넋을 빼앗긴 채 난 칼을 바라보았다. 칼은 어젯밤 잠을 제대로 자지 못했는지 눈 밑이 움푹 들어가 있었지만 그런 대로 평온한 얼굴이었다. 자, 어젯밤에 내가 뿌린 씨는 오늘 아침 어떤 꽃이 되어 피어날까?

칼은 네리아와 함께 들어온 레니를 바라보았다.

"아, 레니 양. 잘 잤어요?"

따스한 인사말에 정신이 번쩍 드는 것도 괜찮은 경험이야. 난 운차이를 바라보았지만 운차이는 태평한 얼굴로 잡지를 읽고 있었다. 저건 어디서 가져온 거지? 아, 홀에서 가져왔나 보군. 제레인트는 멍한 얼굴로 천장을 바라보고 있었다. 레니는 우리들을 발견하고는 상냥하게 인사했다.

"네. 모두들 좋은 밤 되셨어요? 어, 샌슨 오빠랑 길시언 씨, 아프나이델 씨는요?"

음? 그리고 보니 아프나이델은 어디로 갔지? 제레인트가 미소를 지으며 말했다.

"앞의 두 사람은 지금 대무를 빙자한 난동을 부리고 있는 중이고, 마지막 사람은 기주 중입니다. 아침에 늦게 일어나서 시간을 많이 잡아먹는군요."

그러자 엑셀핸드가 제레인트에게 말했다.

"그런데 자넨 아침 기도를 안 하는 건가?"

"예? 하하! 살아가는 모습이 곧 기도입니다. 제가 기쁜 마음으로 아침밥을 먹고, 그 은혜가 신께서 내린 것임을 알며, 그에 대해 감사하게 여길 줄 알면, 그게 기도지요."

"편리한 논리군. 하하하!"

그때 아프나이델이 조금 피로한, 하지만 밝은 얼굴로 내려왔다. 그리고 그와 동시에 아침 식사도 날라져왔다.

난동을 부리고 있던 두 사람을 불러들여 식사를 마치고 나서, 우리들은 리테들 씨에게 도시락을 부탁한 다음 홀로 몰려나와 식후의 휴식을 즐기기로 했다. 곧 바쁜 길을 떠날 것이니 잠시의 시간이라도 느긋하게 보내는 것이 낫겠지.

칼은 커피를 홀짝거리며 말했다.

"레니 양. 그리고 침버 씨. 수도에 들리자마자 바로 떠나게 되어 안쓰럽게 생각합니다만."

늦은 아침 기도를 드리던 제레인트는(아침 기도를 빼먹을 수는 없어서 식후에 대충 하고 때워버리는 것처럼 보였지만) 밝은 얼굴로 말했다.

"아뇨, 하하하. 다시 돌아오지 않을 것도 아니지 않습니까? 바쁜 일이 있을 땐 모든 것에 욕심낼 수는 없지요."

레니도 방긋 웃으며 말했다.

"저, 갈색 산맥으로 가서 그 드래곤을 만나고 나서 말이죠, 다시 돌아올 때도 이 길로 올 거지요? 그리고 그때는 시간이 많겠지요?"

덜커덩 하는 소리는 내 가슴에서 났다. 하지만 칼의 가슴에서도 비슷한 소리가 났을 것임을 믿어 의심치 않는다. 칼은 커피잔을 들어올리며(즉, 효과적으로 얼굴을 가린 다음) 말했다.

"예. 시간이 많겠지요."

"음……, 그러면 그때는 좀 차분하게 구경할 수 없을까요? 지금은 그 드래곤이 일어나기 전에 가야 하는 거니까 급한 거겠지만, 돌아올 때는 천천히 구경 좀 해보고 싶어요. 제레인트 씨는 궁성도 구경했다고요?"

"아, 굉장한 밤이었습니다!"

"저도 깨워서 데리고 가시지. 음, 음. 돌아올 때 궁성도 구경할 수 있을까요, 칼 아저씨?"

"아, 예. 물론이죠. 그럴 수 있겠지요."

칼은 커피잔을 높이 들어올리며 말했다. 난 좀 잔인한 계산을 깔면서 말했다.

"그때는 내가 책임지고 수도 구경시켜 줄게. 레니."

"그래? 부탁해!"

레니는 활짝 웃으며 말했고 동시에 칼은 커피잔 속의 세계에 대한 탐구를, 길시언은 벽도제의 질감과 색깔에 대한 고찰을 시작했다. 흐음. 왜들 그렇게 눈길을 돌리시는 거지? 그때 샌슨이 입을 열었다.

"저, 레니."

"왜 그래요, 샌슨 오빠?"

아! 난 한 사람을 잊고 있었다. 가장 막강한 추진력과 그 추진력을 더욱 빛나게 하는 무모함을 골고루 갖춘 전사의 표상이여! ……젠장.

"레니도 기억하겠지? 그 블루 드래곤 지골레이드 말이야."

"예? 예. 물론 기억하지요. 그런데요?"

샌슨은 내 원망스러운 눈길을 무시하면서 헛기침을 좀 한 다음 계속 말했다.

"그 블루 드래곤은 원래 우리나라의 전선에서 싸우는 드래곤이었거든."

"예. 그랬었지요."

"그런데 그 드래곤이 달아나버려서 바이서스는 현재 위험한 상태거든. 너도 오늘 아침 주방에서 피난민들을 보았지? 지금 전선에서 크게 밀리고 있기 때문에 남쪽에서는 계속해서 피난민들이 발생하고 있어."

"네……, 안 좋은 모양이네요."

레니는 안쓰럽다는 듯이, 하지만 자신에게 왜 이런 말을 하는 것인지 이해되지 않는다는 표정을 지으며 고개를 갸웃거렸다. 샘슨은 머리를 벅벅 긁어대며 칼을 흘긋 바라보았고 그러자 칼은 포기한 듯한 목소리로 말했다.

"우리나라를 도와주겠소?"

"칼!"

레니는 내 고함소리에 놀라 물컵을 엎지를 뻔했다. 칼은 날 향해 고개를 가로저으며 말했다.

"잠자코 듣고 있게. 난 레니 양의 의사를 확인하고 싶을 뿐이네. 설마 레니 양의 아무런 의사 표현도 하지 않기를 바라는 것은 아니겠지? 네드발 군?"

4

난 칼의 얼굴을 바라보다가 그냥 자리에 앉아버렸다. 레니는 불안한 얼굴로 우리들을 둘러보고 있었고 그 얼굴은 정말 보고싶지 않았다. 칼은 침착하게 말했다.

"조금 전 퍼시발 군이 설명한 것처럼, 지금 우리나라 바이서스는 지골레이드라는 강력한 드래곤을 잃은 상태요. 그래서 자이펀과의 전쟁이 매우 곤란한 상태지. 하지만 우리 여행이 무사히 끝난다면, 우리는 크라드메서라는 새로운 드래곤을, 게다가 드래곤라자가 함께하는 드래곤을 만나게 되오."

레니는 멍한 눈으로 칼을 바라보다가 갑자기 파랗게 질려버리며 말했다.

"지금……, 그 지골레이드라는 드래곤 대신 크라드메서를 원하시는 거예요? 지골레이드가 달아나버렸으니까, 대신 크라드메서를?"

"그런 셈이오."

"그럼, 그럼 전 어떻게 되는 건데요? 전 아빠에게 돌아갈 수 없는 거예요?"

칼은 어두운 얼굴로 말했다.

"크라드메서와 우리 바이서스를 연결해 주어야 되니까……, 레니 양도 계속 우리 곁에 남아 있어야 되는 거지요."

"싫어요!"

레니는 벌떡 일어났다. 홀 안에 있던 사람들이 전부 우리를 쳐다보았지만 레니는 그 시선에도 신경 쓰지 않고 말했다.

"싫어요! 그런 말씀은 없으셨잖아요!"

"레니 양. 당시에는 지골레이드의 손실을 예상하지 못했습니다."

"뭐가 어떻게 되었건 약속은 약속이에요! 그 드래곤의 라자만 되어주면, 그러면 난 아빠한테 돌아갈 수 있다고 했잖아요!"

칼은 더 이상 말하지 않았다. 대신 우울한 얼굴을 테이블로 고정시킬 뿐이었다. 그러자 레니는 더욱 불안감을 느낀 모양이었다.

"설마, 설마 절 이대로 잡아두실 거예요? 혼자서는 못 돌아가니까, 데려다주지 않기만 하면 못 돌아가니까, 그러니까……."

"레니 양."

길시언이 입을 열었다. 그는 엄숙한 얼굴로 레니를 바라보며 말했다.

"자리에 앉으십시오. 절대로 레니 양의 의사를 반대하거나 레니 양의 자유를 억압하는 일은 없을 것입니다. 명예를 걸고 맹세해도 좋습니다."

그 말보다는 그 엄숙한 태도가 10대의 소녀에게 확실한 반응을 불러일으켰다. 길시언처럼 원할 때마다 왕자의 위엄을 동원할 수 있으면 참 편리하겠어. 레니는 불안한 얼굴이었지만 조용히 자리에 앉았다. 길시언은 잠시 숨을 돌리고는 말했다.

"이렇게 하면 어떻겠습니까. 레니 양이 우리나라를 위해 크라드메서와 함께 전쟁에 참가해 준다면 우리는 레니 양의 아버님을 이곳으로 모셔오겠습니다."

레니는 당황한 얼굴로 말했다.

"아빠를…… 여기로요?"

"그리고 아버님껜 바이서스의 왕가가 국가의 은인으로 대우하여 할 수 있는 한 최대한의 대우를 해드릴 것입니다. 레니 양은 아버님과 함께 이 도시에서 원하시는 만큼 윤택하고 풍족하게 지낼 수 있을 것입니다."

"예? 아빠랑 바이서스 임펠에서 살게 된다고요?"

"그렇습니다. 지금 당장 말씀드릴 수 있는 것은 물질적인 것밖에 없습니다만, 만일 토지나 재산을 원하신다면 당연히 제공할 것입니다. 작위를 원하신다 해도 가능합니다. 국가의 은인이시니 공신으로서의 대우가 가능할 것입니다."

"에에?"

레니는 길시언의 말을 거의 이해하지 못하겠다는 얼굴이었다. 난 왠지 길시언의 말이 마음에 들지 않았다. 물론 길시언은 합리적으로 사리에 맞게 말을 하고 있었고 그 말이 거짓이라고는 생각되지 않았다. 하지만, 하지만 항구의 소녀는……, 젠장. 내가 관여할 일은 아니지.

"싫어요."

오, 맙소사! 레니는 아주 당연하다는 얼굴로 거절을 표시했고 길시언의 표정은 급소를 맞은 전사처럼 바뀌었다. 네리아는 놀란 얼굴로 말했다.

"레니야! 뭐하는 거야? 굴러들어 온 복을 차내는 거니?"

레니는 어깨를 으쓱이며 말했다.

"싫어요, 네리아 언니. 여긴 언니들의 나라지, 내 나라가 아니에요. 굴러들어 온 복을 차내는 것처럼 보일지도 모르겠지만, 지상 어디를 돌아다녀 봐도 내 방 내 침대만큼 평안한 장소는 없어요. 난 하녀를 부리거나 커다란 저택에서 으리으리한 식기로 식사를 하는 일에는 관심 없어요. 그리고 레이디라 불리면서 콧대를 세우는 일에도 관심 없어요. 그건 일스식도 아니고, 뱃사람식도 아니에요. 물론 전 뱃사람이 아니지만, 저도 짠내 나는 바람 맞으며 자라난 계집애고, 일스의 여자답게 항구에서 수평선으로 떠나간 선원들을 기다리는 사람이 될 거예요."

네리아는 입을 딱 벌리고 레니를 바라보았으며 레니는 얼굴을 붉혔다. 제레인트가 특히 감동적인 얼굴을 하고 있었지만 내 얼굴도 그에 뒤지지 않을 것이다. 아무렴! 그리고 그건 헬턴트식도 아니야. 우리나라의 고민은 우리나라에서 해결해야 해. 그리고 레니는 우리나라 사람이 아니야. 그녀는 항구의 소녀라구!

하지만 이거 정말 기뻐해야 될지 슬퍼해야 될지 헷갈리긴 하는데. 지골레이드가 없어서 지금 우리나라는 위급하기 짝이 없는 상황이다. 그리고 할슈타일 후작은 우리나라를 통째로 들어 자이 편에 가져다바칠 태세고. 만일 크라드메서만 있으면 이런 위기쯤, 입김에 꺼지는 촛불만큼이나 가볍게 사라져버릴 수 있을 텐데. 으으음.

길시언은 바로 그 점을 지적했다.

"레니 양……. 우리나라는 심각한 위기에 빠져 있습니다. 그리고 레니 양만이 우리나라를 도울 수 있습니다."

아아! 동정심에 호소하는 것인가? 레니의 얼굴이 어두워졌다.

"그렇게나 위험해요? 이 나라가?"

"그렇습니다. 난 지금 단순한 전쟁의 승리를 위해 부탁하는 것이 아닙니다. 전쟁의 승리는 전쟁을 일으킨 자의 책임일 것입니다. 내가 지금 말하고자 하는 것은, 나는 이 나라의 존속을 걸고 레니 양에게 부탁하고 있다는 것입니다. 이 나라의 선량한 백성들과 죄 없는 어린아이들의 이름으로 부탁하는 것입니다."

저건 틀림없이 프림 블레이드가 불러주는 대사일 것이다. 장난을 잘 치지만 역시 착한 마법검답게 주인을 잘 모시는군. 레니는 어쩔 줄 모르는 얼굴이 되었다. 내가 레니라도 왕자의 부탁, 게다가 저토록 위엄 있으면서도 동시에 간절한 부탁을 매몰차게 거절하지는 못하겠다. 젠장.

그때 칼이 말했다.

"이 나라의 존속을 건다는 것은 좀 지나친 말이군요."

길시언의 얼굴이 획 돌았다. 칼은 침착한 얼굴로 말했다.

"지골레이드의 공백이 크긴 하지만 그렇다고 이 나라의 존속이 위험을 받을 정도는 아닙니다. 길시언. 과장은 삼가도록 하시지요. 레니 양에게 부담을 주지 마십시오."

칼 만세! 이제야 제정신을 차리셨군요? 어떤 합리적인 이유를 댈 수는 없지만 난 레니가 그런 일을 하게 되는 것이 싫다. 단순히 어린 계집아이라서 그럴까? 글쎄. 그럴지도 모르지. 어쩌면 제미니 생각이 나서 그러는 것일지도 모르지. 하지만 그것만이 이유는 아니다. 레니는 델하파의 항구에서 그녀의 아버지와 더불어 행복하게 살았다. 그러나 그녀는 우리 부탁 때문에 그 행복한 집을 박차고 우리를 따라와주었다. 그녀에게 보답은 못할망정 점점 더 큰 부담을 지우는 것은, 기본적인 도리로서 싫다!

길시언은 난처한 얼굴로 말했다.

"칼······."

그러나 칼의 얼굴은 단호했다.

"아직은 아닙니다. 우리 바이서스는 가장 우수한 마법의 전통이 이어지는 나라입니다. 빛의 탑은 아직까지 참전하지도 않았습니다."

"빛의…… 탑이오?"

"그렇습니다. 마법사 길드원들은 전쟁의 소란 속에서도 연구활동을 계속할 수 있었습니다. 하지만 그들도 자신의 처신을 분명히해야 할 필요가 있다면, 그리고 왕가의 이름으로 부탁한다면 도움의 손길을 내밀기를 거부하지는 않을 것입니다. 그들의 힘이 남아 있는 한 바이서스의 존속 위기를 거론하는 것은, 글쎄요. 마법사들에 대한 모욕이 아닐까요?"

칼은 침착하게, 끝에 가서는 미소까지 지으면서 말했다. 길시언은 한숨을 쉬었다.

"듣고 보니 옳은 말입니다. 부끄럽군요. 어린 소녀를 전쟁에 끌어들이기 위해 그토록 열심히 웅변을 토했다니."

"그 웅변 실력은……, 아닙니다."

칼은 짓궂은 미소를 지었고 길시언의 얼굴은 붉어졌다. 킥킥. 그래. 그 웅변 실력은 길시언의 것이 아니라 프림 블레이드의 것이겠지. 레니는 의아한 얼굴이 되어 칼을 바라보았고 칼은 차분하게 말했다.

"레니 양. 쓸데없는 말을 해서 심사를 어지럽게 해 미안합니다. 우리나라가 그토록 위험한 것은 아닙니다. 따라서 레니 양이 원하지 않는 일을, 우리들을 위해 할 필요는 없습니다. 만일 레니 양이 길시언이 말한 그런 대우를 원한다면 길시언의 부탁을 받아들일 수도 있습니다. 그러나 그런 대우를 원하지 않는다면 아무런 부담 가질 필요가 없으니 거절해도 상관없습니다. 레니 양의 의사대로 하세요. 그리고 어떤 결정을 내려도 우리는 그것에 대해 불만을 가지거나 하지는 않을 겁니다."

레니는 조금 질린 표정으로 칼의 말을 듣다가 조심스러운 어조로 말했다.

"저, 저, 이 나라가 그렇게 위험한 것은 아니라구요? 확실한 거죠?"

"확실합니다. 아프나이델 씨에게 물어볼까요?"

잠자코 듣고만 있던 아프나이델은 기겁하며 고개를 번쩍 들었다. 칼은 잔잔한 미소를 띠운 채 말했다.

"빛의 탑은 바이서스가 무너져도 참전하지 않을까요?"

"예? 아, 뭐 그렇지는 않겠지요. 빛의 탑은 바이서스라는 국가에 소속된 공공 단체가 아니라 탈국가적 단체이긴 합니다만, 바이서스 정부로부터 상당한 보조금을 받고 있는 것도 사실이고, 에, 뭐라 해도, 그러니까…… 간단히 말해서 핸드레이크의 초상화가 걸려 있는 한 빛의 탑이 바이서스를 외면할 리는 없습니다. 그렇게는 생각하지 않습니다."

길시언은 그 얼굴에 희망을 떠올렸다. 칼은 고개를 끄덕이며 말했다.

"그럼 물어볼까요. 빛의 탑이 참전한다면 지골레이드의 공백을 메울 정도는 될까요?"

아프나이델의 얼굴에서 자존심의 빛이 반짝였다. 그는 어깨를 펴며 당당한 자세로 말했다.

"지골레이드의 공백을 메운다고요? 하하하. 빛의 탑에 가서 그렇게 말씀해 보시지요. 물론 요즘은 대마법사 핸드레이크나 무지개의 솔로처의 시대는 아닙니다. 그리고 빛의 탑의 고명하신 마스터들은 너무 돌아버렸기 때문에 국가간의 전쟁이나 세상살이에 대해선 별 관심이 없으신 것은 사실입니다. 하지만 지골레이드의 자리를 메울 정도가 되냐고 물어본다면 마스터들께서는 크게 진노하실 테지요. 그리고 진노한 마스터들 앞에선, 설령 지골레이드 자신이라 하더라도 언사를 조심해야 할 것입니다. 이 점만은 지골레이드의 앞에서도 자신 있게 말할 수 있습니다."

칼은 알았다는 듯이 고개를 끄덕이며 길시언을 바라보았다.

"자신의 일을 책임질 수 있는 성인들에게 그 웅변 실력을 사용하길 권하고 싶습니다만."

길시언은 히죽 웃으며 말했다.

"권고를 마음 깊이 받아들이겠습니다. 그렇지만 레니 양."

"예? 예?"

"내가 제안한 것들에 대해서는 일고의 가치도 없는……, 아니! 천천히 생각해 보아요. 나쁜 조건은 아니라고 생각됩니다. 그 제안을 받아들인다 해도 레니 양이 직접 싸우는 것은 아닙니다. 드래곤 라자는 아무 일도 하지 않지요. 그러니 레니 양은 전선의 늑대 같은 병사들의 환호……, 미안합니다. 이 녀석아! 에, 어쨌든 레니 양은 안전할 겁니다. 그리고 아버님께도 좋은 일이 될 겁니다."

저 정도는 봐주지. 이 나라에 대한 걱정에 뼛속이 타들어갈 것 같은 왕자님으로서 당연히 할 수 있는 말이니까. 프림 블레이드의 방해 때문에 격조가 조금 떨어지긴 하지만, 크라드메서가 레니의 도움을 통해 바이서스를 지켜준다는 것은 왕자님으로서 당연히 바랄 수 있는 일이겠지. 레니는 고개를 가로저으려 했지만 길시언은 더 빠르게 말했다.

"당장 대답할 필요는 없습니다. 생각해 봐요. 뭣하다면 이 모든 일이 다 끝난 후 고향에 돌아가서 아버님과 의논할 때까지 기다리겠습니다."

레니의 얼굴이 한결 밝아졌다.

"저, 그래도 돼요?"

"물론이지요."

"감사합니다. 예. 정말…… 감사합니다!"

인원이 많다 보니 도시락의 부피도 엄청났다. 하지만 마차에 실을 것이니 부피는 전혀 문제가 안 되지. 유니콘 인 밖에는 어느새 주위에 할 일 없는 사람들이 꽤나 몰려와 있었다. 언젠가 유니콘 인에서 하늘을 나는 공포의 기사들과 싸운 모험가들이 돌아왔다는 소문이 좌악 퍼진 것이다. 우리가 밖으로 나가자 몰려든 인파들은 일순간 조용해졌다. 그러다가 갑자기 그 인파 가운데서 외침소리가 들려왔다.

"여봐요! 당신들 갈색 산맥으로 드래곤 로드를 잡으러 간다며?"

허! 참 기막힌 소문의 위력이로군. 우리 일행은 너털웃음을 터뜨렸고 제레인트가 재빨리 응수했다.

"그래요! 드래곤 로드에게 뭐 전할 말이라도 있습니까? 죽이기 전에 전해 주겠소! 하지만 장담은 못해요! 우린 눈깜빡할 사이에 드래곤 로드를 처치할 작정이거든?"

와아아! 하는 함성 소리와 함께 박수가 터져나왔다. 난 어이가 없는 얼굴로 제레인트를 바라보다가 나직하게 말했다.

"프리스트가 거짓말해도 돼요?"

"재미있잖아?"

으윽. 할말 없다. 난 머리를 휘저으며 도시락 바구니들을 마차에 실어 올렸다. 큼지막한 바구니를 한 손에 세 개씩 들고 나르는 내 모습을 보면서, 몰려든 인파는 제레인트의 말을 완전히 믿게 된 모양이다. 그중 어떤 자는 제레인트에게 다가와 드래곤 로드의 비늘 하나를 기념품으로 가져와 달라는 황당한 부탁까지 했던 것이다. 저 사람들은 300년 전 루트에리노 대왕이 드래곤 로드와 싸우던 시절에서 방금 빠져나온 사람들인가? 저런 황당한 말을 믿고 있다니. 아, 프리스트가 하는 말을 믿지 않는 사람이 더 이상한 것일지도 모르지. 하지만 그런 일반론은 테페리의 프리스트 제레인트 침버에겐 통하지 않는단 말이야. 만약 드래곤 로드가 저 말을 들었다면 대미궁에서 제레인트를 살려준 일을 두고두고 후회할지도 모르겠군.

제레인트가 우리 일행들에 대한 허무맹랑한 전설을 만들고 있는 동안 출발 채비가 완료되었다. 엑셀핸드는 제레인트의 목을 붙잡아 끌어올 수 없다는 것이 참으로 아쉽다는 얼굴을 하더니 대신 그의 로브 자락을 끌어당겼다.

"이것 봐! 출발 안할 거야?"

"아, 예. 출발해야지요. 아맘다! 그 동안 잘 있어요! 고트라드 씨, 사미엘 씨도! 하하하! 히드클립 씨! 언더힐 씨!"

허허, 참. 그 짧은 시간에 참 많이도 사귀었군. 제레인트는 그 외에도 꽤 많은 이름을 불렀고 몰려든 사람들은 모두 제레인트에게 열렬한 작별 인사를 보냈다. 그래서 우리들은 성대한 환송(우리에게라기보다는 제레인트에게 보내는 것이지만)을 받으며 출발했다. 맙소사. 꼬마들은 마차 뒤를 따라 달리며 환호를 보내고 있었다. 샌슨은 킬킬 웃으며 말했다.

"일단 시장 쪽으로 가야 되는데, 어느 쪽으로 가면 됩니까?"

갈색 산맥에 도착하자마자 크라드메서가 일어나주면 좋겠지만, 어쩌면 며칠을 계속 기다려야 할지도 모른다. 혹은 며칠 동안 크라드메서의 레어를 찾아 돌아다녀야 할지도 모르고. 그래서 우리는 일주일치 식량을 준비해 가기로 했다. 이런 대인원이 일주일을 먹을 식량이니 만만치 않겠지. 길시언은 고개를 끄덕이며 말했다.

"이리 주시지요. 내가 몰고 갈 테니."

길시언이 고삐를 잡고 곧 마차는 덜커덩 소리를 내고는 출발했다. 나는 오늘도 마차 지붕 위에 앉았다. 왜냐하면 시내 구경이니까. 그리고 네리아와 운차이도 어제와 마찬가지로 지붕 위에 자리를 잡았다. 저렇게 서로 아웅다웅하면서 항상 똑같은 자리에 앉다니. 아웅다웅하는 것 자체가 재미있나 보지?

그때 유니콘 인에서 아래옷만 입은 남자 하나가 손에 든 윗옷을 마구 휘저으며 달려나왔다.

"여보시오! 이봐요, 잠깐! 잠깐 멈춰요! 원 참, 일찍들도 출발하네!"

아침 햇살이 그 머리에서 눈부시게 반사되는 암파린 선생이었다. 길시언은 황급히 마차를 멈추게 했다. 우리들뿐만 아니라 주위의 인파들도 놀란 눈으로 바라보는 가운데 암파린 씨는 마차의 벽을 짚고서 헉헉거렸다. 그러다가 그는 주위에 몰려선 인파들이 그를 손가락질하거나 고개를 돌리며 킥킥거리는 모습을 보고는 기겁하면서 윗옷을 입었다.

"아니, 이렇게 서두르시다니오. 왜 그러십니까?"

칼은 마차 문을 열면서 당황한 목소리로 질문했다. 암파린 씨는 얼굴뿐만 아니라 그 이마와 정수리 부분까지 벌개져서는 지붕 위를 향해 황급하게 말했다.

"아, 저, 아가씨? 빨강머리 아가씨!"

네리아는 고개를 돌리고 있었기에 내가 말해 주어야 했다. "옷 다 입었으니 고개 돌려요." 네리아는 그제야 고개를 돌리고는 아래를 내려다보았다.

"왜 그러세요?"

"떠나기 전에 꼭 해줄 말이 있었소. 어제 아가씨가 뽑은 그 패 말이오."

"예? 아, 그거요?"

"그래요! 그거 최고의 운이오. 저분 말마따나 천기를 누설하게 되는 일이지만, 도저히 말하지 않을 수 없소. 젠장, 아가씨처럼 미녀라면 난 천기 누설죄로 벼락 맞아도 좋아. 아가씨는 말이오, 앞으로 상상도 못할 행운을 가지게 될 거요!"

아이고……, 세상에. 난 네리아를 외면하면서 얼굴을 일그러뜨렸고 운차이는 그런 내 얼굴을 보면서 피식 웃었다. 네리아는 놀람 반 기쁨 반의, 어쨌든 희한한 목소리로 말했다.

"아, 예? 아, 그래요? 그렇다구요? 아, 고마워요! 그런데 이렇게 급하게 나오시다니, 아, 정말 고마워요!"

"천만에! 와하하! 길을 떠나시는 거요? 그럼 그건 행운을 찾아가는 길일 거요! 가슴을 활짝 열고 불어오는 바람을 맞으시오! 가장 큰 행운을 실은 바람이 아가씨에게 불 거요! 복된 길 되실 거요!"

길시언은 싱긋 웃고는 다시 고삐를 잡아챘다.

"이랴!"

마차는 다시 출발했다. 네리아는 계속해서 뒤를 향해 손을 저었다.

"고마워요! 고마워요, 암파린 씨! 암파린 씨도 항상 즐거운 여행 되세요!"

"핫하하! 즐거운 여행을!"

난 웃으며 고개를 가로저었다. 다시 똑바로 앉은 네리아는 무릎을 모아 감싸쥐더니 킥킥 웃기 시작했다. 흠. 그래도 부탁해두길 잘했군. 운차이는 내게 재미있는 의미가 담긴 것 같은 미소를 짓더니 나무 토막을 깎아대기 시작했다. 네리아는 이후로도 계속 혼자서 킥킥 웃기를 계속했다.

잠시 후 마차는 유니콘 인을 멀리 남겨두고는 시내 중심가를 지나가고 있었다. 음. 확실히 시내라서 볼거리가 많군 그래. 지붕 위에 앉기를 잘했어.

아무리 피난민들이 몰려들고, 불길한 전선 소식과 헛소문이 돌아다니고 있다 하더라도 역시 바이서스 임펠은 300년 동안 굳건히 영화를 지켜온 바이서스의 수도다웠다. 쌀쌀한 초겨울 날씨였지만 거리엔 많은 사람들이 오가고 있었다. 주로 아침과 오전 업무에 바쁜 사람들이었다. 우유 수레를 몰고 다니며 고함을 지르는 우유 장수의 방울 소리가 딸랑딸랑 울렸다. 아침 옷 배달을 위해 커다란 빨래 바구니를 옆에 끼고 부지런히 걸어가는 처녀들의 모습도 보였다. 겨드랑이에 커다란 책을 낀 채 어딘가의 학교 또는 사숙으로 걸어가는 젊은 학생들의 바쁜 걸음. 그런 학생들의 얼굴 중엔 불콰하게 취한 얼굴들도 쉽게 찾아볼 수 있었다. 아마 군대와 학교 양쪽을 두고 고민하느라 술을 가까이 하게 되는 거겠지. 옆구리에 연장이나 도시락 등을 낀 채 일터로 나가는 노무자들의 걸음은 유쾌했고 길거리에 늘어선 빵장수들은 소리 높여 그런 노무자들을 유혹했다. 거의 건장한 어른 팔뚝만한 빵을 휘두르며 악다구니를 지르는 아낙네의 빨간 얼굴에선 전쟁의 암울한 분위기 같은 것은 느껴볼 수가 없었다.

"꿀빵이오! 꿀빵! 한입만 먹으면 하루종일 든든한 꿀빵이오!"

"여봐요, 학생! 달콤한 살구 빵이 있어요! 당근 빵 하나 먹으면 추위도 십 리 밖으로 달아난다오!"

음. 아무래도 전통과 관습이 요구하는 바에 따라 빵장수들의 유혹도 엄정한 법도에 따라 시행되는 모양이다. 덩치로 밀어붙이는 계통의 거대한 빵들은 주로 노무자를 그 고객으로 삼았고 입에서 사르르 녹을 것 같은 맛을 무기로 삼은 계통의 아기자기한 빵들은 수염이 조금씩 나기 시작했지만 아직 어린 티가 줄줄 흐르는 학생들을 주요 고객으로 삼는 것 같았다.

낄낄거리며 그 광경을 구경하는 내 눈에 파란 머릿수건을 쓴 조그만 소녀 하나가 들어왔다. 소녀도 아마 빵을 팔려고 나온 모양인지 팔에는 커다란 바구니를 걸고 있었다. 하지만 수줍은 탓인지 앞으로 나서지도, 고함을 질러 손님들을 부르지도 못하는 모양이었다. 결심을 굳힌 듯이 입을 조금 열었다가 곧 얼굴을 붉히며 고개를 푹 숙이는 모습이 귀여워 보였다. 다행히 그때 앞에서 다른 마차들이 몇 대 굴러와서 정체를 일으켜 우리 마차는 천천히 굴러가게 되었고, 난 재빨리 지붕 옆으로 몸을 내밀면서 외쳤다.

"아가씨! 거기 머릿수건 두른 아가씨! 빵 파는 겁니까!"

소녀는 이 뜻밖의 행운에 놀라 잠시 어안이 벙벙한 얼굴이 되어 날 바라보았다. 그러더니 오른손을 들어 자신의 가슴을 가리켰다. 날 부른 거예요? 난 히죽 웃으며 고개를 끄덕였다.

"그 빵 주고 내 돈 사가지 않을래요?"

"예? 아, 예? 쿠키……, 드시겠어요?"

길시언은 잠시 뒤를 돌아보더니 곧 마차를 서행시키기 시작했다. 왕자님. 복 받으시지요. 그런데 빵이 아니라 쿠키인가? 그것도 좋지! 조금 전 아침 식사를 든든히 한 참이니. 소녀는 마차 옆을 따라 황급히 걷기 시작했고 난 한 손으로는 마차 지붕에서 떨어지지 않도록 지붕 가장자리를 단단히 붙들고 다른 손으론 주머니를 뒤적거리면서 고함질렀다.

"그 바구니째로 팔아요! 어차피 긴 여행이 될 테니까! 얼마면 되겠어요?"

소녀가 가까이 다가오자 난 그녀의 옷이 먼지와 흙 등에 엉망인 것을 알게 되었다. 아직 아침인데 왜 저렇게 옷이 지저분한 것이지? 게다가 아무리 보아도 여행복처럼 보이는 옷이다. 두꺼운 외투에 나막신까지. 소녀는 바쁜 걸음으로 마차를 따라 걸으면서 숨가쁜 목소리로 말했다.

"바, 바구니째로요? 아, 이, 이거 하나 1퍼셀인데……."

"바구니까지 2셀이면 되겠어요?"

"예? 아, 그건 너무 마, 많은데요?"

"모자란 것은 아니죠? 그럼 됐어요! 치마 잡아 올려요!"

"예? 치마……요?"

소녀는 당황한 얼굴로 어찌할 바를 몰라하다가 간신히 내 말을 이해했다. 난 동전 두 개를 아래로 떨어뜨려 주었고 소녀는 치마를 들어올려 그 동전들을 받아냈다. 좋았어! 그리고 소녀는 바구니를 두 손으로 들어 위로 올려주었고 난 간단히 그 바구니를 낚아올렸다. 주위를 걸어가던 사람들이 모두 멈춰 서서 구경하다가 미소를 짓거나 박수를 쳤다. 소녀는 제자리에 서서는 숨을 쌕쌕 몰아쉬며 동전들을 바라보더니 갑자기 크게 외쳤다.

"고마워요! 정말 고맙습니다!"

"추우니 빨리 들어가 봐요!"

난 낄낄 웃으며 다시 지붕 위에 똑바로 앉았다. 네리아는 피식 웃더니 바구니에 손을 집어넣으며 말했다.

"마음이 움직인 거니? 확실히 여자에 약하네."

"관둬요. 피난민이에요."

"응?"

난 다시 한번 그 소녀를 돌아보려 했지만 이미 소녀의 모습은 보이지 않았다.

"정말 피난민들이 몰려들긴 하는 모양이네요. 옷도 남루한 여행복이고, 아직 장사에도 서툴러요. 아마 바이서스 임펠에 도착한 지 얼마 되지도 않았을 거예요. 그래서 저런 장사를 시작해 본 거겠지요."

"그런 거니? 음……. 그래도 너무 많이 줬어. 저 애가 매일 그런 행운이 일어나기를 기대하면 어쩔래?"

"그런 걸 기대할 정도로 멍청하다면? 순결한 소녀와 엘프를 돌보시는 그랑엘베르께서 저 소녀에게 매일같이 나 같은 행운의 소년을 보내주시겠지요. 그 멍청함에 대한 보답으로."

나무 토막을 깎고 있던 운차이는 내 말에 피식 웃었다. 하지만 네리아가 쿠키 하나를 꺼내어 들고는 위로 던졌다가 입으로 받아내는 모습을 보더니 운차이는 뭐라고 중얼거리며 얼굴을 찌푸렸다. 네리아는 그 얼굴을 보더니 볼을 크게 부풀렸다. 뭐라고 말은 하고 싶은데 입에 쿠키가 가득 들어차서 말을 못하는 모양이다. 난 킬킬 웃으며 바구니를 마부석 쪽으로 보냈다.

"샌슨? 먹을래?"

"쿠키? 별 생각 없어."

"아니, 쿠키 말고 바구니 말이야."

"크악!"

바구니가 지붕 위와 마부석을 돈 다음, 난 창문을 통해 마차 안의 사람들에게 바구니를 건네주었다. 마차 안에서는 제레인트의 환호 소리가 들려왔지만 잠시 후 제레인트는 기막힌 목소리로 외쳤다. "엑셀핸드! 그렇게 많이 집어가면 어떻게 해요!" 그러는 사이에 우리는 시장에 도착했다.

시장의 분위기도 확실히 수도의 시장다운 분위기였다. 이곳에 없는 물건이 있다면 그건 아마 세상에 존재하지 않는 물건일 거야. 온갖 과일과 음식들이 즐비하게 늘어서 보고 있는 것만으로 군침이 돌았다. 웬 사내는 자신이 오늘 완전히 망하기로 결심했다고 외치면서 저렴한 가격으로 손님들의 발길을 유혹했다. 확신할 순 없지만 저 사내는 아마 내일도, 모레도 계속 망할 생각이겠지. 하하하. 그 옆에선 다른 사내 하나가 한술 더 떠서는 자신은 오늘 물건 정리하고 고향으로 내려갈 참이라고 떠벌리고 있었다. 저 남자는 아마 틀림없이 고향이 바이서스 임펠일 거야. 운차이는 그리움에 사무치는 얼굴로 어느 포목 장수가 휘두르는 포목을 바라보았다.

"왜 그런 칙칙한 표정을 지어요?"

"칙칙한……, 젠장. 저건 무명이다."

"무명? 목화에서 만들어낸다는 천 말이에요?"

"아는 게 많구나. 목화는 뜨거운 태양빛을 받으며 자라나는 식물이지. 저걸 이 북부의 땅에서 보게 될 줄은 몰랐다."

"아하."

운차이는 은은한 눈빛으로 그 무명을 바라보며 마치 졸린 듯한 음성으로 말했다.

"새해가 오면 저걸로 Guavrawn을 만들어 입었지……. 자이펀 처녀들은 모두 정숙해서 집 밖으론 그 얼굴을 절대 내보이지 않아. 그렇지만 사람들은 Guavrawn에 새겨진 수예를 보고 처녀의 솜씨와 인품을 짐작할 수 있지. 어느 집 처녀의 바느질은 성급하다, 혹은 어느 집 처녀의 바느질은 따스하다, 이런 식으로 말이야."

"바느질이…… 따스해요?"

"그런 게 있나 보더라. 난 잘 모르지만."

하지만 난 잘 모르지 않는단 말이야. 우리 집에서 바늘을 붙잡고 손가락을 찔리는 사람은 바로 나라구. 그래봐야 바느질 하지 않으면 도저히 걸치고 다니기 어려울 정도일 때만 마지못해 하는 바느질이긴 하지만, 그래도 바느질이 따스해? 허, 그것 참.

"따라서 자이펀 처녀들은 Guavrawn 수예를 가지고 자신을 과시하기 때문에 연말이면 그런 난리도 드물지. 고운 색실은 모조리 동이 나고 바느질 솜씨가 좋은 부인네들은 극진히 대접받으며 집집마다 모셔져 간다."

"아하? 대단하겠네요? 아니, 잠깐! 그럼 처녀들 대신 부인네들이 바느질을 한다는 건가요?"

운차이는 의아한 얼굴로 날 보더니 피식 웃으며 말했다.

"남자들은 규방의 일에 간섭할 수 없어. 그래서 처녀가 바느질을 하는 것인지 불려간 부인네가 바느질을 한 것인지는 두 사람만 아는 비밀이지."

"에엣?"

"하지만 대개의 경우 부인네는 지도를 하고 처녀가 손수 바느질을 한다고 알고 있다. 부인네들을 초청할 때도 이렇게 하지. '미욱한 여식의 손길이 둔하니 부인의 민활하신 손길을 견식하여 그 우둔함을 깨우칠 수 있도록, 부인께서 저희 누옥에 잠시 왕림해 주시면 더할 나위 없이 감사하겠습니다.' 라고. 무슨 말인지 모르겠다는 표정 짓지 마. 바이서스어잖아. 어쨌든 그것은 처녀의 자존심 문제이고, 설령 바느질이 누구의 솜씨인지 짐작할 수 있다 하더라도 그것에 대해 의심하는 것은 다시 없이 무례한 행위지. Guavrawn 수예에 관련된 재미있는 옛 이야기도 많다. 헤어진 애인을 수예 솜씨로 다시 찾는 이야기라든지 손을 다친 처녀를 위해 거미가 수예를 대신해 준 이야기라든지."

"우와! 해줘요!"

"별로 이야기하고 싶은 기분은 아니다. 그리고 일이 있잖아."

일? 장 보는 일? 쳇. 그때 네리아가 말했다.

"헤에…… . 얼굴도 못 본 채, 진짜인지 의심스러운 그까짓 수예 솜씨 하나만 가지고 여자를 골라야 되다니, 자이편 남자들도 불쌍해."

그러자 운차이의 눈에서 시퍼런 불길이 쏟아지는 듯했다. 하도 격렬한 변화라서 나도 네리아도 너무 놀라 말도 제대로 못한 채 운차이를 바라보았다. 운차이는 네리아를 씹어 삼킬 듯이 바라보더니 곧 고개를 돌리며 억눌린 목소리로 말했다.

"수예는 처녀의 고귀한 덕목이라고 전해 줘, 후치. 아름다운 용모나 눈을 어지럽히는 몸매 따위보다는 훨씬 고귀한 것이라고."

"라는데요?"

"헤? 그게 뭐 덕목씩이나 된다는 거야?"

"자기가 할 줄 모른다고 해서 그 일을 비난하는 것은 다시 없는 바보라고 전해 줘, 후치."

이번에는 전해 줄 새도 없었다. 네리아가 날카롭게 말한 것이다.

"뭐야? 누가 못한다는 거야! 그까짓, 바늘에 실 꿰서 천이나 집적거리는 거 누가 못해!"

운차이의 외면한 옆 얼굴에서 미소가 떠올랐다. 상당히 경멸 섞인 미소였다. 운차이는 더 이상 말을 하지 않았지만 그 음흉한 미소만으로도 수십 마디의 말을 한 셈이나 다름없었다. 네리아의 얼굴이 붉으락푸르락하게 바뀌었다.

"너 지금 난 죽었다 깨도 수예는 못 할 거라고 생각하고 있는 거지?"

"죽었다 깨면 할 수 있다는 것을 증명하기 위해 죽을 필요는 없다고 전해 줘."

운차이의 대답은 평온했지만 네리아의 눈썹은 더욱 곤두섰다.

"그래? 정말 그렇게 생각한단 말이지? 어디 두고 봐!"

뭘 두고 보란 말이지? 네리아는 갑자기 마차 위에 묶었던 짐더미 중에서 말들을 마차에 매어두느라 필요가 없어진 안장들을 뒤적거리면서 말했다.

"후치야! 바늘이랑 실 어디 있어?"

"윽. 설마 이 위에서? 그리고 뭘 바느질할 생각인데요?"

그러자 네리아는 고개를 돌리더니 날 뚫어지게 바라보았다. 그녀의 입술이 슬그머니 올라감과 동시에 난 싸늘해지는 기분이 들었다.

"아, 안 돼요!"

"안 되긴 뭐가 안 돼. 소매 하나만 찢어. 내가 감쪽같이 기워줄게."

"안 돼요! 다가오지 마세요! 꺄아악! 이거 놔줘요."

윽. 좀 이상한 상황이다. 하지만 저건 내가 한 말이 아냐. 나와 네리아는 얼빠진 얼굴로 동시에 같은 방향을 바라보았고 그곳엔 웬 소녀 하나가 건장한 남자들에게 손목이 잡힌 채 끌려가는 것이 보였다. 소녀를 끌고 가려는 남자들은 모두 세 명인데 하나같이 건장한 체구에 검을 지니고 있었다. 소녀는 반항하려 했지만 어림도 없었고 주위의 상인들이나 시장 손님들은 놀라면서 물러났을 뿐 소녀를 도와줄 기색은 없어보였다. 난 즉시 마차 지붕에서 뛰어내렸다. 쿵! 아이고, 발바닥이야! 뒤에선 네리아의 목소리가 들려왔다.

"자, 소녀들을 위한 행운의 소년, 또 한 번 나가…… 벌써 갔네?"

검을 빼들지는 말자. 일단 무슨 일인지 알아본 후에 행동하는 거야. 함부로 말이나 행동을 해서는 안 되겠지. 난 재빠른 걸음걸이로 남자들에게 다가가서는 정중하게 말했다.

"이거 봐요. 당신들 연애 한 번도 못 해봤지요?"

이 정도면 퍽 정중하잖아? 소녀를 붙잡고 있던 남자는 돌아볼 여유가 없었지만 다른 두 남자들은 어이없는 눈으로 날 바라보았다. 그중 나에게 가장 가까이 있던 털북숭이 남자가 말했다.

"뭐라구?"

"에스코트 솜씨가 별로인 것을 보고 알았지요."

주위의 구경꾼들 사이에서 실소가 터져나왔다. 털북숭이 남자는 기막힌 표정으로 날 보더니 히죽 웃었다.

"재미있는 놈이군. 꼬마가 상관할 일이 아니니 꺼져라."

난 다시 뭐라고 한마디 해주려 했다. 그때 털북숭이 남자 뒷편으로 끌려가던 소녀의 얼굴을 보게 되었다. 어라? 저 얼굴은 어디서 한번 본 적이 있는데? 어디더라? 그때 내 뒤쪽에서 기다리던 목소리가 들려왔다.

"꼬마가 상관할 일이 아니라면, 난 어떻습니까?"

난 뒤를 돌아보지 않았다. 샌슨을 보면서 휘둥그레진 털북숭이 남자의 눈을 보면서 즐거워하기 위해서였다. 털북숭이 남자는 눈살을 찌푸리더니 말했다.

"공연한 일에 끼어들지 마! 나설 데가 있고 나서지 않을 데가 있다."

그러자 다시 다른 목소리가 등 뒤에서 들려왔다. 아, 하지만 저 목소리는 나서면 안 되는데!

"난 지금껏 나서는 데 있어 허락을 받은 적이 없소. 왜냐하면 싸가지가 없기 때문에……. 야, 이 자식아!"

역시. 주위의 구경꾼들이 폭소를 터뜨리는 것을 보면서 난 길시언과 일행이 아닌 것처럼 보이려면 어떻게 해야 될지를 잠시 고민했다. 털북숭이 남자는 화를 내야 할지 웃음을 터뜨려야 할지를 고민하는 얼굴이었고 그 와중에 샌슨과 길시언은 각자 내 좌우에 섰다. 음. 그래. 후치와 두 별이다. 크하하! 그때 세 번째 별이 다가오면서 말했다.

"어라? 저 소녀는…… 에포닌 할슈타일?"

칼의 목소리를 듣고서야 나도 기억이 떠올랐다. 그래, 맞았어! 에포닌 아가씨. 디트리히 할슈타일의 누나였지? 언젠가 유니콘 인으로 우리들을 찾아왔던. 그런데 저 소녀가 여기서 뭐하는 거지?

털북숭이 남자는 당황한 얼굴이 되더니 말했다.

"아니, 네 녀석들이 어떻게 아가씨를 알고 있는 거냐?"

아가씨? 길시언은 고개를 갸웃거리더니 말했다.

"너희들, 할슈타일 가의 종복인가?"

이 말에 털북숭이 남자뿐만 아니라 다른 남자들 모두가 기막힌 표정을 지었다. 그러나 털북숭이 남자는 신중한 성격인 모양이다. 남자는 길시언의 얼굴을 보다가 고개를 갸웃거리며 말했다.

"그렇습니다만, 그쪽은 뉘신지요?"

이 친구들 할슈타일 가문의 아랫사람들인가 보군. 길시언은 팔짱을 끼더니 털북숭이 남자의 얼굴을 비스듬히 쳐다보았다. 길시언이 팔짱을 끼자 프림 블레이드는 심심해졌는지 갑자기 웅웅거리는 소리를 내기 시작했고, 그 소리를 들은 털북숭이 남자는 얼굴 색깔을 바꾸는 신묘한 재주를 선보이기 시작했다. 털북숭이 남자가 창백한 얼굴로 목에 걸린 어떤 말을 꺼내놓으려 애쓸 때 길시언의 입이 먼저 열렸다.

"난 길시언 바이서스라고 하는데."

"전하!"

세 명의 남자들은 일사불란하게 무릎을 꿇었다. 퍼버버벅! 누가 보면 꽤나 연습한 동작이라고 생각하기 적당한 모습이었다. 주위의 구경꾼들은 시장의 소란 때문에 길시언의 말을 제대로 듣지 못했는지 의아한 얼굴로 무릎을 꿇은 남자들을 바라보았다.

남자들이 무릎을 꿇자 길시언은 짜증스러운 표정을 지었다. 에포닌은 남자들이 무릎을 꿇느라 자유로워졌지만 잠시 어쩔 줄 모르는 얼굴을 한 채 길시언을 바라보았다. 길시언은 고개를 가로저으며 말했다.

"모두 일어나시오."

"부, 불충을……."

"일어나라고 했잖소."

길시언의 위압이 담긴 목소리에 남자들은 모두 벌떡 일어났다. 칼이 앞으로 나서더니 말했다.

"당신들이 할슈타일 가문의 사람들이라면, 왜 이런 시장 바닥에서 에포닌 아가씨를 끌고 다니는 거요? 이해되지가 않는데."

그때 에포닌이 앞으로 달려나왔다. 남자들은 에포닌을 붙잡으려 했지만 의외의 상황이라 손을 쓰지 못했다. 에포닌은 길시언의 앞에 쓰러지듯 무릎을 꿇으며 길시언의 다리를 붙잡았다. 길시언이 당황한 얼굴로 내려보는 가운데 에포닌은 다급한 목소리로 말했다.

"그 왕자님이시죠? 궁성을 떠나 방랑하신다는 길시언 왕자님이시죠? 그리고, 당신은 그 영지의, 디트리히가 갔던 그 영지의 전권 대리인이시죠?"

길시언과 칼은 얼떨떨한 얼굴로 고개를 끄덕였다. 그러자 에포닌은 말했다.

"절 좀 구해 주세요! 저 사람들이 절 데려가지 못하게 해주세요! 제발, 왕자님!"

왕자님이라는 말에 주위의 구경꾼들은 눈이 튀어나오도록 놀랐다. 하지만 나는 에포닌의 말에 더 놀랐다. 자기 집의 하인들에게서 도망가려는 아가씨라구? 털북숭이 남자의 눈에 순간 번뜩이는 빛이 지나간 것 같다.

"전하. 저는 할슈타일 가문에 봉사하는 사무엘 드라이첵이라고 합니다만. 이건 할슈타일 집안의 일이니 전하께선 상관하실 바가 아닙니다."

길시언은 아직까지도 당황한 얼굴로 에포닌을 내려다보다가 사무엘 씨를 바라보았다를 반복했다. 에포닌은 길시언의 다리를 마구 잡아당기며 외쳤다.

"전 싫어요! 절대로 그 집엔 돌아가지 않겠어요! 전 할슈타일이 아니에요! 그런데 뭐가 할슈타일 집안의 일이라는 거예요? 말도 안 돼요!"

"아가씨!"

사무엘은 강한 어조로 말했다. 그때 길시언이 손을 들어 사무엘의 말을 막더니 에포닌을 부축하여 일으켰다. 에포닌은 흐느끼며 일어났고 길시언은 잠시 뭐라고 말하려 하다가 고개를 돌렸다.

"네리아. 에포닌 양을 좀 부탁할까요?"

네리아는 이미 마차에서 내려와 있었다. 그녀는 앞으로 나서서 에포닌을 끌어당겨 안았고 길시언은 그 앞을 막아섰다. 사무엘의 얼굴이 사나워졌다.

"전하!"

"누가 주인이냐?"

"예?"

"네가 주인이냐, 아니면 이 어린 아가씨가 주인이냐? 난 아랫사람이 윗사람을 강제하는 법도는 듣지 못했다. 전후 사정은 네 말마따나 할슈타일 집안의 일일 테니 내 알 바 아니지만, 난 이런 하극상은 보아넘길 수 없다. 나라 안의 모든 예법을 감독할 책임이 있는 왕가의 사람으로서도, 한 자루 검을 쥐어 약자를 보호할 책임이 있는 기사로서도."

사무엘의 얼굴에 난색이 떠올랐다. 그와 동시에 다른 두 남자가 굳은 얼굴을 한 채 앞으로 나섰고, 나와 샌슨도 길시언의 옆으로 바싹 붙었다. 하지만 길시언은 두 팔을 벌려 나와 샌슨을 밀어내듯이 하면서 앞으로 나섰다.

"말해라! 누가 주인이냐?"

"전하. 물론 전 에포닌 아가씨의 아랫사람이 됩니다. 하지만 전 후작님으로부터 아가씨를 모셔오라는 명령을 받았습니다. 따라서 제 의지는 곧 후작님의 의지입니다. 설마 전하께선 어버이가 그 딸의 아랫사람이라고는 하지 않으시겠지요?"

이번엔 길시언의 입이 막히고 말았다. 이런, 이런. 안 되겠군. 그때 칼이 재빨리 치고 나섰다.

"이것 봐요. 내가 한마디 할까요?"

사무엘은 눈자위를 희번덕거리며 칼을 쏘아보았지만 아무런 말도 하지 않았다. 칼은 그를 마주 쏘아보며 말했다.

"길시언 전하께선 할슈타일 후작 가문의 가정 내 문제에 대해 간섭하시려는 생각은 추호도 없을 것입니다. 하지만 불한당 같은 남자 세 명이 스스로를 후작의 하인이라 말하면서 에포닌 아가씨를 강제로 끌고 가려는 장면을 보아넘기실 수는 없지요. 섣불리

이 말 저 말을 다 믿을 수야 없지 않겠소? 따라서 전하께선 후작님께 직접 에포닌 아가씨를 넘겨드려야 안심할 수 있으실 겁니다. 그것이 평소 후작님에 대해 신뢰와 애정을 지녀오신 전하께서 취하실 당연한 행동이지요."

크핫! 멋져! 사무엘은 입을 딱 벌린 채 칼을 바라보았지만 칼은 쉴 새 없이 말했다.

"따라서 전하께선 에포닌 아가씨를 보호하실 겁니다. 그런데 우리 일정이 바쁜 관계로 후작님을 직접 찾아뵙고 아가씨를 보내드릴 수는 없겠군요. 미안하지만 가서 후작님께 전해 주십시오. 바이서스의 왕자 길시언 바이서스 전하께서 에포닌 아가씨를 보호하고 있겠다고. 물론 할슈타일 후작님은 바이서스의 왕가에 대한 깊은 신뢰와 존경을 가지신 분이니, 길시언 전하께서 어버이인 자신만큼이나 극진한 애정으로 에포닌 아가씨를 돌볼 것을 믿어 의심치 않으실 거요. 아, 당연한 말이지만 우리들의 바쁜 일정이 끝나는 대로 에포닌 아가씨는 후작가에 돌아가게 될 것입니다. 에포닌 아가씨께서 원하신다면 그보다 빨리 돌아갈 수도 있겠지요. 하지만 그것은 오직 아가씨의 뜻이지요. 후작이 여기 계시지 않는 이상 전하께선 아가씨의 의지를 가장 중요하게 생각하실 겁니다. 후작이라 하더라도 이러한 처사에 대해서는 당연하다고 말씀하실 거요."

사무엘은 완전히 입이 막혀버린 듯했다. 그가 더듬거리며 뭐라고 말하려 했지만 칼은 잠시의 시간도 지체하지 않았다.

"그럼, 수고들 해주기 바라오."

칼은 그렇게 말하면서 재빨리 네리아에게 눈짓을 보내었다. 네리아는 방긋 웃으며 그대로 에포닌을 감싸안은 채 마차로 걸어갔다. 눈깜짝할 사이에 일어난 납치극이었고 사무엘은 아무 말도 못한 채 그 광경을 바라보기만 했다. 네리아가 마차의 문을 열었을 때에서야 사무엘은 간신히 입을 열었다.

"자, 잠깐! 이건 도대체……, 응?"

사무엘의 말이 뚝 끊어지면서 그의 눈이 급격히 커졌다가 다시 가늘어졌다. 무슨 일이야? 뒤를 돌아보니 마차에선 레니가 고개를 조금 내밀고 있었다. 레니를 보고 놀라다니? 으악! 이런, 빌어먹을!

"제기랄!"

"왜 그래, 후치?"

샌슨이 물어왔지만 대답해 줄 틈도 없었다. 사무엘은? 과연, 사무엘은 길시언에게 후다닥 인사를 하고 있었다.

"전하의 말씀, 지당하기 짝이 없습니다. 에포닌 아가씨를 잘 부탁드리겠습니다."

사무엘은 그렇게 예법이고 뭐고 완전히 무시하면서 말한 다음 길시언이 뭐라고 대답하기도 전에 뒤로 물러났다. 그는 그대로 나머지 남자들을 인솔해서 바삐 걸어갔고 길시언과 칼은 멍한 얼굴로 그 뒷모습을 바라보았다. 더 이상 에포닌에 대해서는 관심이 없다는 투였다. 젠장! 저 친구는 지금 당장 할슈타일 후작에게 달려가 레니의 일을 말하려는 거겠지.

"뭐야, 저 친구? 포기가 빠른데?"

길시언은 싱긋 웃으며 말했다. 아아. 그게 아니지요. 왕자님.

후작은 이제 레니가 우리와 함께 있다는 것을 알게 되겠군. 레니라는 이름이야 모르겠지만, 최소한 우리가 붉은 머리 10대 소녀와 함께 있다는 것은 알게 될 테고, 그러니 레니가 바로 자신

의 딸이라는 것쯤은 간단히 짐작할 수 있을 것이다. 그렇다면 그
는 어떤 행동으로 나오게 될까?

"사무엘이 레니를 보았다고?"

칼은 근심스러운 얼굴이 되었다. 그는 곰곰이 생각에 잠겨 말했다.

"그렇지만 후작은 지금 당장 무슨 행동을 취할 수는 없을 거야. 여기는 왕자님이 있으니까. 따라서 우리가 할 일은 최대한 빨리 장을 본 다음 떠나는 것이 되겠군. 서두르세!"

곧 칼잡이들은 꼬리에 불 붙은 고양이마냥 뛰어다니기 시작했다. 오늘은 아마 이 시장 상인들로서는 굉장한 행운의 날일 거라고 생각되는데, 우리는 급히 서두르느라 물건 가격을 가지고 흥정하기는커녕 거스름돈도 제대로 받지 않았던 것이다. 심지어 샌슨은 밀가루를 사면서 보석을 꺼내어 식료품상을 기겁하게 만들기도 했다. 에구. 저런 식으로 탕진하다간 대미궁에서 가져온 보물이라고 해도 감당을 못하겠군. 다행히도 우리들 중엔 내일 세상의 종말이 다가와도 오늘 시장에서 물건 값을 깎아놓고 볼 사람이 있긴 하지만.

"농담하지 말아요! 파운드당 50퍼셀이라구? 이런 냄새 나는 고기에 30퍼셀 이상 주면 무덤 속에 있는 우리 할아버지가 벌떡 일어날 거야. 30퍼셀로 해줘요. 예? 거기 있는 거 한꺼번에 다 살 테니까 좀 깎아줘요오!"

정신없이 뛰어다니고, 부리나케 물건들을 나르고, 아무렇게나 돈을 던져주었지만, 네리아가 따라 뛰어다니면서 우리들의 헤픈 돈 계산을 관리했기 때문에 우리는 간신히 파산하지 않은 채 시장 보는 일을 마칠 수 있었다. 마차 위에는 짐이 가득가득 실렸고 샌슨과 길시언, 운차이는 커다란 밀가루 부대나 야채 더미 등을 급하게 지고 나르느라 몹시 지쳐서는 거친 숨을 헉헉 몰아쉬었다. 하지만 우리들은 잠시도 쉴 사이 없이 마차를 출발시켰다. 이랴!

난 마차 안으로 들어갔다. 마차 안에는 칼이 에포닌에게 이것저것 묻고 있었고 에포닌은 상기된 얼굴로 대답했다.

"예. 그래요. 디트리히가 실종되고 나서, 전 견디기 어려웠어요. 전 매일 저녁 디트리히와 만나서, 자기 전에 한두 시간 이야기를 나눌 수 있어서, 그래서 그 집안에서도 울지 않고…… 참고 견딜 수 있었어요. 하지만 디트리히는 돌아오지 않았고, 그래서 전 그 집안의 싸늘한 사람들을 더 견딜 수 없었어요. 달라진 것은 없었지만, 하지만 전 디트리히가 없는 그 저택에서는 도저히…….."

"그랬습니까? 음…… 의좋은 남매셨군요."

아아. 그런 것이었군. 낯 모르는 후작가에 입양되어 간 남매는 서로에게 말고는 위안받을 사람이 없었던 모양이군. 레니는 동그란 눈으로 에포닌의 옷을 바라보다가 자신의 옷을 내려다보더니 입술을 오므렸다. 음. 이상한 느낌이 드는데. 여긴 할슈타일 후작의 친딸과 의붓딸이 같이 있는데 그 옷차림으로 보면 에포닌이 친딸이고 레니가 의붓딸인 것처럼 보이는군. 헷. 에포닌은 후작 저택 안에서 입고 있었던 옷이 아닌가 싶은 화려한 옷을 입고 있었던 것이다. 그런데 아무래도 물에 젖었다가 아무렇게나 말린 것처럼 보이는데?

에포닌은 슬픈 얼굴이었지만 단호한 표정으로 말했다.

"디트리히는 그래도 캇셀프라임의 라자였어요. 사랑해 준 것은 아니지만 그래도 후작님은 디트리히에겐 관심이 있었어요. 하지만 전 디트리히를 따라간 귀찮은 혹이었을 거예요. 보기 싫던 참에 이렇게 나와줬으니 후작님은 무척 기뻐할 거예요."

칼은 고개를 갸웃거리다가 말했다.

"아니, 그럴까요? 조금 전에는 하인들이 찾아와 아가씨를 데리고 가려 하지 않았습니까?"

"체면 때문이지요!"

"예?"

"체면 때문일 거예요! 저도 알아요. 뮤닌 선생님이 말해 줬어요. 뮤닌 선생님은, 그러니까 아이들의 가정 교사였어요. 뮤닌 선생님이 다 말해 줬어요! 날 쫓아내면, 할슈타일 후작가에서 쓸모없는 수양딸을 가혹하게도 쫓아냈다는 말이 나올 테니까, 그러니까 밉살스러워도 쫓아내지 않은 거예요!"

뮤닌 선생이라는 작자는 어린애들에게 아무 이야기나 직설적으로 하는 성격인가 보군. 칼은 에포닌의 말에 동의한다는 듯이 고개를 끄덕이며 말했다.

"아, 예. 음. 그래서……, 어떻게 할 생각입니까? 후작가에는 돌아가지 않을 겁니까, 할슈타일 양?"

"전 할슈타일이 아니에요!"

에포닌의 고함소리는 마치 뾰족한 것이 몸을 찌르는 것 같았다. 칼은 당황해서 사과했다.

"아, 그렇습니까. 미안합니다."

에포닌은 자신의 말에 확신을 더하려는 듯이 고개를 강하게 끄덕이며 말했다.

"그래요! 전 할슈타일이 아니에요! 그 집의 것이라면 아무것도 필요없어요. 이름도, 음식도, 옷가지도, 아무것도 필요없어요!"

아프나이델은 휘둥그레진 눈으로 저 작은 소녀가 흥분해서 고래고래 고함을 지르는 것을 보고 있었다. 칼은 멋쩍은 어조로 말했다.

"예⋯⋯. 그럼 에포닌 양. 앞으로 어쩔 생각입니까? 후작가를 나올 거라면⋯⋯, 어떻게 생각할진 모릅니다만, 세상은 생각만큼 호락호락하지 않습니다. 에포닌 양 나이의 소녀가 할 수 있는 일은 거의 없습니다."

에포닌은 입술을 깨물었다. 그녀는 갑자기 불안한 눈으로 마차 안의 사람들을 바라보았다. 모두들 나름대로 따스한 표정을 지어주었지만 에포닌은 겁먹은 얼굴로 움츠러들었을 뿐이다. 방금까지 그렇게 흥분하던 기색은 다 어디로 사라진 거야?

에포닌은 두 손을 치맛자락 속에 파묻으며 말했다.

"전⋯⋯ 무섭지 않아요. 어제 오후에 전 정원에 앉아 책을 읽고 있었어요. 그때 후작님이 제 옆을 지나쳤어요. 전 인사하려고 했지만, 후작님은 찌푸린 눈으로 바라보고는 말도 하지 않고 지나쳤어요. 그때였어요. 도저히 더 참을 수가 없었어요. 전 그래서, 그대로 방에 가서 옷을 갈아입고는 후작가를 도망쳐 나왔어요. 어젯밤은 마시장에 숨어들어 가 말들이 먹다 남긴 건초더미 속에서 잤어요. 비가 와서⋯⋯ 건초 더미는 축축하고 무거웠어요. 그 속에서 온갖 생각을 다했지만, 견딜 수 없다고는 생각하지 않았어요. 전 견딜 수 있다고, 몇 번이나 그렇게 속으로 말했어요. 예. 전 견딜 수 있어요."

아. 그래서 옷 꼴이 저 모양이군. 칼은 동정을 담은 눈빛으로 말했다.

"고생하셨겠군요. 하지만……"

에포닌은 더 듣기 싫다는 듯이 고개를 도리도리 젓고는 말했다.

"여러분들은 어디로 가세요?"

"예? 아, 우리는 갈색 산맥으로 갑니다만."

"고향으로 돌아가시지 않을 거예요? 거기…… 헬, 헬?"

"헬턴트 말입니까? 물론 돌아갈 겁니다. 갈색 산맥의 일이 끝나는 대로."

"그럼 저 좀 데려다주세요. 전 디트리히를 찾겠어요."

칼은 어두운 얼굴로 에포닌을 바라보았지만 에포닌은 당당하게 말했다.

"전 돈을 가지고 있어요. 디트리히를 찾으며 여행을 다닐 정도는 돼요."

그렇게 말하면서 에포닌은 품 속에서 둘둘 말린 손수건을 끄집어내었다. 손수건을 풀어헤치자 그 안에는 보석과 장신구 몇 가지, 그리고 금화들이 나타났다. 흐음. 후작가에서 가지고 나온 것인가? 그 집안의 것은 필요없다고 말하더니, 필요에 따라 굽힐 수도 있는 편리한 주장이었군.

대미궁에 들어갔던 내가 보기엔 어떤 값어치 있는 보물이라기보다는 조그만 허영 정도로밖에 보이지 않았다. 게다가 저런 허영도 아무데서나 펼쳐보였다간 당장 어느 계곡의 잊혀진 시체가 될지도 모르겠지. 아니, 이 계집애는 도대체 무슨 생각으로 후작가를 나온 거야? 우리를 만나서 천만 다행이군. 못된 놈들이라도 만났다간 큰일 날 뻔했잖아. 칼은 어두운 낯빛으로 그 보석들을 내려다보다가 손을 저으며 말했다.

"도로 넣어두세요. 보물이 몸을 지켜주지는 않습니다. 도대체 여행을 어떻게 생각하는 겁니까?"

"예? 아, 위험하다고요? 음. 무사를 고용할 생각이었어요."

아아…… 옛날 이야기를 꽤나 좋아하는 모양이군. 떠돌이 고용 무사와 은밀한 여행중인 리틀 레이디. 하하하. 젠장. 칼은 저 이야기를 들으면서도 웃지 않았다. 그는 다만 눅눅한 목소리로 말했을 뿐이다.

"무사? 글쎄요. 나쁜 생각도 아닙니다만 좋은 생각도 아닙니다. 아가씨에게 행운이 있다면 좋은 사람을 만날지도 모르지만 사람을 잘못 골랐다간 어느 고갯길에서 강도로 돌변할지도 모르지요. 아가씨처럼 집도 절도 없이 돌아다니는 것이 확실한 소녀는 나쁜 사람들이 가만 둘 리가 없지요."

에포닌은 풀 죽은 얼굴이 되었지만 그래도 꿋꿋하게 말했다.

"이거저거 따지면서 행동할 순 없어요. 운에 맡기고 행동할 때도 있는 거예요."

에포닌은 고개를 빳빳하게 들고는 그녀의 나이에 어울리지 않는 처세술, 아마도 틀림없이 그녀의 나이에 어울리지 않는 책에서 읽은 것이 분명한 처세술을 말했다. 칼은 이마를 벅벅 긁더니 피곤한 목소리로 말했다.

"아가씨의 다른 친척은 없습니까? 몸을 의탁할 만한 곳이 없을까요?"

"예? 그런 건……"

칼은 침착하게 말했다.

"만일 그런 것이 없다면 어쩔 수 없습니다. 아가씨를 후작가에 도로 데려다드리지요."

"예? 싫어요!"

"어쩔 수가 없는 일입니다. 후작가에서는 멸시를 받으셨다고 요? 아가씨를 동정하겠습니다. 하지만 이대로 아가씨를 세상에 내보내면 목숨이 위험합니다. 아가씨는 자신을 지킬 수 있습니 까? 난 뻔히 알면서 잘못을 저지를 수는 없어요."

난 고개를 끄덕였다. 그래. 에포닌은 최소한 할슈타일 저택에 서는 호의호식할 수 있겠지. 음. 이건 레니가 드래곤 라자로서 호의호식할 수 있는 경우와는 좀 다르군. 레니는 델하파에 아빠 가 있고 가정이 있지만 에포닌의 경우에는……

"싫어요! 그 집엔 돌아가지 않겠어요. 싫다구요! 절 아, 아빠 한테 데려다주세요. 예? 제발!"

"예?"

에포닌도 레니의 경우와 같군. 아빠라구? 에포닌은 고개를 힘 차게 끄덕였고 칼은 의아한 얼굴로 말했다.

"아버님이……, 할슈타일 후작님 말고요?"

"진짜 아빠요! 진짜 아빠에게 좀 데려다주세요. 칼 아저씨는 친절한 분이시죠? 이거 다 드릴게요. 제발 절 아빠한테 데려다주 세요."

에포닌은 손수건째로 칼에게 내밀려고 했지만 칼은 손을 저어 그것을 사양했다.

"그건 넣어두라고 했잖습니까. 그런데 친부께서 생존해 계십니 까?"

"예."

"어디에 계신데요?"

"그건……."

"에포닌 양?"

"저도 몰라요."

"예?"

에포닌은 더듬더듬 말을 시작했다.

"엄마가 죽고 나서…… 아빠는 매일매일 술을 마셨어요. 너무 너무 슬퍼하셨지요. 그러다가, 그러다가 디트리히와 함께 절 할 슈타일 가문에…… 넘겼어요. 디트리히를 내놓는 조건으로 저도 함께 데려가게 했어요. 아, 절 싫어해서 그러신 것은 아니에요. 절대로 그렇지 않아요. 아빠는 디트리히와 저 모두가 후작가에서 잘 지낼 수 있을 거라고 생각해서…… 그러신 거예요. 후작은 돈을 내놓겠다고 했지만 아빠는 돈을 사양하고는 절 디트리히와 함께 보내셨어요."

칼은 인자한 얼굴로 말했다.

"그렇습니까? 그런데 어디 계신지 모르다니요?"

"우리가 떠나올 때…… 아빠도 집을 팔고 다른 곳으로 떠나셨거든요."

아이고, 맙소사. 그럼 살아 있는지 죽었는지도 확실하지 않은 문제잖아? 칼은 한숨을 쉬면서 말했다.

"친부님의 함자가 어떻게 됩니까?"

"그란 하슬러. 하슬러 씨예요. 궁성 경비 대원이셨던 하슬러 씨요."

에포닌은 마차 안의 일행들이 모두 눈알이 튀어나올 듯한 얼굴로 자신을 쳐다보는 것에 크게 놀란 모양이었다. 칼은 잠시 주먹으로 입을 틀어막고 있다가 낮고 다급한 목소리로 말했다.

"넥슨 휴리첼의 마부인 하슬러 말입니까?"

에포닌은 어리둥절한 얼굴이 되었다.

"예? 어, 넥슨 씨와 늘 붙어다니는 그 과묵한 마부 말씀이세요? 그분 이름도 하슬러인가요?"

제레인트는 길게 한숨을 쉬었다. 칼도 고개를 끄덕이며 안심한 목소리로 말했다.

"아, 동명 이인이었군요. 예. 그 마부의 이름도 하슬러입니다. 희한한 우연이군요."

허, 그것 참 정말 희한하네. 칼은 이제 한결 진정된 목소리로 말했다.

"그럼 친부께서 어디 계신지 전혀 알지 못한다는 말입니까? 그래가지고서야 내가 어떻게 아가씨를 데려다줄 수 있겠습니까?"

에포닌은 그만 울어버릴 듯한 얼굴이 되었다. 칼은 난처한 듯이 고개를 가로젓더니 다시 질문했다.

"그럼 아버님의 친구나, 뭐 소식을 알 만한 사람도 없습니까?"

"어……, 모르겠어요. 전, 전 그런 것은 잘 모르겠어요. 아빠는 친구를 사귀지 않았어요."

"답답한 노릇이군요."

정말 답답하다. 의붓아버지는 싫다. 친아버지는 어디 있는지 모른다. 그럼 어쩌라는 거야? 난 잠시 마음속으로 세상에 저 어린 소녀를 모시고 대륙을 방랑하며 잃어버린 아버지와 동생을 찾는 여행을 함께해 줄 인정 많은 고용 무사가 남아 있을지를 의심해 보기 시작했다. 그때 아프나이델이 조심스럽게 입을 열었다.

"저……, 제 생각이지만 물어볼 만한 사람이 있을 것 같습니다."

"예? 에포닌 양의 친부에 대해서 말입니까?"

"예. 이곳에서 별로 떨어지지도 않은 곳에 있습니다."

"절 만나러 오셨다고요? 아, 전하!"

"오래간만이오, 아프나이델 공. 일어나시오."

궁성 경비 대장 조나단 아프나이델은 몸을 일으키면서 반가운 얼굴이 되었다. 우리 모두를 주욱 둘러보던 조나단 아프나이델의 시선이 아프나이델에게서 잠시 멈추었다. 아프나이델은 고개를 조금 끄덕였고 조나단은 따스한 미소를 지었다. 그러나 조나단은 아프나이델에게 특별히 뭐라고 말하지는 않고 대신 팔을 펼치며 말했다.

"이렇게 많은 손님들이 찾아올 줄은 몰랐군요. 어서들 앉으시지요. 이런. 자리가 모자라는군요. 하하."

우리는 언젠가 한번 들렀던 경비 대장실에 주욱 몰려 앉았다. 방은 넓고 소파도 커다랗지만 우리 인원이 오죽 많아야지. 열한 명이나 되는 대인원이 자리를 잡고 앉는 데에만 해도 시간이 꽤 나 걸렸다. 넓은 경비 대장실이 비좁게 느껴지던 시간이 잠시 흐르고, 모두가 자리에 앉고 나자 길시언은 웃으며 말했다.

"아프나이델 공. 공의 안부도 묻고 시사에 대한 이야기도 좀 해야 행실 바른 왕자라는 말도 안 되는 헛소문……, 젠장. 에, 그런 평을 듣겠지만, 시간이 없으니 그냥 건너뛰겠습니다."

조나단은 빙긋 웃으며 말했다.

"하하. 제 생각입니다만 왕자님께서 행실 바른 왕자라는 평을 받기 위해 특별히 애쓰실 필요는 없을 겁니다."

"그렇습니까?"

"세상엔 아무리 노력해도 안 되는 일이라는 것이 있으니까요."

조나단은 웃지도 않고 점잖게 말했으며 엑셀핸드는 폭소를 터뜨렸다. 다른 모든 사람들의 웃음이 간신히 잦아들고 나서 길시언은 머리를 긁적이며 말했다.

"오늘 찾아온 것은 묻고 싶은 것이 있어서입니다. 칼?"

"아, 예. 저, 아프나이델 공. 혹 경비 대장의 일을 맡으신 지 오래되셨습니까?"

"제법 되었지요, 헬턴트 공. 그러니까 저 녀석을 거두어들일 때니까요."

저 녀석이라는 것은 아프나이델을 가리키는 것이었다. 아프나이델은 잔잔한 미소를 지었고 조나단 역시 미소지으며 말했다.

"저놈을 데리고 살려니 안정된 직장이 필요했지요. 그래서 궁성 경비 대장으로 들어오게 된 것입니다. 마법사들은 매여 있는 것을 싫어해서 이 직업은 구하기가 쉬웠지요. 그때는 잠시만 하겠다는 생각이었는데 어느새 저 녀석이…… 톱메이지라는 호칭을 받을 정도로 커버렸군요. 가슴 뿌듯하군요."

"스승님!"

아프나이델은 비명처럼 말했고 난 머쓱한 웃음을 지었다. 조나단은 싱긋 웃으며 말했다.

"왜? 좋은 호칭이라고 생각하는데. 하하하! 아, 참. 대대로 임펠리아의 경비 대장은 마법사가 맡는다는 것은 잘 아시겠지요?"

"아, 예. 핸드레이크가 임펠리아를 수호한다는 의미를 되새기기 위해서지요."

"잘 아시는군요, 헬턴트 공. 그런데 그것은 왜?"

"그럼 혹시 경비 대원들 중에 그란 하슬러라는 대원이 있었는지 기억하십니까?"

칼이 질문을 꺼내자 에포닌은 바짝 긴장한 얼굴이 되었다. 조나단은 턱을 만지작거리며 생각에 잠겼다.

"그란 하슬러? 하슬러라⋯⋯. 아, 그 핫소드 그란 말이군요. 예. 기억납니다."

"에! 그게 아버지의 별명이셨어요! 핫소드 그란!"

조나단은 에포닌의 고함소리에 놀라 눈이 휘둥그레졌다.

"그렇지요. 그런데 이 아가씨는?"

칼은 잠시 고민하는 얼굴이 되더니 빠르게 말했다.

"할슈타일 가문의 영애 되십니다⋯⋯. 친부는 바로 그란 하슬러 씨고요."

조나단은 순간 이채로운 눈빛을 지었지만 별말을 하지 않은 채 고개를 끄덕이며 말했다.

"아, 그런가요."

"그런데 핫소드라니오? 그게 무슨 뜻입니까?"

조나단은 손을 모아 입 앞에 세워보였다가 웃으며 말했다.

"퍽 오래된 일입니다만 아직 기억이 생생하군요. 그 친구의 검은 엄청나게 빨랐습니다. 궁성 경비 대원들끼리는 매일 대무를 하지요. 하지만 핫소드 그란의 경우엔 대무를 거의 하지 않았습니다. 도대체 그란의 검을 받아낼 수 있는 대원이 없었기 때문이지요. 연습은커녕 상대가 크게 다치는 일이 발생하기 때문에 안전상의 이유로 대무에서 제외되곤 했지요. 아, 고참 대원을 찾아가 물어보면 아직 그 친구의 전설을 이야기하는 사람들이 많을 겁니다."

칼은 조심스러운 어조로 말했다.

"그럼 그 사람이 왜 경비 대원을 그만둔 것인지는 혹시 기억하십니까?"

"그건 잘 모르겠습니다만. 제가 기억하는 것이라곤, 아내가 죽고 나서 실의에 빠져 지내던 모습뿐입니다. 그러다가 갑자기 그만두었다고 기억합니다만."

긴장한 얼굴로 듣고 있던 에포닌은 고개를 푹 숙였다. 칼은 초조한 표정으로 말했다.

"혹시 연락할 수 있는 방법이 없겠습니까? 그를 잘 아는 친구라든지, 그런 사람이 없을까요? 이 에포닌 양은 자신의 친부를 급히 찾고 있습니다만."

"그렇습니까? 허, 이런. 그 친구는 사람을 별로 사귀지 않았어요. 과묵한 성격이었고 사교적이지 못했습니다. 게다가 너무 오래된 일이라 그 사람을 기억하는 경비 대원들은 별로 없을 텐데요."

"그렇습니까……."

칼은 안타까운 표정으로 에포닌을 바라보았다. 에포닌은 풀죽은 얼굴을 하고선 고개를 더욱 깊이 숙였고 일행들은 그 모습을 보면서 모두 입을 다물었다. 그때였다. 길시언이 그 고요 속에서 갑자기 자리에서 일어나더니 말했다.

"에포닌 양. 일단 옷을 좀 갈아입어야겠군요."

"예? 옷이요?"

"그렇습니다. 옷이 젖어서 좋지 않군요. 그리고 활동하기에도 좋지 않을 테고. 날 따라오세요. 내 누이에게 찾아가서 옷을 좀 갈아입도록 하지요. 아, 레니 양? 레니 양도 같이 가겠습니까?

네리아 양도 좋다면…….”

네리아는 사양했다. 에포닌은 자신의 옷을 내려다보더니 고개를 끄덕였다.

“감사합니다, 전하. 그럼…….”

“저도…… 가도 되나요?”

“물론이지요. 어서 따라오세요.”

레니도 발그레한 얼굴로 일어났다. 그런데 갑자기 왜 저러는 거야? 지금 옷이 뭐 그리 중요한 것이라고. 칼은 의아한 얼굴로 길시언을 바라보았지만 길시언은 재빨리 말했다.

“여러분들은 여기서 잠시 기다리시지요. 두 아가씨가 어떤 모습으로 나타날지 기대하시며 기다리는 것도 좋습니다. 하하하!”

왠지 길시언답지가 않네? 그러나 길시언은 에포닌과 레니를 데리고서 재빨리 나가버렸다. 문이 닫히고 나자 엑셀핸드가 투덜거렸다.

“뭐, 어디 찢어진 것도 아니고 약간 지저분하다는 것뿐인데. 옷은 무슨 옷. 모두들 바쁜 일정인데 말이야!”

그러자 조나단은 빙긋 웃었다. 그는 엑셀핸드를 향해 목례하는 시늉을 하면서 말했다.

“드워프의 노커여. 왕자님의 행동을 나무라지 말아주십시오. 사실은 제가 왕자님께 부탁했습니다.”

“예?”

칼이 놀란 목소리로 물어보았을 때 아프나이델은 빙긋 웃으며 말했다.

“메시지 스펠이었군요? 스승님.”

“그렇다. 제법이구나. 아, 제가 왕자님에게 메시지를 보냈지요. 그래서 왕자님이 에포닌 양을 데리고 나간 겁니다. 혹 에포닌 양이 의심할까 봐 레니 양도 같이 데리고 나간 것이고요."

"무슨……, 에포닌 양이 들으면 안 될 이야기라도?"

"그렇습니다, 헬턴트 공. 비밀스럽게 말씀드릴 것이 있지요. 핫소드 그란은 몇 년 전, 절 찾아온 적이 있었지요."

칼은 놀란 얼굴이었지만 별 이야기를 하지 않은 채 조나단의 이야기를 기다렸다. 조나단은 손가락을 깍지 끼더니 잠시 침묵했다. 그는 그렇게 깍지 낀 두 손을 턱밑에 받치더니 눈을 감고는 깊은 생각에 잠긴 얼굴이 되었다.

그러다가 그는 다시 눈을 뜨며 엉뚱한 말머리를 꺼냈다.

"에포닌 양의 아우 되는 디트리히는 드래곤 라자의 자질을 가지고 있었지요. 할슈타일 가문이 아닌 다른 혈통에서 드래곤 라자가 태어나는 것은 드문 예입니다만 완전히 없는 것은 아닙니다."

뭐야, 이건? 대단한 뉴스인데?

"그리고 할슈타일 후작은 드래곤 라자의 자질을 가진 아이들을 모으고 있습니다. 지골레이드의 라자였던 돌맨도 그런 경우입니다. 양자로 입양된 거지요."

잘 아는 이야기를 들으려니 좀이 쑤시는군. 난 조나단의 느릿한 말투를 꾹 참으면서 기다렸다. 하지만 조나단의 말투는 점점 느려졌다.

"그런데 디트리히의 경우에는 양자로 입양할 수가 없는 조건이었습니다. 친부가 엄연히 살아 있었고, 또한 임펠리아 경비 대원이었으니까 지체도 그런 대로 있는 집안이지요. 전사로서는 최상급 전사라고 할까요?"

"그렇습니까?"

"예. 그렇습니다. 조금 전 그란의 아내가 죽었다는 말은 들으셨지요? 그란의 아내, 그러니까 에포닌과 디트리히의 어머니였던 그 여인은 마가릿이라고 했지요. 직접 보지는 못했지만 아름답고 품위 있는, 자상한 여인이었다고 들었습니다."

아. 그런가 보지. 난 심드렁한 기분을 느끼며 고개를 조금 돌렸다. 그런데 그때 내 눈에 들어온 칼의 모습이 가관이었다. 그는 눈꼬리를 바르르 떨고 있고 있었고, 게다가 주먹은 꽉 움켜쥐어 하얗게 변해 있었다. 저 모습은 마치, 마치……. 내가 그의 모습을 표현할 적당한 말을 찾고 있을 때 그는 그 모습에 무섭도록 어울리는 극도로 불안한 목소리로 말했다.

"설마……, 자연사가 아닙니까?"

"어느 화창한 날, 장을 보기 위해 나섰다가 대로에서 괴한들에 의해 난자되었습니다. 즉사했지요. 범인은 잡히지 않았습니다."

"제기랄!"

칼은 험한 목소리로 말했다. 샌슨은 머리 끝까지 화가 난 칼을 보면서 어리둥절한 표정을 지었지만 조나단은 고개를 가로저으며 말했다.

"아내가 죽고 나서 그란은 매일같이 술을 마시고는 경비 대원의 일에도 제대로 종사하지 않았습니다. 항상 취해 있거나, 취하지 않았을 땐 술을 마시고 있었지요. 그런 상태로 다른 경비 대원을 구타해서 커다란 사건을 만든 적도 있습니다. 당시 전 아무런 사정을 몰랐습니다. 그저 아내가 죽어 자포자기한 상태인 줄로만 알았기 때문에 그가 사고를 일으켜도 크게 벌하지 않았지요. 그란이 경비 대원을 그만두겠다고 말했을 때도, 그가 그런 식으로 낙심해서 인생을 마구 굴리는 것이 보기 언짢아서 사정을 꼬치꼬치 캐묻지도 않고 허락해 주었지요. 그 다음 그란은 에포닌과 디트리히를 할슈타일 후작에게 넘기고는 수도를 떠났습니다. 그러다가 몇 년 전에 절 찾아온 것이지요."

칼은 질린 얼굴이었다. 왜 저러시는 거지? 물어보고 싶었지만 칼은 그런 질문을 받을 자세가 아니었다. 칼은 계속해서 추궁하는 표정으로 조나단을 바라보며 말했다.

"뭐라고…… 말했습니까?"

조나단은 잠시 한숨을 쉬면서 말했다.

"핫소드 그란은 다른 사람에겐 들키지 않게 은밀히 찾아와서는 제게 부탁을 했습니다. 옛 상사에게 부탁하는 것이었습니다만, 제가 마법사이기 때문에 부탁한 셈이기도 하지요."

"무슨 부탁이었습니까? 마법입니까?"

"그렇습니다. 핫소드 그란은 자신의 얼굴을 바꿔달라고 부탁하더군요."

"얼굴을?"

"예. 간절히 부탁했습니다만 저로선 납득이 가지 않았습니다. 게다가 얼굴을 바꿔달라고 말하니, 혹시 어디선가 커다란 사고라도 일으킨 것이 아닌가 의심도 되었지요. 그래서 이유를 말해서 날 납득하게 하라고 말했습니다. 그러자 그란은 몹시 갈등하는 모양이었습니다. 하지만 결국 입을 열더군요. 디트리히와 에포닌을 보고 싶어서라고 말하더군요."

칼은 침울한 얼굴로 고개를 끄덕였다. 뭐야? 아들딸이 보고 싶다고? 제레인트는 어이가 없다는 듯이 조나단을 바라보다가 웃음을 터뜨렸다.

"하하하! 아니, 보고 싶으면 찾아가서 보면 되잖습니까? 어이가 없네요? 뭐, 자기 아들딸을 남에게 맡겼으니 그 애들에게 미안하기야 하겠지만, 그렇다고 해서 얼굴까지 바꾼다는 것은 이해가 가지 않습니다만?"

칼은 괴로운 목소리로 말했다.

"침버 씨……, 아마 그란 하슬러 씨로서는 목숨이 걸린 일이었을 겁니다."

"예? 목숨이오?"

제레인트는 입을 쩍 벌렸고 조나단은 고개를 끄덕였다.

"짐작하신 대로입니다. 그란은 협박을 당하고 있었던 것이지요. 디트리히를 내놓으라는 협박 말입니다. 그리고 그에게 공포를 주기 위해 그 아내를 죽인 것입니다. 지독한 일이지요."

머릿속에 벼락이 친 거야. 분명해. 그렇지 않고서야 머릿속이 이럴 수가 있나.

믿을 수 없어. 그런 말은, 그런 말은 믿을 수 없어! 말도 안 돼. 네리아는 파랗게 질린 얼굴로 입을 틀어막은 채 턱을 덜덜 떨고 있었다. 심지어 아프나이델의 눈에서조차 지독한 살기가 뿜어져 나오고 있었다. 칼 이외의 다른 일행들은 이제야 서늘한 공포를 느끼기 시작했다. 그것은, 아냐. 말이 되는 소리를 하시라구!

조나단의 나지막한 목소리는 무시무시하게까지 느껴졌다.

"예. 그렇습니다. 할슈타일 후작은 디트리히를 가지기 위해서 그란을 협박했겠지요. 물론 그란은 버티려 했을 겁니다만, 아내의 죽음 앞에선 그도 굴복할 수밖에 없었겠지요. 그가 가슴 속으로 흘린 눈물은 피눈물이었겠지요. 그리고 아들딸의 모습을 먼빛으로나마 보기 위해선 목숨을 걸어야 할지도 모릅니다. 그래서 그는 얼굴을 바꾸기로 결심한 것이지요."

"그런 인간 같지 않은⋯⋯."

제레인트는 크게 헐떡거리며 말했지만 난 말도 나오지 않았다. 엑셀핸드 역시 기가 막혀 말도 나오지 않는다는 표정으로 허리띠의 버클을 부서져라 움켜쥐고 있었다. 샌슨은 믿어지지 않는다는 얼굴로 말했다.

"정말입니까? 정말 그런 추악한 일이 벌어진 것입니까!"

"그렇소, 퍼시발 공."

"아니, 전 믿을 수 없습니다! 세상에 믿을 말이 따로 있지요! 그건 말도 안 됩니다! 꼬마를 아들로 삼기 위해 그 부모를 죽인다고요?"

조나단은 침울한 얼굴로 퉁명스럽게 말했다.

"나도 그랬소. 도저히 못 믿겠다고 말했지요. 그러자 그란은 쓰게 웃더군요. 그토록 무서운 웃음은 생전 처음 보았소."

"그럼! 그럼 대장님께서는 왜 잠자코 계셨습니까! 왜 할슈타일 후작을 고발하지 않았습니까! 그란이 증언을 했다면, 그렇다면 확실한 것 아닙니까! 설마, 설마 목숨이 아까워서 그랬습니까?"

조나단은 더 못 참겠다는 어조로 외쳤다.

"이거 보시오, 퍼시발 공! 그렇게 서툴게 행동했을 거 같소? 천만에! 협박은 모두 익명이었고 무엇 하나 증거 될 만한 것은 남지 않았소! 그란이 자신의 아내가 죽은 상황에서 그 생각을 못해 본 줄 아시오? 그란은 법이나 정의의 이름으로 할슈타일 후작을 처벌할 수 없다는 것을 깨닫고는 직접 그를 죽일 생각도 했다고 했소. 하지만 그건 도저히 불가능한 일이었지! 게다가 아들딸을 걱정하지 않을 수 없었소!"

"이런, 개 같은!"

쾅! 샌슨은 테이블을 부서져라 내리쳤다. 손에 이상한 느낌이
와서 내려보니 난 소파의 가장자리를 부숴놓은 상태였다. 덜덜
떨리는 손을 들어올려 보니 꽉 쥔 주먹 속에는 소파에서 뜯겨진
가죽이 한 움큼 잡혀 있었다. 손가락을 펴는 단순한 동작이 극히
어렵게 느껴진다. 투둑, 후두둑. 꽉 쥐어져 있던 가죽은 구겨진
모양 그대로 아래로 툭 떨어졌다. 가죽이 뜯길 때 함께 뜯겨나온
솜과 헝겊 등이 나풀거리며 떨어졌다. 아래에 떨어져 널브러진
소파의 파편을 바라보면서 점점 눈앞이 어지러워지는 것을 느
낀다.

조나단은 소파에 등을 기대고선 얼굴의 땀을 닦아내었다. 그는
우리 모두를 주욱 둘러보고는 자조 섞인 미소를 지으며 말했다.

"웃기는 일이오……. 그래. 할말은 없소. 내가 과연 그 상황에
서 최선을 다해 그란을 도왔던 것인지 자신할 수는 없소. 어쩌면
나 역시 할슈타일 후작을 무서워한 것인지도 모르지. 하지만, 하
지만 정말 어떤 방법도 떠오르지 않았소."

칼은 잔뜩 쉰 목소리로 말했다.

"말씀 믿겠습니다."

"고맙소. 후우, 죄와 벌이 같이 다니지 않는다고 흔히 말하지
만, 이런 경우는 정말 기가 막힌 일이 아닐 수 없소. 죄 지은 자
는 벌 받지 않고 그 피해자는 아내를 잃은데다가 아들딸도 뺏기
고, 그것도 모자라 자신의 목숨도 위협받고 있었소. 그가 섣불리
입을 열면, 그렇다고 하더라도 할슈타일 후작을 단죄할 증거는
없었지만, 그에게 무슨 일이 일어날지 알 수 없는 노릇이오. 그

란은 그래서 수도를 떠났던 것이었소. 하지만 아들딸의 모습이 도저히 뇌리에서 지워지지 않았던 거요."

"그래서 얼굴을 바꿔달라고 말한 것이었군요. 먼발치로나마 마음껏 자녀의 모습을 보기 위해."

칼의 목소리는 지독하게 쉬어 있어서 무슨 말인지 알아듣기조차 힘들 정도였다. 아니, 내가 너무 흥분해서 그의 말을 거의 알아듣지 못하고 있는 것인지도 모르겠다. 조나단은 고개를 끄덕이며 말했다.

"나는 울었습니다……."

"예?"

조나단은 먼 과거의 어느 시간 속에 자신을 보내며 느릿한 어조로 말했다. 아프나이델은 그런 스승의 얼굴을 보면서 깊은 슬픔을 되씹는 표정이 되었다.

"그를 부여잡고…… 어른이 되고 나서, 인간사를 벗어나 마나에 내 애정을 바치고 나서 처음으로 눈물을 흘렸습니다. 그는 오히려 날 위로하더군요. 허허허. 그가 가장 괴로울 때는 그를 이해하지도 못한, 그리고 그의 슬픔을 알게 되고도 아무런 일을 해주지 못한 이 눈먼 상사를, 그가 위로했단 말입니다."

"마음이…… 아프셨겠군요."

조나단은 멍하니 허공을 바라보고 있다가 마침내 조용히 현실로 돌아왔다. 난 그가 마나에 애정을 바친 이후로 두 번째 눈물을 흘리지 않을까 걱정되었지만 조나단은 그러지 않았다. 대신 그는 사무적이고 딱딱한 어조로 말을 이어나갔다.

"전 그의 소원을 들어주기로 했습니다. 쉬운 일은 아니었지요. 임시로 모습을 바꾸는 것은 환상을 이용해서 간단히 할 수 있는 마법입니다만 얼굴을 영원히 바꾸는 것은 쉽지 않았습니다. 별별 실험을 다 해보고 온갖 수단을 동원한 끝에 겨우 얼굴을 바꿔놓을 수 있었습니다."

칼은 고개를 끄덕였다. 조나단은 계속 생기없는 어조로 말했다.

"그러나 그 목소리는 바꿀 수 없었습니다. 그래서 핫소드 그란은 그렇지 않아도 적은 말수가 더욱 적어지게 되었지요. 목소리 때문에 원래 정체가 드러나게 될지도 모르니까요."

맙소사! 일행은 모두 한 방 맞은 표정이 되었다. 칼은 아랫입술을 깨물면서 말했다.

"그렇다면 넥슨 휴리첼의……?"

조나단은 놀란 얼굴로 고개를 끄덕였다.

"이미 알고 계셨군요?"

"하슬러라는 이름은 알고 있었지요. 그 사람과는 여러 번 마주쳤으니까요."

"그렇습니까? 아, 여러분들은 넥슨 휴리첼의 반역을 알아내신 분들이니 당연한 일이군요. 예. 그렇습니다. 넥슨 휴리첼의 심복인 하슬러가 바로 핫소드 그란, 그란 하슬러입니다."

창 밖에선 꽃나무들이 계절을 완전히 무시하면서 아름답게 망울져 피어나고 있었다. 초겨울의 쌀쌀한 날씨 속에서도 데미 공주님의 손길은 저 아름다움을 피워내고 있었다.

하지만 지금 이 방 안에는 아름다움이란 없다.

"이건 지금껏 저와 그란 둘만의 비밀이었습니다. 여러분들이 에포닌 양과 함께 온 것을 보고 전 몹시 놀랐습니다. 하지만 차라리 잘된 일인지도 모르겠군요."

"잘된…… 일이라구요?"

"부탁하겠소, 헬턴트 공. 에포닌 양이 친부를 찾는다면 그녀를 할슈타일 후작의 손에서 빼내 주시오. 할슈타일 후작도 그녀에게는 별 관심이 없을 거요. 드래곤 라자는 디트리히였으니까."

"그녀는…… 이미 할슈타일 저택을 나왔습니다. 그래서 우리와 만나게 된 것이지요."

"그렇습니까? 그럼 더욱 잘되었군요. 그녀를 어디 한적한 수도원 같은 곳에 데려다주시겠습니까? 그랜드스톰 같은 신전이라도 좋겠군요."

"수도원 말씀입니까?"

"그렇습니다. 전 지금 당장은 그란과 연락할 방법이 없습니다. 그 멍청한 작자는 하필이면 넥슨 휴리첼 같은 이리를 주인으로 섬겼기 때문에, 지금 그가 모습을 드러내면 곧장 교수대로 끌려가게 될 것입니다. 하지만 에포닌이 할슈타일 저택을 나왔다는 것을 알게 되면 그란은 어떻게든 절 찾아올 것입니다. 그럼 제가 그에게 전해 주겠습니다."

"전해 준다고요?"

"예. 에포닌이 어디에 있는지 전해 주겠습니다. 그러면 그란은 에포닌을 데리고 어딘가로 떠나 평화롭게 살 수 있겠지요. 그의 불행은 하나같이 그의 책임 밖의 일이었고, 이젠 그는 너무 오래 미뤄두었던 행복을 되찾아야 합니다."

칼은 침울한 눈으로 조나단을 바라보았다. 그의 입에서 갑자기 엉뚱한 말이 나왔다.

"그는 반역자의 수하 아닙니까?"

"예?"

"그는 반역자의 수하라고 했습니다. 넥슨 휴리첼의 다시 없는 심복이니까요. 그런데 아프나이델 공은 궁성 경비 대장이십니다. 그가 찾아오면 체포하셔야 되는 것 아닙니까?"

조나단은 충격을 받은 얼굴로 칼을 마주보았다. 그러다가 그는 격하게 고개를 젓더니 말했다.

"그자에겐 죄가 없소! 죄가 있다면 그 넥슨 휴리첼에게 있을 뿐이지! 그란은 양심에 따라 주인을 섬겼을 뿐이오. 난 그렇게 믿소!"

칼의 안색이 조금 밝아졌다.

"그를 신뢰하시는 모양이군요."

"신뢰하오!"

조나단은 짧고 강하게 말했다. 잠시 후 그는 더 부드럽고 침착한 목소리로 조용히 말했다.

"그자의 고통을 알고, 그 슬픔을 아오. 아니, 안다고 생각하오. 그란을 위해 무엇이라도 해주고 싶다는 것이 내 솔직한 심정이오. 사실 디트리히가 실종되고 나서 난 몇 번이나 할슈타일 후작을 찾아가려고 마음먹었소. 에포닌을 돌려받기 위해서 말이오. 하지만 나에겐 마땅한 구실이 없었소. 그래서 주저주저하다가 이렇게까지 늦어버린 거요."

"알겠습니다. 이제 저도 그란 하슬러를 신뢰할 수 있을 듯합니다."

칼은 그렇게 말하더니 곧장 자리에서 일어났다. 조나단뿐만 아니라 다른 일행들도 모두 놀란 눈으로 바라보는 가운데 칼은 말했다.

"에포닌 양은 저희들이 보호하겠습니다. 안전하고 좋은 장소를 찾게 되면, 에포닌 양이 안심하고 있을 만한 장소를 찾게 되면 연락드리겠습니다. 저희들의 여정이 바빠서 이만 일어나봐야겠군요."

"예? 아, 알겠소. 그리고 정말 감사합니다."

"천만에요. 그럼."

칼은 손을 내밀었고 자리에서 일어난 조나단은 그 손을 보더니 역시 손을 내밀어 악수했다. 칼은 그의 손을 흔들면서 말했다.

"할슈타일 후작에 대해 알면 알수록 더 뜨거운 적의를 느끼게 되는군요."

조나단은 고개를 끄덕이며 말했다.

"유피넬의 저울대는 길지만 헬카네스의 추는 무겁소. 할슈타일이 얹은 무게는 너무도 무겁고. 난 그의 최후에 그의 눈을 들여다보며 웃어줄 거요. 지금은 그때를 생각하며 참고 있을 수밖에 없군요."

조나단이 갑자기 표시한 맹렬한 적의는 사람들의 입을 다물어지게 만들었다.

6

"멋지네요? 아가씨."

"아, 이젠 그냥 에포닌이라고 불러주세요. 전 할슈타일이 아니에요."

"그래요? 하하. 알았어. 에포닌."

"난 어때, 후치야?"

"남자 친구 있어? 없다면 내가 도전해 보고 싶은데."

레니는 웃으며 주먹을 들어올렸고 난 피하는 척하며 낄낄 웃었다. 에포닌과 레니는 모두 데미 공주님이 준비해 준 옷을 입고 나타났는데, 도대체 데미 공주님은 어떻게 저런 옷을 가지고 있었을까? 두 사람 모두 여행에 대비해서인지 두꺼운 셔츠에 바지, 그리고 재킷과 외투를 입고 목도리와 장갑까지 갖춘 채 나타났다. 저렇게 차려입으면 따스하고 좋긴 하겠지만 어째 옷들이 하나같이 공주님이 가지고 있을 옷으로는 보이지 않았다. 길시언이 내 의문을 해결해 주었다.

"이거 말이야? 사실은 내 옷이었어."

"예?"

"어릴 때 저런 옷을 입고 담을 넘었지. 저건 아홉 살 때 입던 거고, 저건 열네 살 때 입던 거군. 데미가 아직도 저 옷을 가지고 있을 줄은 몰랐는데."

오, 그렇게 오래된 옷이 저렇게 깨끗해? 데미 공주님의 손길은 정말 신기할 정도로군. 에포닌과 레니는 각자 놀란 눈으로 자신의 옷을 내려보았다. 길시언은 피식 웃으며 말했다.

"나 입던 옷 물려줘서 미안하오, 아가씨들. 다음에 내가 옷 한 벌씩 선물할 테니 지금은 참고 마차에 올라줘요. 벌써 해가 높으니."

길시언은 손을 내밀어 레니를 부축하는 시늉을 했고 레니는 방긋 웃으며 길시언의 손을 붙잡으며 마차에 올랐다. 칼은 에포닌에게 몸을 돌리며 말했다.

"에포닌 양. 할슈타일 가문으로는 절대 돌아가지 않을 생각입니까?"

에포닌은 굳은 얼굴로 고개를 끄덕였다. 칼은 한숨을 쉬고 말했다.

"그럼 좋습니다. 일단 우리와 동행하도록 합시다."

"정말이요? 고맙습니다!"

에포닌은 곧장 칼에게 달려들어 키스라도 할 듯한 얼굴이었다. 하지만 칼은 고개를 가로저으며 말했다.

"아니. 그렇게 고마워할 필요 없어요. 아가씨가 마음 편히 지낼 장소를 물색해 보겠습니다. 그 동안만 우리와 동행하는 겁니다."

에포닌은 뭐라고 대답해야 될지 모르겠다는 얼굴로 칼을 바라보았다. 칼은 싱긋 웃으며 말했다.

"아가씨가 귀찮아서 그러는 것이 아닙니다. 우리 일은 험한 일입니다. 그리고 아가씨는 우리 목적을 알지도 못하고 거기엔 상관도 없습니다. 따라서 우리 일이 끝날 때까진 아가씨를 어딘가 안전한 곳에 있게 하는 것이 좋겠다고 생각됩니다."

"예……. 거두어주신 것만 해도 감사합니다."

칼은 고개를 끄덕이며 말했다.

"그리고, 여행하는 도중 아가씨의 친부님의 소식도 계속 알아보도록 하겠습니다. 그러면 우리가 아버님의 소식을 가지고 아가씨를 찾아갈 수도 있겠지요."

"예? 정말 그렇게 해주시겠어요?"

"그러지요."

"정말……, 아무런 면식도 없는 저에게…… 감사합니다."

칼은 잠시 에포닌을 바라보더니 희미한 미소를 지으며 말했다.

"동생분을 잊었던 일에 대한 사죄라고 생각해 주십시오."

"아뇨, 그건……."

"더 말씀하실 필요 없습니다. 이야기는 긴 편이 좋습니다만 행동은 빠른 것이 나을 때가 많지요. 아가씨가 내 제안에 찬성한다면, 이만 출발하고 싶습니다만."

"아, 예. 저……, 정말 고맙습니다."

칼은 빙긋 웃더니 길시언의 흉내를 내어 손을 내밀었다. 에포닌은 활짝 웃으며 칼의 손을 잡고 마차에 올랐으며, 나머지 사람들도 모두 마차에 올라탔다.

우리는 그대로 궁내부장 리핏 트왈리전 씨의 열렬한 환송을 받으며 임펠리아를 빠져나왔다. "아아아! 길시언 왕자님! 식사 준비 끝났단 말입니다! 밥 한 술 뜨지도 않고 떠나는 겁니까! 또 이러실 거라면 다시는 오지 마세요! 늙은 궁내부원 가슴에 더 못 질하지 말고! 왕자님이야 편할 때 왔다가 마음대로 떠나면 그만이지만, 귀족원이나 국왕 전하께서는 절 가만두시질 않는단 말입니다!" 길시언은 따스하게 고함질렀다. "다음엔 궁내부장에게 뭐 선물이라도 하나 사들고 오겠소!"

난 다시 마차 지붕 위로 올라갔고 지붕 아래쪽에서는 네리아와 레니, 그리고 에포닌까지 합세해서 뭐라고 웃으며 떠들었다. 주로 네리아가 에포닌의 기분을 달래기 위해서 떠드는 것 같다. 그리고 네리아가 마차 안으로 내려간 대신 칼이 마부석으로 나왔다. 칼은 마부석에 앉은 채 무슨 깊은 생각에 빠져든 모양이다.

난 그를 방해하고 싶지 않았지만 결국 입을 열고 말았다.

"어쩔 생각이세요, 칼?"

칼은 마부석에서 고개를 돌려 지붕 위의 날 올려다보았다.

"무슨 말인가, 네드발 군?"

"에포닌 말이에요. 어디에 데려다줄 생각이신데요?"

"그랜드스톰을 고려해 보긴 했는데, 글쎄. 수도에 있으니 마땅치는 않군. 후작의 입김이 닿는 장소는 아니지만 그래도 너무 가까워. 수도에서 적당히 떨어진 곳이 좋겠는데."

"우리는 지금 갈색 산맥으로 찾아가는 중이잖아요. 크라드메서를 만나기 위해. 그런데 중간에 시간을 지체할 수 있나요?"

"모르겠군. 어려울 거라고 생각되는데."

"그럼, 크라드메서의 일이 끝날 때까지 에포닌을 계속 데리고 있을 생각인가요?"

"그렇게 될 수도 있겠지."

길시언이 의아한 눈으로 바라보기 시작했다. 그래서 칼은 그에게 조나단 씨의 이야기를 간단하게 요약해서 들려주었다.

잠시 후 길시언은 허옇게 질려버린 얼굴로 신음하듯 말했다.

"그렇다면 할슈타일 후작은, 디트리히를 빼앗기 위해 그 어머니를 죽이고, 그 아버지는 폐인 비슷하게 만든 셈이군요?"

칼은 마차 뒤를 흘긋 돌아보는 시늉을 하면서 말했다.

"그렇습니다."

길시언은 마치 생명이 없는 무엇이 쓰러지는 듯한 무력한 동작으로 좌석에 등을 기대었다. 그는 하늘을 올려다보며 목이 메인 목소리로 말했다.

"이자를 도대체 어떻게 해야 될지……. 죄가 많아도 너무 많습니다. 그러나 받을 벌은 하나도 받지 않았습니다. 난 도저히 이자를 그냥 둘 수 없습니다."

칼은 길시언의 말에 대답하는 대신 엉뚱한 말을 했다.

"전 한 가지가 궁금합니다."

"뭐가 말입니까?"

"넥슨과 할슈타일은 왜 반목하는 걸까요?"

"예?"

칼은 천천히 과거를 회상시키는 어투로 말했다.

"그때 기억나십니까? 우리가 할슈타일 후작의 집에서 넥슨의 비밀 서류를 훔치던 때. 할슈타일 후작은 자신이 그 서류를 가지고 있었던 이유를 어떻게 설명했지요? 그는 넥슨에게 반역 의도가 있다는 것을 알고 그를 막기 위해 서류를 가져가던 사절을 붙잡아 그것을 빼앗았다고 말했습니다."

"예. 그렇게 말했지요."

"그게 이상하다는 겁니다. 넥슨은 이리라 할 만한 자입니다만, 그렇다면 할슈타일 후작은 승냥이라고 해야겠지요. 넥슨이 드러내 놓고 반역 의도를 실행한다면 할슈타일 후작은 은근히 반역의 계책을 세워보며 혼자 히죽 웃는 자입니다. 물론 그 의도의 불순

함이나 사악함은 이루 말할 수 없습니다만. 하지만 그렇다고 해서 할슈타일이 넥슨을 저지해야 될 필요가 있는 것인지는 모르겠습니다. 독수리와 들개는 동업자라고 하지 않습니까?"

독수리와 들개는 같이 시체를 먹는다. 길시언은 계속 하늘을 올려다보며 슬픈 목소리로 말했다.

"글쎄요……. 내 보기엔 두 승냥이 싸움에 바이서스라는 고깃덩이가 너덜너덜해지는 듯합니다."

"전하."

길시언은 이제 더 이상 화낼 기운도 없다는 듯이 축 늘어진 채로 웅얼거렸다.

"넥슨의 경우엔 차라리 낫지요. 아직도 그 음흉한 야심으로 크라드메서를 노리고 있긴 하지만 여러분 덕택에 패퇴되었으니까요. 그리고 여러분들과 나 모두가 현재까진 그를 억제하고 있습니다. 하지만 할슈타일이라는 승냥이는 눈이 넷 달린 놈인 모양입니다. 놈은…… 지골레이드를 풀어줌으로써 바이서스를 약화시키고, 돌맨이라는 수단을 이용해서 역시 크라드메서를 노리고 있습니다. 그러나 그 어디에서도 결정적으로 책잡힐 일은 하지 않고 있습니다. 이 작자는 위험 부담을 덮어쓰지 않으려 드는 소악당 같군요. 진짜 악당보다 더 음험하고 파렴치한 놈 말입니다."

"그렇지 않아."

"뭐?"

운차이의 말이었다. 길시언은 뒤를 돌아보았고 나도 운차이를 바라보았다. 운차이는 태평한 모습으로 나무를 깎고 있었다. 길시언은 섬뜩한 눈초리로 운차이를 바라보며 말했다.

"할슈타일이 악당이 아니란 말이냐?"

"아니. 내가 말한 것은 돌맨에 대한 것이다."

길시언은 어리둥절한 표정이 되었다.

"돌맨?"

"그래. 할슈타일 후작이 크라드메서를 노리고 있긴 하겠지만, 돌맨은 아냐. 돌맨은 불안한 카드지. 그에 비하면 레니는 으뜸패라 하겠고."

갑자기 웬 도박사 같은 말이냐? 길시언은 고개를 갸웃거리며 뭐라고 말하려 했지만 운차이는 여전히 손에 들려 있는 나이프와 나무 토막만 내려다보면서 말했다.

"감시하는 자들이 있군. 저쪽 왼쪽 골목 어귀……. 멍청하게 쳐다보진 않겠지."

순간 등에 오싹 소름이 돋았다. 목을 간질이는 옷깃의 느낌마저 낯설게 느끼며 나는 조용히 바스타드를 등에서 풀어서 다리 앞에 내려놓았다. 지붕 위에 앉은 채로 바스타드를 뽑기는 어려울 테니까. 그러곤 기지개를 켜는 척하면서 '멍청하게도' 왼쪽 골목 어귀를 바라보았다. 운차이가 혀를 찼지만 이미 늦었다.

젠장! 눈이 마주쳐버렸어!

골목 어귀엔 한 사나이가 무심한 얼굴을 한 채, 그냥 지나가던 인파를 바라보는 시선으로 우리를 바라보고 있었다. 황소가 섞인 6두 마차를 보는 시선으로는 더할 나위 없이 적합하고 흠잡을 데라곤 전혀 없는 시선이었다. 그리고 그런 시선은 주위에도 많이 있어서 유난스러워 보이지도 않았다. 하지만 남자의 눈과 내 눈이 마주친 순간 남자는 슬그머니 시선을 돌렸고 그 시선의 회피는 정신을 번쩍 들게 만들었다.

칼은 팔짱을 끼더니 옆 건물의 빗물받이 통에서 아직 뚝뚝 떨어지는 물방울을 보며 낮은 목소리로 말했다.

"후작은 이미 사무엘에게 보고를 받은 모양이군요."

길시언은 어젯밤에 내린 비 때문에 대로에 만들어진 물자국들을 재미있다는 듯이 바라보며 역시 무심한 어조로 말하기 시작했다.

"어떻게 나올까요?"

"일단 대로에서 멍청한 짓을 하진 않을 겁니다. 그렇다면 성문 밖에서 우릴 공격할까요?"

"그래줬으면 좋겠습니다. 피를 보고 싶은 기분이 듭니다."

길시언은 짧고 잔혹하게 말했다. 칼은 고개를 조금 숙이는 것으로 당혹감을 표시하며 말했다.

"전하?"

"길시언입니다. 그냥 기분이 그렇다는 말입니다."

"……알겠습니다."

칼과 길시언의 대화가 끝나자 샌슨은 짐짓 아무렇지도 않다는 듯이 말들에게 투덜거리며 고삐를 놀렸다.

"에라, 이 자식들아. 여행은 시작도 않았는데 벌써 게으름을 부리냐?"

샌슨의 말을 마지막으로 마부석의 세 남자는 다시 조용한 침묵 속으로 들어갔고 지붕 위의 운차이도 한결같은 태도로 나무를 깎았다.

오전의 햇볕이 따갑게 내리쬐고 있었다. 사각, 사각. 운차이의 손놀림에 따라 티끌들이 긁혀나와 바람을 타고 날아갔다. 젠장. 난 왜 저렇게 침착할 수가 없는 거지? 나도 모르게 다시 그 남자를 바라보다가 난 황급히 시선을 돌렸다. 시선을 돌리기 직전, 골목 어귀에 서 있던 남자는 골목 안으로 스르르 사라졌다.

마차는 분주히 바이서스 임펠의 낮을 달려 이윽고 성문에 이르렀다. 임펠 리버 위에 걸려 있는 다리로 나서자 황야에서 불어오는 바람이 제대로 느껴지기 시작했지만, 시선을 확 끌어당기는 것이 있어 바람의 차가움은 별로 느껴지지 않았다. 마차 창문으로 네리아가 고개를 내밀면서 말했다.

"뭐가 이렇게 시끄러워……? 어머나? 웬 사람들이?"

임펠 리버에 걸려 있는 다리는 소규모의 병목 현상을 일으키고 있었다. 사방에서 몰려든 사람들이 모두 바이서스 임펠에 들어가려고 들었고 그래서 지금 다리 입구에서는 작은 혼란이 일어나고 있었다. 초소 경비 대원들이 모조리 몰려나와 바이서스 임펠로 들어오는 사람들을 조사하고 있었지만 그래도 인원이 모자란 것인지 조사는 빠르게 진행되지 못했다. 그 동안에 늘어서버린 인파들 가운데서는 고함소리와 거친 명령, 간혹 욕설들이 들려왔다. 그 불안스러운 소음들 사이로 어디선가 아이의 울음소리도, 그리고 우는 아기를 달래기 위해 애쓰는 어머니의 숨죽인 목소리도 애처롭게 들려왔다. 그리고 지평선 쪽으로도 어제 밤새도록 걸어온 것이 분명한 사람들의 모습들이 점점이 이어지고 있었다. 모두들 가족들이나 친지들인지 네댓 명, 혹은 일고여덟 명 등으로 무리를 이루어 걸어오고 있었는데, 소달구지에 가족들을 태운 채 걸어오는 사람들의 모습도 있었지만 무거운 짐을 지고 인 채 두 발로 힘겹게 걸어오는 사람들도 꽤 있었다.

"이런……. 피난민들이군."

칼은 맥이 풀린 목소리로 말했다. 길시언은 그만 목이 꽉 막힌 표정을 지은 채 아무 말도 하지 못한 채 그저 소처럼 눈을 껌뻑거리며 그 모습을 바라보고 있었다.

경비 대원들은 들어오려는 사람들만 해도 제대로 감당하지 못하고 있어서인지 나가려는 사람들에게는 별 관심이 없었다. 경비 대원 하나가 우리를 담당했지만 그 대원은 두어 마디도 묻지 않았다. 6두 마차가 통과하는 동안 다리는 잠시 통행 금지가 되었고 그래서 피난민들은 옆으로 물러난 채 조용히, 추위에 벌벌 떨면서 기다렸다. 샌슨은 황급히 마차를 다리에서 빼내었고 추위에 지친 피난민들은 느릿한 걸음걸이로 다시 경비 대원들의 앞으로 다가갔다. 잠시 찾아왔던 고요는 흔적없이 사라지고 다시 다리 입구에서는 거친 소음만이 끝나지 않을 듯이 계속되었다.

길시언은 간신히 입을 열어 샌슨에게 말했다.

"잠시…… 마차를 세우시오."

"알겠습니다."

샌슨은 다리에서 조금 떨어진 곳에서 길 옆으로 마차를 빼내어 정지시켰다. 그러자 길시언은 마부석에서 뛰어내리더니 다리에서 소란을 부리는 사람들을 바라보았다. 지붕 위에 앉아 있는 내가 볼 수 있는 것이라고는 그의 뒷모습뿐이었지만 그의 표정은 짐작할 수 있을 것 같다.

난 그의 등에서 시선을 돌려 지금도 계속 불어나고 있는 피난민들의 행렬을 바라보았다. 그렇게 행렬이라고 표현할 만한 것은 아니었다. 하지만 그들 한 무리 한 무리가 대인원들로 이루어져 있었고, 경비 대원들은 신경이 곤두선 채 피난민들을 조사하고 있었기 때문에 시간이 지체되는 것이었다.

길시언은 갑자기 앞으로 걸어갔다.

무슨 일이지? 난 마차에서 뛰어내려 그의 뒤를 따랐다. 내 뒤를 이어 운차이도 뛰어내렸고 마부석에 앉아 있던 칼도 따라내렸다. 그러나 길시언은 뒤돌아보지 않은 채 그대로 걸어갔다. 그는 다리에 멈춰 서서는 경비 대원들을 주욱 둘러보더니 한 경비 대원을 붙잡고 말했다.

"누가 지휘자요?"

경비 대원은 잠시 이상한 눈으로 길시언을 바라보았다. 하지만 그 역시 몰려드는 피난민 한 가족을 조사하던 참이라 별말 하지 않고 손가락을 뒤로 젖혀 한쪽 방향을 가리켰다. 그곳에는 이마에 주름살이 깊이 패인 중년 병사 하나가 역시 다른 무리 하나를 맡아선 조사를 하고 있었다. "어디서 왔소? 총인원은? 영주의 증명서는 물론 있겠지요? 없다고? 젠장! 이름과 성별, 나이를 모두 말하시오. 특징도. 무기를 소지한 자는 없소? 이걸 왜 하냐고? 좋은 질문이군, 그래! 나도 그게 궁금하던 참이니까! 이런, 제기랄. 누군 당신네들 추운 데 세워놓는 것이 재미있어서 이러는 줄 아시오? 탈영병이나 간첩이 숨어들지도 모른다는 거 아니오! 나도 죽을 맛이오!"

길시언은 그 말을 듣자 더 앞으로 나가지 못하고 뒤로 돌아서 우거지상을 한 얼굴을 보여주었다. 칼이 근심스럽게 물었다.

"왜 그러십니까, 길시언?"

길시언은 고개를 가로저으며 말했다.

"아, 조사를 간략화할 수 없냐고 물어보기 위해서였습니다. 이 사람들이 추운 데서 이렇게 기다리고 있는 것을 보자니. 하지만 물어볼 필요가 없을 듯하군요. 저 병사 역시 이 일이 좋아서 하는 것은 아니군요."

칼은 몰려든 인파를 바라보았다. 나도 그의 시선을 따라 추위와 피로에 찌든 사람들을 바라보았다. 일상적인 여행자들과 달리 저 피난민에는 어린애나 노약자들도 많이 포함되어 있었으며 그들은 힘든 피난길에 지쳐 몰골이 말이 아니었다. 심지어 어떤 남자는 길 옆에 만삭이 된 부인을 눕혀놓고는 부인을 위로하고 있었다. 부인은 진통이라도 느끼는 것인지 신음을 흘리고 있었다. 그 옆에서는 입을 꽉 다문 아낙네와 칭얼거리는 딸의 모습이 보였는데 그 아낙네는 딸의 칭얼거림에도 상관하지 않고 산모에게 다가가서는 남자와 함께 산모를 돌보기 시작했다. 딸은 어머니가 떠나자 곧 더 큰 소리로 울기 시작했고 그 울음소리에 다른 꼬마들도 울기 시작했다. 더 참지 못한 몇몇 남자들이 고함을 버럭 질러대기 시작했고 어머니들은 황급하게 울음을 터뜨리는 자녀들을 부둥켜안았다. 그중엔 고래고래 고함을 지르며 국왕의 이름을 저주하는 아낙네의 모습도 있었다. 길시언의 얼굴은 갈수록 참혹해졌다.

칼은 진저리를 치며 말했다.

"조사를 간략화할 수 없다면. 그럼 대신 다른 것을 좀 물어봐 주시겠습니까?"

"예?"

잠시 후 초소 경비 대장의 반신반의하는 표정 속에 허락이 떨어졌고 우리들은 즉각 주위를 돌아다니며 잡풀과 나뭇가지들을 주워 모아 작은 개미집 정도로 보이는 장작 더미를 만들어내었다. 네리아가 자신의 단검을 이용해서 그 장작 더미에 불을 붙이자 미약한 연기와 함께 작은 불길이 일어났다.

피난민들은 저 작자들이 도대체 무슨 불장난을 하고 싶어서 저러는 거지? 하는 표정으로 바라보았지만 바로 그 순간, 아프나이델은 몰려든 모든 피난민들의 주의를 완전히 사로잡는 데 성공했다. 저렇게 땀을 뻘뻘 흘리며 손을 휘젓고 고래고래 고함을 지르면 아무리 추운 날씨 때문에 심사가 사나운 사람이라 하더라도 돌아보지 않을 수 없겠지. 그리고 아프나이델의 캐스팅이 끝나자 찻주전자 하나 끓이기에도 모자라 보이던 불길이 삽시간에 10큐빗 정도까지 솟아올랐다. 게다가 어찌나 뜨거운지 10큐빗 이내로는 접근도 못할 정도였다. 피난민들은 놀란 얼굴로 불길을 바라보았고 우리 일행 중에서도 레니와 에포닌은 입을 딱 벌리고는 다물 줄을 몰랐다. 어쨌든 피난민들은 곧 그 불길 주위로 몰려들어 추위를 녹이기 시작했다.

아프나이델은 손을 탁탁 털더니 이마를 닦으면서 말했다.

"저 불길은 그렇게 오래가지는 못할 겁니다만."

"상관없습니다. 해가 좀더 높아지면 온기도 되살아날 테니까요."

그러자 아프나이델은 히죽 웃고는, 경비 대원들에게 계속해서 마른 풀과 나뭇가지를 던져넣으라고 말한 다음 감사의 인사를 보내는 피난민들에게서 도망쳐 마차 쪽으로 달려가 버렸다. 길시언도 보다 밝은 얼굴로 마차에 오를 수 있게 되었다.

그때까지 산모를 돌보고 있던 제레인트와 네리아가 마지막으로 마차에 오른 다음 우리는 그 신나는 불길을 뒤로 한 채 달려가기 시작했다. 마차가 덜컹거리며 움직이기 시작하자 깎고 있던 나무 토막을 던져둔 채 파이프를 피우고 있던(조금 전 불길을 일으킬 때 불을 붙여둔 파이프였다.) 운차이는 담배 연기를 하늘로 날려보내고는 피식 웃으며 말했다.

"웃기는 점을 발견했다."

"예?"

운차이는 다시 파이프 부리를 물고는 조금 불분명한 발음으로 말했다.

"이 일행은 멈춰 서는 것을 너무 좋아하는 것 같군."

"예? 아……. 하하하."

운차이는 파이프를 손에 들고는 그 부리를 앞니에 딱딱 부딪히면서 하나씩 열거하기 시작했다.

"내가 알기로, 너희 일행은 칼라일 영지에서도 제멋대로 멈춰 섰고(딱), 칸 아디움에서도 그대로 멈춰 섰다(딱). 오늘 아침엔 에포닌 때문에 미적거렸고(딱), 방금 전에는 피난민들 때문에 멈춰 서는군(딱)."

"그렇게 주욱 열거했으니, 이젠 결론을 말해 봐요."

"글쎄. '엉덩이가 무거운 편이다.'라는 결론이 어떨까."

칼은 주의를 환기시키듯 헛기침을 몇 번 하더니 낮고 빠르게 말했다.

"중요한 점을 지적해 줘서 고맙소, 운차이 씨. 어쨌든 급한 것은 급한 것입니다. 오늘은 11월 26일……. 바로 한 달 전, 10월 27일에 우리는 그랜드스톰에서 그 말을 들었습니다. 크라드메서의 웨이크닝이 한 달 가량 남았다는 말 말입니다. 정확하게야 알 수 없는 노릇이지만 예상일을 굳이 말하자면 바로 내일입니다. 퍼시발 군? 우리가 갈색 산맥에서 바이서스 임펠까지 오는 데 이틀이 걸렸던 것 같은데. 맞는가?"

"그렇습니다."

"그런데 크라드메서가 갈색 산맥에 있다는 것만 알지 정확하게 어디 있는지는 모르잖아요."

내가 끼어들면서 말했다. 칼은 선선히 고개를 끄덕이며 말했다.

"맞아. 그렇지. 하지만 그건 천천히 걱정할 문제고, 지금 당장 걱정해야 될 문제는 세 가지야."

길시언과 내가 바라보는 가운데 칼은 잠시 고개를 들어 쉼없이 다가오는, 하지만 영원히 다가오지 않는 지평선을 바라보며 말했다.

"첫째, 크라드메서의 웨이크닝 이전에 그를 발견할 수 있는가. 둘째, 사라졌던 넥슨 일행은 우리가 바이서스 임펠을 나서면 다시 덮쳐오겠지. 그들의 방해를 어떻게 따돌리는가. 셋째, 이제 할슈타일 후작도 움직이기 시작할 것이 확실하니, 그의 방해를 어떻게 따돌릴 것인가."

"그걸로 끝이에요?"

"끝이냐고? 네드발 군, 장난 치지 말게. 이건 단기적인 문제야. 중장기 문제로 넘어가면 더 골치 아파. 할슈타일 후작의 음모 때문에 약화된 바이서스의 국방력 문제, 자이펀에서 사용하는 질병의 무기에 대한 대책. 일단은 두 가지뿐이지만 보통 큰 문제들이 아니군."

"그걸로 끝이에요?"

"응? 뭐, 그 외에도 많지. 오늘 아침에 생겨난 에포닌 양의 문제만 해도……."

"또?"

칼은 그제야 눈치를 채었다. 그는 히죽 웃더니 말했다.

"올해 말까지 웨스트 그레이드, 우리의 고향으로 돌아가 끝없는 계곡에서 아무르타트를 만나야 되지."

난 헤헤 웃고 말았다. 이왕이면 아무르타트의 일을 이 모든 일에 대한 우선 순위라고 말해 주었으면 더 좋겠는데. 하지만 그건 너무 큰 희망이고 입 밖으로 내긴 좀 뭣한 소망이라서 난 그 정도에 만족하기로 했다. 그러나 길시언은 만족하지 못한 모양이다.

"그것은 여러분들의 여행 목적이었지요?"

"그렇습니다."

"그럼……, 칼께서는 다른 모든 일이 미완되었을 경우에라도 연말이 다가오면 웨스트 그레이드로 출발하실 생각입니까?"

칼은 길시언의 얼굴을 바라보더니 조용히 말했다.

"제 손 닿는 일, 제 손을 필요로 하는 일, 제 손에 맡겨진 일을 해야 되니까요."

길시언은 잠시 앞을 바라보았다. 그 역시 칼처럼 영원히 다가오지만 절대로 도달할 수는 없는 지평선을 바라보다가 짧게 한숨을 쉬고 말했다.

"어떻게 말씀드려야 될지 모르겠습니다만, 난 말입니다, 레니양에게 했던 부탁을 그대로 칼에게도 하고 싶군요."

칼은 잔잔하게 웃으며 말했다.

"길시언. 당신의 마음은 알겠습니다만, 난 헬턴트 마을의 독서가입니다. 그리고 마차 위의 이 소년은 헬턴트 마을의 초장이 후보이며, 지금 우리 모두를 태운 마차의 고삐를 쥔 저 청년은 헬턴트 마을의 경비 대장입니다."

"나라가 없어지면 헬턴트도 없어질 겁니다."

"설령 헬턴트가 없어진다 해도 나는 없어지지 않을 겁니다. 반면, 내가 없어지면 헬턴트도 없는 것입니다. 헬턴트는 나의 헬턴트이고, 바이서스는 나의 바이서스이니까요."

"……나에게 희망을 줄 수 없습니까?"

"글쎄요. 제 말에서 희망을 찾아보십시오."

이건……, 정말 무슨 문답이 이 모양이지? 난 길시언이 대답하지 못할 거라고 생각했다. 그러나 길시언은 어두운 미소를 지으며 말했다.

"후우. 헬턴트의 칼 대신, 바이서스의 칼을 믿어보지요."

"감사합니다."

그리고 대화가 멈추었다. 헤엣? 괴상한 대화로군.

마차는 지평선을 향해 완전한 직선을 그리기 시작했다. 다섯 마리의 말과 한 마리의 황소는 거칠 것 없는 평야를 만나 마음껏 다리를 놀려대고 있었다. 한 달 전 우리는 이 길을 거꾸로 달려오고 있었지. 두 개의 달이 동시에 떠오르는 모습을 보면서. 아! 그럼 오늘은 한 개의 보름달과 한 개의 반달이 떠오르겠군?

오늘 밤에 무슨 달이 떠오르는가는 별로 문제가 되지 않을 것 같다. 살아서 달을 볼 수 있기만 하다면야 반달이 뜨든 보름달이 뜨든, 쥐 파먹은 팬케이크처럼 생긴 달이 뜨든 무조건 감사하게 여겨야 되겠다.

"매직 미사…… 어쿠!"

아프나이델은 또다시 캐스팅을 끝내지 못하고 옆으로 넘어졌다. 떨어진다! 제길, 안 돼!

"아프나이델!"

난 아프나이델의 팔을 부여잡고는 힘껏 당겼다. 급하게 당기느라 힘이 너무 들어갔다. 마차 옆으로 떨어지던 아프나이델은 잠시 허공에 뜬 모양이 되었다. 그러곤 그대로 허공을 반 바퀴 돌아 다시 마차 위에 내려꽂히고 말았다. 쩍! 아프나이델은 여름날 돌 맞은 개구리처럼 지붕 위에 네 활개를 펼치고 엎어졌다. 난 그가 그대로 데굴데굴 굴러가지 않도록 무릎으로 그의 등을 찍어 누르며 외쳤다.

"고맙다고 말하지 않아도 돼요!"

말하면서도 그가 고마워할 거라고는 생각되지 않았다. 과연 그는 전혀 다른 말을 외쳤다.

"으아아아! 후치, 왼쪽!"

아프나이델은 짓눌린 목소리로 외쳤다. 왼쪽? 황급히 옆을 돌아보았다. 맹렬하게 달리는 마차 옆으로 나란히 달리는 말이 보였다. 두두두두두! 말의 갈기가 정신없이 흩날린다. 그리고 그 안장 위에 올라탄 복면 전사는 마차 창문으로 손을 집어넣으려 애쓰고 있다. 지붕 아래에서는 레니의 비명소리가 요란했다.

"꺄아아! 저리 치워! 이거 봐! 으아아악! 아빠앗!"

난 바스타드를 위로 들어올렸다. 검집째로 후려칠 생각이었다. 그러나 팔을 들어올린 순간 몸의 균형을 잃었다. 아래로 떨어지지 않기 위해 두 손으로 지붕을 짚어야 했다. 다음 순간 마차 문이 벌컥 열려버렸다. "으아아아!" 마차에 매달리려던 복면 쓴 남자는 그대로 아래로 떨어졌다. 낙마한 남자는 삽시간에 뒤쪽으로 멀어져갔다. 덜컹덜컹! 마차 문은 요란하게 흔들렸고 문을 걸어찬 엑셀핸드는 다시 문을 잡으려 애쓰고 있었다. 그러나 그 사이에 다른 남자 하나가 맹렬하게 말을 몰면서 달려왔다. 남자는 검을 어깨 위로 들어올렸다.

"후치잇! 나 잡아!"

네리아는 지붕 위로 몸을 던졌다. 주루루룩! 그녀가 그대로 미끄러져 떨어지기 직전 그녀의 허리띠 뒤쪽을 부여잡았다. 그녀는 지붕 위로 어깨를 내밀더니 두 손으로 쥔 트라이던트를 옆으로 크게 휘둘렀다. 부우우웅! 접근해서 엑셀핸드를 공격하려던 전사는 네리아의 트라이던트를 피해 다시 멀어졌다. 난 몸을 휙 돌려 아프나이델에게 엉금엉금 기어가며 외쳤다.

"아프나이델! 어서 캐스팅해요! 어서!"

부탁은 했지만 이건 말도 안 된다. 최고 속도로 달리고 있어서 마차 지붕은 정신없이 흔들리고 있었다. 위아래 이가 부딪혀 모조리 뽑혀 나갈 지경이다. 말도 제대로 안 나오는데 캐스팅을 하라구? 아프나이델은 고개를 가로저었다.

"못해, 불가능, 우와아!"

콰광! 무엇에 걸린 것인지 마차가 위로 떠올랐다. "우오우, 제에에기랄!" 충격으로 몸이 떠오르면서 지붕 위에서 튕겨져나갈 뻔했다. 아무렇게나 허우적거리던 손에 밧줄이 잡혔다. 지붕 위에 짐을 매어둔 밧줄이다. 밧줄을 잡아채는 순간 팔이 빠지는 느낌이 들었다. 눈에서 불꽃이 튀는 것을 느끼며 위로 떠오르는 아프나이델의 어깨를 왈칵 잡아당겼다. 아프나이델은 다시 호되게 마차 지붕에 부딪혔다. "으윽!" 그때 운차이의 힘겨운 신음 소리가 들려왔다.

"이……이이익!"

"맙소사, 운차이!"

운차이의 머리가 지붕 오른쪽 가장자리 옆으로 올라와 있는 것이 보였다. 그는 지붕 가장자리에 팔목을 걸친 채 마차 옆에 매달려 있었던 것이다. 마차는 미친 듯이 흔들리고 있었고 운차이는 당장이라도 떨어질 것 같다. 마차 안에서 제레인트의 비명소리가 들려온다.

"으아악! 운차이 씨! 잠깐, 문을 열어⋯⋯."

"안 돼! 문 열지 마!"

지금 문을 열면 운차이는 그대로 문에 밀려 떨어져나갈 것이다. 난 생각할 틈도 없이 몸을 구부렸다. 밧줄에 발목을 걸고 그대로 몸을 날린다. 퍽! 배가 지붕에 부딪히며 숨이 막혔다. 하지만 내뻗은 손에 운차이의 손등이 만져졌다. "됐어! 잡았어!" 그때였다. 운차이의 등 뒤로 마차 옆에 붙어선 전사 하나가 보였다. 전사는 한 손으로 고삐를 몰아쥐더니 다른 손으로 등 뒤의 검을 뽑기 시작했다. 그대로 마차에 매달린 운차이를 베어버릴 태세다.

"안 돼!"

인정사정 없이 운차이를 끌어올린다. 파아악! 그 순간 운차이는 발을 굴러 마차 옆면을 걷어차며 솟아올랐다. 운차이는 지붕 위로 떨어졌고 전사가 휘두른 검은 마차 벽을 뚫어버린다. "꺄아아악!" 마차 안에서 에포닌의 찢어지는 비명소리. 그러나 검이 마차 벽을 뚫으면서 탁 걸려버리자 전사의 손목이 뒤로 거세게 젖혀진다. "크아악!" 전사는 검을 놓치고는 다시 옆으로 멀어졌다. 검은 그대로 마차 옆 벽에 꽂혀 덜렁거렸다. "꽉 잡아!" 이번엔 샌슨의 경고가 있었다. 쿠광쾅! 마차 바퀴가 부서져나가는 줄 알았다. 다리가 부웅 떠올랐지만 제각기 손으로 뭘 붙들고 있었던지라 나가떨어지지는 않았다. 마차는 옆으로 쓰러질 듯 쓰러질 듯하다가 용케 균형을 잡고 달려간다. 힝힝힝힝!

"샌슨! 마차가 팬케이크냐! 뒤집지 마!"

마부석에 있던 샌슨은 채찍을 벼락처럼 휘두르며 응수했다.

"그 말은 저 자식들에게 해! 팬케이크에 개미새끼 몰려들 듯이 달려들잖아!"

몇 명이 떨어져나갔지만 그래도 상당수의 전사들이 말을 달려 오고 있었다. 다행히도 기사(騎射)에 능한 작자는 없는지 화살은 날아오지 않았다. 하지만 전사들은 전속력으로 달려오고 있었고 간신히 벌려놓은 거리는 무정하게도 좁혀졌다. 운차이가 갑자기 몸을 날리더니 아프나이델의 멱살을 잡아올렸다. 무릎을 꿇고 밧줄을 부여잡고 있던 아프나이델은 거칠게 멱살이 잡혀올려지자 당황한 눈으로 운차이를 바라보았다. 운차이는 신기할 정도로 차 갑게 말했다.

"아프나이델, 이 병신아! 지금 마법사가 필요하단 말이야!"

젠장, 원할 것을 원해야지! 이 지경에 어떻게 캐스팅을 하라는 거야? 아프나이델은 망연하게 운차이를 바라보았고 운차이는 이를 갈았다. 운차이를 말리려 들 때 달려오던 전사들은 다시 우리 옆으로 붙어섰다. 네리아가 기합을 질렀다.

"이야아아! 꺼져, 이 자식들아!"

트라이던트가 무섭게 휘둘러졌지만 전사들은 멀찌감치 떨어져 서 나란히 달렸다. 그래서 트라이던트는 헛되이 허공을 가르게 되었고 네리아는 자칫 그대로 마차 옆으로 굴러 떨어질 뻔했다. 달려오던 놈들은 곧 우리 앞쪽으로 튀어나갔다. 그러다가 놈들은 흘긋 옆을 보며 거리를 재었다. 마부석으로 뛰어들 작정이야!

"너, 이름이 사무엘이었나!"

길시언은 방패는 포기한 채 한 손으로 마차 모서리를 잡고 일어났다. 다가오던 전사는 흠칫하더니 역시 한 손으로 고삐를 몰아쥐면서 다른 손으론 복면을 확 끌어내렸다. 드러난 얼굴은 과연 사무엘이라는 이름의 그 전사였다. 그는 복면을 집어던지더니 롱소드를 뽑아들면서 맞받아 외쳤다.

"그렇다! 길시언, 이름만큼의 솜씨인지 두고 보지!"

"유언이 조악해!"

길시언은 마차 옆으로 뛰쳐나가려는 것이 아닌가 싶은 매서운 기세로 프림 블레이드를 휘둘렀다. 카카캉! 사무엘이 휘두른 검과 프림 블레이드가 부딪히면서 바위에 벼락 떨어지는 소리가 났다. 불꽃을 튀기면서 다가오던 사무엘은 팔을 떨면서 다시 멀어졌다. 하지만 길시언 역시 균형을 잃으며 다시 마부석에 털썩 주저앉았다. 그때 드디어 간절히 기다리던 소리가 들려왔다.

"파이어볼!"

푸화화각! 마차 뒤로 불꽃의 공이 쏘아져나갔다. 달려오던 전사들은 날아오던 화염의 공을 피하려다가 균형을 잃었다. 그리고 그들 사이로 파이어볼이 꽂혔다. 콰아앙! 맹렬한 불의 폭풍이 일어났고 말들은 다리를 부러뜨리며 뒹굴었다. "푸르힝힝!" 말 위의 전사들은 몸에 불이 붙은 채 마치 불새처럼 날아올랐다. 불새의 비약은 짧았고 잠시 후 전사들은 그대로 땅에 얼굴을 박으며 나가떨어졌다. "으아아아!" 그들은 땅에 부딪힌 충격도 잊어버린 채 불을 끄기 위해 뒹굴어야 했다.

"우와아아! 톱메이지!"

고개를 돌려보니 아프나이델은 다리를 짐더미 속에 박은 채 몸을 고정시키고 있었다. 그리고 운차이가 등으로 그의 상체를 받쳐주고 있었다. "하면 되잖아?" 운차이는 씩 웃으면서 말했고 아프나이델은 간신히 고개를 끄덕였다. 옆을 돌아보니 사무엘은 공포에 질린 얼굴로 아프나이델을 올려다보고 있었다. 아프나이델은 손을 돌려 사무엘을 겨냥했고 그러자 사무엘은 기겁하면서 멀어졌다.

그러나 달려오는 복면 전사들은 도대체 끝이 없는 것 같다. 지금까지 물리친 녀석이 적어도 예닐곱 명은 되는 거 같은데 아직도 그 두 배는 되는 인원들이 쫓아오고 있었다. 경장을 한 전사들에다가 말들도 모두 우수한 놈들이었는지 무서운 속도를 내고 있었다. 죽죽 달려온 전사들은 다시 마차 옆으로 다가섰다. 이제 지겨워! 그리고 사무엘 녀석도 다시 악에 받친 표정을 짓더니 마차 옆으로 다가섰다. 그러나 놈은 지붕 위로 뛰어들거나 마부석으로 뛰어드는 대신 이번엔 마차 바퀴를 노려 치기 시작했다. 챙강! 검이 마차 바퀴에 부딪히면서 마치 회전 숫돌에 검을 들이댄 것처럼 검이 진동한다. 파바바밧!

"이런, 안 돼!"

네리아는 기겁하면서 트라이던트를 찔렀다. 사무엘은 다시 멀어졌지만 곧 다시 다가서며 뒷바퀴를 후려치려고 했다. 그 모습을 보자 다른 복면 전사들도 반대쪽으로 돌면서 그쪽 바퀴를 공격할 태세를 갖추었다. 만일 저 자식들이 바퀴살 있는 곳에 검이라도 찔러넣으면 끝장이다! 그때 아프나이델이 고함을 질렀다.

"후치! 밀가루!"

뭐? 밀가루? 아, 그래! 난 지붕 위에 있던 짐더미에 무지막지하게 손을 밀어넣어 밀가루 부대를 끄집어냈다. 한 자루에 얼마였더라? 지금은 우리 목숨 값이다! 난 그대로 밀가루 부대를 높이 들어올렸고 그와 동시에 운차이의 손이 번개처럼 스쳐지나갔다. 파아악! 부대가 쩍 갈라지면서 삽시간에 밀가루 부대가 가벼워졌다. 그리고 마차 뒤쪽으로는 밀가루 구름이 만들어졌다.

"으아아아!"

마차 바퀴를 노리던 사무엘은 밀가루를 뒤집어쓰고는 팔을 휘젓다가 그대로 낙마해 버렸다. 데구르르! 사무엘은 마치 튀김옷을 입힌 튀김거리 같은 모양이 되어서는 땅에 나뒹굴었다. 난 밀가루 부대의 끄트머리를 잡고 좌우로 미친 듯이 휘저었다. 달리는 마차에서 뿌려진 밀가루는 거센 안개의 흐름이 되어 복면 전사들의 시야를 가로막았다. 달려오던 말들은 비명을 지르며 속도를 급하게 줄였으며 전사들은 욕지거리를 뱉어냈다. 난 안타까움에 고래고래 고함을 질렀다. "으아아아! 후추 없었나? 겨자는?" 네리아는 목이 터져라 웃었다. "꺄하하하!" 전사들은 할 수 없이 밀가루 구름을 피해 옆으로 우회했다. 다시 거리는 우스우리만큼 벌어졌다. 그러자 아프나이델은 한결 느긋하게 캐스팅할 수 있었다.

"이힝힝힝!"

가장 가까이 달려오던 말 하나가 갑자기 미친 듯이 날뛰기 시작했다. 마치 야생마처럼 날뛰는 말을 제어하지 못하고 그 기수는 그대로 떨어져버렸다. 기수가 떨어진 후에도 말은 계속 앞다리를 들었다 뒷다리를 걸어찼다 하면서 날뛰었다. 재갈을 문 입에서는 거품이 비어져 나왔다. 뒤를 따라오던 다른 전사들도 그 말의 발광에 방해를 받게 되었다. 전사들은 말의 발광에 당황하여 옆으로 피하려 했지만 그중 하나는 발광하는 말의 뒷다리에 걸어차이고 말았다. 곧이어 이중 삼중으로 말들이 부딪혔고 전사들은 허공을 허우적거리며 날아가야 했다. 으아아아!

"어? 저 말이 왜 저래요?"

내 놀란 질문에 아프나이델은 겸연쩍은 얼굴로 말했다.

"안장 아래가 미치도록 가려울 거야."

네리아는 이제 지붕 위에서 떨어지지나 않을까 걱정될 정도로 웃고 있었다. "까하, 이하하하하!" 전사들이 잠시 속도를 늦춘 사이에도 샌슨은 말들의 가죽을 발라낼 것처럼 채찍질을 해대었다. 황소와 말들은 질풍처럼 달렸고 전사들의 모습은 이제 까마득하게 멀어졌다.

이윽고 전사들은 추적을 단념하며 멈춰 섰다. 부상자가 너무 많은 것이다. 네리아는 지붕 위에 무릎을 꿇은 채 두 팔로 트라이던트를 머리 높이 들어올리며 고함을 질렀다.

"이야야야야야!"

"Uoz-Halishmaaaaa!"

동시에 운차이도 롱소드를 머리 위로 휘두르며 괴성을 질렀다. 아프나이델은 놀란 눈으로 두 사람을 바라보았고 두 사람도 서로를 놀란 눈으로 바라보았다. 난 피식 웃고는 뒤를 향해 외쳤다.

"가서 후작에게 물어봐! 실패한 부하는 무슨 벌을 받는지!"

"후작의 부하들이었다고요?"

에포닌은 숨막히는 목소리로 질문했다. 난 에포닌을 돌아보려다가 자칫 손에서 힘을 뺄 뻔했다.

"야, 야! 이 자식들아! 누굴 죽이려고!"

"임마! 후치이! 힘 빼지 마! 어, 어어!"

엑셀핸드의 공포에 질린 고함소리와 샌슨의 비명소리에 놀라 나는 다시 마차를 들어올렸다. ㄲ으으응! 마차는 다시 올라갔고 옆에서 나와 함께 마차를 들어올리고 있던 길시언과 샌슨은 입을 쩍 벌린 채 수명이 상당히 짧아졌다는 식의 투덜거림을 뱉어내기 시작했다. 헤헤. 투덜거릴 정도면 아직 기운이 남아 있나 보군, 그래?

엑셀핸드는 지금 마차 아래로 기어들어가서는 끙끙거리며 뒷바퀴의 차축과 굴대를 조사하고 있었다. 조금 전 우리를 추적하던 할슈타일 후작의 전사 중 하나가 마차 뒷바퀴를 공격한 것이 아무래도 탈이 난 모양이다. 달려오는 동안 계속해서 마차 바퀴가 덜컹거리는 데다가 마차가 똑바로 가질 못하는 것이다. 그래서 우리는 점심 식사도 할 겸 마차도 손볼 겸해서 잠시 멈추어섰다.

앞바퀴가 굴러가지 않도록 단단히 고정한 다음 나와 길시언, 샌슨, 운차이가 마차 뒤에 달라붙었다. 달라붙을 자리가 그것밖엔 안 되었으니까. 아프나이델이 마차에 마법을 걸어 조금 가볍게 만든 다음 네 명이 마차 뒤쪽을 들어올렸고 엑셀핸드는 카리스 누멘에게 가호를 빈 다음 마차 아래로 기어들어갔다.

그러곤 버팀대가 되어 멍청하게 서 있어야 되는 것이다.

사방이 모조리 지평선인 평야 가운데라서 도대체 마음이 안정되지 못하는 장소였다. 바람도 한번 불어젖히려면 상당한 각오를 하고 나야 불 수 있을 것 같은 장소였다. 갈색 산맥은 이제 우리 앞으로 조금씩 모습을 드러내고 있었지만 그래도 아직은 희미한 얼룩처럼 지평선 위로 떠올라 있었고 게다가 그 위로 솟아오른 기막힐 만큼 거대한 뭉게구름 때문에 산맥은 짓눌린 것처럼 보였다. 이런 황량한 평야 가운데서 마차를 세워놓은 다음, 드워프의 노커가 아래로 기어들어가 마차축을 들여다볼 수 있도록 마차를 들어올리고 가만히 서 있어야 한다면, 주위가 산만해지는 것은 당연하잖아?

"설마? 전 믿을 수, 믿을 수 없어요. 후작님이 저, 절 되찾기 위해 전사들을 보냈다고요? 말도 안 돼요!"

에포닌의 당황한 목소리에 이어 칼의 낮은 대답이 이어졌다.

"아니오. 에포닌 양에게는 미안하지만 후작은 우리 일행을 노리는 겁니다. 에포닌 양은 도움보다는 해가 많은 사람들을 만났군요."

"예? 아니……, 여러분들이 왜 후작에게……."

잠시 에포닌의 말이 멈춰졌다. 그러다가 귀가 번쩍 뜨이는 말이 들려왔다.

"레니 언니가?"

에포닌의 당황한 목소리에도 불구하고 난 뺨을 마차에 갖다붙인 채 마차를 들어올리고 있어야 했다. 에구, 궁금해라. 다행히도 에포닌의 말은 계속 이어졌다.

"레니 언니가? 아니면, 네리아 언니예요? 이런! 후작님이 찾고 있던 그 붉은 머리 소녀가?"

"레니 양입니다."

"그랬군요! 그래서 후작님의 부하들이 쫓아오는 것이군요!"

좋아. 에포닌. 잘 알아차렸군. 할슈타일 후작은 레니를 빼앗아 가기 위해 우리를 쫓아오는 것이지. 그때 레니의 당황한 목소리가 이어졌다.

"그럼, 저……, 제……, 그러니까, 저의……."

"아버님이시죠. 아, 그러니까 친부님입니다."

"그래요? 으음……. 그런데 왜 점잖게 찾아오시질 않고…… 아, 저, 왜 저렇게 칼잡이들을 보내서……? 절 강제로 데려가시려고……, 그러시는 건가요?"

레니의 목소리는 그녀의 당황스러움을 잘 드러내고 있었다. 칼의 얼굴이 보고 싶군. 그 친부에게서 딸을 데리고 달아나야 하는 독서가의 얼굴 말이야. 으으. 나도 취미가 좋지 못하군. 놀랍게도 칼은 명쾌하게 대답했다.

"할슈타일 후작도 드래곤 라자를 필요로 하니까요."

"예에? 그럼……, 여러분들과 같은 건가요?"

"그렇습니다. 하지만 목적은 좀 다르지요. 우리는 레니 양이 크라드메서를 진정시켜 주기만을 바랍니다. 그 다음엔 레니 양의 뜻대로 델하파의 항구로 돌아가게 해드릴 겁니다. 하지만 후작은 아마 아버지로서 양육권을 주장하겠지요. 그래서 레니 양과 함께 크라드메서도 수중에 넣으려는 겁니다."

맙소사! 저렇게 직설적으로 말하다니. 갑자기 길시언과 샌슨이 힘을 빼는 바람에 마차가 조금 내려갔다. 나와 엑셀핸드가 바락바락 악을 쓴 다음에야 길시언과 샌슨은 다시 마차를 들어올렸다. 가가가각. 마차가 들려올라가면서 앞바퀴 쪽에서 신음 소리 같은 불길한 소음이 들려왔다. 마차의 무게가 모조리 앞바퀴에 실리고 있으니 그렇겠지.

"정말이에요? 어, 아버지라면서요?"

레니의 기막힌 질문에 대한 대답은 에포닌이 대신했다.

"후작님은 나쁜 사람이에요."

"에포닌?"

"아, 언니는, 저, 후작님의 딸이지만, 저……, 미안하지만 말할 것은 말해야겠어요. 후작님은 디트리히나 돌맨 말고 다른 아이들과는 식사도 같이 하지 않았어요. 말 한 마디도 하지 않았어요. 자기 방이나 사무실 같은 곳에 다가가면 무섭게 화를 냈어요. 후작님보다는 하인들이나 가정 교사가 오히려 우리들을 더 따뜻하게 대해 줬어요. 할슈타일 후작님은 내 이름도 제대로 기억하지 못했어요. 우리한테는 아무런 관심도 없었던 거예요. 이런 말 해도 되는지 모르겠어요. 나, 나 정말 떨려요. 하지만, 미안하지만 후작님은 딸이라서 언니를 찾는 것은 아닐 거예요. 칼 아저씨의 말이 맞을 거예요."

"딸이라서 찾는 것이…… 아니라고? 정말 그런 거예요, 칼 아저씨?"

칼의 대답은 한참 후에 들려왔다.

"딸로서 찾는 것이라면 그렇게 칼잡이들을 보내지 않았을 뿐만 아니라 우리가 이렇게 달아나지도 않았을 겁니다."

"아…….'

레니의 신음소리가 짧게 끝나고 나서 더 이상 다른 말은 들리지 않았다. 다만 한쪽에서 식사 준비중인 제레인트와 네리아의 소곤거림이 들려왔을 뿐이다. 레니는 어떤 얼굴을 하고 있을까? 그때 밑에서 엑셀핸드의 고함소리가 들려왔다.

"음. 아프나이델! 들어와서 이것 좀 봐주게! 큰 수리 안 하고 끝낼 수 있겠어."

아프나이델은 엉거주춤한 자세가 되더니 마차를 들고 있는 네 명에게 힘없이 웃으며 말했다.

"하하. 평소 저한테 감정 가지신 분 있습니까?"

다행히 고장은 크지 않았다. 차축과 바퀴 연결 부분이 조금 헐거워진 것이었는데 엑셀핸드의 손재주와 아프나이델의 마법이 잠깐 작용하자 곧 수리가 끝났다. 우리는 엑셀핸드가 안전하다고 말하자 완전히 믿기로 했다. 엑셀핸드 자신이 탈 마차인데 얼마나 꼼꼼하게 보았을까.

"들고 있느라 수고했습니다. 식사들 하세요."

제레인트의 활기 찬 고함소리에 버팀대 역할을 하던 네 명은 땀을 닦으며 음식에 다가갔다. 겨울 날씨에 땀 흘렸다가 식으니 선뜻선뜻하군. 칼은 미안한 얼굴로 말했다.

"아, 미안하지만 서둘러 식사를 끝내어 주시오들. 아까 따라오던 그자들이 다시 나타날지도 모르니까."

"예. 알겠습니다."

입에 빵을 우겨넣으며 주위를 둘러본다.

사방은 막막한 지평선. 바람이 불 때마다 듬성듬성 남아 있던 겨울 잡초들이 휘파람을 분다. 말라붙었지만 아직 뽑히지는 않은 풀들이 바람을 거스르며 기이한 소리를 낸다.

이리저리 움직이던 시선이 마차에 닿자 마부석에 앉아 있는 레니의 모습이 눈에 들어왔다.

식사를 하느라 땅에 앉아 있었고, 그런 자세로 바라보자니 마차는…… 마치 지평선 위에 얹혀 있는 것처럼 보였다. 기다란 지평선과 그 위에 얹혀진 작은 마차, 그리고 그 위에 앉아 있는 작은 레니, 그녀의 머리 위론 끝없이 하늘이 펼쳐져 있었다.

소화 안 되는 모습이군. 레니의 옆에선 네리아가 마차 옆 벽에 등을 기댄 채 서 있었다. 네리아는 발치를 내려다보면서 뭐라고 중얼거렸는데 레니에게 이야기를 거는 모양이었다. 레니는 조용히 앞만 바라보다가 가끔 입을 열어 네리아의 이야기에 대답했다. 그러나 두 사람의 목소리 모두가 작아서 내겐 전혀 들리지 않았다. 당신도 샌슨이나 엑셀핸드 옆에서 식사를 해보라. 뭐 들리는 것이 있는지. 더군다나 난 지금 그 둘 사이에 끼여 식사를 하고 있단 말이야.

운차이는 어느새 식사를 깔끔하게 마치고선 일어나서 뒤를 바라보고 있었다. 그는 칼이 불안한 목소리로 질문할 때까지 한참 동안 동쪽 지평선을 바라보고 있었다.

"추적자들이 보입니까, 운차이?"

"반 시간 정도 거리……, 달려오고 있습니다."

반 시간 거리라면, 맙소사. 4, 5펜큐빗은 될 텐데. 운차이는 눈을 반쯤 감고는 동쪽 지평선을 바라보며 말했다.

"일으키는 먼지 구름의 크기로 봐선 부상자들이 다시 합류한 것이거나, 아니면 인원이 충원된 듯하군요. 거의 20명 남짓?"

칼은 굳은 얼굴로 일어나며 말했다.

"서두릅시다."

7

굉장한 속도로 돌아가는 마차 바퀴는 땅을 파고들 것만 같다. 아니, 땅 위로 날아오를 것 같다. 쿠르르르. 난 마차 바퀴에서 눈을 떼어 앞쪽을 바라보았다. 감당할 수 없이 넓은 하늘, 그리고 그 하늘은 겨울밤, 벽난로 속의 장작개비에서 비쳐나오는 붉은 빛으로 이글거리며 타오르고 있었다.

다시 고개를 돌려 뒤를 바라보았다. 운차이는 온몸이 붉게 물든 채 짐더미에 기대어 나무 토막을 깎고 있었고 그 뒤로는 마차의 그림자가 한없이 길게 뻗어 있었다. 동녘 하늘은 이미 암청색으로 어두웠지만 평야는 붉게 빛나고 있어 하늘보다 땅이 더 밝아보였다. 그리고 그 밝은 땅으로 길게 뻗은 그림자는 기괴하게 보였다. 샌슨의 목소리가 들려왔다.

"어떻게 할까요? 해 지기 전에 메드라인 고개에 들어서기는 어렵겠습니다."

"당연한 말을 하는군."

내 힐난 섞인 말에 샌슨은 씩 웃었다. 물론 해 지기 전에 들어서기는 어렵겠지. 지금 벌써 해가 지고 있으니까. 서쪽을 향해 달려가는 우리들 앞으로 하루 종일 쉴새없이 달아나던 태양은, 마침내 기나긴 하루의 여정을 마치고 갈색 산맥으로 천천히 가라앉고 있었다. 붉은 석양을 피하기 위해 칼은 눈썹 위쪽으로 손을 들어올렸다. 하지만 별로 효과적일 것 같지는 않다. 태양은 정면에서 불타오르고 있었으니까. 칼은 한참 그렇게 바라보더니 샌슨에게 말했다.

"저기……, 햇빛을 받아 번쩍이는 저것은 닐 드루카 봉우리 아닌가?"

"예. 하지만 평지에선 멀리 있는 것도 가까워보이는 법입니다. 저렇게 보이지만 그래도 한두 시간은 달려가야 할 겁니다."

"흐음. 해는 곧 질 텐데. 그럼 야영을 준비해야 되는 건가?"

"하지만 속도를 조금 더 높이면 해가 지고 나서 세 시간 내에 메드라인 고개에 들어설 수 있을 것입니다. 달빛도 괜찮을 테니까 여덟 시나 아홉 시쯤에는 어쩌면 메드라인 고개의 레인저들이 머무는 바라크를 찾을 수 있을지도 모르겠습니다. 그렇다면 잠자리 준비할 시간 같은 것은 필요없어질 테니 무리가 없을 것 같습니다만."

칼은 잠시 생각에 잠겼다가 고개를 끄덕였다.

"그럼 그렇게 하세. 메드라인 고개의 레인저 대원들에게 신세를 지기로 하지. 그리고 잠시 눈을 붙였다가 내일 새벽녘에 출발하면 되겠군."

"예, 알겠습니다. 자, 미안하지만 다시 수고들 해줘!"

샌슨은 천천히 걸으며 쉬고 있던 말들에게 사과하고는 곧장 말들을 독려하기 시작했다. 말들은 앞으로 죽죽 달려나가기 시작했고 마차는 급격하게 흔들리기 시작했다. 우리들이 탄 마차는 그렇게 마지막으로 핏빛으로 불타오르고 있는 태양을 향해 달려가기 시작했다. 으음. 어쨌든 오늘 밤에는 침대 신세를 질 수 있겠군? 다행이야. 운차이의 낮은 외침 소리가 들린 것은 그렇게 급격하게 출발한 직후였다.

"오른쪽 전방, 잘 봐!"

뭐지? 난 운차이가 말하는 대로 오른쪽 전방을 바라보았다. 전방을 보기 위해선 칼처럼 이마에 손을 올려야 했다. 오른쪽 전방은 약간의 구릉이 져 있는 언덕 지형이었는데 지금 저 멀리 언덕 꼭대기에 검은 점들이 하나둘 나타나고 있었다. 석양을 등지고 있는 그 그림자들은 시커멓고 거대하게 보였다. 모두 셋이었다.

"뭐지? 피난민일까?"

운차이는 고개를 가로저었고 그때 내 눈에도 그림자들에서 번쩍이는 빛이 보였다. 저 그림자들은 뭔가 반짝이는 것을 들고 있었다. 게다가 덩치가 이만저만 좋은 것이 아니었다. 말에 올라타 있는 모양이다.

"반사광이야."

"검이군!"

그때였다. 그림자들은 언덕을 따라 달려내려오기 시작했다. 아래로 내려옴에 따라 그들은 언덕의 그림자 속에 들어가버려 보이지 않게 되었다. 하지만 얼마 있지 않아 그들은 언덕 아래쪽에서 다시 모습을 드러냈다. 그들은 모두 말에 타고 있었으며 손에는 번쩍이는 검을 들고 있었다. 불길한 추측이 들기 시작하는걸? 운차이는 그 놀라운 시력으로 내 추측을 뒷받침했다.

"넥슨이군."

"빌어먹을! 에, 그러니까, 그러므로!"

샌슨이 좀더 심한 욕설을 하기 위해서 생각에 잠겼을 때 칼이 침착하게 말했다.

"마차를 세우게. 퍼시발 군."

샌슨은 끝내 목에 걸린 욕설을 말로 만들어내지는 못하고 대신 급하게 고삐를 당기며 마부석 옆에 있던 제동기를 확 끌어당겼다. 끼기기긱! 제동기에 걸린 바퀴들에서는 끔찍한 소리가 들려왔고 말들은 거친 투레질을 하며 발걸음을 멈추었다. 힝힝힝힝힝! 한참 달리다가 갑자기 바퀴가 멈춰버린 마차는 땅을 긁어대며 굉장한 흙먼지와 돌멩이를 튀겼다. 갑자기 마차 차체 전체가 옆으로 쓰러질 듯 크게 기우뚱거렸고 그와 동시에 마차 안에서는 여러 명의 비명소리가 들려왔다. "테페리여! 실제로 뵙는 것은 처음이군요. 전 제레인트 침버라고…….."

하지만 마차는 간신히 전복되지 않고 옆으로 크게 틀면서 급정거했다. 끼야아가각! 귓속을 파고드는 격렬한 소음이 갑작스레 그치고 나자 어느새 마차는 멈춰 서 있었다.

마차 뒤로는 네 개의 바퀴가 땅을 헤집고 할퀸 호선들이 그로테스크하게 그려졌다. 이제 마차는 옆으로 선 채 달려오는 세 명을 마주하게 되었다. 길시언과 샌슨은 아래로 뛰어내렸고 칼은 날랜 동작으로 지붕 위로 기어올라왔다. 나와 운차이는 아래로 뛰어내리며 칼의 목소리를 들을 수 있었다.

"톱메이지, 밖으로 나오시오."

마차 문이 벌컥 열리며 아프나이델이 뛰쳐나왔다. 아프나이델은 달려오는 세 명을 보더니 눈을 찌푸리며 거리와 방향을 재었다. 하필이면 우리 정면에서 달려오고 있는지라 그들은 붉은 석양을 등지고 있었다. 아프나이델은 역광에 눈을 찌푸리면서 캐스팅을 시작하려 했다. 그러나 지붕 위에 한쪽 무릎을 꿇고 앉아 있던 칼은 아프나이델을 제지했다.

"아니, 아직 공격하지 마시오. 저들이 바보가 아닌 다음에야 정면으로 공격해 올 이유가 없소. 대화를 요구하는 것일지도 모릅니다."

운차이가 사납게 말했다.

"검을 빼들고 있습니다!"

달려오는 세 명의 등 뒤로는 시뻘건 태양이 이글거리며 타오르고 있었다. 그들은 우리 쪽으로 엄청난 그림자를 드리우고는 그 그림자를 밟으며 달려오고 있었다. 그리고 그들이 들고 있는 검은 등 뒤의 태양빛을 받아 몸서리쳐지도록 빛나고 있었다. 그러나 칼은 신중하게 말했다.

"아니, 공격 의도가 확실해질 때까지는 잠시 기다립시다. 저들이 자살하려는 것이 아니라면 왜 상대도 되지 않는 전력으로 공격해 온다는 말입니까?"

석양 탓인지, 흥분 탓인지, 어쨌든 얼굴이 벌겋게 변해 있던 샌슨은 기가 막힌 표정으로 말했다.

"상대도 되지 않는? 글쎄요, 칼. 저로 하여금 칼이 벌써 치매에 걸리지 않았는가 하는 의심을 품게 하지는 마십시오. 저들은 모두 후치와 같은 괴력을 낸다는 사실을 주지시켜 드릴까요?"

일행이 모두 샌슨을 돌아보며 눈이 휘둥그레진 것은 퍽 슬픈 일이었다. 칼은 히죽히죽 웃기까지 하면서 말했다.

"안심하게. 아직은 그런 병에 걸리지 않았으니. 하지만 제아무리 괴력이라고 해도 저렇게 달려오다간 공격당하게 될 거야. 저들에게 마법사가 없는 이상……."

칼의 말이 갑자기 사그라들었다. 칼은 뭔가 잊어먹은 것이 있다는 식의 얼굴이 되어 멍하니 달려오는 넥슨 일행을 바라보았다. 마차 위 지붕에서 회청색 하늘을 등진 채 황혼의 붉은 빛을 정면으로 받고 있는 칼의 모습이 왠지 고독하게 보인다고 생각하는 순간, 마차 문이 벌컥 열리면서 제레인트가 구르듯 뛰어나왔다. 제레인트는 그대로 앞으로 뒹굴 듯하다가 운차이의 부축을 받으며 간신히 균형을 잡았다. 그는 운차이의 팔을 붙잡으며 외쳤다.

"사악한 기운이 느껴집니다!"

"말도 안 돼! 지금은 낮인데 어떻게 시오네가!"

내가 고함을 지른 순간 칼도 퍼뜩 정신을 차리며 활과 화살을 들어올렸다. 하지만 시오네는 낮에 돌아다닐 수 없어! 그러나 아프나이델은 이를 악물면서 외쳤다.

"바로 그 낮이 우릴 떠나는걸."

순간 태양이 진다. 잔광은 순식간에 사라지고, 동녘에서 번져나온 어둠이 머리 위까지 다가온 것이 느껴졌다.

밤이 다가온 것이다.

"시오네와 합류하기 위해 먼저 달려온 것이군."

모두 짐작할 수 있는 일을 차분하게 말하는 운차이가 이상하게 보였다. 그러나 운차이는 곧장 앞으로 달려나가기 시작했고 그와 동시에 길시언과 샌슨도 달려나갔다. 아프나이델은 얼굴을 잔뜩 찌푸려 잇몸을 다 드러낸 채 캐스팅을 시작했다. 그러나 칼의 단호한 목소리가 울려퍼졌다.

"멈추시오! 조금만, 조금만 더 기다려요!"

"칼!"

아프나이델의 고함소리는 비명에 가까웠다. 그는 고개를 가로 저으며 다시 캐스팅을 시작하려 했으나 달려오는 자들은 이제 얼굴을 알아볼 수 있을 정도로 가까워졌다.

선두에 선 자는 넥슨 휴리첼. 태양을 등진 그의 얼굴은 시커멓다. 검은 옆으로 곧게 들고 한 손으로 고삐를 거머쥔 채 맹렬하게 달려오고 있다. 그러나 그 뒤의 하슬러와 자크는 검을 뽑아들지 않은 상태였다.

칼은 활을 들어올렸지만 쏘지 않았다. 다만 그는 침착하게 말했을 뿐이다.

"모두들 마차를 등지시오."

"예?"

"마차를 등지시오. 그럼 돌격을 멈출 수밖에 없겠지."

"달려나가서 저지해야 됩니다! 마차가 공격당하면 발이 묶입니다!"

칼의 붉은 얼굴이 좌우로 흔들렸다. 칼은 지붕에서 마부석으로 내려오더니 그대로 마차 아래로 내려섰다. 나는 정신없이 달려오는 세 그림자와 침착하게 움직이는 칼을 번갈아 바라보면서 상당히 기괴한 기분에 젖어들었다. 칼은 우리들 옆으로 걸어가더니 그대로 앞으로 나섰다. 달려오고 있는 모습들은 무섭도록 커지고 있었지만 칼은 운차이를 흘긋 보면서 침착하게 말했다.

"멈추라고 말해 주십시오."

운차이는 롱소드를 가슴 앞에 단단히 세우더니 숨을 깊이 들이쉬었다. 주위의 다른 사람들은 재빨리 귀를 틀어막았다.

"멈춰라아아!"

메아리는 없었다. 사방이 평평한 평야였으니까. 그래서 운차이의 커다란 함성은 그 끝이 급속하게 사그라들었다. 그러나 달려오던 놈들은 분명히 들었을 것이다. 길시언은 중얼거렸다.

"경고는 했어. 이제 알아서 멈춰야 돼."

놀랍게도 넥슨 일행의 속도가 점점 줄어들기 시작했다. 최고속력으로 달려오고 있던지라 멈추기가 쉽지 않았는지 넥슨은 급하게 고삐를 잡아당겼다. 넥슨이 타고 있던 말은 거세게 발길질을 하면서 멈춰 섰고 그 뒤의 두 명도 마찬가지로 멈춰 섰다. 그러나 넥슨과 칼의 거리는 10큐빗도 떨어지지 않은 상태였다.

넥슨은 잠시 말을 달래기 위해 시간을 끌었다. 말은 왔다갔다 하면서 흥분을 가라앉히지 못하고 있었다. 그러나 넥슨은 침착하게 고삐를 당기면서 말의 갈기를 쓸어주고 있었다. 그는 낮고 빠르게 되뇌었다.

"침착해, 침착해. 잘했어. 정말 잘 달렸다. 그러니 이젠 침착해."

기이한 느낌이 들었다. 서녘을 등지고 있는 넥슨의 얼굴은 이목구비가 구별되지 않을 정도로 어두웠다. 그러나 그 얼굴이 따스해 보이는 것이다. 그 순간 넥슨은 두 명의 동료도, 그의 앞에 서 있는 여러 명의 적대자들에게도 아무런 관심을 보이지 않은 채 오로지 자신이 탄 말에만 올곧은 관심을 보내고 있었다.

샌슨도 그런 느낌이 든 모양이다. 그는 넥슨을 바라보다가 고개를 갸웃거렸고, 그러다가 다시 넥슨의 모습을 뚫어지게 바라보았다. 칼은 똑바로 선 채 넥슨을 올려다보고 있었다. 그의 입이 천천히 열렸다.

"오래간만이오. 넥슨."

넥슨의 말은 이제 진정했고 넥슨은 한 손에 감아쥔 고삐를 옆으로 늘어뜨리고는 칼을 내려다보았다. 여전히 얼굴은 캄캄했고 그래서 그의 표정은 알 수 없었다. 난 그의 다른 손에 들린 검에 신경을 집중했지만 칼은 검은 쳐다보지도 않는 모양이다. 칼은 계속해서 한 일주일 만에 만난 동네 청년에게 거는 말투로 말했다.

"잘 지냈소?"

넥슨의 대답은 좀 지체되었다. 그는 쉰 목소리로 느릿하게 대답했다.

"그다지……, 완전히 조각난 사내는 어떻게 지내야 잘 지내는 것인지 모르겠소. 어쨌든 내 생각엔 조각난 것 치곤 괜찮은 것 같소."

뭔가 세상이 날 배신하고 있다는 생각이 들었다. 나만 그런 것인가 싶어서 주위를 돌아보니 샌슨이나 길시언의 얼굴도 집이 불탔다는 소식과 불탄 잔해를 뒤적거리다가 뒷마당에서 금광이 발견되었다는 소식을 동시에 들은 사람 같은 얼굴이었다.

"그래요. 여전히 생각은 변치 않았습니까? 난 당신이 생각할 시간이 충분했다고 믿는데."

넥슨은 이번에도 피곤한 듯하지만 차분한 목소리로 대답했다.

"생각은……, 나에겐 고문이오. 하나의 생각에서 자연스럽게 다른 생각으로 넘어가는……, 그 단순한 즐거움이 나에겐 더 이상 남지 않았소. ……하나의 생각이 떠오를 때마다 뒤이어 나타나는 거대한 공허가 나를 미치게 만들 뿐이오."

칼은 고개를 끄덕였다. 그러다가 칼은 달군 나이프로 버터를 자르듯 똑바로 질문했다.

"세상과 함께 파멸할 거요?"

넥슨의 대답은 다시 지체되었다. 넥슨이 말하는 동안 하슬러는 꼼짝도 하지 않았고 자크는 네리아를 흘끔흘끔 바라보았다. 그런데 시오네는 어디 있는 것일까?

넥슨은 말했다.

"한 가지 점에선 당신이 맞았소. 대미궁에서 당신은 나의 증오를 무의미하다고 말했지요. 그 증오심은 이제 나와 관련 없는 과거의 다른 넥슨의 것이라고. 그렇소. 내 속에 있는 증오는 타인의 것이오. 그리고 타인의 증오심을 자신의 가슴속에 계속 담아 두는 일은……, 너무 힘들더군요."

칼은 빙긋 웃었다. 넥슨은 그 미소를 보며 좀더 부드러운 목소리로 말했다.

"당신은 그걸 이해하고 있었겠지요. 그래서 내가 달려오는데도 공격을 하지 않은 것이고."

웃고 싶은 건지, 울고 싶은 건지. 도대체 무슨 표정을 지어야 할지 모르겠다. 여전히 편하게 말을 하고 있는 칼이 신기하게 보였다. 아니, 칼과 넥슨 모두가 왠지 자이편보다 더 남쪽에서 올라온 사람처럼 보였다. 그게 아니라면 아직도 개척되지 않은 저 서쪽에서 온 사람들이라든가.

"……자신은 없었소. 자아의 기반이 하나밖에 남지 않은 자라면, 그것을 처리하는 방법은 두 가지겠지요. 오로지 그것에 매달리든가, 아니면 그것마저 버리든가."

넥슨은 말하지 않았고 칼은 천천히 자신의 말을 설명해 나갔다.

"생각을 했소. 당신의 입장이 되어보려 했지요. 난 바이서스의 칼이고, 헬턴트의 칼이고, 우리 형님을 존경하는 동생 칼이며, 여기 있는 후치 군의 늙은 친구인 칼이지요. 그중 하나밖에 남지 않게 되었을 때, 내가 과연 어떻게 행동할지를 생각해 보았소."

넥슨은 피로한 음성으로 말했다.

"어쩔 것 같았소?"

"솔직히 말해 상상할 수 없었소. 내가 어떻게 행동할지를. 난 당신과 같은 존재가 되지 못했소. 아니, 세상에서 오직 당신만이 이런 경험이 있는 것일지도 모르지. 실제로 영원의 숲에서 분리된 채로 살아나온 자는 당신뿐이니까."

"그래요?"

"그렇습니다. 하지만 난 이거 하나는 깨달을 수 있었소. 난 과거에서 왔고, 미래를 향해 가고 있지만, 그것은 둘 다 존재하지 않는 것이라는 것을."

넥슨의 검은 이제 옆으로 늘어뜨려져 있었고 그 주인의 관심을 전혀 받지 못하고 있었다. 그것은 그저 구부린 손가락에 걸려 있는 어떤 물건이었지 적을 겨냥한 무기가 아니었다.

"이미 존재하지 않는 것이라면, 특별히 없어진다고 할 수도 없는 것이오. 영원의 숲은 사기요."

"사기라고?"

"그렇소. 사기요. 마법사들이 항상 벌여놓고 수습하지 못하는 마법들처럼? 하하하."

아프나이델의 얼굴이 볼성사납게 바뀌는 것을 보면서 칼은 밝게 웃었다. 그는 다시 잔잔하게 말했다.

"그런 점에선 기적을, 현실을 마구 파편으로 만들고 이해 불가능한 것으로 퇴행시키는 기적을 일으키는 성직자들도 별로 할말은 없을 거요."

"아니, 칼……?"

제레인트의 당황한 목소리가 들려왔지만 칼은 그 목소리를 무시했다.

"물론 우리는 우리보다 높은 의지, 높은 힘을 가진 무엇이 되려 할 수도 있소. 대마법사가 될 수도 있겠지요. 혹은 신이 되려 할 수도 있겠지요. 마나와 기적은 그것을 가능하게 하고 그 길을 닦는 아름다운 도구가 될 수 있을 것이오. 하지만 신이 되고 싶지 않은 자도 있는 거요."

넥슨은 마상에서 은은한 눈빛으로 칼을 내려다보며 말했다.

"……보다 낮은 무엇이 된 자는 어떻게 해야 할까요."

"당신의 의지를 나에게서 구하지 마시오. 모든 것과 함께 자멸할 거요? 그것은 조각난 넥슨으로서는 임무 완수가 되겠지. 물론 그것은 완수이자 동시에 자멸이니 화려한 실패인 셈이기도 하고. 그것마저 버릴 거요? 그럼 당신은 세상에서도 드문 신생아가 되는 것일 테고."

"신생아?"

"다시 걸음마를 배우고, 말을 배우고, 세상의 아름다움에 눈을 떠서는, 배우고 익힌 말로써 그것을 찬미할 수 있겠지. 혹은 혐오할 수도 있겠고."

넥슨은 갑자기 고개를 들어 하늘을 보았다. 그의 갑작스러운 동작에 놀라 나와 샌슨은 검을 치켜들었다. 하지만 넥슨은 그런 우리를 보지도 않은 채 말했다.

"달려오면서 생각했소."

넥슨은 어두워지는 저녁 하늘을 바라보며 말했다.

"당신이, 당신들 중 누구라도 과거의 나에 대해 말한다면, 그렇다면 난 과거의 나로서 당신네들을 공격하고 모조리 죽여버리겠다고. 반대로 당신들 손에 죽어도 좋고."

자크의 표정이 기이하게 바뀌었다. 저 어두운 얼굴에서도 그 표정의 변화는 확실히 깨달을 수 있었다. 넥슨은 여전히 잠꼬대

같이 희미한 어투로 말했다.

"난 당신들이 내가 알지 못하는 나와 연결되어 있는 자라는 것이 견딜 수 없었소. 또한 과거의 불쌍한 사생아인 현재의 나를 과거의 나에 빗대어 미워하는 자들이라는 것도 견딜 수 없었소. 난 세상에서 단절된 존재였고, 그럼에도 세상은 여전히 날 인지하고 날 노려보고 있었소."

넥슨은 갑자기 히죽 웃었다.

"하지만 당신은 지금껏 과거의 나의 행적, 과거의 어떤 원한 같은 것에 대해서는 전혀 이야기하지 않았소. 내가 모르는 그 이야기들을 당신 역시 거론하지 않았소. 당신은 말과 행동 모두를 일치시켜서 현재의 나만을 바라보았소."

넥슨은 갑자기 고개를 내려 칼을 쏘아보았다.

"내가 당신들을 공격하지 않을 거라는 것을 어떻게 깨달았소?"

뭐라구? 어, 그거 나도 궁금해. 난 칼을 바라보았다. 칼은 시선을 돌려 하슬러와 자크를 한번씩 바라보고는 말했다.

"대부분은 당신의 입장이 되어보려고 했던 결과였고, 좀더 직접적인 증거는 당신이 저 둘과 계속 함께하는 것을 보고서였소. 그리고 칸 아디움에서 네드발 군이 살해되지 않은 것에서 확실히 깨달았소."

뭐? 사, 살해? 칼! 무슨 끔찍한 이야기를? 그때 칼의 이야기를 듣던 넥슨의 어깨가 꿈틀거렸다. 하늘은 삽시간에 짙은 보랏빛으로 바뀌어가고 있었고 넥슨의 모습 전체는……, 마치 퇴락한 건물의 잔해처럼 무겁고 음침하게 보였다. 칼은 또렷하게 말했다.

"우리가 과거의 당신에 속한다는 이유로 우릴 공격한다면, 저 둘이야말로 우리들보다 훨씬 더 과거의 당신에 밀접한 자들이오.

그러나 당신은 저 둘을 계속 친구로 대했던 것 같소. 그리고 칸 아디움의 그날 새벽, 당신은 아마도 당신 종복의 도움으로 구출되었을 거요. 그때 당신 옆에는 무력한 모습의 네드발 군이 누워 있었을 거요. 그러나 네드발 군은 우리들이 찾아갈 때까지 살아 있었소. 그것은 당신이 네드발 군을 가만 놔두고 떠났다는 이야기지."

으아, 맙소사! 죽을 뻔했구나. 난 눈을 들어 새삼스러운 눈으로 넥슨을 올려다보았다. 넥슨은 퉁명스럽게 말했다.

"저 녀석도 알겠지만, 그땐 나 역시 혼수상태에 가까웠소. 그 생각을 떠올리지 못한 것이지."

마치 지독한 개구쟁이가 욕설이나 꾸중 대신 생애 최초로 칭찬을 받게 되어 당혹스러워하는 듯한 목소리였다. 그 목소리는 분명 화난 듯했지만, 그래서 그만큼 친근했다. 역시 오래 살고 볼일이야. 넥슨의 목소리가 친근하게 느껴지다니.

칼은 인자한 목소리로 말했다.

"그럼, 이제 당신은 새로운 넥슨으로 살아갈 거요?"

순간 넥슨의 손에 갑자기 힘이 들어갔다. 그의 검 끝이 파르르 떨리는 것을 보자 목 뒤의 털이 쭈뼛 서는 것 같았다. 넥슨은 고개를 가로저으며 말했다.

"당신네들은 공격하지 않을 거요. 난 당신네들을 모르기 때문에 당신들에 대한 증오를 지켜나가는 것은 너무도 힘겨워. 하지만 바이서스는, 그리고 할슈타일은 내게 핏값을 지불해야 하오. 그것은 현재의 나도 똑똑히 기억하는 것이며, 과거의 나와 현재의 나를 잇는 하나뿐이자 가장 중요한 연결 고리지."

칼이 놀란 얼굴로 뭐라고 말하려 할 때 길시언의 발이 크게 앞으로 나갔다. 놀랍게도 길시언은 넥슨이 타고 있는 말에서 3큐빗도 안 되는 거리까지 다가섰다. 만일 넥슨이 치고 들어온다면 막아내기도 급급한 위치였다. 그는 넥슨을 똑바로 올려다보며 말했다.

"바이서스가 너에게 무슨 핏값을 지불해야 된다는 거지?"

불안하게도 넥슨의 손이 계속 부르르 떨리고 있는 것이 보였다. 손에 땀이 배는걸? 난 미끄러워지는 바스타드를 단단히 감아쥐었다. 넥슨은 길시언을 내려다보며 말했다.

"바이서스는 내 육친의 피를 받아냈고, 따라서 난 바이서스의 피를 받아낼 것이다. 손에 마법검 하나 들어 옛이야기의 모험가 흉내를 내고 주색 잡기에 빠져들기 위해 궁성을 나선 왕자는 안심해도 좋아. 그런 자의 피는 필요 없으니까."

"뭐라고?"

길시언의 입에서 숨 막히는 소리가 들려왔다. 그의 관자놀이가 파르르 떨리는 것을 보며 난 피냄새를 맡는 기분을 느꼈다. 하지만 길시언은 애써 차분하게 말했다.

"네 육친의 피라고? 그게 무슨 뜻인지 설명해라. 마땅하게 설명할 기회를 준 다음 이 모욕에 대해 이야기하도록 하지."

길시언의 목소리는 딱딱 끊기고 있었다. 반면 넥슨은 길시언의 분노를 느끼면서 점점 잔혹한 얼굴이 되어갔다. 놀랍게도 그는 옛날 유니콘 인의 하늘 위로 나타났던 때의 얼굴이 되었다.

"너희들은 내 아버지를 죽였어……."

길시언은 진저리를 치며 말했다.

"멍청한 자식! 기억을 못하는군. 로넨 휴리첼 백작은 죽지 않았어! 그를 사지로 몰아넣었다는 뜻이라면, 그것은 그 스스로가 자원한 일이라고 알고 있다. 그것이 어떻게 바이서스의 죄가 되는 것이냐!"

넥슨의 얼굴은 이제 사람의 얼굴이라기보다는 돌 조각의 얼굴처럼 보였다. 그의 얼굴에는 사람의 얼굴이라면 당연히 나타날 복잡한 표정이 전혀 보이지 않았다. 그는 오로지 하나의 단순한 표정만을 짓고 있었다. 그것은 적의였다.

"로넨? 내 의붓아버지 말이군. 에포닌의 의붓아버지 할슈타일처럼……."

앞의 말에 정신이 멍해졌다. 그러나 곧 그 뒤의 말이 내 귀를 파고들었고 나의 시선은 넥슨에게서 하슬러로 급격하게 움직였다. 이미 어두컴컴해지는 하늘 아래 하슬러의 표정을 알아보는 것은 쉽지 않은 일이었다. 하슬러는 조금도 움직이지 않은 채 서 있었다. 그가 꼼짝도 하지 않고 있다는 것을 확인한 나의 시선은 다시 넥슨에게로 돌아갔다.

길시언은 어이가 없는 투로 말했다.

"무슨 말이냐! 네가 어떻게……. 네가 양자라고? 아냐! 그렇지 않아. 넌 양자가 아니야! 도대체 무슨 소리를 하는 거냐?"

넥슨의 얼굴에선 이제 미소가 스며나오고 있었다. 하지만 그것은 그의 적의를 누그러뜨리기는커녕 한결 더 뜨겁게 불타오르게 만들었다.

"양자? 물론 아니지. 난 그의 아내의 아들이니까."

그의 아내의 아들이라고? 그게 그 말이잖아? 아니, 잠깐. 그렇다면 그의 아들은 아니라는 말인가……? 정수리의 머리카락이 쭈뼛 곤두서는 것 같았다. 머릿속에 너무 많은 생각이 밀려들면서 자칫 검을 놓칠 뻔했다.

'휴리첼 가문의 불명예는, 그 카뮤가 수치스럽게 죽었고 그 때문에 크라드메서가 발광하게 되어 미드 그레이드를 쑥밭으로 만들었다는 데 있지. ……밀통을 하다가 여자의 남편에게 칼 맞아 죽었거든.'

'우리 아버님은 돌아가셨어! 돌아가셨다구! 형제의 손에 죽음을 당했……!'

칼은 두 손을 동시에 들어올리려다가 다시 떨어뜨리며 말했다.

"당신은 카뮤 휘리첼의 아들이오?"

넥슨은 길시언을 쏘아보면서 칼의 말에 대답했다.

"그렇소. 나는 카뮤 휘리첼과 아멘가드 휘리첼의 아들이오."

길시언은 가슴이 덜컹 내려앉는 표정을 지으며 뒤로 물러났다. 칼은 길시언을 쳐다보며 묻는 듯한 시선을 보내었고 길시언은 머리를 내두르며 말했다.

"아멘가드 휘리첼은……, 로넨 휘리첼 백작의 부인입니다."

넥슨은 어두워지는 하늘을 배경으로 하얀 이를 드러내며 웃었다.

"하하하. 그렇지. 난 형의 아내를 사랑한 동생의 핏줄이오. 그리고 형에게 죽은 동생의 핏줄이며, 아버지의 원수를 아버지라 부르며 자라난 자요. 그리고……, 아버지의 원수를 아버지로서 사랑하는 자요."

귓속이 윙윙거리는 느낌이 든다. 입안이 바싹 마른 느낌이 드는데도 신기하게도 침을 삼킬 수 있었다. 겨울 저녁의 바람은 차가웠지만 볼은 불이라도 붙은 것처럼 뜨거웠다. 그래서 지독하게 아팠다.

칼이 가장 먼저 정신을 차려 말했다.

"아버지, 로넨 휘리첼을 사랑한다고?"

넥슨의 눈에서 뿜어나오던 빛이 조금 사그라드는 것 같았다.

"난 그분께는 원한이 없소."

"왜지요?"

"그분은 죽은 아우 대신 날 끔찍하게 위해 주셨으니까. 우리 아버지가 되살아났다 하더라도 자신을 죽인 형의 처사에 대해 뭐라 하지는 않을 거라고 믿소."

넥슨은 아주 담담하게 말했다. 너무 비현실적으로 담담했다. 칼은 진저리를 치고 나서 말했다.

"당신의 가족사의 불행……, 뭐라 할말은 없소. 그것에 대해 특별히 평가하고 싶지도 않고."

"평가? 이 지독하게 추잡스런 이야기에 걸맞은 평가는 바이서스어에는 없을 거요. 자이펀어에는 있을까?"

운차이는 대답하지 않았다. 그는 다만 차분하게 넥슨을 쳐다보았을 뿐이다. 칼은 헛기침을 심하게 하고는 목소리를 가다듬어 말했다.

"그런데, 그것이 어떻게 바이서스의 죄란 말이오? 당신의 불행에 대해선 뭐라 할말이 없지만, 왜 그 대가로 바이서스가 핏값을 지불해야 된다는 거요?"

넥슨은 묵묵히 칼을 바라보다가 고개를 가로저으며 포기한 듯한 지친 목소리로 말했다.

"그것은…… 모르겠소!"

"모른다고?"

"하지만 확실한 이유가 있소. 분명해요. 난 그 이유가 무엇인

지 정확하게 이해하진 못하지만, 그건 많은 부분들이 공백으로
남아 있기 때문이야. 하지만 그 이유들로부터 도출된 결론은 명
확하게 이해하고 있단 말이오."

"결론……이라면?"

갑자기 넥슨은 길시언을 쏘아보면서 으르렁거리듯 말했다.

"바이서스는 전대륙의 모든 피조물에 대해 죄를 지었소! 현자
핸드레이크를 우롱하고 일곱 별을 파괴했소! 만약 루트에리노의
마법의 가을이 끝나지 않았던들, 여덟 번째 별, 드래곤의 별마저
파괴되었을 것이오!"

칼은 흠칫하다가 재빨리 냉정을 되찾으면서 튀어나가려던 길
시언의 어깨를 부여잡았다. 길시언은 칼의 손을 사납게 뿌리쳤지
만 칼은 다시 한번 그의 어깨를 붙잡았다. 길시언은 칼에게 붙잡
힌 채 넥슨을 노려보았지만 더 이상 다른 행동으로 접어들진 않
았다. 칼은 크게 심호흡을 하면서 말했다.

"그 이야기, 그 여덟 별의 이야기는 전에도 네드발 군의 입을
통해 듣긴 들었소. 하지만 난 그런 이야기는 들어보지도 못했고
어떤 문헌에서도 그런 기록은 읽지 못했소. 여덟 별이 도대체 무
엇이란 말이오?"

넥슨은 칼과 길시언의 얼굴을 번갈아 쳐다보았다. 그러다가 그
의 시선은 타고 있던 말의 갈기로 떨어졌다. 그는 저녁 바람에
휘날리는 말갈기를 내려보면서 말했다.

"그것은 별이자 이슬이오. 강력한 힘이자 헐벗은 노예이며 봄
날 아지랑이 속에서 볼 수 있는 모든 것이오."

"아무것도 아니란 말이오?"

"무엇이든 될 수 있는 것이지만 결국엔 아무것도 될 수가 없는

것이오.”

“시간 앞에 모든 것이 그렇지 않소?”

“아냐, 틀려요……. 시간 앞에 모든 것은 무엇이어야 되지. 유피넬과 헬카네스조차도 행동하고 이바지함으로써 있는 것이지.”

지금 내가 겨울 평원에 서 있는 거야, 신전 고당에 서 있는 거야? 넥슨은 갑자기 빠른 말투로 설명했다.

“물으니 대답해 보시오. 엘프 라자는 왜 없는 거요?”

“뭐요?”

“어째서 드워프 라자는 없는 거요?”

우리는 기막힌 표정으로 넥슨을 바라보았다. 마차에서 내려선 엑셀핸드는 벨트에 손가락을 걸치더니 외쳤다.

“이놈아! 우리 드워프는 얼마든지 말하고 생각할 수 있다. 인간도 모두 그런지는 모르겠지만 내가 겪어본 바로는 대개들 그러하더군. 의사 소통에 골치 아픈 일은 없더라구. 그런데 왜 라자가 필요하다는 말이냐?”

“그렇소? 그럼 하플링 라자는? 페어리 라자는 어떻소?”

샌슨이 더 못 참겠다는 듯이 너털웃음을 터뜨리며 외쳤다.

“이 자식아! 나 원 참, 하하하! 세상에 그런 게 어디 있어?”

그러나 넥슨은 정말 궁금하다는 듯이 말을 이었다.

“오크 라자는 어떻소?”

다른 사람들이 동시에 떠들어대려고 할 때 제레인트가 앞으로 나섰다. 제레인트는 두 팔을 벌려 다른 사람들의 말을 막더니 손을 허리에 얹고 나서 넥슨을 올려다보며 말했다.

“도대체 무슨 말을 하고 싶은 거요?”

“왜 드래곤 라자뿐이지?”

"뭐요?"

"왜 드래곤 라자뿐이지? 엘프 라자도 없고 드워프 라자도 없어. 오크 라자도 없지. 왜 드래곤 라자뿐이지?"

"그거야……, 드래곤은 자신들보다 저급한 다른 생물들과 의사 소통하길 좋아하지 않기 때문이잖습니까?"

"그럼 인간과 드워프, 인간과 엘프는 모두 평등한가 보군?"

제레인트는 주춤하더니 왼손으로 오른손을 받치고는 오른손을 턱으로 가져갔다. 제레인트는 오른손으로 턱을 좌우로 흔들면서 말했다.

"글쎄. 당신의 말을 듣고 있자니 평등하다는 말이 혼란스럽게 느껴지기 시작하는군요."

"좋은 현상이오. 루트에리노와 여덟 별의 위대한 업적이 있으니 모든 것은 마땅히 혼란스러워야 하오."

저 친구가 도대체 무슨 말을 하고 있는지 누가 나에게 설명 좀 해주지 않을 건가? 그때 넥슨은 고개를 휙 돌리더니 우리 뒤편을 바라보았다.

"추격자들이 있군."

놀란 우리들은 제각기 마차를 돌아 달려가서는 뒤를 바라보았다. 동쪽 지평선에서는 지금 보름달이 떠오르고 있었다. 그 밝은 반원을 배경으로 작고 검은 점들이 꼬물거리고 있었다. 그들의 뒤로 피어오르는 먼지 구름들이 달의 창백한 얼굴에 얼룩을 만들고 있었다.

"그 녀석들이잇!"

샌슨의 신음소리에 이어 넥슨의 말이 이어졌다.

"누구요? 아니……, 멍청한 질문이군. 할슈타일이지?"

누가 고개를 끄덕였는지는 모르겠지만 어쨌든 누군가 넥슨의 말에 고개를 끄덕인 모양이다. 넥슨은 갑자기 마차 옆으로 달려나갔다. 칼이 당황한 목소리로 외쳤다.

"이보시오, 넥슨!"

넥슨은 말을 옆으로 돌렸다. 이제 넥슨은 우리들과 보름달 사이에 선 채로 검은 실루엣으로 서 있었다. 보이지 않는 그의 입이 움직였다.

"크라드메서의 웨이크닝은 얼마 남지 않았을 테고, 그렇다면 후작이 직접 오겠군. 후작은 나에게 지불하지 않은 계산서를 가지고 있소."

넥슨의 얼굴은 하나도 알아볼 수 없었다. 희미한 푸른 기가 도는 밤하늘은 너무 어둡고 보름달의 빛은 너무 강렬하다. 넥슨은 여전히 그림자로 선 채 말했다.

"따라오겠나, 하슬러, 자크?"

우리는 말 한마디 꺼낼 엄두를 내지 못한 채 여전히 뒤에 서 있던 하슬러와 자크를 돌아보았다. 그들의 모습은 이제 분간하기도 어려울 정도였다. 그러나 하슬러의 말이 움직이면서 말발굽 소리가 들려왔다. 하슬러는 넥슨의 뒤를 따라 천천히 걸어갔다. 그때 네리아가 커다랗게 고함을 질렀다.

"안 돼요! 당신은 가면 안 돼, 하슬러!"

하슬러는 멈칫했다. 달빛이 그의 어깨에 부서지며 외로운 사내를 더욱 고독한 모습으로 만들었다. 네리아는 젖은 목소리로 외쳤다.

"안 돼, 당신은, 당신은 안 돼요! 우리가 에포닌을 데리고 있어요!"

하슬러의 그림자는 그대로 굳어버렸다. 한마디의 말도, 한 동작의 흐트러짐도 없이 하슬러는 달빛 내리는 땅을 밟고 굳어 있었다. 그때 마차 문이 열렸다.

문이 열리며 나타난 것은 에포닌이었다. 달빛을 정면으로 받고 있는 에포닌의 얼굴엔 혼란스러운 표정이 떠오르고 있었다.

"설마……? 설마?"

에포닌은 단지 두 마디만을 반복해서 말했다. 그것은 주위에 있던 모든 사나이를 전율하게 만들었지만 한 사나이를 행동하게 만들었다.

하슬러는 다시 몸을 돌려 넥슨에게로 걸어갔다.

남겨진 에포닌은 젖은 눈망울을 달빛에 반짝거리며 힘없이 중얼거렸다.

"아냐. 저 사람은……, 아니에요. 우리 아빠가 아니에요……. 이상한 말을 하지 말아요……. 이상한 생각이 들게 하지 말아요."

하슬러의 등이 흔들린 것일까, 내 눈이 흔들린 것일까? 보름달은 미친 듯이 부풀어올랐고 까마득하던 검은 점들은 여전히 꼬물거리면서 점점 커지고 있었다. 넥슨의 그림자에서 그 머리 부분이 좌우로 흔들렸다.

"돌아가라, 하슬러."

하슬러의 음영은 넥슨의 음영을 바라보았다. 넥슨의 보이지 않는 입에서는 침착하고 낮은 목소리가 들려왔다.

"너의 봉사엔 고맙게 생각한다. 그리고 내가 너의 소망을 들어줄 수 없게 되었다는 것은 잘 알고 있을 것이다. 난 길드를 잃었고, 힘을 잃었고, 나 자신을 잃었다."

잠시 평야를 스치는 바람만이 절대의 힘을 꿈틀거렸다. 그러나 하슬러가 입을 연 순간 바람소리도, 풀잎의 휘파람소리도 다 사라져버렸다.

"나는 잃지 않으셨습니다."

"아빠!"

에포닌의 찢어지는 비명소리. 그러나 하슬러는 여전히 고개 돌리지 않았다. 그는 넥슨만을 바라보며 말했다.

"가시죠. 주인님."

넥슨은 벌컥 화를 내려는 듯이 팔을 들어올렸다. 그러나 그의 팔은 반도 올라오지 못했다. 넥슨은 힘없이 고개를 가로저으며 자크를 바라보았다.

"자크?"

우리 뒤편에 서 있었던 자크는 달빛에 우울한 얼굴을 떠올리며 말했다.

"썅, 마스터. 이제 위대하신 넥슨 대왕과 약간 덜 위대하신 자크는, 날샌 거죠?"

"그래. 날샜다."

자크는 건조한 음성으로 말했다.

"니미, 우리 아버지가 항상 말하길 하드 베팅은 신세 파탄의 지름길이라 했죠. 그리고 또 말하길 거물들의 일에 함부로 끼어들지 말라고도 했어요. 퉤! 하지만 우리 아버지는 자기 말도 못 지켰어요. 뭐, 항상 그랬긴 하지만. 그리고 난 아버지를 본받는 착한 아들이란 말이야. 이랴!"

자크는 말을 달려나가게 하더니 하슬러의 옆, 넥슨의 반대편에 섰다. 넥슨, 하슬러, 그리고 자크 세 남자는 이제 달빛을 배경으로 나란히 서 있었다. 자크의 약간 높은 음성이 들려왔다.

"갑시다, 엉터리 반란자 양반. 우리 아버지도, 우리 할아버지도 죽게 만들었으니, 당신 관뚜껑은 내가 덮어줘야 하지 않겠어. 그러려면 죽을 때까지 따라다녀야 할 테고. 제길, 내 신세가 왜 이리 따분하게 되었담. 언젠가는 트라이던트의 네리아를 꼼짝달싹 못하게 만든 다음 진하게 키스해 버릴 희망으로 살아가던 바이서스 임펠의 잘 나가던 자크였는데."

넥슨의 그림자가 조금 흔들렸다. 웃음을 터뜨리려는 것이다. 하지만 웃음소리는 들리지 않았다. 고개를 돌려보니 네리아는 마차 벽에 힘없이 등을 기댄 채 멍한 얼굴로 자크를 바라보고 있었다. 자크의 목소리는 계속 이어졌다.

"갑시다, 마스터. 하지만 노인은 필요없다고 보는데. 특히 애 딸린 홀아비는. 우리 상큼한 미혼끼리 같이 가도록 하십시다."

"좋은 생각이다."

자크의 손이 하슬러의 어깨를 잡아누르는 순간 넥슨의 손이 번개처럼 움직였다. 퍽! 둘 사이에 끼여 있던 하슬러는 그대로 넥슨의 롱소드 폼멜에 목 뒤를 찍히고는 안장에 풀썩 쓰러졌다. 자크는 작게 환호를 질렀다.

"야호! 하슬러 아저씨도 잡을 수 있군, 그래? 역시 눈빛만으로 통하는 마스터와 길드원에겐 누구도 못 당해. 하하하!"

자크는 그렇게 환영받기를 갈망하지만 누구에게도 환영받지 못할 중얼거림만 남겨놓고 가볍게 앞으로 달려가기 시작했다. 넥슨은 잠시 안장에 쓰러진 하슬러를 내려다보더니 우리 쪽으로 고개를 돌렸다. 보름달은 이제 땅을 박차고 올랐으며 넥슨의 얼굴은 여전히 깜깜했다.

"하슬러를 데리고 가시오. 그리고 나 예언 하나 하지. 이 모든 일이 끝날 무렵이면, 당신들은 나보다도 훨씬 이 모든 일들에 대해 잘 알게 될 거요. 그러니 지금은 아무 소리 하지 마시오."

넥슨은 그대로 몸을 돌린 다음 우리에게 등을 보인 채로 몇 마디를 더했다.

"하지만……, 진실을 알게 됨으로써 당신들이 꼭 행복해지지는 않을 거요."

우리는 모두 미동도 하지 않았다. 넥슨은 불길한 예언을 남기고는 먼저 달려간 자크의 뒤를 따라 달려가기 시작했다. 막 하룻밤의 여정을 시작한 달은 사위를 은광으로 물들이기 시작했고, 그 아래 두 남자의 그림자는 월광에 녹아가듯 흔들리며 아득하게 멀어져갔다.

〈7권에서 계속〉

드래곤 라자 작업을 도와주신 분들

저작권 감수 | 김병수
세트 지도 작업 및 드래곤 문양 | 홍연주
독자편집자 | 이호, 박든든나름

드래곤 라자 6

1판 1쇄 펴냄 2008년 11월 26일
1판 26쇄 펴냄 2024년 7월 23일

지은이 | 이영도
발행인 | 박근섭
편집인 | 김준혁
펴낸곳 | 황금가지

출판등록 | 2009. 10. 8 (제2009-000273호)
주소 | 06027 서울 강남구 도산대로 1길 62 강남출판문화센터 5층
전화 | 영업부 515-2000 **편집부** 3446-8774 **팩시밀리** 515-2007
홈페이지 | www.goldenbough.co.kr

도서 파본 등의 이유로 반송이 필요할 경우에는 구매처에서 교환하시고
출판사 교환이 필요할 경우에는 아래 주소로 반송 사유를 적어 도서와 함께 보내주세요.
06027 서울 강남구 도산대로 1길 62 강남출판문화센터 6층 민음인 마케팅부

ISBN 978-89-6017-263-0 04810 (6권)
ISBN 978-89-6017-270-8 04810 (세트)

㈜민음인은 민음사 출판 그룹의 자회사입니다.
황금가지는 ㈜민음인의 픽션 전문 출간 브랜드입니다.

사진 조성희

이 영 도

1972년생. 경남대학교 국어국문학과 졸업. 1998년 여름, 컴퓨터 통신 게시판에 연재했던
첫 장편 『드래곤 라자』가 출간되어 100만 부를 돌파함으로써 한국에 판타지 시대를 열었다.
『드래곤 라자』는 일본, 중국, 대만, 홍콩, 태국 등에서도 출간되어 세계 독자와 만난다.
라디오 드라마, 만화, 온라인 게임, 모바일 게임 등으로 만들어졌을 뿐 아니라,
이후 『퓨처워커』, 『폴라리스 랩소디』, 단편집 『오버 더 호라이즌』을 차례로 발표하였으며,
장대한 구상 위에 집필하여 2003년 내놓은 대작 『눈물을 마시는 새』는 한국적 소재를 자연스럽게 녹여낸
판타지 대하 소설로 이영도 붐을 새롭게 했다. 2005년에는 후속작 『피를 마시는 새』가 출간되었다.